Graceling

Graceling

Kristin Cashore

Traducción de Mila López Díaz-Guerra

Rocaeditorial

Título original: *Graceling*

Primera edición: marzo de 2009

Marquès de la Argentera, 17, Pral.
08003 Barcelona
info@rocajuvenil.com
www.rocajuvenil.net

Impreso por Brosmac, S.L.
Carretera de Villaviciosa - Móstoles, km 1
Villaviciosa de Odón (Madrid)

ISBN: 978-84-92.429-81-3
Depósito legal: M. 1.855-2009

Para mi madre,
Nedda Previtera Cashore,
por su gracia especial con las albóndigas,
y para mi padre,
J. Michael Cashore,
dotado con la gracia de perder (y encontrar) sus gafas

N
NORDICIA
BURGO DE DROWDEN
ELESTIA
BURGO DE THIGPEN
OESTIA
TERRAMEDIA
BURGO DE BIRN
BURGO DE RANDA
BURGO DE MURGON
BURGO DE LECK
PORTO OESTE
MERIDIA
ABRA DEL SUR
PORTO SOL
CANTIL DEL SOLEJAR
MONMAR
CASTILLO DE PO
BURGO DE ROR
LENIDIA
OCÉANO
PORTO MON
BURGO DE RANDA
ELESTIA
BURGO DE MURGON
MERIDIA
DESFILADERO
RÍO ALTO
BURGO DE LECK
RÍO BAJO
DESFILADERO DE GRELLA
CALZADA DE MURGON
PORTO SOL
CANTIL DE SOLEJAR
CALZADA DEL PUERTO
MONMAR
PORTO MON
LOS SIETE REINOS
CLAVE
= LAGO
= COLINA
= MONTAÑAS
= BOSQUE
= PLANICIE
= RÍO
CALZADA

Primera parte

La asesina

Capítulo 1

En las mazmorras reinaba la más absoluta oscuridad, pero Katsa se guiaba por un plano aprendido de memoria, plano que había resultado ser correcto hasta ese momento, como solía pasar con todos los que trazaba Oll. A medida que avanzaba, Katsa deslizaba la mano por los fríos muros, contaba puertas y pasadizos y giraba cuando debía hacerlo, hasta que al fin se detuvo delante de un vano en el que debería haber una escalera que descendía. Se agachó y tanteó el suelo; había un escalón de piedra húmedo y resbaladizo por el verdín, y otro escalón a continuación. Así pues, ésa era la escalera indicada por Oll. Esperaba que cuando éste y Giddon llegaran por el mismo camino que ella provistos de antorchas, se fijaran en el musgo baboso y fueran con cuidado para no rodar escalera abajo ni despertar a los muertos con el estrépito.

Sigilosa, bajó los peldaños y giró una vez a la izquierda y dos veces a la derecha. Oyó voces al internarse en un corredor, donde la luz titilante de una antorcha colocada en la pared teñía la oscuridad con brillos anaranjados. Frente a la antorcha se iniciaba otro corredor, en el que, según Oll, podía haber entre dos y diez guardias vigilando una celda situada al final del pasadizo.

Ocuparse de esos guardias era el cometido de Katsa y la causa de que se hubiera adelantado a sus compañeros.

Se aproximó despacio hacia la luz y a las cercanas risas. Si se detenía a escuchar, detectaría con mayor precisión a cuántos hombres tendría que enfrentarse, pero no quedaba tiempo para ello. De modo que se caló más la capucha y dobló la esquina.

Casi tropezó con sus primeras cuatro víctimas. Sentados en el suelo unos delante de otros, los guardias se recostaban en la pared con las piernas estiradas. El corredor apestaba a algún tipo de licor que habían llevado a las mazmorras para pasar el rato durante la vigilia. La mujer asestó punterazos a sienes y cuellos, y los cuatro hombres se desplomaron en el suelo antes incluso de que sus ojos acusaran la sorpresa.

Sólo quedaba otro guardia más, quien, también sentado, se hallaba junto a los barrotes de la celda situada al final del corredor. Se incorporó precipitadamente y desenvainó la espada. Katsa se le aproximó, teniendo la certeza de que la luz que despedía la antorcha detrás de ella impedía que el hombre le viera la cara y en especial los ojos. Sopesó la talla del guardia, la manera de moverse y la firmeza del brazo que sostenía la espada que le apuntaba.

—Alto ahí. Está bien claro lo que eres. —La voz sonaba impasible; era valiente, ese hombre. Segó el aire con la espada en un gesto de advertencia—. No me das miedo.

Arremetió contra Katsa, que se agachó y esquivó la estocada; acto seguido, giró sobre sí misma y le propinó un golpe en la sien. El guardia se desplomó en el suelo.

La joven saltó por encima de él y echó a correr hacia la celda para escudriñar el oscuro interior a través de las rejas. Distinguió una figura acurrucada contra el muro del fondo, una persona demasiado cansada o aterida para que le importara la lucha que acababa de tener lugar. Se ceñía las piernas con los brazos y tenía la cabeza metida entre las rodillas; tiritaba... Lo notaba por el modo de respirar. Katsa se hizo a un lado, y la luz dio de pleno sobre el prisionero, de cabello blanco y muy corto; un destello de oro le brilló en la oreja. El plano de Oll había cumplido con su finalidad a la perfección, porque ese hombre era un lenita. El hombre que buscaban.

Tiró del cerrojo de la celda. Estaba echado. Bien, eso no le sorprendió, aunque tampoco le incumbía. Lanzó un silbido flojito, como el de un búho, tumbó de espaldas al valeroso guardia y le echó en la boca una de las píldoras que guardaba. A continuación, volvió sobre sus pasos por el corredor, y, dándoles la vuelta a los otros cuatro infortunados centinelas, los tumbó de espaldas en hilera para echarles también una píldora en la boca. Se estaba preguntando si Oll y Giddon se habrían perdido en las mazmorras cuando ambos doblaron el recodo del corredor, y pasaron por su lado con presteza.

—Un cuarto de hora, nada más —indicó la joven.

—Un cuarto de hora, mi señora. —La voz de Oll sonó cavernosa—. Vaya con cuidado.

Las antorchas de los dos hombres iluminaron los muros mientras se encaminaban hacia la celda. El lenita gimió y se ciñó las piernas con más fuerza. Katsa atisbó las ropas desgarradas y sucias del prisionero, y oyó el tintineo del juego de ganzúas al entrechocar entre sí. Le habría gustado quedarse para ver cómo abrían la puerta, pero tenía cosas que hacer en otra parte, así que se guardó la cajita de píldoras en la manga y echó a correr.

Los guardias apostados en las celdas daban parte al oficial de guardia de las mazmorras, que pasaba la información a la guardia de retén. Ésta, a su vez, la transmitía al oficial de guardia del castillo, a quien también informaban tanto la guardia nocturna, como la guardia real, la de las murallas y la de los jardines. En el momento en que uno de los oficiales notara la ausencia del otro, se daría la voz de alarma, y todo saldría mal si para entonces Katsa y sus hombres no se habían alejado lo suficiente. Los perseguirían y habría derramamiento de sangre; le verían los ojos y la reconocerían. Así que tenía que librarse de todos los guardias, del primero al último. Oll calculó que serían unos veinte, pero el príncipe Raffin le preparó treinta píldoras, por si acaso.

La mayoría de los guardias no le causaron dificultades. Cuando conseguía acercarse sigilosamente a ellos o si estaban reunidos en grupos pequeños, ni siquiera se percataban del ataque. Sin embargo, enfrentarse a la guardia del castillo fue un poco más complicado porque había cinco hombres de servicio defendiendo la estancia. Girando sobre sí misma, la joven se coló entre ellos asestando patadas, rodillazos y golpes; por su parte, el oficial se levantó de un salto del escritorio, cruzó la puerta como una exhalación y se sumó a la refriega.

—Sé distinguir a un graceling cuando lo tengo delante. —Arremetió con la espada, y la joven se dio la vuelta para esquivar la agresión—. Deja que te vea el color de los ojos, chico. Te los arrancaré, no creas que no lo haré.

A Katsa le causó cierto placer golpearle en la cabeza con la empuñadura del cuchillo. Después lo agarró por el pelo, lo tiró de espaldas y le echó una píldora en la boca. Cuando despertaran con dolor de cabeza y avergonzados, todos dirían que el culpable había sido un chico graceling, dotado para la lucha, que actuaba solo; darían por hecho que se trataba de un varón porque eso era lo que parecía gracias a los sencillos pantalones y a la capucha que usaba, y porque a nadie se le pasaba por la cabeza que una mujer perpetrara un asalto semejante. Y en cuanto a Oll y a Giddon, ya se había preocupado de que nadie los viera.

No sospecharían de ella, no. La graceling lady Katsa sería lo que fuera, pero no era una criminal que, disfrazada, anduviera al acecho por tenebrosos patios en plena noche. Además, se suponía que estaba de camino hacia el este. Su tío Randa, rey de Terramedia, había ido a despedirla esa mañana ante toda la ciudad; la escoltaban el capitán Oll y Giddon, señor feudal al servicio de Randa en la corte. Tuvieron que cabalgar sin descanso un día entero en otra dirección, hacia el sur, para llegar a la corte del rey Murgon.

Katsa cruzó el jardín a la carrera pasando de largo parterres, fuentes y estatuas de mármol del palacio de Murgon. A decir verdad era un jardín muy grato para pertenecer a un rey tan desagradable; olía a hierba, a tierra fértil, al dulce aroma de flores cargadas de rocío. Dejando tras de sí un largo rastro de guardias narcotizados, corrió a través del manzanal. Guardias drogados, que no muertos; una diferencia importante. Oll y Giddon, así como la mayor parte de los restantes miembros del Consejo secreto, querían que los matara, pero en la reunión celebrada para planear esa misión, la joven argumentó que quitándoles la vida no ahorrarían tiempo.

—¿Y si despiertan? —inquirió Giddon.

—Pones en duda la efectividad de mi fármaco —se ofendió el príncipe Raffin—. No despertarán.

—Sería más rápido matarlos —reiteró Giddon, de ojos castaños, mirándolo con insistencia. En la oscura habitación quienes eran de su mismo parecer asintieron.

—Puedo hacerlo en el tiempo asignado —aseguró Katsa, y cuando Giddon intentó protestar, la joven alzó la mano—. Basta. No los mataré. Si los queréis muertos, encargadle la misión a otro.

—Piense que así nos divertiremos más, lord Giddon —aseguró sonriendo Oll, y palmeó la espalda del joven noble—. Un robo perfecto en el que se burla a toda la guardia y nadie sale herido. Pasaremos un rato muy entretenido.

La habitación retumbó con las carcajadas, pero Katsa ni siquiera esbozó una sonrisa. No mataría a nadie si estaba en su mano evitarlo. Una muerte era algo irremediable, y ya había matado demasiadas veces, casi siempre en beneficio de su tío. El rey Randa la consideraba muy útil. Porque, ¿para qué mandar un ejército contra los malhechores que provocaban incidentes en la frontera, si podía enviarla a ella como única representante? Resultaba mucho más económico. La joven también había matado por orden del Consejo cuando no tuvo más remedio, pero esta vez era posible eludirlo.

Al otro extremo del manzanal se topó con un guardia viejo, quizá tanto como el lenita. Apoyándose en la espada, encorvado y de espaldas a ella, el hombre se hallaba en una arboleda de plantones de un año. Katsa se le acercó con sigilo y se detuvo. Pero advirtió que las manos que descansaban en la empuñadura del arma le temblaban un poco.

No tenía buena opinión de un rey que no facilitaba una jubilación desahogada a sus guardias cuando eran ya demasiado viejos para sostener una espada con firmeza.

Pero si no lo reducía, el individuo encontraría a los soldados que ella ya había derrotado y daría la alarma. Lo golpeó con contundencia una vez, en la parte posterior de la cabeza, y el hombre se desplomó resollando. Lo sostuvo y lo depositó en el suelo con mucho cuidado, tras lo cual le puso una píldora en la boca y tanteó con rapidez el chichón que ya empezaba a formársele. Confiaba en que el viejo tuviera la cabeza dura.

La muchacha ya había matado en una ocasión de forma accidental, y siempre tenía presente ese recuerdo. Fue así como la naturaleza de su gracia se dio a conocer. De ese acontecimiento hacía más o menos una década; por aquel entonces era una chiquilla de apenas ocho años. Sucedió que en la corte recibieron la visita de un pariente, un primo lejano. Pero a ella no le cayó bien ni le gustó el perfume penetrante que usaba, ni las miradas lascivas que echaba a las criadas que lo atendían mientras le arreglaban la habitación, ni la forma lujuriosa de tocarlas cuando creía que nadie lo veía. Y cuando empezó a prestarle atención a ella, Katsa receló.

—Qué criatura tan preciosa —dijo el noble—. Suelen ser tan poco atractivos los ojos de un graceling... Pero en tu caso, niña, realzan tu hermosura. Veamos, ¿cuál es tu gracia, encanto? ¿La narrativa? ¿El mentalismo? ¡Ah, ya sé, ya sé: la danza!

Katsa no sabía qué gracia poseía, pues algunas de ellas tardaban más que otras en manifestarse. Y aunque lo hubiera sabido, no le apetecía hablar de ese tema con su primo, a quien miró ceñuda y se alejó de él. Pero entonces el hombre le acarició una pierna, y la mano de la chiquilla se disparó y lo golpeó en la cara. Fue un gesto tan veloz y tan potente que le hundió los huesos de la nariz en el cerebro.

Las damas de la corte chillaron y una de ellas se desmayó. Cuando lo levantaron del charco de sangre que se formó en el suelo y se descubrió que había muerto, el silencio se adueñó del salón y todos se apartaron de la niña. Miradas atemorizadas, ya no sólo de las damas, sino también de los soldados y de los nobles vasallos armados, se centraron en ella. Era estupendo disfrutar con las comidas del cocinero del rey que tenía el don de cocinar, o enviar a los caballos al albéitar de las cuadras reales, tocado asimismo por la gracia, pero ¿una chica dotada para matar...? Era un peligro.

Otro monarca que no fuera Randa la habría desterrado o ejecutado, aunque se tratara de la hija de su hermana, pero él era listo y se dio cuenta de que, con el tiempo, su sobrina le serviría para sus propósitos. De modo que la castigó a permanecer en sus aposentos y no permitió que los abandonara durante semanas, pero eso fue todo. Cuando salió, la gente se separaba de ella a toda prisa; nunca les había caído bien, ya que a nadie le gustaban los graceling, pero al menos toleraban su presencia. No obstante, ni siquiera fingían una actitud cordial, y cuando había invitados, les susurraban:

—Cuidado con la que tiene un iris azul y otro verde, porque mató a su primo de un golpe sólo porque le dijo que tenía unos ojos hermosos.

Incluso Randa mantenía las distancias con ella. Un perro asesino le sería de utilidad a un rey, pero no lo querría durmiendo a sus pies. El príncipe Raffin era el único que buscaba su compañía.

—Mi intención no fue matarlo.

—Explícame qué ocurrió.

Katsa evocó aquellos instantes:

—Tuve la sensación de que corría peligro, así que lo golpeé.

—Hay que saber controlar una gracia, Katsa; sobre todo si consiste en la habilidad de matar. Tienes que conseguirlo, o mi padre no permitirá que sigamos viéndonos.

—No sé cómo hacerlo. —La mera idea de no ver más a su primo la asustaba.

Raffin se quedó pensativo y añadió:

—Podrías pedirle a Oll que te ayude. Los espías del rey saben cómo hacer daño sin matar; así es como consiguen información.

Raffin tenía entonces once años, tres más que Katsa; y como, según los esquemas infantiles de la chiquilla, lo consideraba muy inteligente, siguió su consejo y fue a hablar con Oll, el canoso capitán del rey Randa y jefe de sus espías. El capitán no tenía nada de necio, y aunque temía a la silenciosa chiquilla —de un ojo verde y otro azul—, también era muy imaginativo. Así que se hizo una pregunta que a nadie más se le ocurrió plantearse: ¿La muerte del primo de Katsa le impactó tanto a la niña como a los demás? Cuanto más pensaba en ello, más curiosidad sentía por el potencial de la chiquilla.

Así pues, empezó el entrenamiento estableciendo unas reglas: no practicaría con él ni con ninguno de los hombres del rey. Por lo tanto, los ejercicios los realizó con bausanes rellenos de grano, que ella misma preparaba con sacos cosidos entre sí, y con los prisioneros que Oll le proporcionaba, hombres condenados a muerte.

La chiquilla se ejercitó a diario y aprendió a controlar su rapidez y su fuerza fulminantes, a calcular el ángulo y la posición, así como la intensidad de un golpe mortal para distinguirlo de aquel otro con el que sólo causaría una lesión; aprendió también a desarmar a un hombre, a romperle una pierna, o a retorcerle un brazo de tal manera que cesara de forcejear y le suplicara que lo soltara, y se adiestró en la lucha con espada, cuchillos y dagas. Se concentraba tanto en lo que hacía, y era tan veloz y creativa que incluso teniendo los brazos sujetos a los costados, lograba dejar inconsciente a un hombre. Tal era su don.

Con el tiempo mejoró el control y practicó con soldados de Randa —ocho o diez a la vez—, equipados con armadura completa. Sus ejercicios resultaban espectaculares: por una parte, hombres hechos y derechos que gruñían y luchaban con torpeza metiendo mucho ruido; por otra parte, una chiquilla desarmada que se colaba entre ellos, girando como una peonza, y los derribaba con el movimiento de una rodilla o de una mano sin que la vieran llegar hasta que ya estaban en el suelo. A veces acudían miembros de la corte para presenciar los entrenamientos, pero si la niña los miraba a la cara, bajaban la vista y se alejaban a buen paso.

Al rey Randa no le importó renunciar al servicio de Oll durante el tiempo que dedicaba a esos entrenamientos; lo consideraba necesario porque Katsa no le sería útil hasta que controlara su habilidad.

Pero ahora, en el jardín del palacio del rey Murgon, nadie habría puesto reparos al control que la joven ejercía sobre su gracia. Rápida y silenciosa, caminó por la hierba hasta el borde del camino de grava. Para entonces, Oll y Giddon debían de estar a punto de llegar al muro del jardín, donde dos criados del rey, partidarios del Consejo, cuidaban de sus caballos. También ella se hallaba ya muy cerca; divisó al frente el oscuro límite del muro, negro contra el negro cielo.

Divagaba, pero no estaba en las nubes; por el contrario, se le habían aguzado los sentidos: percibía la caída de cada hoja en el jardín, el susurro de cada rama... Y por ello se sorprendió sobremanera cuando un hombre salió de la oscuridad y la asió por detrás; le rodeó el torso con el brazo y le puso un cuchillo en la garganta. El hombre dijo algo, pero, en un visto y no visto, la joven le dejó el brazo insensible, lo desarmó y le tiró el cuchillo al suelo. Acto seguido, lo volteó hacia delante y lo hizo volar por encima de sus hombros.

El asaltante cayó de pie.

Katsa discurrió a gran velocidad: aquel individuo estaba dotado con un don, era un luchador, de eso no cabía duda; y a menos que careciera de tacto en la mano con la que la había sujetado por el pecho, sabría que ella era una mujer.

El intruso se dio la vuelta para hacerle frente, y ambos se observaron con cautela, alerta, aunque tanto el uno como el otro no eran más que una mera silueta.

—He oído hablar de una dama poseedora de esta gracia en particular —dijo al fin el hombre.

El timbre de voz era grave, profundo, con un ligero dejo al pronunciar las palabras; era un acento que Katsa no supo identificar. Tenía que descubrir quién era para saber cuál debía ser su actitud.

—No se me ocurre qué puede estar haciendo esa dama tan lejos de su casa, cruzando el jardín del castillo del rey Murgon a media noche —añadió él mientras se desplazaba un poco para situarse entre la joven y el muro. Era más alto que ella y se movía con la agilidad de un gato, engañosamente relajado, presto para saltar. A la luz de una antorcha del cercano camino, le relucieron por un instante los aretes de oro de las orejas; además, no llevaba barba, como los lenitas.

Katsa se balanceó con suavidad, presta para actuar, como él. Sin embargo, no debía demorarse en decidir. El hombre la había reconocido, pero si él era un lenita, la joven no quería matarlo.

—¿No tiene nada que decir, señora? No creerá que voy a dejarla pasar sin que me dé una explicación, ¿verdad?

En la voz se advertía un deje juguetón, y Katsa lo miró en silencio. El hombre extendió los brazos con donaire, y la joven atisbó el brillo de oro en los dedos. Fue suficiente: aretes en las orejas, anillos, el acento... No necesitaba más pistas.

—Usted es lenita —afirmó.

—Buena vista —repuso él.

—No tan buena como para distinguir el color de sus ojos.

—Pues yo creo que sé de qué color son los suyos —rio el hombre.

El sentido común le aconsejaba matarlo.

—¿Y usted habla de estar lejos de casa? —ironizó Katsa—. ¿Qué hace un lenita en la corte del rey Murgon?

—Le diré mis razones si me explica las suyas.

—No pienso explicarle nada. Y debe dejarme pasar.

—¿De veras?

—En caso contrario, lo obligaré.

—¿Se cree capaz de conseguirlo, señora?

La joven amagó a la derecha y él la esquivó sin esfuerzo. Hizo un segundo amago, éste más rápido. Por segunda vez, la eludió con facilidad. Era muy bueno. Pero ella era Katsa.

—No, no lo creo, lo sé —le respondió.

—¡Ah, vaya! —Su tono era divertido—. Pero tardaría horas.

¿Por qué jugaba con ella? ¿Por qué no había dado la alarma? A lo mejor él también era un criminal... Un graceling criminal. En tal caso, ¿esa particularidad lo convertía en aliado o en enemigo? ¿Vería un lenita con buenos ojos el rescate del prisionero? Suponía que sí, a menos que fuera un traidor, o a no ser que este lenita ni siquiera supiera qué había en las mazmorras de Murgon. El rey había guardado muy bien el secreto.

El Consejo le recomendaría que lo matara, porque los pondría en peligro si dejaba con vida a un hombre que conocía su identidad. Pero es que no se trataba del característico secuaz, ni se parecía en nada a los matones con los que se había topado en otras ocasiones; no daba la impresión de ser brutal ni estúpido ni amenazador.

No era lógico matar a un lenita al mismo tiempo que rescataba a otro de sus paisanos.

Era una necia, y seguramente acabaría lamentándolo, pero no tenía intención de hacerlo.

—Me fío de usted —dijo el hombre de improviso. Se apartó del camino y le indicó con un ademán que continuara su camino. A Katsa le pareció una reacción muy extraña e impulsiva, pero observó que había bajado la guardia, y ella no desaprovechaba una buena oportunidad. En un santiamén alzó la pierna y lo golpeó con el pie en la frente. El hombre abrió muchos los ojos, sorprendido, y se desplomó.

«A lo mejor no tendría que haber hecho esto. —Lo tendió cuan largo era en el suelo; el cuerpo desmadejado pesaba mucho—. Pero no sé qué pensar de él y ya me arriesgo bastante al dejarlo con vida.»

Sacó las píldoras de la manga y le metió una en la boca. Entonces le giró la cara hacia la luz de la antorcha. Era más joven de lo que había supuesto, poco mayor que ella —diecinueve o veinte años—, como mucho; un hilillo de sangre le resbalaba por la frente hasta más abajo de la oreja, y como llevaba abierto el cuello de la camisa, la luz le dio de lleno sobre la clavícula.

Qué tipo tan extraño... Quizá Raffin supiera quién era.

Se esforzó en salir de sus reflexiones y echó a correr. Estarían esperándola.

Y

Cabalgaron sin descanso. Habían atado al anciano al caballo, porque se encontraba demasiado débil para sostenerse erguido, y sólo se detuvieron una vez para envolverlo con más mantas. Katsa estaba impaciente por reanudar la marcha.

—¿Es que no sabe que estamos en pleno verano?

—Aun así, está helado, mi señora —replicó Oll—. No cesa de temblar y parece enfermo. El rescate no serviría de nada si se nos muere.

Debatieron si hacer un alto y encender lumbre, pero no había tiempo para eso. Debían llegar a Burgo de Randa antes de rayar el alba, o los descubrirían.

«Quizá tendría que haberlo matado —pensó Katsa mientras atravesaban tenebrosos bosques a galope tendido—. Quizá no debí dejarlo con vida. Sabe quien soy.»

Pero aquel personaje no se había mostrado receloso ni amenazador, sino más bien curioso... Y, además, había confiado en ella.

Claro que ignoraba el rastro de guardias desmayados que la muchacha había ido dejando a su paso. Y no volvería a fiarse de ella cuando se despertara con un buen verdugón en la cabeza.

Si le contaba al rey Murgon el encuentro que había tenido, y si Murgon se lo decía al rey Randa, las cosas podían ponerse muy difíciles para lady Katsa. Porque Randa no sabía nada acerca del prisionero lenita, y ni siquiera imaginaba que su sobrina llevaba a cabo trabajos extra como rescatadora.

La joven se sentía frustrada. Pensar esas cosas no servía de nada; además, lo hecho, hecho estaba. Debían llevar al anciano a un sitio seguro y cálido, con Raffin. De modo que se inclinó más sobre la silla y espoleó al caballo hacia el norte.

Capítulo 2

El territorio abarcaba siete reinos. Siete reinos y siete reyes con reacciones imprevisibles. Pero ¿por qué, en nombre del buen juicio y la sensatez, querría alguien secuestrar al príncipe Tealiff, padre del rey lenita? Era un anciano. No tenía poder; no tenía ambiciones; ni siquiera su estado de salud era bueno. Se decía que pasaba la mayor parte del día sentado delante de la lumbre o al sol contemplando el mar o jugando con sus bisnietos, sin molestar a nadie.

Los lenitas carecían de enemigos. Enviaban su oro por barco a quienquiera que poseyera mercancías para venderlas a cambio; producían la fruta que comían y favorecían la reproducción y crianza de animales de caza. Rodeados por un océano que los mantenía apartados de los otros seis reinos, no salían de su isla. Eran diferentes: de cabello de un característico color oscuro y costumbres propias muy singulares, les gustaba el aislamiento en que vivían. El rey Ror de Lenidia era el monarca menos problemático de los siete reyes; no firmaba tratados con los demás, pero tampoco declaraba guerras, y gobernaba a su pueblo con justicia.

El hecho de que la red de espías del Consejo hubiera seguido el rastro del padre del rey Ror hasta las mazmorras del rey Murgon, en Meridia, no aclaraba nada. Murgon evitaba tener desavenencias con los otros reinos, pero muy a menudo era cómplice de un conflicto, el ejecutor del delito de otro individuo, siempre y cuando la recompensa mereciera la pena. No cabía duda de que alguien le había pagado por retener al anciano lenita. La incógnita era de quién se trataba.

El tío de Katsa, Randa, rey de Terramedia, no estaba involucrado en ese conflicto en particular. El Consejo lo sabía con seguridad porque Oll era el jefe de espías de Randa, así como su confidente, y gracias a él, se enteraban de todo cuanto hacía referencia a Randa.

A decir verdad, por lo general, el monarca de Terramedia procuraba no inmiscuirse en asuntos de otros reinos, puesto que su territorio se encontraba entre Elestia y Oestia en el eje este-oeste, y Nordicia y Meridia en el eje norte-sur; una posición muy delicada para pactar alianzas.

La mayoría de los problemas los originaban los reyes de Oestia, Nordicia y Elestia. Estaban cortados por el mismo patrón: exaltados, ambiciosos, envidiosos... Todos ellos desconsiderados, volubles y desalmados. El rey Birn de Oestia y el rey Drowden de Nordicia eran capaces de forjar una alianza y castigar con dureza al ejército de Elestia en las fronteras septentrionales, pero era imposible que los dos reyes actuaran en colaboración mucho tiempo. Un buen día uno de ellos ofendería al otro y volverían a enemistarse, y entonces Elestia se uniría con Nordicia para machacar a Oestia.

Pero, además, los monarcas no se comportaban mejor con sus propios súbditos que entre ellos. Por ejemplo, Katsa se acordaba de los granjeros de Elestia que Oll y ella sacaron a escondidas de la prisión improvisada en un establo, hacía unas semanas. Eran elestinos que no habían pagado el diezmo a su rey, Thigpen, porque el ejército del monarca les pisoteó sus campos de camino a un pueblo norgando para realizar una incursión en él. Tendría que haber sido el mismo Thigpen el que los indemnizara; hasta Randa habría accedido a hacerlo de haber sido su ejército el que hubiera ocasionado los destrozos. En cambio, Thigpen iba a ahorcar a los granjeros por incumplimiento de pago del diezmo. Birn, Drowden y Thigpen tenían muy ocupado al Consejo, sí.

Sin embargo, las cosas no habían sido siempre así. Antaño, Oestia, Nordicia, Elestia, Meridia y Terramedia —los cinco reinos que formaban el núcleo central del país— coexistieron de forma pacífica. Siglos atrás, todos ellos pertenecían a una misma familia y estaban gobernados por tres hermanos y dos hermanas que supieron sortear las envidias sin tener que recurrir a la guerra. No obstante, todo vestigio de aquel vínculo familiar hacía ya mucho tiempo que desapareció, y las gentes de cada reino quedaron a merced del capricho de los que nacían destinados a ser sus soberanos; era un puro azar, un juego a cara o cruz, y la generación actual no llevaba las de ganar.

El séptimo reino era Monmar; las montañas lo aislaban de los otros seis reinos del mismo modo que el océano aislaba a Lenidia. Leck, rey de Monmar, estaba casado con Cinérea, hermana de Ror de Lenidia. Leck y Ror sentían aversión por las disputas de los otros reinos, pero esa circunstancia no era suficiente para forjar una alianza. La distancia existente entre estos dos reinos era demasiado grande; ambos eran muy independientes y lo que hicieran las otras monarquías no les interesaba.

Casi no se sabía nada sobre la corte de Monmar. El rey Leck le caía bien a su pueblo y tenía fama de ser bondadoso con los niños, los animales y con los seres indefensos. Por su parte, la reina monmarda era una mujer dulce, y se decía que no comía desde el día en que se enteró de la desaparición de Tealiff ya que, por supuesto, el padre del rey de Lenidia también era su padre.

El secuestro del anciano príncipe lenita tenía que ser obra de Oestia, Nordicia o Elestia. A Katsa no se le ocurría otra opción, a menos que el propio rey de Lenidia estuviera involucrado. Esa idea podría parecer ridícula de no ser por la presencia del lenita que la joven encontró en el jardín del castillo de Murgon. Ese hombre llevaba joyas caras, así que debía de ser un noble. Además, cualquier huésped del castillo de Murgon era un sospechoso en potencia.

Sin embargo, Katsa no tenía la sensación de que estuviera comprometido en aquel asunto; no habría sabido explicarlo, pero ésa era su impresión.

Pese a todo, ¿por qué habían raptado a Tealiff? ¿Qué circunstancia lo convertía en alguien importante?

Llegaron a Burgo de Randa antes de que saliera el sol, aunque por muy poco, y aflojaron el paso cuando los cascos de los caballos resonaron en el empedrado de la ciudad. Como ya había gente despierta, no era prudente ir a galope por las angostas callejuelas si querían evitar llamar la atención.

Los caballos dejaron atrás casas y chozas de madera, ferrerías de piedra y tiendas con los postigos cerrados; los edificios estaban bien cuidados y muchos habían sido pintados recientemente. En Burgo de Randa no había miseria; su rey no lo consentía.

Katsa desmontó cuando las calles se hicieron empinadas, entregó las riendas a Giddon y tomó las del caballo de Tealiff. Guiando con las riendas al caballo de la joven, Giddon y Oll doblaron una calle que conducía por el este hacia el bosque. Así lo habían acordado, pues era menos probable que la gente se fijara en un anciano a caballo, acompañado de un chico caminando a su lado en dirección al castillo, que si iban los cuatro jinetes montados. Oll y Giddon saldrían de la ciudad y la esperarían en la arboleda. Katsa entregaría a Tealiff al príncipe Raffin por una entrada que había en la parte alta, en un sector de la muralla del castillo caído en desuso, una entrada cuya existencia Oll procuraba por todos los medios que no llegara a conocimiento de Randa.

Katsa ajustó un poco más las mantas que cubrían la cabeza del anciano porque, aunque todavía estaba bastante oscuro, le veía los aros de las orejas, así que cualquier otra persona los vería también. El hombre iba recostado sobre el caballo, acurrucado, y Katsa no sabía si estaba dormido o inconsciente. En este último caso, no tenía la menor idea de cómo iban a recorrer el último tramo del viaje, ya que debían subir por una escalera de la muralla del castillo en mal estado, y el caballo no podía ir por allí. La joven le tocó la mejilla; el anciano se rebulló y se echó a temblar otra vez.

—Tiene que despertarse, alteza —susurró—. No puedo subirlo al castillo por la escalera.

El anciano abrió los ojos, y la luz plomiza se le reflejó en ellos.

—¿Dónde estoy? —preguntó; la voz le temblaba al tiritar de frío.

—Hemos llegado a Burgo de Randa, en Terramedia. Casi estamos a salvo.

—No tenía a Randa por el tipo de persona que lleva a cabo misiones de rescate.

—Y no lo es. —Katsa no esperaba que el anciano estuviera tan lúcido. —Bien, pues estoy despierto —resopló Tealiff—, así que no tendrás que llevarme en brazos… lady Katsa, ¿verdad?

—Sí, alteza.

—He oído comentar que tienes un ojo verde, como las praderas de Terramedia, y el otro, azul, como el cielo.

—Sí, alteza.

—He oído también que puedes matar a un hombre con la uña del dedo meñique.

—Sí, alteza —contestó ella con una sonrisa.

—¿Eso te lo facilita?

La joven escudriñó al anciano que se mantenía encorvado en la silla, y le replicó:

—No le entiendo.

—Tener los ojos bonitos, quiero decir. El hecho de saber que posees unos ojos muy hermosos, ¿te aligera la responsabilidad que supone tu gracia?

Katsa rompió a reír.

—No, alteza. Viviría tan feliz sin lo uno ni lo otro.

—Supongo que debo estarte agradecido —dijo el anciano, y guardó silencio.

A la joven le habría gustado preguntarle si lo decía por haberlo rescatado. No obstante, el príncipe estaba enfermo y cansado, y parecía que se había dormido otra vez. No quería darle la lata; le caía bien el anciano lenita. No había muchas personas que quisieran hablar de la gracia.

Siguieron subiendo y pasaron ante portales y tejados envueltos en sombras. Katsa empezaba a acusar la noche pasada en vela y aún tendrían que transcurrir horas antes de que tuviera oportunidad de descansar. Repasó mentalmente lo que le había dicho el anciano; hablaba con el mismo acento que el otro hombre, el lenita que vio en el jardín.

Al fin acabó cargando con él, porque cuando llegó el momento, fue incapaz de despertarlo. Entregó las riendas del caballo a una chiquilla —hija de un simpatizante del Consejo— que estaba en cuclillas junto a la muralla. Katsa se echó al hombro el anciano, boca abajo; tambaleándose, subió peldaño a peldaño la escalera rota y llena de escombros. El último tramo era casi vertical y sólo la amenaza del cielo que clareaba la espoleó a continuar ascendiendo; nunca habría imaginado que un hombre, que parecía hecho de partículas de polvo, pudiera pesar tanto.

Ni siquiera le quedaba resuello para emitir la señal acordada con Raffin —un silbido flojito—, pero no importó porque él la había oído llegar.

—Es muy probable que toda la ciudad se haya enterado de tu llegada —susurró su primo—. En serio, Kat, no te creía capaz de armar tanto jaleo. —La aligeró del peso del anciano, y se lo cargó en el enjuto hombro. La joven se apoyó contra la pared para recobrar el aliento.

—Mi gracia no me proporciona la fuerza de un gigante —replicó ella—. Los que no estáis tocados por la gracia no lo entendéis; pensáis que como tenemos un don, los poseemos todos.

—He probado tus pasteles y me acuerdo de los bordados que hacías. No pongo en duda que hay muchos dones que te han pasado por alto. —Se echó a reír a la luz gris del amanecer, y ella le respondió con una sonrisa—. ¿Sucedió todo como estaba planeado?

Katsa pensó en el lenita del jardín, y contestó:

—Sí, en su mayor parte.

—Ya te puedes marchar, pero ve con cuidado —le aconsejó Raffin—. Yo me ocuparé de este hombre.

Se dio media vuelta y entró sigilosamente con su carga en el castillo. La joven bajó la escalera desmoronada a toda prisa y, con cautela, tomó un camino que llevaba al este; se caló bien la capucha para taparse la cara y echó a correr hacia el rosáceo horizonte.

Capítulo 3

Katsa corrió sin detenerse y dejó atrás casas, talleres, tiendas y posadas, e incluso a un lechero que iba medio dormido en la carreta, de la que tiraba el caballo entre suaves resoplidos.

Se sentía ligera sin la carga; además, la calzada discurría ahora cuesta abajo. Enfiló en silencio y lo más deprisa que pudo hacia los campos de levante y no dejó de correr. Por el camino vio a una mujer, que cruzaba el corral de una granja, cargada con cubos colgados por las asas de una vara que sostenía en equilibrio sobre los hombros.

Aflojó el paso cuando se aproximó a la arboleda; allí debía caminar con mayor precaución para no romper ramitas ni dejar huellas de botas que dejaran un rastro directo hasta el punto de encuentro. De hecho, ya se notaba un poco el camino porque Oll, Giddon y los demás miembros del Consejo no eran tan cuidadosos como ella y, por supuesto, era imposible que los caballos no marcaran un camino por donde pasaban. Dentro de poco necesitarían buscar otro lugar de reunión.

Ya era de día cuando llegó por fin a la zona de espesos matorrales que usaban de escondrijo. Los caballos pacían; Giddon se había tumbado en el suelo y Oll estaba recostado en un montón de alforjas. Los dos hombres dormían.

Katsa reprimió el enfado y se acercó a los caballos. Los acarició y les examinó los cascos, uno por uno, para comprobar si tenían grietas o gravilla incrustada. Los animales se habían portado bien y, además, eran más listos que sus jinetes; ellos no se habían quedado dormidos en el bosque, tan cerca de la ciudad y a tanta distancia del lugar donde Randa daba por hecho que se encontraban. La montura de la joven relinchó, y Oll rebulló a su espalda.

—¿Qué habría ocurrido si alguien os hubiera sorprendido dormidos en el lindero del bosque cuando deberíais estar a mitad de camino de la frontera oriental? —los increpó—. Qué explicación habríais dado, ¿eh?

—No tenía intención de dormirme, mi señora —contestó Oll.

—Eso no cambia nada.

—Todos no tenemos su resistencia, mi señora, en especial los que ya peinamos canas. Oh, venga, no ha pasado nada malo. —Sacudió a Giddon, que, por toda respuesta, se tapó los ojos con las manos—. Despierte, mi señor. Será mejor que nos pongamos en marcha.

Katsa no dijo nada más. Colocó las alforjas en su caballo y esperó junto a los animales. Oll recogió las otras alforjas y las aseguró en las monturas.

—¿El príncipe Tealiff está a salvo, mi señora?

—Lo está.

Dando traspiés y rascándose la cabeza, Giddon se les acercó. Desenvolvió una hogaza de pan y se la ofreció a Katsa, pero ésta la rechazó.

—Comeré más tarde —comentó.

Giddon partió un trozo de pan y le tendió el resto a Oll.

—¿Estás molesta por no habernos encontrado haciendo ejercicio físico cuando llegaste, Katsa? ¿Tendríamos que haber estado practicando gimnasia en las copas de los árboles?

—Os podrían haber capturado, Giddon. Y si os hubieran visto, ¿dónde estaríais ahora?

—Ya se te habría ocurrido algo —respondió él—. Nos habrías salvado, como salvas a los demás. —Y una sonrisa le iluminó el apuesto rostro que denotaba seguridad en sí mismo, pero no le sirvió para aplacar a Katsa. Giddon era aún más joven que Raffin, de constitución fuerte y buen jinete, así que no tenía excusa por haberse quedado dormido.

—Vamos, mi señor —intervino Oll—. Nos comeremos el pan en la silla o, en caso contrario, la dama se marchará sin nosotros.

La joven sabía que le tomaban el pelo, ya que la consideraban demasiado exigente, pero también estaba convencida de que ella no se habría dejado vencer por el sueño, porque era peligroso quedarse dormida.

Claro que ellos tampoco habrían dejado con vida al graceling lenita... Si se enteraran, se pondrían furiosos, y no podría darles una explicación racional.

Avanzaron en zigzag hacia un sendero del bosque que avanzaba en paralelo a la calzada, y se dirigieron al este. Se calaron bien las capuchas para taparse el rostro y pusieron los caballos al galope. Al cabo de unos minutos de cabalgar envuelta en la trápala de los cascos, la irritación de Katsa se desvaneció. Cuando entraba en acción, la preocupación nunca le duraba mucho.

Los bosques del sur de Terramedia dieron paso a las colinas; al principio eran bajas, pero irían aumentando de tamaño conforme se aproximaran a Elestia. Hicieron sólo una parada a mediodía para cambiar las monturas en una fonda apartada que prestaba servicio al Consejo.

Con los caballos de refresco avanzaron a muy buen paso, y al caer la noche, ya se hallaban cerca de la frontera de Elestia. Si partían temprano, llegarían a mediodía al predio elestino al que se dirigían, harían el trabajo encargado por Randa y después regresarían. Podrían viajar a un paso moderado y aun así llegarían a Burgo de Randa al día siguiente, antes de que se hiciera de noche, que era cuando se esperaba su regreso. Entonces Katsa sabría si el príncipe Raffin había averiguado algo gracias al anciano lenita.

Acamparon al abrigo de una peña enorme que afloraba en la base de una de las colinas orientales, y pese a que la noche era fría, optaron por no encender lumbre. Las colinas a lo largo de la frontera elestina eran terreno abonado para fechorías, y aunque dos buenos espadachines y alguien como Katsa no estaban faltos de protección, no tenían por qué buscarse problemas. Tras cenar pan, queso y agua, se enfundaron en los petates.

—Esta noche voy a dormir bien —aseguró Giddon entre bostezos—. Es una suerte que esa fonda ofreciera sus servicios al Consejo, porque si no habríamos reventado a los caballos.

—Es sorprendente la cantidad de simpatizantes que está encontrando nuestra organización —comentó Oll.

Apoyándose en un codo, Giddon se incorporó.

—¿Te lo esperabas, Katsa? ¿Creías que tu Consejo se propagaría tanto?

¿Qué esperaba en realidad cuando puso en marcha el

Consejo? Se imaginó que sólo lo integraría ella misma, debiendo recorrer pasadizos y doblar recodos a hurtadillas, una fuerza invisible actuando contra la desconsideración de los reyes.

—Ni siquiera se me ocurrió pensar que a alguien le interesara formar parte de él.

—Y, en cambio, ahora tenemos colaboradores en casi todos los reinos —añadió Giddon—. La gente está abriendo sus puertas. ¿Sabías que uno de los señores fronterizos de Nordicia acogió a un pueblo entero en el recinto fortificado de su castillo cuando, por medio del Consejo, se enteró de la inminente incursión de un destacamento oestense? El pueblo fue destruido, pero sus habitantes sobrevivieron. —Se tumbó de costado y volvió a bostezar—. Es alentador saber que sirve para algo.

Katsa yacía boca arriba mientras oía la respiración acompasada de los dos hombres. Los caballos también dormían, pero ella, no. Pese a los dos días de cabalgar sin descanso con una noche en blanco entre medio, estaba despierta. Se dedicó a observar las nubes que, al desplazarse por el cielo, ocultaban las estrellas, para poco después dejarlas de nuevo a la vista; mientras tanto la crecida hierba de la colina susurraba, mecida por la brisa nocturna.

La primera vez que hizo daño a alguien por encargo de Randa fue en un pueblo fronterizo, situado a corta distancia de donde estaban acampados ahora. En esa ocasión se descubrió que un señor feudal, vasallo de Randa, era un espía a sueldo del rey Thigpen de Elestia. Imputado con el cargo de traición y condenado a muerte, el noble huyó hacia la frontera elestina.

Exhibiendo una sonrisa desagradable, Randa asistió a una de las sesiones de prácticas de Katsa, quien, a la sazón, tenía diez años.

—¿Estás preparada para hacer algo útil con tu gracia, niña? —le preguntó en voz alta.

Ella cesó de dar patadas y giros y se quedó inmóvil, estupefacta ante la idea de que su gracia pudiera tener alguna utilidad provechosa.

En respuesta a su silencio, Randa esbozó de nuevo su desagradable sonrisa.

—En ti no hay más luces que el brillo de esa espada. Presta atención, niña. Voy a enviarte en pos de un traidor. Tienes que matarlo, en público, sin utilizar más arma que tus manos. Pero sólo a él; a nadie más. Por supuesto, todos esperamos que, a estas alturas, hayas aprendido a controlar tus ansias de matar.

Katsa se acobardó hasta el punto de sentirse tan insignificante que habría sido incapaz de pronunciar ni una palabra, aun en el caso de que hubiera tenido algo que decir. Entendió a la perfección la orden del rey: le prohibía que usara armas porque no quería que aquel hombre tuviera una muerte decente. Randa deseaba un espectáculo brutal, que sirviera de escarmiento, y esperaba que ella se lo proporcionara.

La chiquilla partió con Oll y una escolta de soldados. Cuando éstos capturaron al noble huido, lo arrastraron hasta la plaza del pueblo más cercano, donde unos cuantos lugareños asustados observaban la comitiva, boquiabiertos. Katsa ordenó a los soldados que lo pusieran de rodillas y, con un único movimiento, le rompió el cuello; no hubo sangre y sólo un instante de dolor. De hecho, la mayoría de la gente ni siquiera se dio cuenta de lo ocurrido.

Cuando Randa supo lo que había hecho la chiquilla, se enfureció tanto que le ordenó que se presentara ante él en el salón del trono. Forzando una sonrisa, que más parecía la mueca de una fiera enseñando los dientes, la miró con dureza desde el elevado solio y le espetó:

—¿De qué sirve una ejecución pública si la concurrencia se pierde la parte en la que muere el convicto? Ya veo que cuando te dé una orden, tendré que hacer algo para subsanar tu falta de entendederas.

A partir de entonces, sus órdenes incluían puntualizaciones acerca del derramamiento de sangre, el grado de dolor o la duración del castigo. No había modo de darle la vuelta a lo que el monarca deseaba. A fuerza de cumplir esos requisitos, Katsa se convirtió en una experta. Y Randa consiguió lo que buscaba, porque la reputación de la muchacha se propagó como una epidemia. Todos sabían lo que les ocurría a quienes contrariaban al rey Randa de Terramedia.

Después de cierto tiempo, Katsa olvidó por completo su rebeldía; resultaba demasiado difícil de imaginar.

ϒ

En los muchos viajes que realizaban para cumplir los encargos de Randa, Oll le contaba a la muchacha las cosas que descubrían los espías del rey cuando se infiltraban en los otros reinos, como por ejemplo, la desaparición de chicas jóvenes de un pueblo elestino que reaparecían al cabo de unas semanas en una mancebía oestense; la reclusión de un hombre en unas mazmorras norgandas, como condena por el hurto cometido por un hermano suyo porque éste había muerto y alguien tenía que sufrir el castigo, o bien la imposición de un tributo con el que el rey de Oestia quería gravar a ciertos pueblos de Elestia, tributo que a los soldados les parecía conveniente recaudar matando a los aldeanos elestinos antes de vaciarles los bolsillos...

Los espías de Randa informaban a su señor de esas historias, pero el rey hacía oídos sordos a todas ellas. Ahora bien, el hecho de que un noble de Terramedia hubiera ocultado parte de su cosecha, para pagar un diezmo menor del que le correspondía, era una noticia a tener en cuenta; ése sí era un contratiempo vital para el país. Por ello, Randa enviaba a Katsa a partirle el cráneo al señor feudal.

Sin embargo, a la muchacha se le metió una idea en la cabeza, y aunque no habría sabido decir de dónde la había sacado, no consiguió desecharla. Se preguntaba qué sería capaz de hacer si actuaba por voluntad propia, lejos del ámbito de influencia de Randa. No cesaba de darle vueltas y vueltas al tema, con el que se distraía mientras rompía dedos y descoyuntaba brazos por encargo de su tío. Y cuanto más lo pensaba, más apremiante se volvía, hasta que la joven se dijo que acabaría consumida de impotencia y frustración si no hacía algo al respecto.

En su decimosexto cumpleaños le planteó la idea a Raffin.

—Podría dar buen resultado —opinó él—. Te ayudaré, naturalmente.

Al siguiente a quien informó fue a Oll. Éste se mostró escéptico, incluso alarmado; estaba acostumbrado a proporcionar la información a Randa para que él decidiera qué medidas tomar. Pero al fin, poco a poco, consideró el punto de vista de la joven y lo aceptó, aunque sólo después de comprender que Katsa estaba decidida a llevarlo adelante con o sin su ayuda, así como después de convencerse de que no sería perjudicial para el rey ignorar lo que a sus espaldas hacía su jefe de espías.

En su primera misión propia, Katsa interceptó una pequeña banda de desvalijadores nocturnos, que el monarca elestino había organizado contra su propio pueblo, y los obligó a huir hacia las colinas. Aquél fue el momento más feliz y apasionante de su vida.

Poco después, ella y Oll rescataron a unos chicos oestenses que retenían como esclavos en una mina de hierro norganda, y tras otro par de lances, la noticia de sus intervenciones llegó poco a poco a los oídos idóneos. Algunos espías, compañeros de Oll, se adhirieron a la causa, así como un par de nobles de la corte de Randa, como Giddon; también se les unieron la esposa de Oll, Bertola, y otras mujeres del castillo. Organizaron reuniones regulares que celebraban en retiradas estancias, en las que se respiraba una atmósfera de aventura y de peligrosa libertad. Era como un juego demasiado maravilloso para que fuera realidad, pensaba a menudo Katsa. Pero era real. No obstante, no se limitaban a hablar de actos subversivos, sino que los planeaban y los llevaban a cabo.

Por fuerza, con el tiempo ganaron aliados fuera de la corte: señores de feudos fronterizos, hombres íntegros, hartos de quedarse cruzados de brazos mientras se saqueaban pueblos aledaños, nobles de otros reinos, espías de esos mismos nobles. Y, poco a poco, también se adhirió el pueblo: posaderos, herreros, granjeros… Todos ellos hastiados de la arbitrariedad de los reyes y dispuestos a correr algún riesgo para paliar el daño causado por el desorden y la anarquía, fruto de la ambición de la realeza.

Esa noche, en el campamento cercano a la frontera elestina, Katsa —despierta del todo— contemplaba el cielo pensando en lo que se había llegado a ampliar el Consejo y lo deprisa que se había extendido, igual que una planta trepadora de los bosques de Randa.

Pero, en la actualidad, la situación había escapado a su control. En nombre del Consejo, se llevaban a cabo misiones en sitios que ella desconocía y no le era posible supervisarlas; por ello, se había vuelto peligroso. Una palabra dicha por el hijo de un posadero en un descuido, o un encuentro desafortunado entre dos personas que ni siquiera conocía, y todo podría venirse abajo. Las misiones terminarían; de eso se encargaría su tío. Y después, de nuevo, sólo sería el brazo ejecutor del rey.

No tendría que haberse fiado del extraño lenita.

Cruzó los brazos y contempló una vez más las estrellas. Le habría gustado montar en su caballo y cabalgar por las colinas dando vueltas. Eso le apaciguaría la mente, la cansaría. Pero también cansaría al caballo; y no debía dejar solos a Oll y a Giddon. Además, esas cosas no se hacían; no era correcto.

Resopló y después escuchó con atención para asegurarse de que ninguno de los dos hombres se había despertado. Así que todo normal. Pero ella, una muchacha dotada con la gracia de matar —una asesina real—, no era normal. Ella era una chica que rechazaba los esposos que Randa la apremiaba a aceptar, hombres apuestos y considerados; una chica a la que le daba pánico la idea de tener un bebé pegado al pecho o aferrado a los tobillos.

Ella no era normal.

Si se descubría la existencia del Consejo, huiría a un lugar donde no la encontraran: a Lenidia o a Monmar. Viviría en una cueva, en un bosque, y mataría a cualquiera que la hallara y la reconociera.

No estaba dispuesta a renunciar a ese mínimo control sobre su vida que había conquistado.

Tenía que descansar.

«Duerme, Katsa —se dijo—. Necesitas dormir para conservar las fuerzas.»

Y de manera repentina, el cansancio se apoderó de ella y se quedó dormida.

Capítulo 4

Por la mañana se vistieron como correspondía a su condición: Giddon llevaba la indumentaria de viaje propia de un noble de Terramedia, Oll se había puesto su uniforme de capitán y Katsa lucía los colores de la casa real en una túnica azul, guarnecida con seda naranja, y en un pantalón a juego que utilizaba para realizar los encargos de Randa, un atuendo que consentía en ponerse porque destrozaba los vestidos que usaba para montar a caballo. A Randa no le gustaba imaginar a su graceling asesina repartiendo castigos con faldas ajadas y embarradas. Era indecoroso.

El asunto que los llevaba a Elestia tenía que ver con un señor feudal de la frontera elestina que concertó la compra de madera procedente de los bosques meridionales de Terramedia. El noble pagó el precio convenido, pero después taló un número de árboles superior al estipulado. Randa deseaba cobrar la madera cortada de más y que el noble recibiera un castigo por cambiar el acuerdo sin su permiso.

—Quiero prevenirles a los dos sobre una cuestión —comentó Oll mientras recogían las cosas del lugar en que habían acampado—. Ese noble tiene una hija dotada con la gracia de leer la mente.

—¿Y por qué nos lo adviertes? ¿Es que esa muchacha no está en la corte de Thigpen?

—El rey Thigpen se la ha devuelto a su padre.

Katsa dio un seco tirón de las correas que sujetaban el petate a la silla de montar.

—¿Es que quieres tumbar al caballo, Katsa? —preguntó Giddon—. ¿O intentas romper la silla?

—Nadie me advirtió que nos enfrentaríamos a una mentalista.

—Se lo estoy diciendo ahora, mi señora —argumentó Oll—. Y no hay por qué preocuparse. Tan sólo es una chiquilla a quien la mayoría de cosas que se le ocurren no tienen sentido.

—Bien, ¿y qué le pasa?

—Lo que le pasa es, como ya he dicho, que casi todo lo que se le ocurre no tiene sentido, no sirve para nada o carece de importancia, y suelta todo lo que ve. Ha perdido el control, y le ponía nervioso a Thigpen, así que la mandó a casa, mi señora, y le dijo a su padre que la enviara de nuevo a la corte cuando fuera útil.

En Elestia, como en casi todos los reinos, los graceling pasaban a estar bajo la tutela del rey para que le prestaran servicio, tal como estipulaba la ley. A veces ocurría que, a las semanas, meses o —en raras ocasiones— al cabo de unos años de nacer, a algún niño le cambiaba el color de los iris y le quedaban de distinta tonalidad. A esa criatura, pues, se la enviaba a la corte del monarca y se criaba en las habitaciones infantiles de palacio. Si la gracia que poseía le resultaba útil al soberano, el niño se quedaba a su servicio; si no, lo devolvían a la casa paterna. La corte se disculpaba por ello, desde luego, porque para una familia era difícil encontrar acomodo a un graceling, sobre todo a quien estuviera dotado con una gracia inútil, como trepar a los árboles, contener la respiración durante un tiempo increíblemente largo o hablar al revés. Al niño rechazado podría irle bastante bien si pertenecía a una familia de granjeros y trabajaba en los campos, sin que nadie lo viera ni conociera su peculiaridad, pero si un rey devolvía a un graceling de una familia de posaderos o tenderos en una ciudad que contara con más de una posada o una tienda, el negocio familiar sufriría las consecuencias, fuera cual fuese el don del niño. Porque si le era posible, la gente evitaba ir a aquellos lugares donde era muy probable toparse con una persona que tuviera los ojos de distinto color.

—Thigpen es un necio por no mantener a su lado a una mentalista porque todavía no le sea útil —opinó Giddon—. Un mentalista es muy peligroso. ¿Qué ocurriría si cayera bajo la influencia de otro?

Giddon tenía razón, por supuesto. Era probable que un mentalista revistiera más o menos inconvenientes, pero casi siempre eran herramientas muy valiosas en manos de un rey. Sin embargo, Katsa no imaginaba por qué iba a querer alguien disponer de personas así. El jefe de cocina de Randa estaba dotado por la gracia, al igual que su adiestrador de caballos, su viticultor y uno de los bailarines de la corte. Además, estaban al servicio del rey un juglar capaz de hacer malabares con un sinfín de objetos sin que se le cayeran; varios soldados que, sin compararlos a Katsa, poseían el don de la esgrima; un hombre que predecía la calidad de la cosecha del año siguiente, y una mujer con una mente muy clara para los números (en los siete reinos sólo trabaja esta mujer en la contaduría de un rey).

Randa también contaba con un hombre capaz de conocer el estado de ánimo de una persona con sólo tocarla con las manos. Éste era el único agraciado de Randa que despertaba el rechazo de Katsa, la única persona de la corte, aparte del propio rey, a la que procuraba evitar por todos los medios.

—Un comportamiento absurdo por parte de Thigpen no es nada sorprendente, mi señor —comentó Oll.

—¿Qué clase de mentalista es esa niña? —preguntó Katsa.

—No lo saben con certeza, mi señora. Aún está poco formada, y ya sabe cómo son esos graceling. Como sufren cambios constantes en la gracia, resulta muy difícil definir sus aptitudes, hasta el punto que se hacen adultos antes de alcanzar todo su potencial. Pero, al parecer, esa chiquilla descubre los deseos de una persona al leerle la mente y sabe lo que pretenden.

—Entonces sabrá que lo que quiero es dejarla inconsciente si se le ocurre siquiera mirarme —murmuró Katsa, con la boca casi pegada a la crin del caballo para que no la oyeran sus compañeros, pues sacarían punta a lo que había dicho y le tomarían el pelo—. ¿Alguna otra cosa que deba saber sobre ese noble fronterizo? —inquirió en voz alta mientras subía al estribo—. ¿No tendrá por ventura una guardia personal de un centenar de graceling guerreros? ¿O tal vez un oso adiestrado para protegerlo? ¿Hay algo más que hayas olvidado mencionar?

—Los sarcasmos huelgan, mi señora —se quejó Oll.

—Esta mañana tu compañía es tan grata como siempre, Katsa —abundó Giddon.

La joven taconeó al caballo para no tener que verle la cara de guasa.

Y

La mansión del noble se alzaba tras un muro de piedra, en lo alto de una colina alfombrada de hierba ondulante. El hombre que les abrió la verja y se encargó de los caballos les dijo que su señor estaba desayunando. Katsa, Giddon y Oll entraron por su cuenta en el gran vestíbulo, sin esperar que alguien los escoltara.

El mayordomo se interpuso en su camino para impedirles que accedieran al comedor. Entonces se fijó en Katsa, carraspeó y abrió las grandes hojas de la puerta.

—Unos delegados de la corte del rey Randa, mi señor —anunció, y, escabulléndose sin esperar la respuesta se marchó a toda prisa.

El noble tenía ante sí todo un festín de carne de cerdo, huevos, pan, fruta y queso. A su lado, un criado lo atendía. Los dos hombres alzaron la vista al oírlos entrar y ambos se quedaron paralizados. La cuchara tintineó al caer de la mano del noble en la mesa.

—Buenos días, mi señor —saludó Giddon—. Pedimos disculpas por interrumpirle el desayuno. ¿Sabe por qué hemos venido?

—No tengo ni la más remota idea —respondió el noble. Se había llevado la mano a la garganta y conseguido hablar merced a un esfuerzo ímprobo.

—¿Ah, no? Tal vez lady Katsa podría ayudarlo a recordar —sugirió Giddon—. ¿Señora, por favor?

Katsa dio un paso.

—De acuerdo, de acuerdo. —Al ponerse de pie, el noble golpeó la mesa con las piernas y volcó un vaso. Era un hombre alto, de hombros anchos, más corpulento incluso que Giddon y Oll, pero demostraba torpeza al mover las manos y recorría rápidamente el comedor con la mirada, de un lado para otro, pero siempre evitando fijar la vista en Katsa. Se le había pegado un trocito de huevo en la barba. Tan estúpido, tan grandullón, tan asustado, desgraciado... La joven mantuvo el semblante impasible para que ninguno de los presentes advirtiera lo mucho que detestaba aquella situación.

—Ah, se ha acordado, ¿verdad? —inquirió Giddon—. ¿Recuerda ya por qué estamos aquí?

—Creo que les debo dinero —contestó el noble—. Supongo que han venido a recaudar la deuda.

—¡Muy bien! —jaleó Giddon, como si le hablara a un

niño—. ¿Y por qué nos debe dinero? Vamos a ver, ¿por cuántos acres de arbolado firmó el acuerdo? Recuérdemelo, capitán.

—Veinte, mi señor —repuso Oll.

—¿Y cuántos acres se han talado, capitán?

—Veintitrés, mi señor.

—¡Veintitrés acres! —Giddon se volvió hacia el noble—. La diferencia es considerable, ¿no le parece, mi señor?

—Fue un error tremendo. —El intento del noble de esbozar una sonrisa resultó penoso—. No nos dimos cuenta de que necesitaríamos tanta madera. Por supuesto, les pagaré de inmediato. Digan cuánto quieren.

—Ha ocasionado no pocos inconvenientes al rey Randa —adujo Giddon—. Ha arrasado tres acres más de sus bosques, y las frondas del rey no son ilimitadas.

—No, por supuesto que no. Reitero que fue un error tremendo.

—También hemos tenido que viajar varios días para arreglar este asunto —agregó Giddon—. Nuestra ausencia de la corte es un engorro innegable para el rey.

—Claro, claro —convino el noble.

—Supongo que doblar el primer pago aliviaría la presión soportada por el monarca, debida a todos esos inconvenientes.

—El doble del pago original. ¡Oh, sí, sí! Parece bastante razonable. —El noble se lamió los labios.

—Muy bien —sonrió Giddon—. Quizá su maestresala quiera conducirnos a la contaduría.

—Naturalmente. —El noble hizo un gesto al servidor que estaba a su lado—. Vamos, hombre, ¡date prisa!

—Lady Katsa —dijo Giddon, mientras Oll y él se dirigían hacia la puerta—, ¿por qué no se queda aquí y hace compañía a su señoría?

El sirviente los condujo a ambos fuera del comedor. Las enormes puertas se cerraron tras ellos, y Katsa y el noble se quedaron solos.

La joven lo observó con fijeza, pero el hombre seguía sin mirarla. Estaba pálido y respiraba con dificultad; parecía estar a punto de sufrir un ataque.

—Siéntese —ordenó Katsa. El noble se dejó caer con pesadez en la silla y soltó un quedo gemido—. Míreme. —El hombre posó la vista un instante en el rostro de Katsa, y a continuación se fijó en las manos. Las víctimas de Randa le observaban las manos, nunca la cara, porque eran incapaces de sostenerle la mirada. Además, esperaban que la agresión proviniera de ellas.

Katsa suspiró.

Él abrió la boca para hablar, pero el único sonido que logró emitir fue una especie de graznido.

—No he entendido qué ha dicho.

El hombre carraspeó una vez más y farfulló:

—Tengo familia. Tengo una familia a mi cargo. Haga lo que quiera, pero le suplico que no me mate.

—¿Sólo es por su familia por lo que no quiere que lo mate?

Una lágrima se deslizó por la barba del hombre, y confesó:

—Y por mí. No quiero morir.

Pues claro que no quería morir por tres acres de bosque.

—No mato hombres que roban tres acres de madera al rey y después los pagan a precio de oro —dijo la joven—. Más bien es un tipo de delito sancionado con un brazo roto o un dedo cortado.

Se le acercó y sacó la daga de la vaina. La respiración del noble se aceleró; tenía los ojos fijos en los huevos y la fruta que había en el plato. Katsa se preguntó si vomitaría o se pondría a sollozar, pero entonces él apartó el plato a un lado, así como el vaso volcado y los cubiertos de plata. Después extendió los brazos encima de la mesa, agachó la cabeza y esperó.

Una abrumadora sensación de cansancio asaltó a Katsa. Era más fácil cumplir las órdenes de Randa cuando las víctimas suplicaban o lloraban, porque no les restaba nada que mereciera su respeto. Y a Randa no le importaban los bosques; sólo le interesaban el dinero y el poder. Por otra parte, los bosques crecerían con el tiempo, mas los dedos no volvían a crecer.

Metió la daga en la funda. Dadas las circunstancias, tendría que ser un brazo o una pierna; o quizá la clavícula, un hueso que dolía mucho si se rompía. Pero a ella misma los brazos le pesaban como plomo y parecía que las piernas no querían aproximarla al hombre.

El noble exhaló un suspiro tembloroso, aunque no se movió ni habló. Era un embustero, un ladrón y un estúpido.

Por alguna razón, a Katsa le traía sin cuidado todo eso.

—Admito que es usted valiente, aunque al principio no me lo ha parecido —dijo soltando un suspiro de exasperación. Saltó hacia la mesa y lo golpeó en la sien igual que había hecho con los guardias de Murgon. El noble se desplomó y cayó de la silla.

La muchacha giró sobre sus talones y salió al gran vestíbulo de piedra a esperar que Giddon y Oll regresaran con el dinero.

El señor feudal tendría un buen dolor de cabeza cuando volviera en sí, pero nada más. Randa se pondría furioso si llegaba a sus oídos lo que había hecho.

Pero a lo mejor no se enteraba, o tal vez acusaría al noble de mentir para salvar las apariencias.

En cuyo caso, Randa le ordenaría volver con pruebas en el futuro. Una colección de dedos cortados de manos o pies. ¿En qué afectaría aquel suceso a su reputación?

Daba igual. Ese día no tenía fuerzas para torturar a una persona que no lo merecía.

A todo esto, una personita de pequeña estatura entró en el salón. Katsa adivinó quién era, antes incluso de verle los ojos a la chiquilla: uno amarillo, como las calabazas que crecían en el norte, y el otro marrón, como un pegote de barro. A esa cría sí le haría daño; a esa cría la torturaría si con ello impedía que se metiera en sus pensamientos.

La miró a los ojos. La chiquilla dio un respingo y retrocedió unos pasos antes de darse la vuelta y salir corriendo del salón.

Capítulo 5

Iban deprisa, aunque el paso que llevaban exasperaba a la muchacha.

—Katsa es de las que cree que cabalgar a una velocidad que no sea temeraria es desaprovechar el caballo —comentó Giddon.

—Sólo quiero saber si Raffin ha descubierto algo del lenita liberado —replicó ella.

—Tranquila, mi señora —dijo Oll—. Llegaremos a la corte mañana a última hora si no se estropea el tiempo.

Hizo bueno todo el día y también por la noche, pero poco antes de amanecer, las nubes encapotaron el cielo y ocultaron las estrellas sobre la zona en la que habían acampado. Por la mañana levantaron con ligereza el campamento y se pusieron en marcha un tanto ansiosos. Poco después, cuando entraban al trote en el patio de la posada donde habían cambiado de caballos a la ida, les caían encima las primeras gotas, y casi no les dio tiempo de llegar al establo porque empezó a llover a cántaros. El aguacero se convirtió en auténticos torrentes de agua que bajaban por las colinas de alrededor.

Esa circunstancia dio pie a una discusión.

—Podemos cabalgar aunque llueva —propuso Katsa.

Se encontraban en el establo, pero la posada, aunque estaba a diez pasos de distancia, no se veía a causa de la tromba de agua.

—Poniendo en peligro a los caballos y a riesgo de matarnos, ¿verdad? —replicó Giddon—. No seas absurda, Katsa.

—Sólo es agua.

—Dile eso a alguien que se está ahogando. —Giddon le asestó una mirada encolerizada a la que ella respondió con otra igualmente colérica. Una gota se coló por una grieta del tejado y le cayó en la nariz a la joven que se la limpió, furiosa.

—Mi señora —intervino Oll—. Mi señor. —Katsa respiró hondo, contempló el sosegado semblante del capitán y se preparó para sufrir una desilusión—. No sabemos cuánto va a prolongarse la tormenta. Si dura un día, más vale que no nos expongamos. No hay razón para cabalgar con semejante tiempo… —Alzó la mano al ver que Katsa iba a decir algo—. Diéramos la razón que le diéramos al rey, pensaría que estamos chiflados. Pero quizá sólo dure una hora, en cuyo caso no habremos perdido mucho tiempo.

Katsa se cruzó de brazos y se esforzó en respirar con calma.

—No parece la clase de temporal que dura una hora.

—Entonces, informaré al posadero de que necesitamos comida —determinó Oll—, y habitaciones para pasar la noche.

La posada se hallaba lejos de cualquier población de las colinas de Terramedia; aun así, en verano, disfrutaba de una afluencia aceptable de mercaderes y viajeros. Era un edificio cuadrado y sencillo, con la cocina y el comedor en la planta baja y dos pisos con habitaciones. Sencillo pero limpio y práctico. Katsa habría preferido que su presencia hubiera pasado inadvertida, pero, naturalmente, aquellos posaderos no solían alojar a miembros de la casa real, de modo que la familia al completo se puso hecha un manojo de nervios en su afán por ofrecer a la sobrina del rey, a un noble y al capitán del monarca todas las comodidades posibles. A pesar de las protestas de Katsa, se le pidió a un huésped de la casa —un mercader— que se trasladara a otra habitación para que la joven tuviera mejores vistas desde la ventana, vistas invisibles en ese momento, aunque ella supuso que serían de las mismas colinas que llevaban días viendo.

La joven quería ofrecer sus disculpas al mercader por haberlo sacado de su habitación, y a la hora de la comida ordenó a Oll que lo hiciera de su parte. Cuando el capitán le indicó al mercader la mesa ocupada por Katsa, ésta alzó la copa, como si brindara. El hombre hizo lo mismo con la suya y asintió enérgicamente con la cabeza, blanca la tez y los ojos abiertos como platos.

—Cuando mandas a Oll para que hable en tu nombre, te das

unos aires de superioridad tremendos, señoría —dijo Giddon, sonriente, con la boca llena de estofado.

Katsa no contestó. Giddon sabía perfectamente bien por qué había enviado a Oll. Si el mercader era como la mayoría de la gente, le habría atemorizado que se le acercara la dama en persona.

Asimismo se notaba que la chiquilla que los servía estaba asustada. No hablaba y se limitaba a asentir o a negar con la cabeza en respuesta a sus peticiones; a diferencia de casi todo el mundo, parecía incapaz de apartar los ojos del rostro de Katsa. Incluso cuando el apuesto lord Giddon le dirigía la palabra, la mirada se le iba hacia la joven.

—La cría cree que me la voy a comer —murmuró Katsa.

—Me parece que no —respondió Oll—, porque su padre es simpatizante del Consejo. Es posible que en esta casa se hable de la sobrina del rey de forma distinta a como lo hacen en otras, mi señora.

—Pese a ello, tiene que haber oído algunas cosas —insistió Katsa.

—Es probable —admitió Oll—. Pero creo que la tiene fascinada.

Giddon se echó a reír y exclamó:

—Es que tú fascinas, Katsa. —Y cuando la chiquilla se acercó a la mesa otra vez, le preguntó cómo se llamaba.

—Lanie —susurró la niña, y de nuevo los ojos se le fueron hacia Katsa.

—¿Ves a lady Katsa, Lanie? —preguntó Giddon. La pequeña asintió con la cabeza—. ¿Y te da miedo?

La chiquilla se mordió el labio y no contestó.

—Ella nunca te haría daño, ¿sabes? —siguió diciendo Giddon—. Pero si alguien quisiera hacértelo, seguro que lady Katsa castigaría a esa persona. —Katsa soltó el tenedor y miró al noble, sorprendida por su amabilidad—. ¿Lo entiendes, pequeña?

La chiquilla asintió en silencio y miró de reojo a Katsa.

—A lo mejor te apetece estrecharle la mano —sugirió Giddon.

La niña se quedó pensativa un momento y después se acercó a Katsa y le tendió la mano. Una sensación extraña invadió a la joven, algo que no acababa de determinar. Esa criatura que quería tocarla despertaba en ella una especie de triste regocijo. Alargó la mano, pues, y asió los menudos dedos.

—Es un placer conocerte, Lanie.

La niña abrió los ojos de par en par, soltó la mano de Katsa y corrió hacia la cocina. Oll y Giddon rieron, pero la joven le dijo al noble:

—Te estoy muy agradecida.

—Es que tú no haces nada para borrar esa reputación de ogro de que gozas, y lo sabes, Katsa. No es de extrañar que tengas tan pocos amigos.

Muy propio de Giddon. Era típico en él convertir un gesto amable en una crítica a su carácter. Le encantaba poner de relieve sus faltas. Pero no la conocía en absoluto si creía que deseaba tener amigos.

Katsa se centró en comer e hizo caso omiso de la conversación de los dos hombres.

No paró de llover. Giddon y Oll se sentían satisfechos de poder seguir charlando con los mercaderes y el posadero en la sala común, pero Katsa pensaba que la inactividad acabaría haciéndola chillar. Así que se dirigió al establo y dio un buen susto a un chiquillo, poco mayor que Lanie, que se hallaba en una de las cuadras encaramado en una banqueta para almohazar a un caballo. El de ella, por cierto; se percató cuando los ojos se le acostumbraron a la escasa luz que había dentro.

—No era mi intención asustarte —se disculpó—. Sólo busco un sitio donde practicar mis ejercicios.

El niño se bajó de la banqueta y huyó. Katsa alzó los brazos en un gesto exasperado. En fin, al menos ahora tenía el establo sólo para ella. Apartó balas de paja, sillas de montar y rastrillos para despejar un espacio enfrente de las cuadras, y ensayó una serie de golpes con los pies y las manos. Giró sobre sí misma y dio saltos, en todo momento consciente del lugar, del suelo, de las paredes que la rodeaban, de los caballos… Se concentró en adversarios imaginarios y logró sosegar la mente.

A la hora de la cena, Oll y Giddon tenían noticias interesantes.

—El rey Murgon ha hecho público que se cometió un robo en su castillo hace tres noches —explicó Oll.

—¿De veras? —Katsa miró con atención al capitán y después a Giddon. La expresión de ambos le recordaba la de un gato acorralando a un ratón—. ¿Y se sabe lo que fue robado?

—Sólo se informa de que se trata de un tesoro importante de la corte —repuso Oll.

—¡Cielos! ¿Y quién se supone que le ha robado ese tesoro? —preguntó ella.

—Algunos dicen que fue un chico graceling —contestó Oll—, una especie de hipnotizador que dejó dormidos a los soldados de la guardia real.

—Otros hablan de un graceling gigantesco, casi monstruoso —añadió Giddon—; un luchador que venció a los guardias uno tras otro. —Se echó a reír de buena gana, y Oll sonrió sin alzar la vista del plato.

—Qué nuevas tan interesantes —comentó Katsa. Y entonces, esperando imprimir un timbre inocente a la voz, añadió—: ¿Os habéis enterado de algo más?

—La persecución se retrasó horas porque, al principio, se dio por sentado que el responsable era alguien perteneciente a la corte, un visitante —explicó Giddon—. Resulta que ese hombre era un graceling con el don de la lucha. —Bajó la voz y añadió—: ¿Te lo puedes creer? Menuda suerte hemos tenido.

—¿Y qué ha dicho ese graceling? —Katsa hizo la pregunta sin perder la calma.

—Por lo visto, nada de utilidad. Adujo que no sabía nada de ese incidente.

—¿Y qué le han hecho?

—No tengo ni idea —dijo Giddon—. Es un dotado para la lucha, así que dudo que pudieran hacer mucho al respecto.

—¿Y quién es? ¿De dónde procede?

—No se ha dicho nada sobre eso. —Giddon le dio un codazo—. Vamos, Katsa, estás pasando por alto lo fundamental. ¿Qué más da quién sea? Perdieron horas interrogando a ese hombre. Cuando se decidieron a buscar por otro sitio a los ladrones, ya era demasiado tarde.

Katsa creía saber mejor que Giddon y Oll la razón por la que Murgon había empleado tanto tiempo en someter a ese graceling en particular a un duro interrogatorio. Y también por qué se había tomado tantas molestias en que no se hiciera pública su procedencia. Murgon no quería que nadie sospechara que el tesoro robado era Tealiff, pero sobre todo que lo había tenido encerrado en sus mazmorras.

¿Y por qué el graceling lenita no le había dicho nada a Murgon? ¿La estaría protegiendo?

Aquella condenada lluvia tenía que parar de una vez y así podrían regresar a la corte y reunirse con Raffin. Katsa bebió un sorbo y dejó la copa en la mesa.

—Qué golpe de suerte para los ladrones.

—¡Y tanto! —sonrió Giddon.

—¿Os han dado más noticias?

—La hermana del posadero tiene un bebé de tres meses —contestó Oll—. La otra mañana se llevaron un susto, pues creían que un ojo se le había oscurecido, pero sólo fue un efecto extraño de la luz.

—Fascinante. —La joven se echó salsa en la carne.

—La reina monmarda está terriblemente apenada por su padre, el príncipe Tealiff —añadió Giddon—. Nos lo contó un mercader de Monmar.

—He oído decir que no come nada —dijo Katsa. Para ella, ésa era una forma absurda de manifestar una pena.

—Hay algún detalle más —informó Giddon—: se ha encerrado con su hija en sus aposentos. A excepción de su camarera, no deja que entre nadie, ni siquiera el rey Leck.

—¿Y permite que coma su hija? —cuestionó Katsa, a quien esa actitud no sólo le parecía absurda, sino muy rara.

—La camarera les lleva comida, pero no salen de los aposentos. Parece ser que el rey está siendo muy paciente —comentó Giddon.

—Lo superará —opinó Oll—. Es impredecible el efecto que puede causar la pena en una persona. Pero se le pasará cuando su padre aparezca.

El Consejo mantendría oculto al anciano por su propia seguridad, hasta que se descubriera la razón por la que había sido raptado. No obstante, tal vez podría enviarse un mensaje a la reina monmarda para aliviar aquella extraña aflicción. Katsa decidió tomar en consideración el asunto. Lo comentaría con Giddon y Oll cuando pudieran hablar sin correr peligro.

—Es lenita... —dijo Giddon—. Tienen fama de ser raros.

—Todo esto me parece muy extraño —dijo Katsa. Ella nunca había sentido pesar o, si lo había experimentado, no se acordaba. Su madre, hermana de Randa, murió de unas fiebres antes de que a la pequeña Katsa le cambiara el color de los ojos; de las mismas fiebres murió también la madre de Raffin, la esposa de Randa. Al padre de Katsa, un señor fronterizo del norte de Terramedia, lo mataron en una incursión al otro lado de la frontera, en un ataque oestense a un pueblo norgando. No fue responsabilidad de su padre, pero asumió la defensa de sus vecinos y murió en el intento. Por aquel entonces, Katsa era tan pequeña que ni siquiera hablaba, así que no lo recordaba.

Y si su tío moría, no creía que sintiera pena. Miró a Giddon de soslayo; no le gustaría perderlo, pero suponía que tampoco le causaría dolor su muerte. Con Oll era diferente. A él sí lo lloraría, así como a su dueña de honor, Helda, y a Raffin. La pérdida de su primo le dolería más que si le cortaran un dedo, le rompieran un brazo o le dieran una puñalada en el costado.

Pero no se encerraría en sus aposentos, sino que saldría en busca de quien le hubiera ocasionado la muerte, y cuando lo encontrara, haría que esa persona sintiera un dolor tan grande como nadie hubiera experimentado jamás.

Giddon le hablaba, pero ella no le prestaba atención. Salió de su abstracción con un estremecimiento.

—¿Qué decías?

—Decía, mi dama soñadora, que creo que el cielo está aclarando. Podremos ponernos en camino al amanecer, si quieres.

Llegarían a la corte antes de que anocheciera. Katsa se acabó la cena muy deprisa y se fue corriendo a su habitación para preparar el equipaje.

Capítulo 6

El sol ya había recorrido un buen trecho en el cielo cuando los cascos de los caballos repicaron en el suelo marmóreo del patio del palacio de Randa. Blancos muros rodeaban por completo el castillo, contrastando vivamente con el color verde del suelo, y a todo lo largo de su parte superior, había galerías para que los cortesanos pudieran asomarse cuando iban de un sector a otro del palacio y admiraran los jardines, adornados con plantas trepadoras y rosados árboles en flor.

En el centro del jardín se había erigido una estatua del rey; un chorro de agua le brotaba de una mano —extendida—, mientras que con la otra sostenía una antorcha. Era un jardín bonito si uno no paraba mientes en la estatua; y el patio también lo era, aunque en él no se disfrutaba de tranquilidad ni de intimidad debido a toda aquella gente de la corte deambulando por las galerías.

Aquél no era el único patio del castillo, pero sí el más grande, y por donde entraban los residentes en el castillo o las visitas importantes. El suelo se mantenía tan brillante que Katsa se veía a sí misma y a su caballo reflejados en él, y los muros de piedra —de un blanco rutilante— eran tan altos que la joven tuvo que echar la cabeza hacia atrás para distinguir la cúspide de las torres albarranas. Era imponente, impresionante; como le gustaba a Randa.

El ruido de los cascos de los caballos y los relinchos atrajeron a la gente a las galerías para ver quién había llegado. Un mayordomo del rey salió a recibirlos, y un instante después Raffin llegaba corriendo al patio.

—¡Por fin estáis aquí!

Katsa le sonrió. Después lo observó con más detenimiento,

se puso de puntillas —era muy alto—, y le agarró un mechón de cabellos.

—Raff, ¿qué te has hecho? Tienes el pelo complemente azul.

—He estado haciendo pruebas con un remedio nuevo para los dolores de cabeza; se ha de aplicar en el cuero cabelludo y dar un masaje. Y como ayer me pareció que se me avecinaba una migraña, lo probé. Por lo visto tiñe de azul el cabello rubio.

—¿Y se te curó la migraña? —inquirió Katsa sonriendo de nuevo.

—Bueno, si de verdad me iba a acosar el supuesto dolor de cabeza, sí me lo curó, pero lo cierto es que no estoy convencido de que fuera a padecer tal migraña. Pero, oye, ¿te duele a ti la cabeza? —preguntó, esperanzado—. Tienes el cabello tan oscuro que no se te pondría azul.

—No, no me duele; nunca tengo dolor de cabeza. ¿Y qué opina el rey de tu pelo?

Raffin esbozó una sonrisa desdeñosa y afirmó:

—No me dirige la palabra. Dice que es un comportamiento espantoso en un príncipe, y hasta que no recupere el tono normal de mi cabello, no me considera hijo suyo.

Oll y Giddon saludaron a Raffin y entregaron las riendas de sus monturas a un mozo de cuadra. Dejando solos a Katsa y a su primo en el patio, siguieron al mayordomo y entraron en el castillo. Los dos jóvenes estaban cerca del jardín y de la cantarina fuente de la estatua de Randa. Fingiendo estar concentrada en manejar las correas que ataban las alforjas al caballo, Katsa bajó la voz y preguntó:

—¿Alguna novedad?

—No se ha despertado; ni una sola vez.

La joven se decepcionó, pero inquirió todavía en voz baja:

—¿Sabes algo de un lenita joven, un noble con el don de la lucha?

—Lo has visto al entrar en el patio, ¿verdad? —La pregunta le sorprendió tanto que alzó la vista de las correas—. Ha estado merodeando por aquí. A ése no es fácil mirarle a los ojos, ¿no es cierto? Es hijo del rey lenita.

¿Así que estaba allí? Eso sí que no se lo esperaba. Se concentró de nuevo en las alforjas y comentó:

—¿El heredero de Ror?

—¡Diantre, no! Tiene seis hermanos mayores que él, y le pusieron el nombre más absurdo que he oído en mi vida para el séptimo heredero a un trono: príncipe Granemalion Verdeante. —Raffin sonrió—. ¿Alguna vez habías oído algo parecido?

—¿Por qué está aquí?

—Ah, en realidad es muy interesante. Asegura que busca a su abuelo raptado.

Katsa apartó otra vez la vista de las alforjas y la clavó en los risueños ojos azules de su primo.

—No habrás...

—Pues claro que no. Te he esperado.

A todo esto, un mozo se les acercó para ocuparse del caballo de Katsa, y Raffin se lanzó a un monólogo sobre las visitas que habían llegado durante la ausencia de la joven. Al poco rato un mayordomo del rey se aproximó desde una de las puertas de entrada.

—Viene a por ti —dijo Raffin—, ya que no soy hijo de mi padre en este momento y no envía mayordomos a buscarme. —Se echó a reír y se dispuso a marcharse—. Me alegro de que estés de vuelta —dijo en voz alta antes de desaparecer por un pasadizo abovedado.

El sirviente era uno de los mayordomos personales de Randa, un hombre menudo, enjuto y estirado.

—Lady Katsa, bienvenida. El rey desea saber si el asunto en el este se resolvió bien.

—Puedes decirle que sí.

—De acuerdo, mi señora. El rey quiere que se vista para la cena.

Katsa entrecerró los ojos y cuestionó:

—¿El rey desea alguna otra cosa?

—No, mi señora. Gracias, mi señora. —El hombre inclinó ligeramente la cabeza y se marchó presuroso para escapar a la mirada de la joven.

Katsa se cargó las alforjas al hombro y suspiró. Cuando el rey ordenaba que se vistiera para la cena, significaba que tenía que ponerse un vestido, arreglarse el cabello y lucir joyas en el cuello y en las orejas. También significaba que planeaba sentarla cerca de algún noble que buscaba esposa, aunque a buen seguro ella no era la mujer que el noble en cuestión tenía en mente.

Así que despejaría con presteza los temores del pobre hombre y quizá podría aducir que no se encontraba lo bastante bien para quedarse toda la velada; diría que le dolía la cabeza. Ojalá pudiera tomar el remedio para la migraña que había preparado Raffin, y el cabello se le volviera de color azul. Eso le daría un respiro con respecto a las cenas de Randa.

Raffin apareció de nuevo; esta vez, un piso por encima de donde ella se hallaba, en una galería que discurría por delante de su laboratorio. Se asomó a la barandilla y la llamó:

—¡Kat!

—¿Qué pasa?

—Pareces perdida. ¿Se te ha olvidado cómo ir a tus aposentos?

—Estoy en un atolladero.

—¿Y cuánto tardarás en desatascarte? Me gustaría enseñarte un par de mis nuevos descubrimientos.

—Me han dicho que me ponga guapa para la cena.

—Siendo así, tardarás siglos.

La cara de guasa de Raffin la impulsó a arrancar un botón de una alforja y se lo arrojó. Él chilló y se tiró al suelo; el botón golpeó la pared detrás mismo de donde él había estado un instante antes. Cuando se asomó de nuevo a la barandilla con precaución, la joven estaba en el patio, en jarras y sonriendo.

—Fallé a propósito —dijo.

—¡Lúcete! Y ven si tienes tiempo. —Se despidió con la mano y regresó a sus habitaciones.

Fue entonces cuando la presencia de alguien cobró forma en el rabillo del ojo de Katsa.

Apoyado de codos en la baranda, él la observaba desde el piso de arriba, a su izquierda. A la vista estaba el cuello de la camisa abierto, los aros dorados en las orejas y los anillos; el cabello oscuro y un pequeño verdugón bien visible en la frente, justo al lado del ojo.

Y los ojos... Katsa jamás había visto unos ojos así. Uno era plateado y el otro, dorado. Desiguales y extraños, relucían en el atezado rostro. Le sorprendió que no le hubieran brillado en la oscuridad la noche de su primer encuentro; no parecían humanos. Y se sintió incapaz de apartar la vista de ellos.

Un mayordomo de la corte se acercó al lenita en ese momento y le dijo algo. Él se irguió, se volvió hacia el sirviente y le contestó. Cuando el mayordomo se marchó, el hombre, cuyos ojos eran como relámpagos, se giró con rapidez para mirar de nuevo a Katsa, y se apoyó en la barandilla otra vez.

Katsa se daba cuenta de que estaba en el centro del patio, prendida la mirada en ese lenita, y que debería marcharse, pero le era imposible.

Entonces él enarcó un poco las cejas y los labios esbozaron un atisbo de sonrisa. Le hizo una inclinación de cabeza —mínima—, y la liberó de su hechizo.

Ese hombre era un engreído. Engreído y arrogante; eso era todo lo que podía pensarse de él. Fuera cual fuese el jueguecito que se traía entre manos, si esperaba que lo secundara iba a llevarse un buen chasco. ¡Vaya con Granemalion Verdeante!

Apartó los ojos del lenita, se colocó mejor las alforjas en el hombro y se encaminó hacia el castillo, consciente en todo momento del contacto abrasador de aquellos ojos en su espalda.

Capítulo 7

Helda entró a trabajar en los cuartos infantiles del palacio de Randa más o menos en la misma época en que Katsa empezaba a aplicar los castigos impuestos por el rey. Costaba entender por qué la joven la asustaba menos que a los demás; tal vez se debía a que ella misma había alumbrado un niño graceling. No se trataba de un guerrero, sino simplemente de un nadador, habilidad que no era de utilidad para un rey. Por ello, se devolvió al niño a la casa paterna, y Helda comprobaba cómo los vecinos lo evitaban y lo ridiculizaban por la sencilla razón de moverse como un pez en el agua, o porque tenía un ojo negro y el otro, azul. Quizá por eso la mujer se reservó su opinión cuando la servidumbre la previno contra la sobrina del rey, aconsejándole que la evitara.

Ni que decir tiene que cuando Helda llegó al palacio, Katsa era demasiado mayor para estar en los cuartos de niños que tan atareada mantenían a la mujer. Sin embargo, ésta asistía a las sesiones de entrenamiento de la chiquilla siempre que podía. Se sentaba a mirarla mientras la pequeña reventaba a golpes el relleno de un bausán, y el grano saltaba de las rajaduras y desgarrones del saco y caía al suelo, como si fuera sangre que manara a borbotones. Nunca se quedaba mucho rato porque siempre se la necesitaba en los cuartos infantiles, pero aun así Katsa se fijó en ella, como se fijaba siempre en alguien que no trataba de evitarla. No obstante, aunque se percató de la presencia de Helda y la observó, no se dejó ganar por la curiosidad; no había ninguna razón para que se relacionara con una mujer del servicio.

Pero la criada apareció en la sala de prácticas un día en que Oll se había ausentado y Katsa estaba sola. Cuando la chiquilla hizo un alto para preparar otro bausán, ella le dirigió la palabra:

—En la corte dicen que es usted peligrosa, mi señora.

Katsa la observó con atención un momento; era una mujer mayor, de cabello canoso, ojos grises y brazos fofos cruzados sobre el vientre, también fofo. La mujer le sostuvo la mirada como no lo hacía nadie excepto Raffin, Oll y el rey. Katsa se encogió de hombros, se cargó al hombro un saco de grano y lo colgó de un gancho a un poste de madera clavado en el suelo, en el centro de la sala de prácticas.

—Mi señora, ¿mató usted a propósito a ese primo suyo, su primera víctima? —inquirió Helda.

Era una pregunta que nadie le había hecho jamás. La muchachita volvió a mirarla a la cara y, de nuevo, la mujer le sostuvo la mirada. Katsa intuyó que era una pregunta inapropiada viniendo de una criada. Sin embargo, estaba tan poco acostumbrada a que alguien le dirigiera la palabra que no sabía qué proceder sería el correcto.

—No —contestó—. Lo único que quería era que dejara de tocarme.

—En tal caso, mi señora, es peligrosa para la gente que no le gusta. Pero tal vez no entraña peligro como amiga.

—Ése es el motivo de que me pase el día entero en esta sala de prácticas —explicó Katsa.

—Aprendiendo a dominar su gracia —asintió Helda—. Sí, todos los graceling deben hacerlo.

Esa mujer sabía algo sobre los dones otorgados por la gracia, y no le daba miedo usar la palabra. Katsa tenía que reanudar sus ejercicios, pero hizo un alto con la esperanza de que la sirvienta dijera algo más.

—Mi señora, ¿puedo hacerle una pregunta indiscreta?

Katsa aguardó. No se le ocurría una pregunta más indiscreta que las que ya le había hecho la mujer.

—¿Qué criadas tiene a su servicio, mi señora?

Katsa se preguntó si esa mujer intentaba ponerla en evidencia, así que adoptó una pose engreída y la observó con detenimiento, como si la retara a que se riera o sonriera siquiera, cuando le respondió:

—No tengo criadas. Y cuando se me asigna una, por lo general prefiere abandonar el servicio en la corte.

Helda no sonrió ni se echó a reír, sino que a su vez se limitó a observar atentamente a la chiquilla.

—¿No tiene un aya o una dueña, mi señora?

—No, no la tengo.

—¿Le ha hablado alguien acerca del menstruo de la mujer, mi señora, o de lo que pasa entre un hombre y una mujer?

La muchachita no sabía a qué se refería y barruntó que esa mujer era consciente de ello. Aun así, Helda continuó sin sonreír ni reír, sino que la repasó con la mirada de arriba abajo.

—¿Qué edad tiene, mi señora?

—Casi once años —contestó Katsa alzando la barbilla.

—E iban a dejar que lo descubriese por sí sola —rezongó Helda—. Y, seguramente, habría echado abajo el castillo como una furia desatada porque ignoraba qué la había atacado.

—Siempre sé qué me ataca —replicó Katsa, y alzó la barbilla un poquito más.

—Pequeña... Mi señora, ¿me permitiría que estuviera a su servicio para atenderla de vez en cuando? Siempre y cuando me necesite y no se requiera mi presencia en los cuartos infantiles, claro.

Katsa pensó que trabajar con los niños debía de ser horrible si esa mujer quería, en cambio, estar a su servicio.

—No necesito criados —contestó—, pero puedo conseguir que te trasladen de los cuartos de niños si no te sientes a gusto en ellos.

A la muchachita le pareció captar un atisbo de sonrisa en la mujer.

—Me gusta mi trabajo con los niños. Le pido disculpas por llevar la contraria a alguien de su posición, mi señora, pero usted necesita una mujer que la cuide, una dueña, ya que no tiene madre ni hermanas.

Katsa no había necesitado nunca una madre ni hermanas ni a nadie. Y no sabía cómo actuaba uno con un sirviente que te llevaba la contraria; suponía que Randa se enfurecía, pero a ella le daban miedo sus arrebatos. De modo que contuvo la respiración, apretó los puños y se quedó tan inmóvil como el poste clavado en el centro de la sala. Que esa mujer dijera lo que quisiera; sólo serían palabras.

Helda permaneció callada y se alisó los pliegues de la falda.

—Iré a su habitación de vez en cuando, mi señora. —Katsa se puso más seria todavía—. Y si alguna vez desea descansar de las cenas de Estado de su tío, podría ir a mi habitación.

La jovencita parpadeó. Detestaba esas cenas, en las que todo el mundo la miraba de soslayo y evitaban sentarse cerca de ella; tampoco soportaba el elevado tono de voz de su tío. ¿De verdad podría pasarlas por alto? ¿Sería mejor la compañía de esa mujer?

—He de regresar al cuarto de los niños, mi señora —dijo la mujer—. Me llamo Helda y soy de la zona oeste de Terramedia. Tiene unos ojos preciosos, querida. Adiós.

Helda se marchó antes de que Katsa recuperara la voz. La chiquilla miró de hito en hito la puerta que se cerraba tras la mujer.

—Gracias —contestó, aunque ya nadie la oía y a pesar de no entender por qué su voz había interpretado que le estaba agradecida a Helda por lo que le había dicho.

Sentada en la tina, Katsa tiraba de los enredos que se le habían hecho en el cabello. Mientras tanto, oía cómo Helda, en la habitación contigua, hurgaba en baúles y cajones para desenterrar los pendientes y collares que la muchacha metió entre la ropa interior de seda, así como los horribles corpiños que tuvo que ponerse la última vez. Katsa oyó los rezongos de Helda, que lo más probable es que estuviera de rodillas buscando debajo de la cama el cepillo del pelo o los zapatos de salón.

—¿Qué vestido se pondrá hoy, mi señora? —preguntó en voz alta la mujer.

—Ya sabes que me da igual —contestó Katsa también a voces.

Se oyeron más refunfuños en respuesta a sus palabras. Un momento después, la sirvienta entraba con un vestido tan chillón como los tomates que Randa importaba de Lenidia, los que crecían en racimos y tenían un sabor tan intenso y tan dulce como el pastel de chocolate del jefe de cocina. Katsa enarcó las cejas y manifestó:

—No voy a ponerme un vestido rojo.

—Es el color del sol naciente —arguyó Helda.

—Es el color de la sangre.

Con un suspiro, la mujer se llevó el vestido del cuarto de baño.

—Le habría quedado impresionante, mi señora —gritó—, en contraste con el cabello oscuro y los ojos.

Katsa se dio otro fuerte tirón de un enredo rebelde y masculló tan bajo que sólo la oyeron las burbujas que flotaban en el agua:

—Si veo a alguien en la cena a quien quiera impresionar, le daré un puñetazo.

Helda se asomó de nuevo a la puerta, esta vez con los brazos cubiertos de suave seda verde.

—¿Esto le parece suficientemente apagado, mi señora?

—¿Es que no tengo nada de color gris o marrón?

—Hoy me he propuesto que lleve algo de color, mi señora.

—Te has propuesto que la gente se fije en mí —dijo enfadada mientras sostenía un mechón enmarañado a la altura de los ojos y lo peinaba sin parar mientes en los tirones, con violencia—. Me gustaría dejármelo muy corto. No merece la pena tanto trabajo.

Helda se desembarazó del vestido y se sentó en el borde de la tina. Acto seguido, se enjabonó los dedos y le quitó de las manos el mechón enredado; poco a poco fue separando con suavidad los rizos.

—Si se pasara el cepillo una vez al día mientras está de viaje, mi señora, esto no pasaría.

La joven resopló con desdén y sentenció:

—Giddon se reiría a mi costa si veía que intentaba embellecerme.

Después del primer enredo, Helda se aplicó temazmente con el siguiente.

—¿No cree que lord Giddon la encuentra preciosa, mi señora?

—Helda, ¿cuánto tiempo crees que dedico a preguntarme cuál de los caballeros me encuentra preciosa?

—No el suficiente —repuso la mujer con un cabeceo rotundo.

A Katsa casi se le escapó una risita. Ay, querida Helda... La mujer sabía lo que era su señora y lo que hacía, y no lo desmentía en absoluto. Pero no concebía que una dama no quisiera estar hermosa, o tener una legión de admiradores. Así pues, estaba convencida de que Katsa reunía ambos aspectos en su personalidad, aunque ignoraba cómo conciliarlos.

Y

En el gran comedor, Randa presidía la larga mesa instalada en el estrado del fondo de la sala. Había otras tres mesas bajas colocadas alrededor del perímetro de la estancia, de manera que completaban un cuadrado; de esa forma, todos los invitados veían al Rey sin obstáculos.

Randa era un hombre alto, incluso más que su hijo, y más ancho de hombros; rubio, como Raffin, y de ojos azules, pero éstos no eran risueños como los del heredero, sino de aquel tipo de ojos cuya mirada daba por sentado que se haría lo que el monarca mandara; unos ojos que amenazaban con hacerte muy desdichado si él no obtenía lo que se proponía. No es que el Rey fuera injusto, salvo con aquellos que lo agraviaban o le causaban perjuicios, sino que más bien se debía a que Randa quería que las cosas marcharan como él deseaba y, si no sucedía así, era posible que llegara a la conclusión de que había sufrido un agravio. Y si eras el responsable... Bueno, entonces tenías motivos para que sus ojos te dieran miedo.

A la hora de las cenas no se mostraba amenazador, sino arrogante y escandaloso. Colocaba en la mesa del estrado a quienquiera que se le antojara que se sentara con él; a menudo le tocaba a Raffin, aunque pasaba por alto dirigirle la palabra y nunca prestaba atención a lo que su hijo decía. Rara vez situaba a Katsa en esa mesa, pues procuraba mantenerse a distancia de su azote; prefería mirarla desde la posición elevada que le proporcionaba el estrado y hablarle en voz alta, porque así dirigía la atención de los asistentes hacia su sobrina, su valiosa arma. De ese modo los invitados se amedrentaban y todo marchaba como a él le gustaba.

Esa noche la joven se sentaba a la mesa que había a la derecha del monarca, su sitio habitual; llevaba el delicado vestido de seda verde, pero tenía que resistir el impulso de arrancarse las mangas que, como se ensanchaban a la altura de las muñecas, le colgaban sobre las manos y arrastraban por encima del plato si no tenía cuidado. Por lo menos ese vestido le tapaba los senos en su mayor parte, lo que no ocurría con todos los que tenía. Helda no le hacía caso cuando le daba instrucciones respecto a su guardarropa.

Giddon se sentaba a su izquierda. Y Katsa suponía que el noble que se hallaba a su derecha debía de ser el buen partido disponible; no se trataba de un hombre mayor, aunque tenía más años que Giddon; era bajito, y los ojos saltones y los labios finos y tirantes le daban apariencia de sapo. Se llamaba Davit y era el señor feudal de las tierras situadas en la zona nordeste de Terramedia, por lo que compartía frontera con Nordicia y Elestia.

No era mal conversador. Le interesaban sus tierras, sus granjas y sus pueblos, y a Katsa no le resultó difícil plantearle preguntas que el hombre estaba deseoso de responder. Al principio se sentó al borde de la silla, en el lado más alejado de la joven, y la miraba de reojo —el hombro, la oreja o el cabello— mientras hablaban, pero en ningún momento la miró a la cara. Sin embargo, se tranquilizó a medida que la cena transcurría sin que Katsa lo hubiera mordido; relajó los músculos, se acomodó bien en la silla y charlaron con tranquilidad. La joven encontraba al tal lord Davit un compañero de cena inusitadamente bueno. En cualquier caso, le hizo más llevadero resistir las ganas de quitarse de un tirón las horquillas que se le clavaban en el cuero cabelludo.

El príncipe lenita era también motivo de distracción por más que Katsa hubiera querido que no lo fuera. Estaba sentado al otro lado del comedor, enfrente de ella, y lo veía por el rabillo del ojo en todo momento, aunque procuraba no mirarlo de cara. Sentía los ojos del lenita prendidos en ella de forma continua. Osado era, desde luego; y diferente por completo a los restantes comensales que, como siempre, hacían como si ella no estuviera allí. Se le ocurrió pensar que no sólo era la rareza peculiar de los ojos del lenita lo que la desconcertaba, sino que no lo intimidara sostenerle la mirada. Lo observó en un momento en que no la miraba, y entonces él alzó la vista para observarla a su vez. Davit tuvo que preguntarle lo mismo dos veces antes de que Katsa lo oyera y desviara los ojos de las desiguales pupilas del lenita para contestarle.

Suponía que tendría que hacer frente a esos ojos cuanto antes, y se impondría una conversación. Y ella debería decidir qué hacer con él.

Como pensó que lord Davit estaría menos nervioso si sabía

que no había posibilidad alguna de que Randa le ofreciera su mano, le preguntó:

—Lord Davit, ¿está casado?

—No, mi señora, es lo único que le falta a mi predio.

Katsa no alzó la vista de la carne de venado con zanahorias que tenía en el plato.

—Mi tío está muy decepcionado conmigo porque me he empeñado en no casarme nunca.

—No creo que el rey sea el único hombre al que esa decisión le resulte decepcionante —repuso el noble, después de guardar silencio unos instantes.

Katsa contempló con atención el anguloso rostro, sonrió sin poder evitarlo y replicó:

—Lord Davit, es usted un perfecto caballero.

—Cree que lo he dicho como un cumplido, mi señora, pero hablaba en serio. —Sonrió a su vez, e inclinándose hacia ella, agachó la cabeza y susurró—. Mi señora, deseo hablar con el Consejo.

Los invitados sostenían conversaciones muy animadas, pero la joven lo oyó a la perfección; fingió estar centrada en la cena y revolvió la sopa.

—Siéntese derecho —le indicó Katsa— y actúe como si sostuviéramos una simple charla. No susurre, porque eso llamaría la atención.

El noble se acomodó en la silla, erguido, e hizo un gesto para llamar a una criada. La chica le sirvió más vino. Davit comió unos pocos bocados de carne de venado y después se giró de nuevo hacia Katsa.

—Este verano el tiempo ha sido benévolo con mi anciano padre, mi señora —comentó—. El calor no le sienta bien, pero en el nordeste las temperaturas han sido frescas.

—Me alegro mucho. ¿Es una información o una petición?

—Información —contestó al tiempo que masticaba un bocado de zanahorias. Cortó otro trozo de carne—. Cada vez es más difícil cuidar de él, mi señora.

—¿Y eso por qué?

—Las personas mayores son propensas a los achaques, y nuestro deber es darles todo lo necesario para que estén cómodos y seguros.

—Qué gran verdad —convino Katsa, que asintió con la cabeza. Mantuvo el semblante sosegado, pero notaba el matraqueo de la excitación al filo de la conciencia. Si él tenía información sobre el rapto del anciano lenita, todos querrían oírla. Pasó la mano por debajo del grueso mantel y la apoyó en la rodilla de Giddon. Su amigo se inclinó un poco hacia ella, aunque sin apartar la vista de la dama que tenía al otro lado.

—Es usted un hombre con mucha información, lord Davit —le dijo la joven o, más bien, se lo dijo a la comida que tenía en el plato, para no girar la cabeza y lograr así que Giddon la oyera—. Confío en tener la oportunidad de hablar más con usted durante su estancia en la corte.

—Gracias, mi señora. Yo también espero tenerla.

Giddon haría correr la voz. Se reunirían esa noche en los aposentos de Katsa, ya que estaban aislados y, además, eran los únicos por donde no pasaba la servidumbre. Si tenía ocasión de hacerlo, buscaría a Raffin antes, porque le gustaría visitar al anciano Tealiff. Aunque siguiera dormido, la joven quería ver con sus propios ojos cómo estaba.

Katsa oyó al rey pronunciar su nombre y se puso tensa. Pero no lo miró porque no quería animarlo a que la incluyera en la conversación que sostenía. No alcanzaba a oír lo que decía; lo más probable es que le contara a alguno de los invitados la historia de algo que ella había llevado a cabo; las risotadas del monarca llegaron a todas las mesas del enorme salón de mármol. Katsa trató de borrar el gesto ceñudo que le ensombrecía el semblante.

También percibió que el príncipe lenita la observaba, y una sensación de calor le subió por la nuca y se le extendió por el cuero cabelludo.

—Mi señora, ¿se encuentra bien? —inquirió lord Davit—. Parece un tanto sofocada.

Entonces, con la preocupación plasmada en el rostro, Giddon se volvió hacia ella, y, asiéndole el brazo, le preguntó:

—¿Estás enferma?

—Yo no estoy enferma nunca —gruñó, y se apartó de él con brusquedad. De repente comprendió que debía abandonar el comedor; tenía que alejarse del bullicio de las voces, de las risas escandalosas de su tío, de la agobiante preocupación de Giddon y de los ardientes ojos del lenita. Tenía que salir de allí, encontrar a Raffin o quedarse a solas; debía hacerlo o perdería los estribos y ocurriría algo inaudito.

Se puso en pie, y Giddon y lord Davit hicieron lo propio. Al otro lado de la estancia, el príncipe lenita también se levantó. Asimismo, los otros hombres que se encontraban en el comedor se levantaron, uno por uno, al verla de pie. El silencio se adueñó de la sala y todo el mundo se la quedó mirando.

—¿Qué ocurre, Katsa? —preguntó Giddon a la par que intentaba asirle el brazo de nuevo. Y para no avergonzarlo delante de todos los presentes, le permitió que la cogiera a pesar de que la mano del joven noble parecía un hierro de marcar que le quemaba la piel.

—No pasa nada. Lo siento. —Y dirigiéndose al rey, el único hombre de la sala que seguía sentado, le dijo—: Le pido disculpas, majestad. No me ocurre nada. Por favor, siéntense. —Hizo un gesto con la mano señalando todas las mesas—. Por favor.

Poco a poco, los caballeros tomaron asiento y se reanudaron las conversaciones. La risa del rey resonó; iba dirigida a ella, estaba segura. Katsa se volvió hacia lord Davit.

—Le ruego que me disculpe, mi señor. —Después le dijo a Giddon, que aún la sujetaba por el codo—: Suéltame, Giddon. Quiero salir a dar un paseo.

—Iré contigo —repuso él, que tuvo intención de ponerse en pie, pero ante la mirada de advertencia de la joven se quedó sentado—. De acuerdo, Katsa, haz lo que gustes.

Había un leve dejo cortante en el tono del joven noble. Tal vez había sido grosera, pero le daba igual. Lo único que le importaba era salir de aquella sala e ir a algún sitio, donde no se oyera el runrún monótono de la voz de su tío. Dio media vuelta, con cuidado de no encontrarse con los ojos del lenita, y se esforzó en caminar despacio, sosegadamente, hacia las grandes puertas principales, al fondo de la sala. Una vez que hubo cruzado el umbral, echó a correr.

Recorrió los pasillos como una exhalación, dobló con precipitación las esquinas, se cruzó a toda velocidad con sirvientes que se pegaron contra las paredes, temblorosos, mientras pasaba ante ellos y, por fin, irrumpió a todo correr en la oscuridad del patio.

Cruzó el suelo de mármol al tiempo que se quitaba las horquillas del cabello y suspiró, tranquilizada, cuando los bucles le cayeron sobre los hombros y la tensión del cuero cabelludo desapareció. Era por esas horquillas, y por el vestido, y por los zapatos que le apretaban los pies; era por tener que mantener la cabeza erguida y sentarse derecha, por los exasperantes pendientes que le rozaban el cuello... Por todo eso no había podido quedarse ni un instante más en el banquete de su tío. Se quitó los pendientes y los arrojó a la fuente de la estatua del rey. Qué más daba quien los encontrara.

Pero actuar así no era conveniente, porque entonces la gente lo comentaría. La corte en pleno haría conjeturas sobre el significado de tal comportamiento, o sobre la razón por la que había arrojado los pendientes a la fuente de su tío.

Katsa se quitó los zapatos a patadas, se remangó la falda y se metió en la fuente; dio un suspiro de alivio cuando el agua fría le corrió entre los dedos de los pies y le lamió los tobillos. Cuánto mejor así, sin los zapatos; no se los volvería a poner esa noche.

Caminó por el agua hacia el trémulo destello que emitían los pendientes, y los recobró. Luego los secó con la falda, antes de guardarlos en el corpiño del vestido para no perderlos. Se quedó en la fuente y disfrutó de la frescura del agua, de la caricia del aire que soplaba en el patio, de los ruidos nocturnos, hasta que un sonido procedente del interior le recordó las hablillas que habría en la corte si la veían metida en la fuente del rey Randa, descalza y despeinada. Pensarían que estaba loca.

Tal vez lo estaba.

A todo esto, una luz brilló en el laboratorio de Raffin, pero, pese a todo, no era la compañía de su primo la que buscaba. No le apetecía sentarse a hablar; quería moverse. El movimiento le detendría el torbellino de la mente.

Así que salió de la fuente, se colgó los zapatos en las muñecas por las correas, y echó a correr.

Capítulo 8

El campo de tiro con arco estaba desierto y oscuro salvo por una única antorcha que alumbraba fuera del cuarto de equipamiento. Katsa encendió otras antorchas a todo lo ancho del fondo del campo, de modo que, cuando volviera a la parte delantera, los bausanes resaltarían como figuras oscuras en contraste con la luz que los alumbraba por detrás. Cogió al azar un arco de los que había en el cuarto y unos manojos de flechas del color más claro que encontró. A continuación disparó un proyectil tras otro a las rodillas de los blancos. Después, a los muslos; seguidamente, a los codos; a continuación, a los hombros; y así, hasta vaciar la aljaba. Era evidente que tenía la destreza necesaria para desarmar o incapacitar a un hombre con ese arco en plena noche. Cambió el arco por otro, arrancó las flechas de las dianas y empezó de nuevo.

Había perdido los estribos en la cena, sin motivo alguno. Randa no le había hablado, ni siquiera mirado, sólo había pronunciado su nombre. Le encantaba alardear de ella, como si su extraordinaria habilidad fuera obra suya; como si ella fuera la flecha, y él, el arquero que, con destreza, la clavaba en el blanco. No, una flecha, no… Ese símil no reflejaba del todo la realidad. Un perro, eso es. Randa la consideraba un perro salvaje al que había domado y entrenado. La lanzaba contra sus enemigos y le permitía salir de la jaula con la condición de que la acicalaran y la embellecieran, y después la sentaba entre sus amigos para ponerlos nerviosos.

Katsa no reparó en la creciente velocidad y ferocidad con la que sacaba flechas de la aljaba, de tal modo que encajaba una saeta en la cuerda del arco antes incluso de que la anterior hubiera dado en el blanco. Hasta que percibió una presencia a su espalda, no salió de su ensimismamiento ni se dio cuenta de la imagen que debía de estar ofreciendo.

Estaba fuera de sí. La rapidez de los disparos, la puntería... Y todo con un arco de calidad pésima, mal curvado y peor encordado. ¿Y le extrañaba que Randa la tratara como la trataba?

La joven sabía que era el lenita a quien tenía detrás. Hizo caso omiso de él, pero lentificó los movimientos e hizo todo un alarde de apuntar a muslos y rodillas antes de disparar. En ese momento fue consciente del contacto de sus pies con el suelo y se acordó de que iba descalza, llevaba el cabello suelto sobre los hombros y tenía los zapatos encima de un montón de cosas, en alguna parte cerca del cuarto de equipamiento. El lenita habría reparado en todo eso.

A decir verdad, dudaba mucho que a aquellos ojos se les escapara algo. Bueno, él tampoco habría aguantado esos estúpidos zapatos ni las horquillas en el pelo si le estuvieran martirizando el cuero cabelludo. O tal vez sí. En apariencia no le molestaban las joyas que lucía en las orejas y en los dedos. Los lenitas debían de ser muy vanidosos.

—¿Puede matar a alguien de un flechazo o sólo lo hiere?

Recordó esa voz ronca que oyó en los jardines del castillo de Murgon, la misma que la provocó y le lanzó pullas, como hacía ahora. No se volvió para mirarlo. Se limitó a sacar dos flechas de la aljaba, las encajó juntas en la cuerda, tensó y disparó. Una de las saetas voló hacia la cabeza del bausán, mientras que la otra se hincaba en el torso con un satisfactorio golpe seco; las flechas brillaron débilmente a la luz titilante de las antorchas.

—Nunca cometeré el error de retarla a una competición de tiro al arco.

Había un asomo de risa en la voz del hombre; Katsa siguió dándole la espalda y cogió otra flecha.

—No claudicó con tanta facilidad en nuestro último encuentro —replicó ella.

—Ah, pero eso fue porque tengo la habilidad de luchar. Sin embargo, me falta destreza con el arco.

Katsa no pudo evitar sentirse interesada y se volvió hacia él, aunque las sombras velaban el rostro del lenita.

—¿Es eso cierto?

—Mi gracia me da destreza en un combate cuerpo a cuerpo

—contestó él—, o luchando con la espada. Pero favorece en poco o en nada mi puntería.

Cruzado de brazos, se recostó en la gran losa que hacía las veces de mesa para que los arqueros dejaran el equipo. Katsa empezaba a acostumbrarse a esa actitud, a esa apariencia indolente, como si fuera a quedarse dormido en cualquier momento. No la engañó, sin embargo, porque estaba convencida de que si saltaba sobre él, el lenita reaccionaría en un visto y no visto.

—Es decir, que tiene que luchar cuerpo a cuerpo con su adversario para tener cierta ventaja —puntualizó Katsa.

—En efecto. Seré más rápido esquivando flechas que una persona que no haya sido tocada por la gracia, pero en cuanto a cualquier disparo que haga, mi destreza tiene tanto de especial como mi puntería.

—¡Ah, vaya! —Katsa le creía. Los dones eran así de extraños; no afectaban a dos personas del mismo modo.

—¿Sabe lanzar un cuchillo tan bien como dispara flechas? —le preguntó el lenita.

—Sí.

—Es imbatible, pues, lady Katsa.

De nuevo se notó un dejo socarrón en sus palabras. La joven lo observó unos instantes y después dio media vuelta y se dirigió al fondo del campo, donde estaban las dianas. Se detuvo delante de una —la que había «matado»— y sacó a tirones las flechas clavadas en muslos, torso y cabeza.

Buscaba a su abuelo y ella tenía lo que buscaba. Ese hombre no era una persona carente de peligro; no le parecía muy de fiar.

Fue de diana en diana sacando las flechas bajo la atenta mirada del lenita; sentir los ojos del príncipe clavados en la espalda la impulsó a ir al fondo del campo de tiro y apagar las antorchas de una en una. Al apagar la última llama la envolvió la oscuridad; ahora era invisible.

Se volvió hacia el lenita con la idea de observarlo a la luz del cuarto de equipamiento, sin que él se diera cuenta. Pero se lo encontró recostado perezosamente, cruzado de brazos, mirándola. Era imposible que la viera, pero era tan directa su mirada que Katsa tuvo que desviar la vista, a pesar de saber que él ignoraba que lo estaba observando.

Regresó cruzando el campo y salió a la luz; dio la impresión de que su mirada la enfocaba de manera distinta al tiempo que se le escapaba una sonrisa. La antorcha reflejó el dorado de un ojo y el plateado del otro; parecían los ojos de un gato o de alguna clase de criatura nocturna.

—¿Su gracia le proporciona visión nocturna? —preguntó Katsa.

Él rompió a reír y replicó:

—Qué va. ¿Por qué lo pregunta?

La joven no contestó, y se observaron un momento. El sofoco volvió a ascenderle a Katsa por la nuca, acompañado de una creciente irritación. Estaba demasiado acostumbrada a que la gente evitara mirarla a los ojos, pero no iba a consentir que el lenita la pusiera nerviosa por el mero hecho de que él sí le sostuviera la mirada. No lo permitiría.

—Voy a retirarme a mis aposentos —dijo.

Él se puso en pie y le planteó:

—Mi señora, quisiera hacerle unas preguntas.

Bien. Y como ella sabía que debían sostener esta conversación antes o después, prefería mantenerla en la oscuridad, donde los ojos del lenita no la pusieran nerviosa. Por consiguiente, se sacó por la cabeza la aljaba que llevaba colgada al hombro, la soltó en la mesa de piedra y colocó el arco al lado.

—Adelante —le dijo.

Él se recostó de nuevo en la losa e inquirió:

—¿Qué le robó al rey Murgon hace cuatro noches, señora?

—Nada que el rey Murgon no hubiera robado a su vez.

—¡Ah! ¿Algo que le sustrajeron a usted?

—Sí. A mí o a un amigo.

—¿En serio? —Se cruzó de brazos una vez más, incrédulo—. Me pregunto si ese amigo se sorprendería si supiera que lo llama así.

—¿Por qué cree que se sorprendería? ¿Por qué iba a considerarse un enemigo?

—Es que ésa es la cuestión. Yo creía que Terramedia no tenía amigos ni enemigos, y que el rey Randa jamás se involucraba.

—Supongo que se equivoca.

—No, no me equivoco. —La miró de hito en hito, y la joven agradeció la oscuridad que apagaba el brillo de las extrañas pupilas—. ¿Sabe por qué estoy aquí, mi señora?

—Según me han dicho, es usted hijo del rey lenita —contestó ella—. También me han contado que trata de encontrar a su abuelo, que ha desaparecido. No tengo la menor idea de por qué ha venido a la corte de Randa; y dudo que él sea el secuestrador que busca.

El hombre la observó unos segundos y esbozó una sonrisa fugaz.

Katsa sabía que no lo había engañado, pero le daba igual. Supiera lo que supiera, no tenía la menor intención de confirmárselo.

—El rey Murgon estaba convencido de que yo tenía algo que ver con el robo; parecía muy seguro de que yo estaba al corriente de cuál era el objeto que le había sido sustraído.

—Ah, es lógico —contestó Katsa—. Los guardias vieron a un graceling luchador, y usted es eso ni más ni menos.

—No, no. Murgon no creía que estuviera involucrado por mi condición de graceling, sino porque soy lenita. ¿Cómo se lo explica usted?

Por supuesto, Katsa no iba a contestar a tal pregunta a ese lenita socarrón. Entonces reparó en que tenía abrochado el cuello de la camisa.

—Veo que lleva cerrada la camisa en los actos oficiales —se oyó decir, aunque ignoraba por qué diantre había hecho un comentario tan absurdo.

En los labios de él se dibujó una sonrisa contenida, y cuando replicó no disimuló que las palabras de la joven le habían provocado regocijo.

—No sabía que le interesara tanto mi camisa, señora.

Katsa se había puesto colorada, y la risa del lenita la enfureció. Aquella situación era estúpida y no pensaba aguantarla ni un minuto más.

—Me retiro a mis aposentos ya —anunció, y se dio media vuelta para marcharse. En un visto y no visto, él le cerró el paso y le espetó:

—Usted tiene a mi abuelo.

Katsa intentó escabullirse por un lado.

—Me retiro a mis aposentos. —Él volvió a cerrarle el paso y, esta vez, alzó los brazos en un gesto de advertencia.

Bueno, ahora al menos se relacionaban de una forma comprensible para ella. Katsa echó la cabeza hacia atrás para mirarle a los ojos.

—Me retiro a mis aposentos —repitió por tercera vez—, y si para ello tengo que tumbarlo de un golpe, le aseguro que lo haré.

—No dejaré que se marche hasta que me diga dónde está mi abuelo.

La joven hizo otro intento de irse por un lado, y él cambió de posición para impedírselo y, casi con alivio, Katsa amagó un golpe a la cara del hombre. Tan sólo se trataba de una finta, y cuando él hizo un quiebro para esquivarla, le aplicó un rodillazo en el estómago, pero el lenita se contorsionó, de forma que el golpe no dio en el blanco y respondió con un puñetazo al estómago de Katsa. Ella no esquivó el golpe para comprobar cómo era su pegada, y lamentó no haberlo hecho porque no tenía delante a uno de los soldados del Rey, que apenas la tocaban, ni siquiera siendo diez contra ella. Ese tipo era capaz de dejarla sin respiración; sabía luchar, así que sería lucha lo que tendría.

Saltó y lo golpeó en el pecho; él se dio un buen batacazo contra el suelo. La joven se le echó encima y le propinó uno, dos, tres puñetazos en la cara, seguidos de un rodillazo en el costado antes de que él consiguiera apartarla de un empujón. Katsa saltó de nuevo sobre él como un gato montés, pero mientras intentaba inmovilizarle los brazos, el hombre la volteó en el aire, la tiró boca arriba y la sujetó poniéndosele encima. La muchacha dobló las piernas y lo empujó hacia atrás. De nuevo se encontraron los dos de pie, frente a frente, agazapados, girando en círculo el uno alrededor del otro, lanzándose golpes con manos y pies. Ella lo alcanzó con una patada en el estómago, chocó violentamente contra el pecho de su contrincante y volvieron a caer al suelo.

Katsa no habría sabido decir cuánto tiempo llevaban luchando cuerpo a cuerpo cuando cayó en la cuenta de que el hombre se reía. Comprendió su regocijo; lo entendía a la perfección. Jamás había sostenido una lucha igual, nunca había tenido un adversario como aquél. Ella era más rápida —mucho más— que él en cuanto a la acometida, pero el lenita era más fuerte y daba la impresión de que adivinaba cada uno de sus movimientos y sus golpes; nunca se había topado con un luchador tan veloz en la defensa. Estaba recurriendo a movimientos que no había hecho desde que era una chiquilla, a golpes que en ningún momento imaginó que tendría ocasión de utilizar. Estaban jugando. Era un entretenimiento. Cuando el lenita le sujetó los brazos a la espalda, le agarró el cabello y le empujó la cabeza contra la tierra, cayó en la cuenta de que también ella se estaba riendo.

—Ríndase —dijo él.

—Jamás. —Alzó los pies para golpearlo y, retorciéndose, se soltó los brazos. Después dirigió un codazo hacia su cara y, cuando él saltó para evitar el impacto, Katsa se le echó encima y lo aplastó contra el suelo. Le sujetó los brazos igual que acababa de hacerle él y le empujó la cara contra la tierra mientras le clavaba la rodilla en la zona lumbar.

—Ríndase, porque está vencido —lo amenazó.

—No lo estoy y lo sabe. Para derrotarme tendrá que romperme los brazos y las piernas.

—Y lo haré si no se rinde. —Pero lo afirmó con un dejo de guasa, y él se echó a reír.

—Katsa... Lady Katsa, me rendiré con una condición.

—¿Qué condición?

—Por favor, dígame qué le ha ocurrido a mi abuelo. Por favor.

Se detectaba un acento diferente mezclado con el tonillo divertido de aquel hombre, un acento que le puso un nudo en la garganta a Katsa. Ella no tenía abuelos, pero quizás ese anciano era tan importante para el príncipe lenita como Oll, Helda o Raffin lo eran para ella.

—Katsa —musitó con la cara todavía aplastada contra la tierra—, le suplico que confíe en mí, como yo confié en usted.

Lo mantuvo sujeto un instante más y después le soltó los brazos. Se apartó de encima de la espalda del hombre y se sentó en el suelo, a su lado, con la cabeza apoyada en la palma de la mano, y lo observó.

—¿Por qué confía en mí si lo dejé sin sentido en los jardines del castillo de Murgon?

El lenita giró sobre sí mismo y se sentó al tiempo que, quejándose, se daba un masaje en un hombro.

—Porque volví en mí. Podría haberme matado, pero no lo

hizo. —Se tocó el pómulo e hizo un gesto de dolor—. Le sangra la cara. —Intentó tocar el mentón de la joven, pero ella le apartó la mano con un ademán y se puso de pie.

—No tiene ninguna importancia. Venga conmigo, príncipe Granemalion.

El lenita se levantó del suelo y aclaró:

—Po.

—¿Cómo dice?

—Es mi nombre. Me llamo Po.

Katsa lo miró un instante mientras él movía los brazos para comprobar cómo respondían las articulaciones de los hombros. El príncipe se apretó el costado y gimió. A Katsa le pareció que se le estaba hinchando un ojo, además de ponérsele morado, aunque era difícil de asegurar en la penumbra. Se le había desgarrado una manga y estaba todo él embadurnado de polvo, de pies a cabeza. Ella suponía que su aspecto debía de ser igual o mucho peor, ya que tenía todo el pelo revuelto e iba descalza, pero la idea la hizo sonreír.

—Acompáñeme, Po. Lo llevaré con su abuelo.

Capítulo 9

Cuando entraron en el laboratorio de Raffin, éste mantenía la azulada cabeza inclinada sobre una retorta en la que burbujeaba un líquido, mientras añadía hojas de una planta metida en una maceta, que sujetaba con el brazo. Observó la disolución de las hojas en el líquido y masculló algo al observar el resultado.

Katsa carraspeó. Raffin alzó la vista, y, mostrándose sorprendido, comentó:

—Por lo que veo habéis pasado un rato dedicándoos a conoceros, pero si venís juntos a verme es que ha sido una lucha amistosa.

—¿Estás solo? —preguntó Katsa.

—Sí, a excepción de Bann, claro.

—Le he contado al príncipe lo de su abuelo.

Raffin miró sucesivamente a Katsa, a Po, y de nuevo, a la joven, e hizo un gesto dubitativo.

—Es de fiar —aseguró ella—. Lamento no habértelo consultado antes, Raff.

—Kat, si afirmas que es de fiar después de haberte hecho sangre en la cara y… —le echó un vistazo al vestido zarrapastroso— de haberte rebozado en un charco de barro, te creo.

—¿Podemos verlo? —preguntó la joven, sonriente.

—Sí, podéis. Y tengo buenas noticias: ya se ha despertado.

El castillo de Randa estaba repleto de pasadizos secretos; y así fue desde su construcción muchas, muchísimas generaciones atrás. Había tantos que ni siquiera Randa los conocía todos; nadie en realidad sabía cuántos había, aunque Raffin —de niño— tuvo una maña especial para percibir cuándo dos habitaciones se unían de un modo que no parecía encajar del todo. En su infancia, Katsa y Raffin exploraron mucho el castillo; ella hacía de escolta, alerta y vigilante, para que cualquiera que se topara por casualidad con Raffin durante una de sus exploraciones se escabullera al ver la figura menuda, amenazadora, de la pequeña. Ambos eligieron sus aposentos porque había un pasadizo que los comunicaba, y porque, además, existía otro que iba desde los de Raffin hasta la biblioteca, donde se hallaban las colecciones de libros de ciencia.

Algunos pasadizos los conocía la corte entera, pero otros eran secretos. De entre éstos, había uno en el laboratorio de Raffin que partía desde el interior de un tabuco trasero —en un cuarto de almacenaje— y continuaba escaleras arriba hasta una habitación sin ventanas, oscura y húmeda. Raffin y Bann estaban seguros de que era el único rincón del castillo que no encontraría nadie; además, ellos estaban casi siempre muy cerca de esa habitación.

Bann, un joven que trabajó de pequeño en la biblioteca, era amigo de Raffin desde hacía muchos años. Un día, el hijo de Randa se topó con él, y los dos chiquillos se pusieron a hablar de hierbas y medicinas y sobre lo que ocurría cuando se mezclaba la raíz triturada de una planta con la flor molida de otra. Katsa se sorprendió de que hubiera alguien más en Terramedia, aparte de su primo, que se interesara tanto por esas cosas y hablara con conocimiento de ellas. Pero sintió un gran alivio por el hecho de que Raffin hubiera encontrado a otra persona a quien aburrir con esas charlas. Poco después, Raffin le pidió ayuda a Bann para realizar un experimento y, a partir de entonces, se apropió de su amigo de manera definitiva. Bann era el ayudante del hijo del Rey para todo.

Raffin, antorcha en mano, hizo pasar a Katsa y a Po por la puerta situada al fondo del almacén, y subieron la escalera que conducía a la habitación secreta.

—¿Ha dicho algo? —se interesó Katsa.

—Nada, aparte de que le vendaron los ojos cuando lo secuestraron. Todavía está muy débil y no parece que recuerde gran cosa.

—¿Se sabe quién lo secuestró? —preguntó Po—. ¿Fue Murgon el responsable?

—Creemos que no —contestó Katsa—, pero lo único que sabemos con certeza es que Randa no tuvo nada que ver.

La escalera terminaba ante una puerta. Raffin jugueteó con una llave.

—Randa ignora que está aquí. —Po lo dijo más como una afirmación que como una pregunta.

—No, no lo sabe —ratificó la joven—. Y no debe saberlo nunca.

Raffin abrió la puerta y entraron en la diminuta habitación. Sentado en una silla, junto a la estrecha cama, Bann leía a la escasa luz de una lámpara que había en la mesa, a su lado. El príncipe Tealiff yacía boca arriba en el lecho, con los ojos cerrados y las manos enlazadas con fuerza sobre el torso.

Bann se puso de pie cuando entraron, aunque no pareció sorprenderse de que Po se precipitara hacia la cama; se limitó a apartarse a un lado y le ofreció la silla. El príncipe lenita se sentó y se inclinó sobre su abuelo para observar con mucha atención el rostro del anciano dormido. Pero sólo lo miró, sin tocarlo, de momento. Después le cogió las manos y agachó la cabeza hasta tocarlas con la frente al tiempo que exhalaba poco a poco.

Katsa se sintió incómoda, como si estuvieran inmiscuyéndose en algo íntimo. Bajó la vista al suelo hasta que Po volvió a sentarse erguido.

—Se le está amoratando la cara, príncipe Granemalion —comentó Raffin—. Y ese ojo va camino de ponérsele muy negro.

—Llámeme Po —lo corrigió el lenita.

—De acuerdo, Po. Iré a la bodega y traeré un poco de hielo. Vamos a buscar ungüentos para nuestros dos guerreros, Bann.

Los dos amigos salieron del cuarto, y cuando Katsa y Po volvieron a contemplar a Tealiff, vieron que el anciano tenía los ojos abiertos.

—Abuelo.

—¿Eres tú, Po? —Le costaba tanto hablar que se le enronquecía la voz—. Po. —Trató de carraspear con denuedo y después se quedó inmóvil un momento, agotado—. Por los grandes mares, muchacho. Supongo que no debería extrañarme de verte aquí.

—He ido siguiendo tu rastro, abuelo.

—Acerca más esa lámpara, muchacho —pidió el anciano—. ¡Lenidia bendita! ¿Qué te ha pasado en la cara?

—No es nada, abuelo. Sólo he estado luchando.

—¿Contra qué? ¿Contra una manada de lobos?

—No, no; contra lady Katsa. —Giró la cabeza para mirar a la joven, que se había sentado a los pies de la cama—. No te preocupes, abuelo; fue una pelea amistosa.

—Una pelea amistosa… —resopló Tealiff—. Tu aspecto es peor incluso que el suyo.

Po prorrumpió en carcajadas. El príncipe lenita se reía mucho.

—He dado con la horma de mi zapato, abuelo.

—Más que tu horma, diría yo. Ven aquí, muchacha —le indicó el anciano a Katsa—. Acércate a la luz.

La joven se acercó por el otro lado de la cama y se arrodilló a su lado. Tealiff se volvió hacia ella y Katsa fue consciente en ese momento de tener la cara manchada de tierra y de sangre, y el cabello, enmarañado. Debía de parecerle horrible al anciano.

—Querida, creo que me salvaste la vida.

—Alteza, si alguien se la ha salvado, ha sido Raffin con sus medicinas.

—Sí, él es un buen muchacho —convino el anciano, y le palmeó la mano a Katsa—. Pero estoy al corriente de lo que hicisteis tú y los demás. Me habéis salvado la vida, aunque no se me ocurre por qué razón. Dudo que algún lenita se haya mostrado amable contigo nunca.

—Jamás había visto a un lenita hasta conocerlo a usted, alteza —aclaró la joven—. Pero me parece muy amable.

Tealiff cerró los ojos. Dio la impresión de que se hundía en las almohadas; su respiración sonaba fatigosa.

—Se duerme así —dijo Raffin desde la puerta—. Si reposa, recobrará las fuerzas. —Llevaba algo envuelto en un paño y se lo ofreció a Po—. Es hielo; póngaselo en ese ojo. Parece que Katsa también le ha partido el labio. ¿Dónde más le duele?

—En todas partes —contestó el príncipe lenita—. Me siento como si me hubiera arrollado un tiro de caballos.

—En serio, Katsa, ¿es que intentabas matarlo?

—Si lo hubiera intentado, estaría muerto —repuso ella, y Po rompió a reír otra vez—. Si se encontrara tan mal, no se reiría —añadió.

No se encontraba tan mal; o al menos ésa fue la conclusión

a la que llegó Raffin tras comprobar que no tenía roto ningún hueso ni había contusiones que no tuvieran cura. Después examinó el rasguño que le cruzaba la mandíbula a Katsa y le limpió el polvo y la sangre que tenía en la cara.

—No es profundo ese arañazo —informó—. ¿Te duele algo más?

—Nada. Ni siquiera siento el rasguño.

—Supongo que tendrás que tirar ese vestido. Helda te echará una buena regañina.

—Ni te imaginas lo mucho que me preocupaba el dichoso vestido.

Raffin sonrió. La asió por los brazos, la apartó de donde se hallaba para mirarla de arriba abajo, y se echó a reír.

—¿Qué puede encontrar tan divertido un príncipe que se ha puesto el pelo de color azul? —lo increpó su prima.

—Que por primera vez en tu vida tienes aspecto de haberte enzarzado en una pelea.

Los aposentos de Katsa se componían de cinco habitaciones: el dormitorio, decorado con colgaduras y tapices oscuros que eligió Helda, porque la joven se negó a formular ninguna opinión sobre el asunto; el cuarto de baño, de mármol blanco, grande y frío, era funcional; el comedor, cuyas ventanas daban al patio, estaba amueblado con una mesa pequeña, donde comía acompañada a veces por Raffin o Helda, o con Giddon cuando no la sacaba de quicio, y la sala, llena de asientos mullidos y cojines que también eligió Helda, aunque Katsa no la utilizaba.

La quinta estancia tendría que haber sido su cuarto de labores, pero no recordaba cuándo fue la última vez que bordó algo o hizo ganchillo o zurció una media. Para ser sincera, no recordaba tampoco cuándo fue la última vez que se puso medias. Así que convirtió aquel cuarto en el almacén de sus armas: espadas, dagas, cuchillos, arcos y varas de combate cubrían las paredes; lo equipó con una mesa cuadrada y maciza, y en la actualidad, las reuniones del Consejo se celebraban allí.

Katsa se bañó por segunda vez ese día y se recogió el cabello húmedo en la nuca; alimentó la lumbre de la chimenea del dormitorio con el vestido y contempló el humeante deceso de la prenda de seda con gran satisfacción. A todo esto, se presentó un chico que montaría guardia durante la reunión del Consejo, y Katsa entró en el cuarto de armas y encendió las antorchas colgadas en las paredes entre cuchillos y arcos.

Raffin y Po fueron los primeros en llegar. Po tenía el pelo húmedo, pues también se había dado un baño; la piel de alrededor del ojo —el dorado— se le había amoratado dando lugar a que su mirada fuera más extraña y desigual que antes. Con aspecto desgarbado y las manos metidas en los bolsillos, se apoyó en la mesa y observó con gran rapidez el cuarto, asimilando información de la colección de armas de Katsa. Llevaba una camisa nueva, con el cuello abierto y las mangas recogidas hasta el codo; tenía los antebrazos tan morenos como la cara. Katsa no sabía a santo de qué se había fijado en ese detalle y frunció el entrecejo con irritación.

—Siéntese, vuestra eminentísima y majestuosa alteza —lo invitó ella al tiempo que apartaba una silla de la mesa con un seco tirón y se sentaba.

—Estás de un humor excelente —dijo Raffin.

—Y tú tienes el pelo azul —replicó Katsa, cortante.

Oll entró en el cuarto y, al ver el rasguño en la mandíbula de la joven, se quedó boquiabierto. Luego observó a Po y reparó en el ojo morado; miró de nuevo a Katsa y se echó a reír. Dio un palmetazo en la mesa, y la risa se convirtió en carcajadas estruendosas.

—¡Cómo me habría gustado ver esa pelea, mi señora! ¡Oh, sí, me habría gustado muchísimo verla!

—La dama venció, cosa que no creo que le sorprenda. —Po sonreía.

—Fue un empate. —Katsa estaba que echaba chispas—. Ninguno de los dos ganó.

—Vaya, vaya —exclamó Giddon, que al entrar en la estancia miró a ambos jóvenes, y se le ensombreció el semblante. Se llevó la mano a la espada y se encaró al príncipe lenita.

—No entiendo a qué ha venido eso de luchar con lady Katsa.

—Giddon, no seas ridículo —intervino ella.

—No tiene derecho a atacarte —le dijo el noble.

—Yo descargué el primer golpe, Giddon, siéntate.

—Pues si has dado el primer golpe, entonces es que te ha insultado.

Katsa se levantó con brusquedad, y exclamó:

—Vale ya, Giddon... Si crees que necesito que me defiendas...

—Un invitado en la corte, un completo desconocido...

—Giddon...

—Lord Giddon. —Po se incorporó y habló al mismo tiempo que ella—. Si he insultado a su señora, tiene que perdonarme. Rara vez disfruto del placer de practicar con alguien que posea una habilidad semejante, y no pude resistir la tentación. Le aseguro que me hizo más daño que yo a ella.

Giddon no apartó la mano de la espada, pero el gesto tenso se distendió.

—También lamento haberle ofendido a usted —añadió Po—. Ahora me doy cuenta de que tendría que haber sido más cuidadoso para evitar darle en la cara. Mis disculpas. Ha sido imperdonable. —Y le tendió la mano por encima de la mesa.

La mirada encolerizada de Giddon recuperó su habitual expresión afable. Alargó la mano y estrechó la de Po.

—Comprenda mi preocupación —se excusó.

—Por supuesto.

Katsa miraba a uno y a otro, estrechándose la mano, comprensivos con sus preocupaciones. Pero no veía por qué tenía que sentirse ofendido Giddon, ni qué tenía que ver en ese asunto. ¿Quiénes se creían que eran para dejarla aparte de la pelea y convertir el incidente en una especie de entendimiento entre ambos? Les arrancaría la nariz de un puñetazo; les atizaría a los dos y no les pediría disculpas a ninguno de ellos.

Po reparó entonces en la expresión de la muchacha, que no hizo ningún esfuerzo por disimular la rabia silenciosa que irradiaba hacia él, desde el otro lado de la mesa.

—¿Nos sentamos? —propuso alguien.

El príncipe lenita le mantuvo la mirada mientras tomaban asiento. No había ni el menor atisbo de humor en su cara, ni rastro de la arrogancia de su intercambio con Giddon. Y entonces articuló una palabra en silencio, pero la entendió con tanta claridad como si la hubiera pronunciado en voz alta: «Perdóneme».

Bien.

Giddon seguía siendo un cernícalo redomado.

Dieciséis miembros del Consejo asistían a la reunión, aparte de Po y lord Davit: Katsa, Raffin, Giddon, Oll y su esposa,

Bertola; dos soldados a las órdenes de Oll, dos espías que trabajaban con él, tres nobles del rango de Giddon y cuatro sirvientes (una mujer que trabajaba en las cocinas del castillo, un mozo de cuadra, una lavandera y un empleado de la contaduría de Randa). Había más gente en el castillo comprometida con el Consejo; sin embargo, los que estaban ahora eran sus representantes la mayoría de las noches, así como Bann, que acudía cuando podía escabullirse.

Puesto que la reunión se había convocado para escuchar la información de lord Davit, el Consejo no perdió tiempo.

—Siento decir que no puedo aclararles quién secuestró al príncipe Tealiff —explicó el noble—. Pese a ello, y aunque a buen seguro preferirían recibir esa información, sí les diré quién no lo hizo. Mis tierras limitan con Elestia y Nordicia, y tengo por vecinos a señores feudales fronterizos del rey Thigpen y del rey Drowden. Estos señores feudales colaboran con el Consejo y algunos de ellos gozan de la confianza de los espías de ambos reyes. Príncipe Raffin, esos hombres están seguros de que ni el rey de Elestia ni el de Nordicia son responsables del secuestro del lenita.

Raffin y Katsa cruzaron con intensidad sus miradas.

—Entonces, tiene que ser el rey Birn de Oestia —apuntó Raffin.

Katsa era de la misma opinión, aunque no se le ocurría un móvil.

—Háblenos de sus fuentes de información —pidió Oll—, así como de las fuentes de sus fuentes. Lo investigaremos. Si se confirma lo que nos ha contado, estaremos mucho más cerca de esclarecer este misterio.

La reunión no se prolongó mucho. Los siete reinos habían estado muy tranquilos, y la información facilitada por Davit bastaba para tener ocupados, de momento, a Oll y a los demás espías.

—Nos vendría bien, príncipe Granemalion, que nos permitiera mantener en secreto el rescate de su abuelo por ahora —pidió Raffin—. Nos es imposible garantizar su seguridad si ni siquiera sabemos quién lo atacó.

—Tienen mi permiso, naturalmente —aceptó Po.

—Ahora bien, un mensaje en clave a su familia para decir que se encuentra bien... —sugirió Raffin.

—Sí, creo que podré redactar un mensaje así.

—Magnífico. —Raffin dio una palmada en la mesa—. ¿Alguna otra cosa?

Katsa, ¿tienes algo que decir?

—No, nada.

—Bien. —Raffin se puso de pie—. En ese caso, nos veremos cuando tengamos más noticias o cuando Tealiff recuerde algo. Giddon, ¿querrás escoltar a lord Davit de vuelta a sus aposentos? Oll, Horan, Waller, Bertola, ¿me acompañáis, por favor? Será un momento. Iremos por el pasadizo secreto, Katsa, si no te importa que desfilemos por tu dormitorio.

—Adelante —dijo ella—. Mejor eso que desfilar por los pasillos.

—¡Ah, el príncipe! —recordó Raffin—. Katsa, ¿querrás llevar al príncipe...?

—Claro. Anda, ve.

Raffin se marchó con Oll y los espías; los soldados y los criados se despidieron y también se fueron.

—Deduzco que estás recuperada de la indisposición que sufriste durante la cena, Katsa, ya que iniciaste una pelea —dijo Giddon—. Desde luego, eso da pie a pensar que vuelves a ser la de siempre.

Sería educada delante de Po y de lord Davit, aunque Giddon se estuviera riendo de ella en su cara.

—Sí, gracias, Giddon. Buenas noches.

El noble inclinó la cabeza y se marchó con lord Davit. Po y Katsa se quedaron solos. El lenita se apoyó en la mesa.

—¿No se me considera capaz de encontrar mis aposentos por mí mismo?

—Raffin se refería a que lo conduzca por un pasadizo secreto —replicó Katsa—. Si lo ven deambulando por los pasillos de la corte de Randa a estas horas, dará que hablar. Estos cortesanos son capaces de convertir el hecho más trivial en un episodio digno de habladurías.

—Sí, creo que es algo que tienen en común casi todas las cortes.

—¿Piensa pasar mucho tiempo aquí?

—Me gustaría quedarme hasta que mi abuelo se encuentre mejor.

—Entonces tendremos que buscar un pretexto para alargar su estancia, pues ¿no es de dominio público que busca a su abuelo?

Po asintió con la cabeza y propuso:

—Si accede a entrenar conmigo, podría servir de excusa.

—¿A qué se refiere? —Katsa empezó a apagar las antorchas.

—La gente vería lógico que me quedara para entrenarme con usted. Entendería que, para nosotros, sería una oportunidad demasiado buena para desaprovecharla. Repito, para ambos.

La joven hizo una pausa antes de apagar la última antorcha y consideró la propuesta. Le entendía perfectamente. Estaba harta de luchar contra nueve o diez hombres al mismo tiempo, hombres protegidos con armadura completa, sin que ninguno fuera capaz de tocarla, en tanto que ella tenía que refrenarse al golpear. Sería emocionante, toda una experiencia, luchar otra vez con Po. Y hacerlo con regularidad, un sueño.

—¿Y no daría la impresión de que ha renunciado a buscar a su abuelo?

—Ya he estado en Oestia —contestó él—. Y en Meridia. Puedo ir a Nordicia y a Elestia con el pretexto de buscar información usando esta ciudad como base, ¿verdad? No hay ninguna ciudad más céntrica que Burgo de Randa.

Claro que podría hacerlo. Y nadie tendría motivo para dudar de sus razones. Katsa apagó la última antorcha y se le acercó. La luz del pasillo que se colaba por la puerta alumbraba la mitad del rostro del lenita, y le daba en el iris dorado del ojo que tenía amoratado. Se le encaró y alzó la barbilla en un gesto altivo.

—Me entrenaré con usted —afirmó—. Pero no espere que vaya con más cuidado que hoy al golpearlo en la cara.

Él rompió a reír de buena gana, pero después recobró la seriedad y bajó la vista al suelo.

—Perdóneme por eso, Katsa. Quería hacer de lord Giddon mi aliado, no mi enemigo, y pensé que no tenía otra opción.

—Giddon es un necio —aseguró Katsa con impaciencia.

—Tuvo una reacción perfectamente lógica si se tiene en cuenta su posición.

Po acercó las puntas de los dedos al mentón de Katsa, que se quedó paralizada y olvidó la pregunta que estaba a punto de hacerle respecto a Giddon y sobre cuál era su supuesta posición en Terramedia. El hombre le giró la cara hacia la luz.

—Fue con el anillo. —La joven no le entendió—. Le hice el arañazo con el anillo.

—¿Con qué anillo?

—Bueno, con uno de ellos.

La había arañado con uno de los anillos y ahora le estaba tocando la cara con los dedos. Po retiró la mano, retrocedió un paso y la contempló con calma, como si aquella actitud fuera normal, como si cualquier amigo reciente le tocara la cara con los dedos. Pero ¿acaso Katsa había hecho amigos alguna vez, o disponía de algún ejemplo para comparar y decidir qué era normal entre amigos y qué no lo era?

Ella no era normal.

Se dirigió hacia la puerta y asió la antorcha que había en la pared.

—Vamos. —Era hora de sacar de allí a ese tipo extraño, a ese tipo de ojos felinos, que parecía haber nacido para ponerla nerviosa. Le sacaría esos ojos la próxima vez que lucharan; le arrancaría los aretes de las orejas y los anillos de los dedos.

Iba siendo hora de sacarlo de allí para regresar a sus aposentos y para volver a ser ella misma.

Capítulo 10

Era un adversario maravilloso. Katsa no podía con él, no lograba golpearlo cuando se lo proponía ni lo hacía con tanta fuerza como quería. Era tan veloz para esquivar o para detener un ataque, tan rápido en reaccionar... Y si la lucha acababa en una pelea cuerpo a cuerpo en el suelo, no conseguía zancadillearlo ni era capaz de inmovilizarlo con una llave.

Era mucho más fuerte que ella y, por primera vez en su vida, consideró como desventaja el tener menos fuerza. Hasta ese momento, nadie había conseguido acercársele lo suficiente para que tal circunstancia tuviera importancia.

La precisión del lenita para sintonizar con el entorno y con los movimientos de Katsa era tal, que también formaba parte del reto. Parecía saber siempre cómo iba a actuar la joven incluso cuando se hallaba detrás de él.

—Aceptaré que no goza de visión nocturna si admite que tiene ojos en la nuca —comentó Katsa en cierta ocasión cuando, al entrar en el salón de entrenamiento, Po la saludó sin haberse vuelto para identificarla.

—¿Qué quiere decir?

—Que siempre sabe lo que pasa a su espalda.

—Katsa, ¿se ha fijado alguna vez en el ruido que hace cuando entra en una habitación? Nadie abre las puertas como usted.

—Quizá su gracia le otorga un sentido de percepción acrecentado.

—Quizá, pero no mayor que el suyo.

Con todo, el príncipe lenita se llevaba la peor parte en los combates a causa de la flexibilidad y la energía inagotables de Katsa, y en especial, por su rapidez. Puede que no lo golpeara como hubiera deseado, pero lo machacaba. Y también el dolor lo afectaba más. En cierta ocasión hizo un alto en la lucha, mientras ella forcejeaba para inmovilizarle un brazo, las piernas y la espalda contra el suelo y él la golpeaba repetidamente en las costillas con la mano que le quedaba libre.

—¿No le duele esto? —preguntó Po entre jadeos y risas—. ¿Es que no lo siente? Le he dado unas doce veces y ni siquiera se ha inmutado.

La joven se sentó en cuclillas y se tanteó el punto donde le habían caído los golpes, debajo del seno.

—Duele, pero no mucho.

—Tiene huesos de piedra. Se marcha de las prácticas sin una magulladura ni un dolor, en tanto que yo me voy renqueando y me paso el día poniéndome hielo en las contusiones.

El príncipe no llevaba puestos los anillos cuando luchaban; había ido sin ellos desde el primer día de prácticas. Cuando Katsa arguyó que era una precaución innecesaria, él puso cara de inocencia fingida.

—Se lo prometí a Giddon, ¿recuerda? —respondió. Y la práctica de ese día empezó con fintas y risas por parte de Po, mientras Katsa le lanzaba golpes a la cara.

Tampoco llevaban botas a raíz de que la joven le asestara un punterazo que lo alcanzó en la frente sin querer. En esa ocasión Po cayó al suelo, a gatas, y ella se dio cuenta de inmediato de lo que había ocurrido.

—¡Llama a Raff! —le gritó a Oll, que observaba el entrenamiento desde un lado del salón.

Arrancándose una de las mangas, Katsa sentó a Po en el suelo e intentó contener la sangre que le manaba de forma copiosa y se le metía en los ojos, que se le habían desenfocado. Cuando Raffin le dio vía libre para reanudar las prácticas unos días después, la joven insistió en que lucharan descalzos. Y, a decir verdad, a partir de entonces tuvo más cuidado con el rostro del príncipe lenita.

Casi siempre tenían una audiencia reducida —unos cuantos soldados o nobles— cuando realizaban las prácticas. Oll también iba cuando le era posible, porque le complacía mucho verlos luchar. Giddon iba asimismo, aunque siempre parecía ponerse de mal humor mientras observaba y nunca se quedaba mucho tiempo. Incluso Helda asistía de vez en cuando (era la única mujer que frecuentaba el salón de prácticas), y contemplaba los entrenamientos con los ojos abiertos de par en par, aunque se le acababan poniendo como platos si se quedaba mucho tiempo.

Lo que más satisfacía a Katsa era que Randa no estaba presente en esas sesiones, y se alegraba también de la propensión de su tío a mantenerla a una distancia prudente.

Po y Katsa comían juntos casi todos los días, tras acabar las prácticas, ya fuera en el comedor de la joven, solos, o en el laboratorio de Raffin con éste y con Bann. A veces comían en una mesa que Raffin había subido al cuarto de Tealiff. El anciano seguía muy enfermo, pero gozar de la compañía de los jóvenes parecía alegrarlo y darle fuerzas.

Cuando se sentaban para charlar, en ocasiones los iris de color plata y oro de Po la pillaban desprevenida. La joven no conseguía acostumbrarse a los ojos del lenita; la aturullaban. Pero le sostenía la mirada cuando se la quedaba observando, y se esforzaba por respirar y hablar con normalidad, y no cohibirse. Eran sus ojos, nada más, y ella no era cobarde. Además, no quería comportarse con él como la corte lo hacía con ella: esquivándole la mirada porque se sentían molestos e indiferentes. No quería hacerle eso a un amigo.

Porque era un amigo; y en aquellas últimas semanas de verano, por primera vez en su vida, la corte de Randa se convirtió para Katsa en un lugar placentero, donde se encontraba a gusto; un lugar de trabajo decente y esforzado; un lugar de amigos. Los espías de Oll progresaban poco a poco pero sin pausa, enterándose de cuanto podían en sus viajes por Nordicia y Elestia que, cosa sorprendente, estaban en paz. Parecía que el calor y el bochorno reinantes también daban una tregua a la crueldad de Randa o, quizá, sólo se debía a que estaba distraído con el flujo constante de mercaderías y comestibles que entraban a raudales en la ciudad en aquella época del año, desde todas las rutas comerciales. Fuera cual fuese la razón, Randa no convocaba a Katsa para hacerle uno de sus desagradables encargos. A finales de verano, la joven se sorprendió buscando ocasiones para relajarse.

Nunca se le acababan las preguntas que quería hacerle a Po.

—¿De dónde sacaste ese nombre? —le preguntó, tuteándolo por fin, un día en que estaban sentados en el cuarto del abuelo y charlaban en voz baja para no despertarlo.

Po se cubrió el hombro con hielo envuelto en un paño, y repuso:

—¿Cuál de ellos? Los tengo a montones para elegir.

Katsa se inclinó sobre la mesa para ayudarlo a atarse fuerte el paño, y le aclaró:

—Po. ¿Te llama así todo el mundo?

—Mis hermanos me lo pusieron cuando era pequeño. El po es un árbol de Lenidia al que, en otoño, se le ponen las hojas plateadas y doradas. Supongo que el mote era inevitable.

Katsa cortó un trozo de pan y lo mordisqueó mientras se preguntaba si el alias era un mote cariñoso o si había sido un intento de los hermanos de Po para rechazarlo, o para que siempre recordara que era un graceling. Observó cómo llenaba el plato con pan, carne, fruta y queso, y sonrió al ver desaparecer la comida casi con la misma rapidez con que la había amontonado. Ella comía mucho, pero Po era un caso aparte.

—¿Qué tal se lleva eso de tener seis hermanos mayores?

—No creo que para mí significara lo mismo que para la mayoría de hermanos pequeños —contestó él—, porque en Lenidia la lucha con las manos es una disciplina muy respetada. Mis hermanos son grandes luchadores y, por supuesto, yo tuve la oportunidad de practicar con ellos aunque era pequeño, y con el tiempo, los superé a todos. Me trataban como a un igual, qué digo, con mayor deferencia que a un igual.

—¿Y eran también tus amigos?

—¡Oh, sí, sobre todo los más jóvenes!

Así pues, quizás era más sencillo ser un luchador graceling si uno era chico o si procedía de un reino que respetaba la lucha con las manos, o tal vez la gracia de Po se había revelado de forma menos drástica que la de ella. Quizá si Katsa hubiera tenido seis hermanos mayores también habría tenido seis amigos.

O a lo mejor todo era diferente en Lenidia.

—He oído decir que los castillos lenitas se construyen en cumbres de montañas tan altas que a la gente hay que izarla con cuerdas hasta arriba —comentó Katsa, y su observación hizo sonreír a Po, que explicó:

—Sólo hay cuerdas en el burgo de mi padre. —Se sirvió un poco más de agua y atacó de nuevo la comida del plato.

—¿Y bien? ¿No vas a explicarme cómo funcionan?

—Katsa, ¿tanto te cuesta entender que un hombre esté hambriento después de que lo hayas vapuleado hasta casi matarlo? Estoy empezando a sospechar que no dejarme comer es parte de tu estrategia de lucha. Quieres que me debilite y me desmaye.

—Para ser el mejor luchador de Lenidia tienes una constitución delicada.

Él se echó a reír y soltó el tenedor.

—De acuerdo, de acuerdo. A ver, ¿cómo te lo describiría? —Cogió de nuevo el tenedor y lo utilizó para dibujar en el aire mientras hablaba—. La ciudad de mi padre se encuentra en la cumbre de un risco enorme, tan alto como una montaña, que se alza directamente desde la planicie que se extiende a sus pies. Hay tres formas de subir a la ciudad: una consiste en recorrer una calzada, construida en las laderas del risco, que asciende despacio dando vueltas sin parar; otra es ascender por una escalera que serpentea de un lado para otro de una cara del risco, hasta llegar a la cumbre. Este último es un buen acceso si eres fuerte y estás con todos los sentidos bien despiertos y no vas a caballo, aunque la mayoría de los que eligen esa ruta acaban cansándose y suplicando a cualquiera que pase por la calzada que los lleve. A veces mis hermanos y yo hemos hecho carreras en esa escalera.

—¿Y quién ha ganado?

—¿Tan poca es tu confianza en mí que tienes que preguntarlo? Tú nos vencerías a todos, claro.

—Mi habilidad para luchar no tiene nada que ver con mi capacidad para subir corriendo una escalera.

—Aun así no te imagino dejándote ganar por alguien en lo que sea.

Ella resopló con sorna y continuó preguntando:

—¿Y la tercera forma de subir?

—Pues con las cuerdas, claro.

—Pero ¿cómo lo hacéis?

—Bueno, en realidad es muy sencillo: esas cuerdas, que están muy bien atadas a una gran rueda instalada de costado en lo alto del risco, cuelgan por el borde del precipicio y, abajo, están sujetas a unas plataformas. Unos caballos hacen girar la rueda, ésta tira de las cuerdas y las plataformas suben.

—Parece dificultoso y complicado.

—Casi todo el mundo utiliza la calzada. Las cuerdas se emplean únicamente para grandes remesas de mercancías.

—¿Y toda la ciudad está encaramada allá, en lo alto? —Po partió otro trozo de pan y asintió con la cabeza—. ¿Y por qué construyeron una ciudad en semejante sitio?

—Imagino que porque es hermoso.

—¿A qué te refieres?

—Bueno, si miras desde donde se acaba la ciudad, la vista se pierde en el horizonte: campos, montañas, colinas... Y, a un lado, el mar.

—El mar... —repitió Katsa.

El mar puso, de momento, fin a las preguntas. La joven había visto los lagos de Nordicia, algunos de ellos tan extensos que se distinguía a duras penas la orilla opuesta. Pero nunca había visto el mar.

Era incapaz de imaginarse tanta agua, ni que ésta se meciera y rompiera contra el litoral, como había oído contar que sucedía. Absorta, mirando sin ver la pared del cuarto de Tealiff, trató de figurárselo.

—Desde la ciudad se vislumbran a lo lejos los castillos de dos de mis hermanos, en las estribaciones de la cordillera —dijo Po—. Los otros castillos están al otro lado de las montañas, o se encuentran demasiado lejos para divisarlos.

—¿Cuántos hay?

—Siete, como el número de hijos.

—Entonces, uno es tuyo.

—Sí, el más pequeño.

—¿Te importa que sea el más pequeño?

Po escogió una manzana del cuenco de fruta que había en la mesa, y repuso:

—Al contrario, me alegro de que lo sea, aunque mis hermanos no me creen cuando lo digo.

A Katsa no le extrañaba que no lo creyeran. No sabía de ningún hombre, ni siquiera su primo, que no deseara que su propiedad fuera lo más grande posible. Giddon, por ejemplo, siempre comparaba su feudo con el de sus vecinos, y cuando Raffin enumeraba sus quejas sobre Thigpen, nunca dejaba pasar la ocasión de mencionar cierto desacuerdo respecto a la ubicación exacta de la frontera oriental de Terramedia. Katsa creía que todos los hombres eran así y había llegado a lo conclusión de que su postura difería de la de ellos por ser mujer.

—No abrigo las ambiciones de mis hermanos —añadió Po—. Nunca he querido una posesión grande, ni ser rey, ni un señor feudal destacado.

—Yo tampoco —convino Katsa—. He dado gracias al cielo muchas veces de que Raffin sea hijo de Randa y yo su única sobrina, hija de su hermana, además.

—Mis hermanos desean todo ese poder. Les encanta inmiscuirse en las disputas cortesanas y, de hecho, les deleitan esos enredos. Además, también les entusiasma dirigir sus castillos y sus burgos. A veces creo que todos quieren llegar a ser rey. —Se recostó en la silla y se acarició el hombro dolorido con gesto ausente—. Mi castillo no tiene burgo, pues solamente hay una villa cerca que se autogobierna, ni tampoco dispone de corte. En realidad es una casa enorme que será mi hogar cuando no esté de viaje.

—Es decir, que tienes intención de viajar —aventuró Katsa mientras escogía una manzana para ella.

—Soy más inquieto que mis hermanos. Pero es tan hermoso… Me refiero a mi castillo. Es el lugar más bonito al que regresar cuando quieres volver a casa. Se halla en lo alto de un acantilado, pero dispone de una escalera tallada en la roca que baja hasta el agua, y de miradores abiertos al mar, colgados al borde del acantilado. Da la impresión de que te caerás si te asomas demasiado. Al anochecer, el sol se pone en el mar y todo el cielo se pinta de rojo y naranja, convirtiendo el agua en una réplica. A veces, desde esos miradores, se ven grandes peces, peces de colores increíbles, que suben a la superficie y rondan de acá para allá. Pero en invierno las olas son altas y el viento sopla tan fuerte que te tira, y no puedes asomarte. Es peligroso. —De repente se levantó de un salto y se giró hacia la cama—. Abuelo.

«Los ojos que tiene en la nuca le han advertido de que el anciano ha despertado», pensó Katsa con sorna.

—Estabas hablando de tu castillo, muchacho —murmuró el anciano.

—¿Cómo estás, abuelo?

Rebosándole la mente de las cosas que le había contado Po, Katsa empezó a comerse la manzana al tiempo que oía la charla entre ambos. Ignoraba que existieran sitios en el mundo tan maravillosos que hicieran desear a una persona contemplarlos eternamente.

En ese momento Po se volvió hacia ella, y la antorcha colgada en la pared le acentuó el brillo de los ojos. Katsa se esforzó en respirar de manera acompasada.

—Contemplar cosas hermosas es una debilidad que tengo —dijo él—. Mis hermanos se burlan de mí por eso.

—Los muy bobos de tus hermanos no son conscientes de la fuerza que hay en las cosas hermosas —sentenció Tealiff—. Acércate, pequeña —le dijo a Katsa—. Déjame verte los ojos, porque me dan fuerza.

La amabilidad del anciano la hizo sonreír aunque lo que decía fuera una tontería. Se sentó al lado del anciano Tealiff, y éste y Po le contaron más cosas del castillo del joven, de sus hermanos y del Burgo de Ror, la ciudad construida en el cielo.

Capítulo 11

—¿Qué distancia hay entre el feudo de Giddon y Burgo de Randa? —le preguntó Po una mañana.

Estaban sentados en el suelo de la sala de prácticas y bebían agua mientras descansaban. Había sido una buena sesión. Po volvió el día anterior de una visita a Nordicia, y Katsa creía que el tiempo de separación les había venido bien a los dos, puesto que reanudaron los entrenamientos con una renovada intensidad.

—Está cerca —repuso Katsa—. A un día de viaje más o menos, hacia el oeste.

—¿Lo conoces?

—Sí. Es grande e impresionante. Giddon no suele ir allí a menudo, pero pese a ello se las ingenia para mantener el predio en buen estado.

—No me cabe duda.

Giddon había acudido a la sesión de ese día, aunque fue el único espectador y no se quedó mucho tiempo. Katsa no sabía la razón de que hubiera ido, ya que cuando asistía, parecía que se ponía de mal humor.

La joven se tumbó boca arriba y se quedó contemplando el alto techo. La luz entraba a raudales en la sala por los grandes ventanales orientados al este. Pero los días empezaban a acortarse y dentro de poco el viento soplaría frío; el castillo olería a la leña encendida en las chimeneas y las hojas crujirían bajo los cascos de su caballo cuando saliera a cabalgar.

Las últimas dos semanas habían sido muy tranquilas, y le habría gustado que surgiera una misión del Consejo; tenía ganas de salir de la ciudad y estirar las piernas. Se preguntó si Oll habría descubierto algo nuevo sobre el secuestro de Tealiff.

A lo mejor se acercaba ella misma a Oestia a husmear en busca de información.

—¿Qué vas a contestarle a Giddon cuando te pida que te cases con él? —preguntó de improviso Po—. ¿Aceptarás?

Katsa se sentó erguida y lo miro de hito en hito.

—¡Qué pregunta tan absurda!

—¿Absurda? ¿Por qué? —En el semblante del lenita no había atisbo de una de sus habituales sonrisas, por lo que Katsa no creyó que estuviera de broma.

—¿Por qué diantre iba Giddon a pedirme que me case con él?

—Katsa, no hablarás en serio. —La joven lo miró con perplejidad y entonces él sonrió—. Pero ¿no te has dado cuenta de que Giddon está enamorado de ti?

La joven soltó un sonoro resoplido y le espetó:

—No seas ridículo. Giddon sólo vive para criticarme.

—¿Cómo puedes estar tan ciega? —exclamó Po, y su risa fue estruendosa—. Está locamente enamorado. ¿No ves lo celoso que está? ¿No recuerdas su reacción cuando te arañé la cara?

Una sensación incómoda empezó a crecer en las entrañas de la joven.

—No sé qué tiene que ver eso. Y, además, ¿cómo ibas a saberlo tú? Dudo que lord Giddon te eligiera como confidente.

—No —admitió Po entre risas—. Claro que no. Giddon me considera tan poco de fiar como Murgon. Supongo que cree que un hombre que lucha contigo como lo hago yo sólo puede ser un oportunista en el mejor de los casos, cuando no un malhechor.

—Te engañas. Giddon no siente nada por mí.

—No puedo hacértelo ver si tú te empeñas en lo contrario, Katsa. —Po se desperezó y bostezó—. De cualquier modo, yo en tu lugar pensaría en algún tipo de respuesta. Por si acaso se te declara. —Rio de nuevo—. Tendré que ponerme hielo en el hombro, como siempre. Yo diría que has vuelto a ganar, Katsa.

La joven se puso en pie de un brinco.

—¿Hemos acabado ya aquí? —preguntó.

—Supongo que sí. ¿Te ha entrado hambre?

Desestimó su comentario con un gesto de la mano, se marchó dejándolo tumbado boca arriba al sol que penetraba por los ventanales y se fue corriendo en busca de Raffin.

Y

Katsa irrumpió como un ciclón en el laboratorio de Raffin. Sentados a la mesa con las cabezas muy juntas, éste y Bann examinaban un libro.

—¿Estáis solos? —preguntó.

Ellos alzaron la cabeza, sorprendidos, y dijeron:

—Sí…

—¿Giddon está enamorado de mí?

Raffin parpadeó y Bann la miró con los ojos abiertos como platos.

—Nunca me ha dicho nada al respecto —respondió Raffin—. Pero, sí, creo que cualquiera que lo conozca diría que está enamorado de ti.

Dándose una palmada en la frente, Katsa farfulló:.

—De todas las estupideces que… ¿Cómo va a…? —Se acercó a la mesa, se dio media vuelta y se encaminó de nuevo hacia la puerta.

—¿Te ha dicho él algo? —quiso saber Raffin.

—No. Ha sido Po. —Se giró con brusquedad hacia su primo—. ¿Y por qué no me habías dicho nada?

—Creía que lo sabías, Kat. —Raffin se apoyó en el respaldo de la silla—. ¿Cómo iba a pensar que no te habías dado cuenta? Te acompaña como escolta cada vez que algún asunto del rey te hace salir de la ciudad, siempre se sienta a tu lado en la mesa...

—Randa es quien decide dónde nos sentamos cada cual.

—Claro. Y lo más probable es que Randa sepa que Giddon espera desposarte —fue la respuesta de su primo.

Kat se aproximó otra vez a la mesa mientras se aferraba el cabello con fuerza.

—Pero esto es terrible. ¿Qué voy a hacer?

—Si te pide en matrimonio, dile que no. Le explicas que no es por él, sino porque has decidido no casarte, ni quieres tener hijos. Dile lo que haga falta para que entienda que tu negativa no se debe a nada personal.

—No me casaría con él ni para salvar mi vida. Ni siquiera para salvar la tuya.

—Bien, muy bien. —A Raffin se le notaban las ganas de reír—. Olvidaré eso último.

Katsa suspiró y regresó una vez más a la puerta.

—Espero que no te moleste que te lo diga, pero eres la persona menos perspicaz que conozco, Katsa —comentó su primo—. Tu capacidad para no ver lo evidente es asombrosa.

La joven alzó los brazos al cielo y se dispuso a marcharse. De pronto, al ocurrírsele una idea turbadora, se giró y le soltó a Raffin:

—Tú no estarás enamorado de mí, ¿verdad?

Raffin se la quedó mirando unos instantes, estupefacto. Entonces estalló en carcajadas, así como Bann, aunque éste trató denodadamente de disimularlo tapándose la boca con la mano. Katsa experimentó tal alivio que no se dio por ofendida.

—Vale, vale —dijo—. Supongo que me lo merezco.

—Mi querida Katsa, Giddon es tan apuesto... ¿Estás segura de que no quieres reconsiderar tu decisión? —comentó su primo.

Las risas de Raffin y Bann se intensificaron, y los dos jóvenes tuvieron que sujetarse las tripas. Katsa desestimó sus bromas con un ademán. Esos dos no tenían remedio. Dio media vuelta para marcharse de una vez.

—Esta noche hay reunión del Consejo —advirtió Raffin.

Ella alzó la mano para indicar que le había oído, y, dejando atrás las risas, cerró la puerta a su espalda.

—Casi no ha pasado nada que sea destacable en los siete reinos —informó Oll—. Pero hemos convocado esta reunión porque tenemos ciertas informaciones relativas al príncipe Tealiff a las que no les encontramos sentido, y esperamos que a vosotros se os ocurra alguna idea.

Bann asistía a esa reunión porque el anciano lenita se encontraba bastante bien para quedarse solo de vez en cuando. Katsa se las había arreglado para que Bann, de torso y hombros fornidos, se sentara entre Giddon y ella; así el noble no tendría posibilidad de verla. Además, por si acaso, la joven también había interpuesto a Raffin entre ellos. Sentados enfrente de ella se hallaban Oll y Po, éste recostado en el respaldo de la silla. Así las cosas, los relucientes ojos del príncipe siempre estaban dentro del límite visual de Katsa, mirara donde mirara.

—La información que nos dio lord Davit era correcta —iba diciendo Oll—. Ni Nordicia ni Elestia saben nada sobre el secuestro; ninguno de los dos reinos tuvo nada que ver. Y estamos casi seguros de que el rey Birn de Oestia también es inocente.

—Entonces, ¿podría tratarse de Murgon? —preguntó Giddon.

—¿Con qué motivo? —argumentó Katsa.

—No tiene ninguno —dijo Raffin—. Claro que los otros tampoco lo tienen. Es el inconveniente con el que tropezamos: no existe un motivo evidente para que alguien haya llevado a cabo semejante acción. Ni siquiera a Po, el príncipe Granemalion, se le ocurre alguno que sea verosímil.

El príncipe lenita asintió con la cabeza y aclaró:

—Mi abuelo sólo es importante para su familia.

—Además, si alguien tuviera como objetivo provocar a la familia real lenita, ¿no se sabría a la larga? De otra forma, esa demostración de fuerza no tendría sentido.

—¿Ha contado algo más Tealiff? —preguntó Giddon.

—Ha explicado que primero le vendaron los ojos y lo drogaron —contestó Po—. Al parecer pasó mucho tiempo en una embarcación, pero el viaje por tierra fue más corto en comparación, lo que sugiere que los secuestradores lo llevaron hacia el este desde Lenidia, probablemente a uno de los puertos emeridios del sur. Después enfilarían hacia el norte a través de los territorios boscosos, hasta Burgo de Murgon. Mi abuelo dice que cuando les oyó hablar, le pareció que el acento era sureño.

—Eso apunta a Meridia y a Murgon —manifestó Giddon.

Pero no tenía sentido. Ninguno de los monarcas tenía un motivo para secuestrarlo, y Murgon, menos que nadie. Él trabajaba para otros y sólo movido por el dinero. El Consejo en pleno lo sabía.

—Po, ¿existe alguna desavenencia entre tu abuelo y tu padre, con alguno de tus hermanos o incluso con tu madre? —inquirió Katsa.

—Ninguna, estoy seguro.

—No comprendo por qué está tan seguro —arguyó Giddon.

Los ojos de Po destellaron al mirar al noble, y él le dijo:

—Tendrá que fiarse de mi palabra, lord Giddon. Ni mi padre,

ni mis hermanos, ni mi madre, ni ninguna otra persona de la corte lenita estuvieron involucrados en el secuestro.

—La palabra de Po le basta al Consejo —afirmó Raffin—. Si no fueron Birn, ni Drowden, ni Thigpen, ni Randa, ni Ror, sólo queda Murgon.

—¿Ningún miembro del Consejo ha pensado que podría haber sido el rey de Monmar? —planteó Po.

—¿Un monarca notorio por su bondad con animales heridos y niños perdidos sale de su aislamiento para secuestrar al anciano padre de su esposa? Un tanto inverosímil, ¿no le parece? —comentó Giddon.

—Se han hecho indagaciones y no se ha averiguado absolutamente nada —terció Oll—. El rey Leck es un hombre amante de la paz. O ha sido Murgon, o alguno de los reyes guarda un secreto que ni siquiera conocen sus propios espías.

—Puede que haya sido Murgon o puede que no —intervino Katsa—. En cualquier caso, él conoce al responsable. Y si Murgon sabe quién es, los más cercanos a él también lo saben. ¿Por qué no buscamos a alguien de su camarilla? Yo podría hacerle hablar.

—Tendría que revelar su identidad, mi señora —argumentó Oll.

—También podría matarlo después de interrogarlo —propuso Giddon.

—Eh, un momento. —Katsa alzó la mano—. No he hablado de matar.

—Pero es que no vale la pena obtener información de una persona que te reconozca, y después se lo cuente a Murgon, Katsa —dijo Raffin.

—De cualquier forma, tendría que ser Granemalion quien se ocupara de esa misión —manifestó Giddon, y fue asaetado otra vez por la fría mirada de Po—. A Murgon no le extrañaría la actitud de un príncipe lenita, sino que lo consideraría normal. De hecho, no se por qué no ha intervenido ya si tantas ganas tiene de saber quién es el responsable —le espetó Giddon a Po.

Katsa estaba demasiado irritada para recordar su estrategia respecto a los asientos. De modo que se echó hacia delante para que Raffin y Bann no le impidieran ver a Giddon, y expuso:

—Por la sencilla razón de que Murgon no debe saber que Po

se ha enterado de que él está implicado. ¿Cómo iba a explicar Po esa información sin incriminarnos?

—Pues es precisamente por eso por lo que tú no debes interrogar a la gente de Murgon, Katsa, a no ser que estés dispuesta a darle muerte después. —Giddon asestó un palmetazo en la mesa a la par que la miraba enfurecido.

—Vale —intervino Raffin—. Vale ya. Estamos dando vueltas como en una noria. —Katsa echaba chispas, pero se retiró hacia atrás y se apoyó en el respaldo—. Katsa, la información que conseguirías no merece que ni tú ni el Consejo corráis ningún riesgo. Y tampoco, creo, merece el uso de la violencia.

La joven suspiró para sus adentros. Su primo tenía razón, naturalmente.

—Quizá sí merezca la pena intentarlo más adelante —añadió Raffin—. Pero, por ahora, el príncipe Tealiff está a salvo y no ha habido indicios de que Murgon o cualquier otro lo sigan considerando un objetivo. Po, si hay algo que quieras hacer al respecto, depende de ti, aunque te pediría que antes lo discutieras con nosotros.

—Tengo que pensarlo —contestó el príncipe lenita.

—En tal caso, este asunto queda en suspenso por ahora, hasta que descubramos algo nuevo o hasta que Po tome una decisión. Oll, ¿algo más sobre el tapete?

Oll dio una serie de explicaciones acerca de un pueblo oestense que hizo frente a una incursión norganda mediante un par de catapultas que les proporcionó un señor feudal de Oestia, amigo del Consejo. Los asaltantes habían huido al creer que los atacaba un ejército. Hubo risas en la reunión, y Oll inició otra historia, pero Katsa se ensimismó al recordar a Murgon y las mazmorras, y los bosques emeridios que, probablemente, guardaban el secreto del secuestro. Notó que Po la miraba y alzó la vista hacia él, al otro lado de la mesa. El lenita tenía fijos los ojos en ella, pero no la veía; tenía la mente en otra parte. A veces le pasaba eso cuando se sentaban juntos después de las prácticas.

Katsa observó el semblante del príncipe. A esas alturas, el corte de la frente era poco más que una fina línea roja, pero le quedaría cicatriz. Se preguntó si ese percance irritaría su vanidad lenita, y sonrió para sus adentros. En realidad no era vanidoso; no se preocupó lo más mínimo cuando le puso morado el ojo, ni hizo nada para disimular el corte de la frente. Además, una persona vanidosa no habría elegido luchar con ella día tras día, ni habría puesto el cuerpo a merced de sus manos.

De nuevo Po llevaba las mangas recogidas hasta el codo; era despreocupado con su aspecto. A la muchacha se le fueron los ojos a los huecos de las clavículas del hombre, y enseguida volvió a contemplarle el rostro. Suponía que podría tener motivos para ser vanidoso: era bastante atractivo, tanto como Giddon o Raffin; de nariz recta, labios de trazo sensual y hombros anchos; incluso aquellos ojos relucientes podían considerarse atractivos.

El príncipe lenita volvió a enfocar la vista en ese instante, y sus ojos se prendieron de los de Katsa. Y entonces hubo un asomo de picardía en su mirada, que sonrió, casi como si supiera exactamente lo que la joven había estado pensando, así como la conclusión a la que había llegado respecto a sus pretensiones vanidosas. Katsa borró toda expresión de su cara y le lanzó una mirada furiosa.

La reunión finalizó y las sillas chirriaron en el suelo al retirarlas. Raffin hizo un aparte con Katsa para hablarle de cierto tema, y ella se alegró de tener una disculpa para darle la espalda a Po. No lo vería hasta el siguiente entrenamiento, y la lucha conseguiría que volviera a ser ella misma.

Capítulo 12

A la mañana siguiente, Randa acudió a la sesión de prácticas por primera vez. Se quedó de pie a un lado para que todos los que estaban en la sala tuvieran que ponerse de pie también y lo miraran, en lugar de fijarse en los luchadores que habían ido a ver. Katsa se alegró de estar luchando porque era una excusa para no prestarle atención. Sólo que resultaba imposible no hacerle caso, puesto que era demasiado alto y corpulento y, ataviado con las características vestiduras de color azul intenso, destacaba sobremanera contra la blanca pared.

La risa displicente del rey llegaba a todos los rincones de la sala, y la joven no podía evitar ser muy consciente de su presencia. Para colmo, si estaba allí era porque quería algo; nunca buscaba a su dama asesina a menos que necesitara algo de ella.

Cuando Randa llegó, Katsa repetía un ejercicio con Po, un ejercicio que le ofrecía dificultades. Lo iniciaban poniéndose Katsa de rodillas, y con Po, detrás de ella, sujetándole los brazos a la espalda. La joven tenía que liberarse de la llave, y a continuación entablar un cuerpo a cuerpo hasta inmovilizarlo en la misma posición en la que había estado ella.

Siempre lograba soltarse, eso no revestía problema alguno; el problema era inmovilizarlo con otra llave. Incluso cuando conseguía ponerlo de rodillas y asirle los brazos, no había manera de mantenerlo en esa posición. Era cuestión de fuerza bruta. Si el príncipe intentaba incorporarse a base de potencia muscular, a ella le faltaba resistencia física para impedírselo, a menos que lo dejara inconsciente de un golpe o le provocara una lesión seria, pero ésa no era la finalidad del ejercicio. Tenía que encontrar una llave que lo inmovilizara y le produjera tanto dolor cuando él tratara de levantarse, que no le mereciera la pena el intento.

Empezaron el ejercicio otra vez. La joven se arrodilló y Po se situó a su espalda; las manos del príncipe se cerraron como un cepo alrededor de las muñecas de Katsa. Se oyó hablar a Randa y uno de los gentilhombres respondió en tono lisonjero. Todo el mundo lo adulaba.

La joven estaba preparada esta vez para sorprender a su contrincante. Retorciéndose, se soltó y saltó sobre él como un gato montés; le dio un puñetazo en el estómago, lo zancadilleó y lo hizo caer de rodillas; entonces tiró de los brazos del hombre. El objetivo era el hombro derecho de Po, al que siempre tenía que aplicar hielo. Le retorció el brazo derecho y se apoyó con todo su peso contra él de forma que cualquier movimiento significara dislocarse el hombro y provocarle más daño, cosa que ya estaba consiguiendo con la llave.

—Me rindo —jadeó Po. Ella lo soltó y el príncipe se puso de pie—. Bien hecho, Katsa.

—Otra vez.

Repitieron el ejercicio por segunda vez; y otra más. En las dos ocasiones consiguió inmovilizarlo con facilidad.

—Ya lo has logrado —dijo Po—. Bien ¿qué es lo siguiente? ¿Lo intento yo?

Entonces sonó el nombre de Katsa, y a la joven se le puso de punta el vello de la nuca. No se había equivocado, el rey no había ido sólo para ver la sesión de prácticas. Para remate, delante de toda esa gente tenía que actuar con cortesía y buenos modales. Hizo un gran esfuerzo para borrar el gesto ceñudo, antes de volverse hacia el rey.

—Qué divertido es verte luchar con un adversario, Katsa —dijo Randa.

—Me alegro de servirle de entretenimiento, majestad.

—Príncipe Granemalion, ¿qué opina de nuestra dama asesina?

—Es, con mucho, la mejor luchadora, majestad —contestó Po—. Si no se refrenara, me encontraría en un gran apuro.

—Cierto. —Randa se echó a reír—. He notado que es usted quien acude a cenar con magulladuras, y ella no.

Estaba orgulloso de algo que le pertenecía. Katsa se obligó a aflojar los puños, a respirar con regularidad, a sostener la mirada de su tío aun cuando lo que deseaba era borrarle de la cara esa mueca burlona.

—Katsa, ven a verme después. Tengo un nuevo trabajo para ti —dijo el rey.

—Sí, majestad. Gracias, majestad.

Randa se meció sobre los talones y recorrió la sala con la mirada. Después, con los gentilhombres atropellándose tras él en su afán por no quedarse retrasados, salió de allí acompañado por el frufrú de las vestiduras azules. Katsa lo siguió con la vista hasta que él y su séquito desaparecieron; luego siguió mirando con fijeza la puerta que los gentilhombres habían cerrado al salir.

Lores y soldados se sentaron poco a poco. Katsa fue vagamente consciente de ese movimiento, así como de los ojos de Po prendidos en su cara, observándola en silencio.

—¿Qué hacemos ahora, Katsa?

La joven sabía lo que le apetecía hacer; notó un cosquilleo que le recorría los brazos como un relámpago hasta llegarle a los dedos; y lo notó también en las piernas y en los pies.

—Lucha de competición —contestó—. Cualquier cosa que sea limpia. Hasta que uno de los dos se rinda.

Po entornó los ojos, observó los puños apretados y el gesto duro de la boca de la joven.

—Tendremos esa lucha, pero será mañana. Por hoy hemos terminado.

—No. Vamos a luchar.

—Katsa. Hemos terminado.

Ella se acercó para que nadie más oyera lo que iba a decirle.

—¿Qué pasa, Po? ¿Me tienes miedo?

—Sí, te lo tengo, como es lógico que lo tenga cuando estás furiosa. No lucharé contigo mientras estés así. Ni tú deberías luchar conmigo cuando me veas encrespado. No es ése el propósito de estas prácticas.

En el mismo momento en que Po le dijo que estaba furiosa se dio cuenta de que era cierto. Y con igual rapidez, la ira se diluyó y dio paso a la desesperanza, ya que Randa la enviaría a otra misión violenta; la enviaría a hacer daño a un infeliz transgresor de una ley de poca monta, a un estúpido que merecería conservar los dedos, aunque no fuera honrado. Se lo ordenaría, y tendría que obedecer porque él encarnaba el poder.

Almorzaron en el comedor de Katsa, que no levantaba la vista del plato. Po hablaba de sus hermanos, a los que les encantaría presenciar las prácticas. Le decía que algún día tenía que ir a Lenidia y luchar con él, para que los viera su familia; se asombrarían de su destreza y le rendirían honores sin cuento. Y él le enseñaría los paisajes más bellos desde el burgo de su padre.

Pero la joven no lo escuchaba. Pensaba en los brazos que había roto por encargo de su tío, brazos retorcidos por el codo, huesos astillados que asomaban entre piel y músculos. Po mencionó algo sobre el hombro, y Katsa hizo un esfuerzo por salir de sus reflexiones y le preguntó:

—¿Qué decías? ¿Has hecho algún comentario sobre tu brazo? ¡Oh, lo lamento!

—Tu tío te afecta muchísimo, ¿verdad? —dijo el lenita mientras jugueteaba con la comida con el tenedor—. No eres la de siempre desde que entró en la sala de prácticas.

—O quizás ahora soy la de siempre y antes no era yo misma.

—¿Qué quieres decir?

—Mi tío me considera brutal, me tiene por una asesina. Bien, pues, ¿acaso no está en lo cierto? ¿Es que no me encolericé cuando entró en la sala? ¿Y qué me dices de nuestros entrenamientos de todos los días? —Partió un trozo de pan, lo arrojó al plato y contempló la comida con rabia.

—Yo no creo que seas brutal —apuntó Po.

—Eso es porque no me has visto con los enemigos de Randa —le espetó con destemplanza.

El príncipe se llevó la copa a los labios y bebió; después la depositó en la mesa, sin dejar de observar a la muchacha.

—¿Qué te pedirá que hagas esta vez?

Katsa frenó una rabia abrasadora que le subía desde las entrañas, y se preguntó qué pasaría si arrojara el plato al suelo, en cuántos trozos se rompería.

—Supongo que querrá que escarmiente a algún noble porque le debe dinero, o se ha negado a cerrar un acuerdo con él o, simplemente, porque lo ha mirado mal —contestó—. Me ordenará que le haga tanto daño que jamás vuelva a contrariarlo.

—¿Y cumplirás lo que te mande?

—¿Quiénes son esos necios que siguen resistiéndose a los deseos de Randa? ¿Es que no han oído lo que se cuenta? ¿No saben que me enviará a escarmentarlos?

—¿Y no está en tus manos negarte? —cuestionó Po—. ¿Cómo puede alguien obligarte a cometer cualquier disparate?

La rabia que abrasaba a Katsa le subió a la garganta y casi la ahogó. Pese a ello, masculló:

—Es el rey. Y tú también eres un necio si crees que tengo alguna elección.

—Pero es que la tienes. No es él quien te hace ser brutal, sino tú misma al doblegarte a su voluntad.

Katsa se levantó bruscamente y descargó un golpe con el canto de la mano en la mandíbula del príncipe, aunque atenuó la fuerza del impacto en el último segundo al darse cuenta de que él no había alzado el brazo para frenar el golpe. El porrazo en la cara provocó un crujido escalofriante, y Katsa contempló, horrorizada, cómo la silla en la que se sentaba Po caía hacia atrás y él se golpeaba la cabeza en el suelo. Le había dado fuerte, lo sabía, pero el lenita no había hecho nada para defenderse.

Lo auxilió de inmediato. Estaba tumbado de costado, con las dos manos sobre la mandíbula; se le escapó una lágrima, que le resbaló por los dedos y cayó al suelo, gimió o sollozó. Katsa no sabría decirlo con certeza; entonces se arrodilló a su lado y le puso una mano en el hombro.

—¿Te he roto la mandíbula? ¿Puedes hablar?

El hombre se giró y se incorporó para sentarse en el suelo. Se tanteó la mandíbula, abrió y cerró la boca, y movió el mentón a derecha e izquierda.

—Creo que no se ha roto —contestó con un susurro apenas audible.

Katsa le tanteó los huesos faciales de la mejilla dañada e hizo lo mismo en la otra mejilla, para comparar. No notaba diferencia alguna y respiró aliviada.

—No está rota —dijo él—, aunque bien podría estarlo.

—Me frené al final cuando vi que no tenías intención de defenderte. —Metió las manos en la jarra de agua que había en la mesa y sacó unos trozos de hielo. Los envolvió en un paño y se los puso sobre la mandíbula—. ¿Por qué no reaccionaste?

Po sostuvo el envoltorio contra la mejilla, y gimió.

—Esto me va a doler durante días.

—Po…

—Te lo dije antes, Katsa. No lucharé nunca contigo cuando estés enfadada. No pienso resolver a golpes nuestras discrepancias. —Retiró el hielo y se tocó con suavidad la cara. Gimió otra vez y volvió a ponerse encima el hielo—. Lo que hacemos en la sala de entrenamientos es para ayudarnos el uno al otro, no para usarlo en contra del otro. Somos amigos, Katsa.

Faltó poco para que a Katsa se le saltaran lágrimas de vergüenza. Era algo tan elemental, tan obvio… Esas cosas no se le hacían a un amigo, pero ella lo había hecho.

—Somos demasiado peligrosos el uno para el otro, Katsa. Y aun en el caso de que no lo fuéramos, no estaría bien.

—No volveré a hacerlo, lo juro.

Los ojos de Po buscaron los de la joven, y se miraron fijamente.

—Sé que lo cumplirás, Katsa. Gata montesa. No te culpes. Esperabas que me defendiera y ofreciera resistencia. En caso contrario, no me habrías golpeado.

Ella pensó que, pese a ello, tendría que haber supuesto lo que pasaría.

—Ni siquiera fuiste tú quien me enfureció. Fue él.

—¿Qué crees que ocurriría si te negaras a cumplir las órdenes de Randa?

En realidad no lo sabía. Pero imaginó a su tío mofándose de ella y dirigiéndole palabras rebosantes de desprecio.

—Si no hago lo que quiere, se enfadará. Y si él se encoleriza, a mí me ocurrirá lo mismo, y me entrarán ganas de matarlo.

—Mmmm… —Po ejercitó la mandíbula abriendo y cerrando la boca—. Te asusta lo que serías capaz de hacer si montas en cólera. —Katsa se quedó perpleja porque aquellas palabras le parecieron muy acertadas: tenía miedo de su propia cólera—. La cuestión es que Randa ni siquiera merece que te enfades; no es más que un matón que intimida con amenazas.

Katsa soltó un sonoro resoplido, y repuso:

—Un matón que manda cortar dedos a la gente o romperle los brazos.

—Si tú dejas de hacerlo, no lo será; gran parte de su poder radica en ti.

O sea que le daba miedo su propia cólera... Katsa lo repitió para sus adentros una y otra vez. Le daba miedo lo que podría hacerle al rey si perdía los estribos, y con razón; sólo había que mirar a Po, que ya tenía la mandíbula enrojecida y se le empezaba a inflamar. De hecho, había aprendido a controlar su habilidad, pero no sabía dominar su ira, lo cual significaba que aún no era capaz de controlar su gracia.

—¿Podemos volver a la mesa? —preguntó el príncipe, ya que ambos seguían sentados en el suelo.

—Deberías ir a ver a Raff —sugirió ella—, aunque sólo sea para estar seguros de que no tienes nada roto. —Bajó la vista—. Perdóname, Po.

El hombre se puso en pie, le tendió la mano y la ayudó a levantarse.

—Estás perdonada, señora.

—Qué raros sois los lenitas. —Katsa no daba crédito a la generosidad de aquel hombre—. Vuestras reacciones no se parecen en nada a las que tendría yo: tú, tan sereno, aunque te he hecho mucho daño; la hermana de tu padre, con esa forma extraña de demostrar su pesar...

—¿A qué te refieres? —preguntó él, extrañado.

—¿Cómo? ¿No es la reina de Monmar hermana de tu padre?

—Sí, sí, claro. Pero ¿qué ha hecho?

—Se dice que dejó de comer cuando se enteró de la desaparición de tu abuelo. ¿Acaso no lo sabías? Y después se encerró con su hija en sus aposentos y no ha dejado entrar a nadie, ni siquiera al rey.

—Que no ha dejado entrar al rey —repitió él con la perplejidad patente en la voz.

—Ni a nadie —remachó Katsa—, salvo a su camarera para que les lleve las comidas.

—¿Por qué no me lo has contado hasta ahora?

—Di por sentado que lo sabías y no suponía que la noticia te importara tanto. ¿La aprecias mucho? —Po observaba la mesa, el desorden del hielo medio deshecho y las viandas a medio comer, pero tenía la expresión ausente y preocupada—. Po, ¿qué ocurre?

—No es el comportamiento propio de Cinérea —contestó el príncipe al tiempo que negaba con la cabeza—. Pero no importa. He de encontrar a Raffin o a Bann.

—Me estás ocultando algo. —Katsa intentó mirarlo a los ojos.

—¿Cuánto tiempo estarás ausente para cumplir el encargo de Randa? —preguntó Po, que esquivó la mirada.

—Unos pocos días, imagino.

—Cuando vuelvas tengo que hablar contigo.

—¿Por qué no hablamos ahora?

—Porque debo pensar en ello. He de resolver una cuestión.

¿Por qué ese desasosiego? ¿Por qué miraba cualquier cosa —la mesa, el suelo—, pero no a ella?

Era preocupación por la hermana de su padre... Preocupación por la gente que le importaba. Porque así era el lenita; un amigo de verdad.

Por fin la miró y esbozó una sonrisa forzada que no se le reflejó en los ojos.

—No seas tan considerada conmigo, Katsa. Ninguno de los dos es el amigo perfecto.

Después se fue a buscar a Raffin, y la joven se quedó inmóvil, fija la vista en el lugar donde se hallaba él un momento antes. Trató de desechar la sensación espeluznante de que Po acababa de contestar a algo que ella había pensado, en vez de responder a una pregunta que hubiera formulado.

Capítulo 13

Tampoco era la primera vez que se iba dejándola con esa sensación. Y es que había algo en Po muy especial. A veces sabía lo que ella pensaba antes incluso de manifestarlo; le bastaba con mirarla desde el otro lado de la mesa para percibir que estaba enfadada y cuál era la razón, o bien que había llegado a la conclusión de encontrarlo atractivo.

Raffin le había comentado que no era observadora. En cambio, Po lo era y también, hablador. Quizá por eso se llevaban bien. No hacía falta que Katsa le explicara nada, y Po le contaba las cosas sin que ella tuviera que preguntárselas. Nunca había conocido a alguien con quien pudiera comunicarse tan abiertamente; eso daba una idea de lo poco acostumbrada que estaba al fenómeno de la amistad.

Meditó sobre todas esas particularidades mientras los caballos los conducían hacia el oeste y hasta que las colinas se fueron allanando y dieron paso a grandes planicies herbosas; a partir de entonces, el placer de cabalgar a toda velocidad por terreno llano la distrajo.

Giddon estaba de buen humor porque se encontraban en su comarca. Por ese motivo, visitarían su feudo de camino a otro predio que había un poco más lejos; harían noche en el castillo del noble, primero en el viaje de ida, y después, por segunda vez, en el de regreso. Giddon cabalgaba deprisa, con vehemencia; para variar, aunque a Katsa no le seducía su compañía, no pudo protestar por el paso que llevaban.

—Es un tanto embarazoso que el rey le haya pedido que castigue a su vecino ¿verdad, mi señor? —comentó Oll cuando se detuvieron a mediodía para descansar.

—Lo es —reconoció Giddon—. Lord Ellis es un buen vecino. No concibo qué lo ha empujado a originar ese problema con Randa.

—Bueno, está protegiendo a sus hijas —comentó Oll—. Eso no se lo reprocharía ningún hombre. Enemistarse con el rey ha sido cuestión de mala suerte.

Randa había hecho un trato con un señor feudal norgando que no lograba encontrar esposa, porque su feudo se hallaba en la región central del sur de Nordicia, precisamente en la ruta que utilizaban los grupos oestenses y elestinos en sus correrías. Por lo tanto, se trataba de un lugar peligroso, sobre todo para una mujer, y además, deshabitado, en el que ni siquiera se encontraban suficientes criados, pues los asaltantes robaban y mataban a muchos de los que se dedicaban a tales menesteres en ese predio. El señor feudal estaba desesperado por desposarse, tanto que hasta hubiera renunciado a la dote de la mujer. Así las cosas, el rey Randa le propuso encargarse de buscarle novia con la condición de que dicha dote pasara a sus arcas.

Lord Ellis tenía dos hijas en edad casadera; dos hijas y dos dotes enormes. Así pues, Randa le ordenó a Ellis que eligiera a cuál de ellas prefería enviar a Nordicia para casarla allí.

«Que sea la que tenga más temple, porque éste no es un matrimonio para pusilánimes», escribió el monarca.

Lord Ellis se negó en redondo a hacer tal elección, y respondió así al rey:

«Ambas son animosas y resueltas, pero no enviaré a ninguna de las dos a los páramos desolados de Nordicia. Su majestad es más poderoso que nadie, pero no creo que tenga potestad para forzar un matrimonio por conveniencia propia».

Katsa se quedó boquiabierta cuando Raffin le contó lo que lord Ellis decía en la carta. Era un hombre valiente; tan valiente como cualquiera de los que se habían enfrentado a Randa. El rey quería que Giddon hablara con Ellis, y si no daba resultado, deseaba que Katsa le hiciera daño en presencia de sus hijas, a fin de que alguna de ellas se ofreciera en matrimonio para protegerlo. Randa esperaba que regresaran a la corte con cualquiera de las dos... Y con la dote.

—Se nos ha encomendado una misión cruel, mi señor —opinó Oll—. Incluso si Ellis no fuera su vecino, seguiría siendo una crueldad.

—Sí, es cierto —reconoció Giddon—. Pero no se me ocurre cómo eludir la encomienda del rey.

Se sentaron en un afloramiento rocoso y comieron pan y fruta. Katsa contemplaba la crecida hierba que se mecía en derredor. El viento la empujaba, la atraía, la aplastaba en un sitio, y después, en otro; se erguía, se aplanaba y volvía a erguirse. Ondeaba como el agua.

—¿Es el mar así? —preguntó Katsa. Los dos hombres la observaron sorprendidos—. ¿Se mueve como la hierba?

—Se asemeja, mi señora —contestó Oll—, pero es diferente. El mar produce ruidos impetuosos y es gris y frío. Pero el movimiento se parece un poco a éste, sí.

—Me gustaría ver el mar —murmuró la joven, y Giddon la miró con incredulidad—. ¿Qué pasa? ¿Acaso he dicho algo raro?

—Lo raro es que lo digas tú. —El noble recogió el pan y la fruta, y se puso de pie—. El luchador lenita te está llenando la cabeza de ideas románticas. —Dicho esto, se dirigió a buscar a su caballo.

Katsa pasó por alto el comentario para no preguntarse qué ideas tendría él acerca del romanticismo, de su conveniencia, o de sus celos, y cabalgó sin descanso por las planicies, a toda velocidad, imaginando que surcaba las olas del mar.

Resultó más difícil hacer caso omiso de Giddon una vez que hubieron llegado a su castillo, de murallas altas, grises e imponentes. Numerosos sirvientes salieron al soleado patio para recibir a su señor, haciéndole reverencias, y el noble se dirigió a cada uno de ellos por su nombre y se interesó por el grano almacenado en los depósitos, por los asuntos del castillo o por el puente que se estaba reparando. Allí era un auténtico rey, y a Katsa no le pasó inadvertido lo a gusto que se encontraba en ese papel y cómo le gustaba que su servidumbre se alegrara de verlo de nuevo.

Los criados de Giddon siempre se mostraban atentos con Katsa cuando estaba en la corte del noble: le preguntaban si necesitaba algo, le encendían la chimenea y le llevaban agua para que pudiera asearse, y cuando se cruzaba con ellos por los pasillos, la saludaban.

En ningún otro sitio la trataban así, ni siquiera en su propio hogar. Se le ocurrió pensar que, naturalmente, Giddon habría dado órdenes específicas a sus criados de que la trataran como a una dama, sin tenerle miedo, y si se lo tenían, debían fingir que no era así en absoluto. El noble había hecho todo eso por ella. Comprendió que la servidumbre debía de considerarla su futura señora porque, si todo el mundo en la corte de Randa estaba al corriente de los sentimientos de Giddon, sus criados también habrían interpretado las señales.

Sin embargo, al estar enterada de que todos esperaban algo de ella a lo que nunca accedería, no sabía cómo comportarse en el castillo. Y suponía que se sentirían aliviados cuando descubrieran que no se casaría con Giddon; respirarían hondo y sonreirían, preparándose la mar de contentos para acoger a cualquier dama inofensiva que resultara elegida como segunda opción. Pero quizá sólo deseaban para su señor lo que éste anhelaba tener.

Las expectativas de Giddon la dejaban pasmada. No le entraba en la cabeza que fuera tan insensato para haberse enamorado de ella, aunque todavía no estaba convencida de que tal cosa fuera verdad.

Oll se mostraba cada vez más taciturno por el asunto de lord Ellis.

—Es una atrocidad lo que el rey nos ha ordenado que hagamos —dijo el jefe de espías mientras cenaban en el comedor privado de Giddon, atendidos por un par de criados—. No recuerdo que nos haya encargado nunca una tarea tan tremenda.

—Lo ha hecho —lo contradijo Giddon—. Y las hemos llevado a cabo. Y tú nunca te expresaste en estos términos.

—Es que parece… —Oll se interrumpió, y contempló con aire ausente las paredes adornadas con ricos tapices rojos y dorados—. Parece una misión que el Consejo no toleraría, sino que, por el contrario, enviaría a alguien para proteger a esas muchachas, precisamente, de nosotros.

Giddon pinchó una patata con el tenedor y la masticó mientras le daba vueltas a lo que había dicho Oll.

—No podemos realizar ningún trabajo para el Consejo si no

obedecemos también las órdenes de Randa, y no seremos útiles a nadie si estamos metidos en las mazmorras —concluyó el noble.

—Sí. Pero de cualquier modo, no me parece bien.

Cuando la cena tocaba a su fin, Giddon estaba tan taciturno como Oll. Katsa observaba el anguloso rostro del capitán y su expresión de inconformidad, y cómo los colores dorados y rojos de los tapices se reflejaban en el cuchillo de Giddon al cortar éste la carne. Los dos hombres hablaban en voz baja y mostraban su preocupación mientras intercambiaban opiniones y comían.

No querían cumplir el encargo de Randa. Y mientras Katsa los observaba y escuchaba, maquinó alguna forma de frustrar las instrucciones del rey.

Po le había dicho a Katsa que estaba en sus manos oponerse a Randa y tal vez era cierto, pero no sucedía lo mismo en el caso de Oll ni de Giddon porque el rey tenía modos de castigarlos que no servirían con ella. Porque, ¿cómo la castigaría? Quizás utilizaría el ejército en pleno para forzarla a entrar en las mazmorras, o a lo mejor la mataba administrándole veneno en la cena alguna noche, en vez de luchando. Si la consideraba un peligro, o si no le era útil, a buen seguro que la encarcelaría o la mataría.

¿Y si al regresar a la corte sin la hija de Ellis, la ira del rey inflamaba su propia ira? ¿Qué pasaría si se plantaba ante su tío y la cólera se apoderaba de ella, controlaba manos y pies, y era incapaz de dominarla? ¿Qué sería capaz de hacer?

Daba igual. Cuando Katsa despertó a la mañana siguiente en el cómodo lecho del castillo de Giddon, tuvo el convencimiento de que no importaba lo que Randa le hiciera ni lo que ella le hiciera a Randa. Porque si se veía obligada a causarle daño a lord Ellis ese día, como deseaba su tío, se encolerizaría; es más, por el mero hecho de pensarlo ya se estaba enfureciendo. La ira que originaría en ella atormentar a lord Ellis no sería menos catastrófica que la que sentiría si no obedecía al rey, y éste tomaba represalias. Pero no lo haría, no torturaría a un hombre que lo único que intentaba era proteger a sus hijas.

Desconocía qué consecuencias tendría su decisión, pero estaba segura de que ese día no haría daño a nadie. Apartó a un lado las mantas y se centró en el momento presente.

Giddon y Oll preparaban las alforjas y los caballos con desgana, dando largas al asunto.

—A lo mejor conseguimos convencerlo para que acepte un acuerdo —insinuó Giddon con voz poco convincente.

—¡Bah! —espetó Oll por toda respuesta.

El castillo de lord Ellis se encontraba a unas pocas horas de distancia a caballo. Cuando llegaron, un mayordomo los condujo a una enorme biblioteca, donde su amo se hallaba sentado ante un escritorio. Los libros cubrían las paredes, pero algunos de ellos estaban colocados en anaqueles tan altos, que sólo se llegaba a ellos mediante escaleras de mano —de madera noble de color oscuro—, apoyadas en las estanterías.

Decidido y con la cabeza bien alta, lord Ellis se puso de pie al verlos entrar. Era un hombre menudo, de encrespada mata de cabello oscuro y manos pequeñas que apoyó muy abiertas sobre el escritorio.

—Sé por qué has venido, Giddon —dijo.

Sintiéndose cada vez más incómodo, el aludido carraspeó.

—Queremos hablar contigo, Ellis, y con tus hijas.

—No permitiré que entren mis hijas estando vosotros presentes —repuso Ellis, y desvió la vista hacia Katsa. No se inmutó ante la mirada de la joven, y por ello, se apuntó otro tanto a su favor.

Había llegado el momento de que la muchacha interviniera; comprobó que, en la estancia, había tres sirvientes pegados contra la pared, de pie e inmóviles, y dijo:

—Lord Ellis, si le importa algo la seguridad de sus criados, mándelos salir de esta habitación.

Giddon la miró de reojo, obviamente sorprendido porque ése no era su modo de actuar habitual.

—Katsa…

—No me haga perder tiempo, lord Ellis —apremió la joven—. Los sacaré yo si no los hace salir usted.

Lord Ellis indicó la puerta a sus criados con la mano, y les ordenó:

—Idos. Idos y no permitáis que entre nadie; ocupaos de vuestros quehaceres.

Lo más probable es que esos quehaceres tuvieran que ver con sacar de inmediato a las hijas del noble del recinto del castillo, si es que las muchachas estaban en él; a Katsa le parecía que aquel caballero era del tipo de hombre que se habría preparado para lo que iba a ocurrir. Cuando la puerta se cerró, la joven hizo callar con un gesto a Giddon, y éste le dirigió una mirada entre irritada y desconcertada, pero ella la ignoró.

—Lord Ellis, el rey quiere que lo convenzamos para que mande a una de sus hijas a Nordicia. Pero supongo que no es probable que tengamos éxito.

—Correcto. —La expresión de Ellis se había endurecido y seguía sosteniéndole la mirada a Katsa.

—Está bien. —La joven asintió con la cabeza—. De fallar ese intento, Randa quiere que lo torture hasta que una de sus hijas se ofrezca para contraer matrimonio.

—Ya me lo imaginaba. —El semblante de Ellis no se demudó ni cambió.

—Katsa, ¿qué estás haciendo? —preguntó Giddon en voz baja.

—El rey... —continuó diciendo la joven, y entonces sintió que le subía a la cabeza un golpe de sangre tal, que tuvo que rozar con los dedos el escritorio buscando estabilidad—. El rey es rey en ciertas cosas, pero en ésta, no lo es. Desea intimidarlo a usted, aunque no se encarga en persona de hacerlo, sino que recurre a mí. Y yo… —Se sintió fuerte de repente, se apartó del escritorio y aguantó el tipo, erguida—. No pienso obedecer a Randa. No voy a obligarles ni a usted ni a sus hijas a hacer lo que ordena. Mi señor, puede hacer lo que guste.

El silencio se adueñó de la biblioteca. Desorbitados los ojos de estupefacción, Ellis se apoyaba en el escritorio descargando en éste todo el peso del cuerpo, como si el peligro lo hubiera fortalecido antes y su ausencia lo hubiera debilitado. Al lado de Katsa, Giddon parecía haberse quedado sin respiración, y cuando la joven lo miró vio que estaba boquiabierto. Oll, un poco más apartado de ellos, tenía una expresión afable y preocupada a la vez.

—Bien —dijo lord Ellis—. Esto ha sido en verdad sorprendente, mi señora. Muchas gracias, mi señora. De hecho, por mucho que se lo agradezca nunca será suficiente.

Katsa pensaba que nadie tendría que darle las gracias por no hacerle daño. Dar una alegría era de agradecer, pero causar dolor sólo merecía el desprecio. De modo que no causar ni lo uno ni lo otro, no era ni lo primero ni lo segundo, y al quedar en nada no había nada que agradecer.

—No tiene que agradecérmelo —replicó—, porque me temo que mi decisión no pondrá término a sus problemas con Randa.

—Mi señora, ¿está segura de que es esto lo que desea hacer? —preguntó Oll.

—¿Qué te hará Randa? —instó Giddon.

—Sea lo que fuera, la respaldaremos —aseguró Oll.

—No, no me respaldaréis —se opuso la joven—. Debo actuar sola en este asunto. Randa ha de creer que tú y Giddon intentasteis obligarme a cumplir sus órdenes, pero no lo conseguisteis. —Se preguntó si debería golpearlos o herirlos para que todo resultara más convincente.

—Pero es que nosotros tampoco queríamos cumplir esta encomienda —afirmó el noble—. Fue la conversación que sostuvimos el capitán y yo, anoche, lo que te indujo a tomar esta decisión. No podemos quedarnos de brazos cruzados y permitir que tú…

—Si se entera de que le habéis desobedecido os meterá en prisión, u os matará. —Katsa hablaba despacio—. Pero a mí no puede hacerme daño del mismo modo que a vosotros. Dudo que ni siquiera toda su guardia fuera capaz de prenderme. Y si lo hiciera, al menos yo no tengo un predio que depende de mí, como te ocurre a ti, Giddon, ni tengo esposa como tú, Oll.

Al noble se le había ensombrecido el semblante; abrió la boca para replicarle, pero Katsa se le anticipó.

—Ninguno de los dos será de utilidad si os prenden. Raffin os necesita, y yo, esté donde esté, también os necesitaré.

—No voy a… —trató de oponerse Giddon.

Se lo haría entender, se abriría paso a través de su cerrilidad y lograría que lo comprendiera. Así que dio un palmetazo en el escritorio con tanta fuerza que los papeles saltaron y cayeron en cascada al suelo, y los amenazó:

—Mataré al rey. Lo mataré a menos que los dos accedáis a

no respaldarme. Esta rebelión es mía y sólo mía, y si no estáis de acuerdo, os juro por mi gracia que acabaré con el rey.

Ignoraba si sería capaz de cumplir esa amenaza, pero debía aparentar estar tan fuera de sí que creyeran que lo haría. Entonces le conminó a Oll:

—Di que aceptas.

—Estoy a sus órdenes, mi señora —contestó el capitán, después de un carraspeo.

Entonces Katsa se encaró al joven noble.

—Responde, Giddon.

—No me gusta esto —replicó él.

—Giddon…

—Lo que tú digas —aceptó al fin, clavada la vista en el suelo, sonrojado y sombrío.

Katsa se dirigió entonces al señor del feudo:

—Lord Ellis, si Randa descubre que el capitán Oll o lord Giddon accedieron a mi petición de buen grado, sabré que usted ha hablado. Y mataré a sus hijas, ¿entendido?

—Perfectamente, mi señora. Y, de nuevo, gracias.

Se le hizo un nudo en la garganta al oír que le daba las gracias otra vez, después de haber realizado una amenaza tan brutal. Pensó que, cuando se es un monstruo, la gente te hace cumplidos y te da las gracias por no comportarte como tal. Le gustaría que refrenar la crueldad no le reportara la admiración de los demás.

—Y ahora, estando sólo nosotros presentes en esta habitación —determinó la joven— idearemos los detalles de la versión que se explicará de lo que ha ocurrido hoy aquí.

Igual que la noche anterior, cenaron en el comedor del castillo de Giddon. Éste le había dado permiso a Katsa para que le hiciera un corte en el cuello con el cuchillo, y Oll la había autorizado a que le diera un puñetazo en el pómulo, que le quedó magullado. Habría hecho tanto una cosa como la otra, aunque no se lo hubieran permitido, porque estaba segura de que Randa querría encontrar pruebas de la reyerta. Los dos hombres se dieron cuenta de la conveniencia de esa medida, o tal vez supusieron que la joven la pondría en práctica de cualquier modo, tanto si estaban o no de acuerdo con ella. Así pues, aguantaron firmes y muy valientes. A Katsa no le gustó nada llevar a cabo esos detalles del plan, pero, controlando sus facultades, procuró causarles el menor daño posible.

Apenas hablaron durante la cena. Katsa partió un trozo pan, lo masticó y se lo tragó. Luego miró con fijeza el tenedor y el cuchillo que tenía en las manos, e hizo otro tanto con la copa de plata que tenía delante.

—El noble elestino... —dijo. Los hombres alzaron de sopetón la vista de los respectivos platos—. ¿Os acordáis del noble que taló más árboles de la cuenta del bosque de Randa? —Ambos asintieron—. Bien, pues no le hice daño. Es decir, lo dejé inconsciente de un golpe, pero no lo mutilé. —Soltó el cuchillo y el tenedor y miró alternativamente a sus dos compañeros—. No fui capaz; no pude hacerle daño. Pagó su infracción más que de sobra con oro.

Se la quedaron mirando unos instantes, y después Giddon bajo la vista al plato mientras Oll se aclaraba la garganta y decía:

—Tal vez el trabajo que hacemos para el Consejo nos ha conectado con lo mejor de nuestra naturaleza.

Katsa utilizó de nuevo los cubiertos, cortó un trozo de carne de carnero y recapacitó sobre lo que había dicho Oll. Ella conocía bien su propia naturaleza. La reconocería si se encontraran cara a cara: un monstruo con un ojo azul y otro verde; una bestia feroz, lobuna, que gruñiría amenazadoramente y acometería incluso contra amigos empujada por una furia incontrolable, una asesina que actuaría como canal conductor de la ira del rey.

Por otro lado, era un monstruo extraño porque, bajo la capa de crueldad que lo cubría, se asustaba y se horrorizaba ante su propia violencia. Asimismo, se castigaba por su salvajismo y, a veces, no tenía valor para aplicar dicha violencia y se rebelaba de plano contra ella.

Un monstruo, en definitiva, que de vez en cuando se negaba a comportarse como tal. Y cuando una bestia dejaba de actuar como lo que era, ¿dejaba de serlo? ¿Acaso se convertía en otra criatura?

Quizá no sabría reconocer su propia naturaleza, después de todo.

Esa noche, en el comedor del castillo de Giddon, había demasiadas preguntas y muy pocas respuestas. Le habría gustado estar viajando con Raffin o con Po, en lugar de ir con sus dos compañeros actuales; ellos habrían tenido respuestas de un tipo o de otro.

Tenía que guardarse de usar su gracia estando encolerizada, porque era en ese caso cuando su naturaleza se rebelaba.

Acabada la cena, Katsa fue al campo de tiro con arco esperando que el seco impacto de las flechas al clavarse en la diana calmara su agitación interior. Y allí la encontró Giddon.

La joven buscaba la soledad, pero cuando el noble salió de entre las sombras, pisando fuerte y tranquilo, deseó encontrarse en un gran salón en el que hubieran cientos de personas, aunque se tratara de una fiesta, y llevara un vestido horrible y unos zapatos más espantosos todavía. Un baile, eso es. O en cualquier otro sitio, menos estar a solas con él en aquel lugar, donde nadie se encontraría casualmente con ellos ni nadie los interrumpiría.

—Estás disparando flechas a una diana en la oscuridad —comentó él.

La joven bajó el arco. Suponía que ésa era otra de sus críticas, y como no se le ocurría qué contestar, todo cuanto dijo fue:

—Sí.

—¿Tienes tan buena puntería disparando en la oscuridad como cuando hay luz?

—Sí —repitió, escueta; él sonrió y eso le puso nerviosa. Si Giddon se hacía el simpático, temía el derrotero que tomaría la conversación; por ello, teniendo que estar juntos y sin ninguna compañía, hubiera preferido que fuera arrogante, criticón y desagradable.

—No hay nada que no seas capaz de hacer, Katsa.

—No seas ridículo.

Al parecer, estaba resuelto a no discutir. Sonrió otra vez y se apoyó en la valla de madera que separaba el pasillo ocupado por Katsa de los demás.

—¿Qué crees que pasará mañana cuando lleguemos a la corte de Randa? —preguntó el noble.

—A decir verdad, no lo sé. Pero él se encolerizará mucho.

—No me gusta que me protejas de su cólera, Katsa; no me gusta en absoluto.

—Lo siento, Giddon. Y siento también el corte en el cuello. ¿Volvemos al castillo? —Se sacó por encima de la cabeza la correa de la aljaba, y soltó ésta en el suelo. Él la observaba en silencio, y a Katsa la asaltó un atisbo de pánico.

—Tendrías que permitirme que fuera yo quien te protegiera —dijo Giddon.

—No puedes protegerme del rey. Sería funesto para ti, además de una pérdida inútil de energía. Regresemos al castillo.

—Cásate conmigo, y nuestro matrimonio te amparará.

Bueno, pues ya se lo había dicho, como lo predijo Po, y le produjo el mismo efecto que el impacto de un puñetazo del lenita en el estómago. No sabía dónde mirar ni podía estarse quieta; se llevó la mano a la cabeza, pero al punto la bajó para posarla en la valla de madera. En aquel momento deseó con todas sus fuerzas ser capaz de pensar.

—Nuestro matrimonio no me protegería, porque Randa no me perdonaría por el mero hecho de haberme casado —arguyó al fin.

—Pero se mostraría más indulgente —argumentó Giddon—. Nuestro compromiso le ofrecería una alternativa, pues sería peligroso para él castigarte, y lo sabe perfectamente. Si anunciamos que vamos a casarnos, puede enviarnos lejos de la corte, aquí, por ejemplo, y así estarías fuera de su alcance y él lo estaría fuera del tuyo. Pero, en cambio, habría una aparente buena relación entre vosotros.

Claro, y estaría casada con Giddon, precisamente. Sería su esposa, la señora de su casa; la encargada de atender a sus malditos invitados; la que tendría que contratar y despedir a sus sirvientes basándose en unas buenas aptitudes para la repostería o cualquier otra estupidez. Él esperaría que le diera hijos y se quedara en casa para cuidarlos con amor. Y ella iría al lecho de Giddon por las noches y yacería con un hombre que se tomaba como una afrenta personal que alguien le hiciera un arañazo en la cara; un hombre que se consideraba su protector… ¡Ah, sí, su protector! Pero si lo vencería en duelo, aunque usara un palillo contra su espada.

Exhaló con ímpetu y, junto con el aire, expulsó la rabia. Era un amigo y, además, leal al Consejo. No le diría en voz alta lo que había pensado, sino lo que Raffin le aconsejó que dijera.

—Giddon, sin duda sabes que no tengo ninguna intención de casarme.

—Pero ¿despreciarías una buena proposición? Y tienes que admitir que parece una solución a tu problema con el rey.

—Giddon... —Lo tenía delante: el gesto sosegado, la mirada cariñosa, muy seguro de sí mismo. No se le pasaba siquiera por la cabeza que lo rechazara. Y quizás era perdonable su actitud, porque a buen seguro ninguna otra mujer lo haría—. Giddon, tú necesitas una mujer que te dé hijos, pero yo nunca he querido tenerlos. Has de casarte con una mujer que desee ser madre.

—No eres una mujer anormal, Katsa. Eres capaz de luchar como no pueden hacerlo otras mujeres, pero no eres distinta de las demás. Querrás tener hijos, estoy convencido.

Katsa no había imaginado que se le presentaría tan pronto la ocasión de poner en práctica su propósito de refrenar el genio. Porque Giddon se merecía un buen puñetazo que le bajara los humos y lo pusiera en su sitio.

—No puedo casarme contigo, Giddon. No es nada personal; son cosas mías. No me casaré con nadie y no engendraré ningún hijo.

Él se la quedó mirando y le cambió la expresión. Katsa conocía ese gesto: la curvatura sarcástica de los labios y el destello chispeante en los ojos. Por fin empezaba a prestarle atención.

—Me parece que no has reflexionado bien lo que dices, Katsa. ¿Acaso esperas que te hagan una proposición mejor?

—No tiene nada que ver contigo, Giddon. Son cosas mías.

—¿Crees que hay otros hombres que puedan interesarse por una dama asesina?

—Giddon…

—Confías en que el lenita pida tu mano. —La señaló con el dedo, burlón—. Claro, lo prefieres a él porque es un príncipe, mientras que yo sólo soy un noble.

—Giddon, qué disparates… —le espetó la joven al tiempo que alzaba los brazos al cielo.

—No te lo pedirá —continuó diciendo él—. Y si lo hiciera, serías tonta si aceptaras, porque no es respetable.

—Giddon, te aseguro que…

—Es tan poco de fiar como Murgon. Un hombre que lucha contigo como lo hace él sólo puede ser un oportunista en el mejor de los casos, cuando no un malhechor.

Katsa se quedó inmóvil, y aunque no le quitaba el ojo de encima, no percibía siquiera los movimientos de las manos ni la cara congestionada de Giddon. Por el contrario, veía a Po, sentado en el suelo de la sala de entrenamiento, pronunciando las mismas palabras que Giddon acababa de decir, antes de que éste las articulara.

—Giddon, ¿le has dicho esto mismo a Po, con esas mismas palabras?

—Jamás he mantenido una conversación con él sin estar tú presente, Katsa.

—¿Y a otra persona? ¿Las has pronunciado estando presente alguien más?

—Por supuesto que no. Si crees que pierdo el tiempo con…

—¿Estás seguro?

—Sí, lo estoy. ¿A qué viene esto? Aunque si me lo preguntara, no tendría reparo en decirle lo que pienso.

Katsa lo observó de hito en hito, con incredulidad, indefensa ante la comprensión que le penetraba poco a poco en la mente y encajaba las piezas del rompecabezas. Se llevó la mano a la garganta, como si le faltara el aire, y formuló la pregunta que debía hacer y se sobrecogió al saber la respuesta que iba a recibir:

—¿Has pensado eso mismo en otras ocasiones? ¿Y lo has pensado estando él presente?

—¿Que no me fío de él, y que es un oportunista y un malhechor? Lo pienso cada vez que lo veo.

Giddon barbotaba las palabras, pero Katsa no se fijó. Flexionó las rodillas, depositó el arco en el suelo muy despacio, e incorporándose, le dio la espalda al noble. Echó a andar, paso a paso, inhalando y exhalando aire, la vista fija al frente.

—Tienes miedo de que le haga daño a tu precioso príncipe lenita —le gritó Giddon—. Ah, y quizá le diga lo que pienso de él. Tal vez se marche mucho antes si lo animo a que lo haga.

La joven no lo escuchaba, ni le prestaba atención porque un auténtico tumulto le bullía en la cabeza. Po sabía lo que pensaba Giddon, así como lo que pensaba ella, estaba segura. Estaba al tanto de sus pensamientos, por ejemplo, cuando ella se encolerizó o cuando se forjó mentalmente una buena impresión de él. Y también en otras ocasiones. Tenía que haber otras ocasiones, aunque oía una voz que le gritaba palabras demasiado fuerte en la mente y no lograba recordarlas.

Lo había tomado por un dotado por la gracia para luchar, simplemente. Y, como una estúpida, suponía que era muy observador, e incluso lo admiraba por su perspicacia.

¡Admiraba a un mentalista!

Había confiado en él. Había confiado en él y no tendría que haberlo hecho. Po había dado una imagen ficticia de sí mismo y falseado su gracia. Y eso equivalía a mentir.

Capítulo 14

Irrumpió en el laboratorio de Raffin y su primo alzó la vista del trabajo, sobresaltado.

—¿Dónde está? —demandó Katsa, que se detuvo en seco porque el lenita estaba allí, allí mismo, sentado en el borde de la mesa de Raffin, con la mandíbula amoratada y las mangas de la camisa remangadas.

—Tengo que contarte algo, Katsa —dijo Po.

—Eres mentalista —lo interrumpió—. Eres mentalista y me mentiste.

Raffin masculló un juramento, y, poniéndose en pie de un salto, fue corriendo a cerrar la puerta que Katsa había dejado abierta.

—No soy mentalista. —Po se había ruborizado, pero le sostuvo la mirada.

—Y yo no soy estúpida, así que deja de mentirme —gritó—. Dime, ¿qué has descubierto? ¿Qué pensamientos me has robado?

—No soy mentalista —repitió él—. Pero percibo a las personas.

—¿Y qué se supone que significa eso? Lo que percibes son los pensamientos de la gente.

—No, Katsa. Escúchame. Te he dicho que percibo a la gente. Recuerda mi visión nocturna o los ojos en la nuca que, según tú, debía de tener. Percibo a las personas cuando están cerca de mí pensando, sintiendo o moviéndose; noto los cuerpos, la energía física. Pero... —Tragó saliva—. Pero percibo los pensamientos cuando una persona piensa en mí.

—¿Y eso no es mentalismo? —gritó tan fuerte que Po se amedrentó, aunque no desvió la vista.

—De acuerdo, tiene algo de eso, pero no soy capaz de hacer lo que tú dices.

—Me mentiste. Confiaba en ti.

—Déjale explicarse, Katsa. —La suave voz de Raffin se abrió paso hasta la angustiada joven.

Ella se le encaró sin dar crédito a lo que oía, pasmada de que su primo supiera la verdad y, a pesar de todo, se pusiera de parte de Po. Luego se enfrentó al príncipe lenita, que todavía osaba sostenerle la mirada como si no hubiese hecho nada malo, nada tan total y absolutamente malo.

—Por favor, Katsa —suplicó Po—. Atiéndeme, por favor. No soy capaz de conocer los pensamientos de la gente en general ni los de alguien en concreto. Yo no sé qué piensas de Raffin ni lo que él piensa de Bann, o si Oll está disfrutando de una cena. A lo mejor, por poner un ejemplo, tú te hallas tras la puerta de mi habitación dando vueltas como un león enjaulado mientras piensas lo mucho que odias a Randa, y lo único que percibiré es que estás dando vueltas... hasta que tus pensamientos se centren en mí. Será entonces cuando sepa lo que sientes.

Ese hecho era el que provocaba que se sintiera traicionada por un amigo. No, nada de eso; era la víctima de un traidor que fingía ser un amigo. Le había parecido tan maravilloso, tan benévolo, tan comprensivo… ¿Cómo no iba a serlo, si siempre sabía lo que ella pensaba, lo que sentía? La simulación perfecta de la amistad.

—No, no —insistió Po—. Habré mentido, Katsa, pero mi amistad no ha sido fingida. He sido tu amigo de verdad.

De modo que seguía leyéndole el pensamiento.

—Basta —barbotó ella—. Basta ya. ¡Cómo te atreves, traidor, impostor, grandísimo…!

No se le ocurrían vocablos lo bastante fuertes para calificarlo. Y entonces Po sí bajó la vista con tristeza, y Katsa comprendió que había captado a la perfección lo que ella sentía. Estaba cruelmente agradecida a su gracia por el hecho de que le transmitiera su estado de ánimo que ella no sabía expresar con palabras. Desfigurado el semblante por la congoja, el lenita se desplomó sobre la mesa.

—Tan sólo dos personas saben que mi gracia es ésta —susurró—: mi madre y mi abuelo. Y ahora también lo sabéis Raffin y tú. Pero ni mi padre ni mis hermanos están al corriente. Mi madre y Tealiff me prohibieron decírselo a nadie cuando, siendo niño, se lo revelé.

Bien. Ella se ocuparía de arreglar eso. Porque Giddon tenía razón, aunque no hubiera detectado el porqué: Po no era de fiar, y la gente tenía que saberlo; se lo diría a todo el mundo.

—Si lo haces, me arrebatarás la libertad que tengo. Me arruinarás la vida —musitó Po.

Katsa lo miró, pero la imagen del hombre se le emborronó a causa de las lágrimas que le anegaban los ojos. Tenía que irse; tenía que salir de esa habitación porque quería golpearlo como había prometido que no haría nunca. Quería hacerle daño por ocupar un lugar en su corazón, que no le habría entregado si hubiera sabido la verdad.

—Me mentiste.

Dio media vuelta y salió corriendo del laboratorio.

Helda se tomó con calma los ojos humedecidos y el silencio de Katsa.

—Espero que nadie esté enfermo, mi señora —dijo, y se sentó en el borde de la tina para enjabonar los enredos del cabello de la joven.

—No, no hay nadie enfermo.

—Entonces, ha pasado algo que la ha disgustado; será a causa de alguno de sus jóvenes acompañantes.

Sí, uno de sus acompañantes, uno de sus amigos. La lista de sus amigos, sin embargo, estaba menguando de pocos a menos.

—He desobedecido al rey —dijo—. Se pondrá furioso conmigo.

—¿Ah, sí? Pero eso no explica el dolor que reflejan sus ojos. Tiene que ser a causa de alguno de esos jóvenes.

Katsa guardó silencio. Al final iba a resultar que todo el mundo en el castillo sabía leer el pensamiento. Todo el mundo sabía lo que le pasaba, mientras que ella no se enteraba de nada.

—Si el rey está enfadado con usted y si ha surgido algún problema con uno de sus jóvenes acompañantes, tiene que estar especialmente guapa esta noche. De modo que se pondrá el vestido rojo.

La lógica de Helda casi hizo reír a la joven, pero la risa se le convirtió en un nudo en la garganta. Esa noche sería la última que pasaría en la corte. Se marcharía para siempre porque no quería seguir allí más tiempo soportando la cólera de su tío, el sarcasmo y el orgullo herido de Giddon y, sobre todo, la traición de Po.

Un poco más tarde, cuando Katsa ya estaba vestida y Helda se debatía con el cabello todavía húmedo de la joven delante de la chimenea, llamaron a la puerta. A Katsa le dio un vuelco el corazón porque podía ser un mayordomo que traía un recado de que se presentara ante el rey; o, peor aún, si se trataba de Po, que venía a leerle la mente y a herirla otra vez con sus explicaciones y sus excusas. Pero cuando Helda abrió la puerta, regresó acompañada de Raffin.

—No es quien yo esperaba —dijo el ama, que enlazó las manos sobre el vientre y soltó una risita.

—He de hablar con él a solas, Helda. —La joven se presionó las sienes con los dedos.

El ama se marchó y Raffin se sentó en la cama con las piernas encogidas, como hacía de pequeño, como tantas veces habían hecho los dos para hablar y reír. Pero Raffin no reía ahora; ni hablaba. Hecho un lío de brazos y piernas, siguió observándola, mientras ella permanecía sentada en la silla, junto a la chimenea. El rostro cariñoso y entrañable del muchacho rebosaba preocupación.

—Ese vestido te favorece, Katsa —dijo—. Te hace resplandecer los ojos.

—Helda cree que un vestido resolverá todos mis problemas.

—Tus problemas se han multiplicado desde que te fuiste de la corte. He hablado con Giddon.

—Ah, Giddon... —Hasta el nombre le hastiaba.

—Sí, él. Y me contó lo que ha ocurrido con lord Ellis. En serio, Katsa, la cosa es grave, muy grave. ¿Qué piensas hacer?

—No lo sé. Aún no lo he decidido.

—En serio, Katsa.

—¿Por qué no dejas de repetir lo mismo? Supongo que piensas que debería haber torturado a ese tipo por no hacer nada malo, ¿verdad?

—Por supuesto que no. Hiciste lo correcto; claro que hiciste lo correcto.

—Y el rey no me controlará más. No volveré a ser su alimaña domada.

—Kat, Kat —Raffin rebulló y suspiró—, veo que has tomado una decisión y sabes que haré cuanto esté en mi mano para que no descargue su ira contra ti. Estoy siempre de tu parte en todo lo concerniente a Randa. Lo que pasa es que... Es que...

No hacía falta que se lo dijera. Sucedía que Randa no prestaba atención a su hijo, ese apotecario que preparaba medicinas. Raffin pintaba muy poco mientras su padre viviera.

—Lo que pasa es que estoy muy preocupado por ti, Katsa; todos lo estamos. Giddon está desesperado.

—Otra vez Giddon... Me propuso matrimonio, ¿sabes?

—¡Diantre! ¿Antes o después de que vieseis a Ellis?

—Después. —Gesticuló con impaciencia—. Cree que el matrimonio es la solución a todos mis problemas.

—Mmmm... Bueno, ¿y qué ocurrió?

¿Y le preguntaba que qué ocurrió? A la joven le entraron ganas de reír, aunque maldita la gracia que tenía el asunto.

—Empezó mal, fue a peor y acabó al darme cuenta de que Po es un mentalista. Y un embustero —explicó.

Raffin abrió la boca para decir algo, pero la cerró; los ojos rebosaban ternura.

—Querida Katsa —dijo por fin—, has tenido unos días muy duros a costa de Randa, Giddon y Po.

Y el que hacía referencia a Po, el peor, aunque todo el peligro radicaba en Randa. Si tuviera elección, sería la herida infligida por el lenita la que borraría; Randa jamás podría hacerle tanto daño como Po.

Se quedaron callados, en medio del silencio que sólo rompía el crepitar de la leña en el hogar. La idea de encender la chimenea, un derroche porque el frío apenas se notaba, había sido cosa de Helda, con la intención de que el cabello se le secara a Katsa más deprisa, así que habían echado unos buenos leños al fuego. El cabello le caía ahora en ondas por los hombros; se lo recogió por detrás de las orejas y se lo sujetó haciéndose un nudo con él.

—La gracia de Po ha sido un secreto desde que era pequeño, Kat.

De modo que, al fin, le iban a dar explicaciones. Apartó la vista de su primo y se preparó para aguantar lo que le explicara.

—Su madre era consciente de que sólo lo utilizarían como una herramienta si la verdad salía a la luz. Imagina la utilidad de un chiquillo capaz de percibir las reacciones que provoca con sus palabras, o que sabe lo que hace alguien en la habitación de al lado. Puedes suponer para qué serviría siendo hijo de un rey. Su madre estaba segura de que no se relacionaría con los demás ni haría amistades, porque nadie confiaría en él; nadie querría tener nada que ver con él. Piénsalo, Katsa. Piensa en lo que sería algo así. —Ella echaba chispas, y la expresión de Raffin se suavizó—. Pero qué cosas se me ocurre decir. Pues claro que lo sabes, tú no necesitas imaginarlo.

No, claro que no, porque ésa era su realidad diaria. Ella no había podido permitirse el lujo de ocultar su gracia.

—No podemos reprocharle que no nos lo contara antes —añadió Raffin—. Para ser sincero, me conmueve que nos lo haya confesado siquiera. A mí me lo explicó nada más marcharte tú al oeste. Tiene algunas ideas sobre el secuestro, Kat.

Como sin duda las tendría también sobre un montón de cosas que no le correspondía saber. Un mentalista nunca está falto de ideas.

—¿Y cuáles son?

—¿Por qué no le permites que te las explique él?

—La compañía de un mentalista no es algo de lo que esté deseosa.

—Se marcha mañana, Kat.

—¿A qué te refieres con que se marcha?

—Se va de la corte para siempre. Se dirige hacia Meridia y después, tal vez, a Monmar. No ha planeado el viaje con detalle.

Katsa se anegó en lágrimas, incapaz de contener el raudal extraño que brotaba imparable. Se contemplaba con fijeza las manos, y una lágrima le cayó en la palma.

—Creo que lo mandaré llamar para que te lo explique —insinuó Raffin, que bajó de la cama, se le acercó y la besó en la frente—. Querida Katsa —murmuró. Dicho esto, abandonó la habitación.

La joven se quedó observando el dibujo del suelo de mármol y se preguntó cómo podía sentirse tan desolada. No recordaba haber llorado en toda su vida; nunca lo había hecho, hasta que ese lenita estúpido apareció en la corte y le mintió, y ahora anunciaba que se marchaba.

Po se detuvo nada más cruzar la puerta, como si no estuviera seguro de si debía acercarse más o guardar las distancias. Ella tampoco sabía muy bien lo que quería, aunque lo prioritario era mantener la calma, no mirarlo ni tener pensamientos que él pudiera robarle. Se levantó de la cama y entró en el comedor; se aproximó a la ventana y contempló el exterior. No había nadie en el patio, y el sol, que se estaba poniendo, lo bañaba con su luz dorada. Entonces oyó cómo el lenita también entraba en el comedor.

—Perdóname, Katsa, te lo suplico. Perdóname.

Bueno, pues eso tenía una respuesta sencilla: no lo perdonaba.

Los árboles del jardín aún estaban verdes y algunos capullos todavía florecían, pero muy pronto las hojas se marchitarían y caerían, y entonces los jardineros retirarían las hojas del suelo de mármol con los grandes rastrillos, y se las llevarían en carretillas. Katsa ignoraba a dónde las llevaban, aunque suponía que las transportaban hasta los huertos o los campos. Muy trabajadores, los jardineros.

No lo perdonaba.

Notó cómo se acercaba un poco más.

—¿Cómo...? ¿Cómo te enteraste? —preguntó Po—. Bueno, si quieres decírmelo.

—¿Y por qué no utilizas tu gracia para hallar la respuesta a esa pregunta? —replicó ella apoyando la frente en el cristal.

—Es posible que lo hiciera si estuvieras pensando en ello específicamente. Pero no es así, y no puedo meterme en tu mente y recabar cualquier información que desee. Como tampoco puedo impedir que mi gracia me revele cosas que no quiero saber. —Ella siguió callada—. Katsa, lo único que sé ahora es que estás enfadada, furiosa de pies a cabeza. Y que te he hecho daño y no me perdonas, ni confías en mí. Es todo lo que sé en este momento. Y mi gracia sólo confirma lo que veo con mis propios ojos.

Ella resopló y le habló al cristal:

—Giddon me dijo que no se fiaba de ti. Y cuando me lo dijo, lo hizo con las mismas palabras que utilizaste tú, las mismas exactamente. Y... —Gesticuló con la mano—. Había otros indicios, claro, pero las palabras de Giddon lo evidenciaron.

Po se había acercado más. Seguramente, estaría apoyado en la mesa, con las manos en los bolsillos y los ojos clavados en la espalda de ella. Katsa continuó observando el exterior: dos damas, de bracete, cruzaban el patio en ese momento; ambas llevaban el cabello recogido muy alto y los rizos se les mecían arriba y abajo al caminar.

—No he sido cuidadoso contigo, Katsa. Me refiero a ocultarte este asunto; por el contrario, a veces he sido más bien descuidado. —Se calló un momento, y cuando reemprendió la conversación, lo hizo en voz baja, casi como si hablara consigo mismo—. Y era porque quería que lo supieras.

Eso no lo absolvía. Le había robado sus pensamientos sin advertírselo y aunque tuviera la intención de confesárselo, no lo disculpaba en absoluto.

—No podía decírtelo, Katsa. No podía.

La joven giró sobre sus talones para encarársele.

—¡Basta! ¡Deja de hacerlo ya! ¡Deja de contestar a mis pensamientos!

—¡No voy a ocultártelo, Katsa! ¡No te lo ocultaré nunca más!

No estaba recostado en la mesa, con las manos en los bolsillos, sino erguido y con los puños apretados. El rostro... No quería mirárselo. Se volvió de nuevo de cara a la ventana.

—No te lo ocultaré nunca más, Katsa —repitió—. Por favor, déjame que te lo explique. No es tan malo como crees.

—Para ti es fácil decirlo. A ti no te han arrebatado tus pensamientos.

—Casi todos los tuyos te pertenecen, porque mi gracia tan sólo me muestra tu postura en cuanto a mí, nada más. Cuando estás físicamente cerca, sé lo que haces y percibo cualquier pensamiento, sentimiento o reacción que tienes respecto a mí. Yo... Supongo que es una especie de instinto de conservación —dijo, poco convencido—. Sea como fuere, es la razón de que pueda luchar contigo, puesto que noto el movimiento de tu cuerpo sin verlo. Y, lo que es más, siento la energía de tus intenciones hacia mí y me doy cuenta de cada movimiento que intentas hacer contra mí, antes de que lo ejecutes.

A Katsa le faltó el aliento ante tan extraordinaria declaración, y se preguntó con vaguedad si era eso lo que sentían hacia ella sus víctimas cuando les asestaba una patada en el pecho.

—Sé cuándo alguien quiere hacerme daño y cómo lo hará —añadió Po—, o si una persona me mira con afecto y confía en mí, o si a una persona no le caigo bien, o cuándo alguien intenta engañarme.

—Como me has engañado tú a mí al no confiarme que eres un mentalista.

—Sí, eso es cierto —continuó él con tenacidad—. Pero todo lo que me has contado de tus pugnas con Randa tuve que oírlo de tus labios para enterarme; igual que todo cuanto me has explicado sobre Raffin o sobre Giddon. Cuando nos encontramos en el patio del castillo de Murgon, ¿te acuerdas?, yo no sabía por qué estabas allí. No podía adentrarme en tu mente y descubrir que estabas tratando de rescatar a mi abuelo de las mazmorras de Murgon. Ni siquiera estaba seguro de que mi abuelo se encontrara allí retenido, porque no me había acercado lo bastante a él para percibir su presencia física; tampoco había hablado con Murgon, y por lo tanto, aún no había descubierto sus mentiras. Por otra parte, desconocía que habías atacado a todos los guardias del castillo. Lo único que sabía con seguridad era que ignorabas quién era yo y que dudabas si fiarte de mí, pero no querías matarme porque era lenita; posiblemente, por algún motivo relacionado con otro lenita, aunque desconocía quién era y en qué o cómo influía en tus acciones. Y también me decía a mí mismo que tú... No sé cómo explicarlo, pero intuía que eras de fiar. Era todo cuanto sabía, y en esas certezas me basé para decidirme a confiar en ti.

—Debe de ser muy conveniente saber si otra persona es digna de tu confianza —comentó con acritud Katsa—. No estaríamos aquí en este momento si yo hubiera tenido esa capacidad.

—Lo siento. No tengo palabras para expresar lo mucho que lo lamento. Y tú no te imaginas cuánto detestaba no poder contártelo. Ha sido como tener clavada una espina desde que nos hicimos amigos.

—No somos amigos —susurró, como si le hablara al cristal de la ventana.

—Pues si no eres mi amiga, carezco de amigos.

—Los amigos no te mienten.

—Los amigos intentan comprenderte —repuso él—. ¿Cómo habría llegado a trabar amistad contigo sin mentir? ¿Sabes lo que he arriesgado al deciros la verdad a ti y a Raffin? ¿Habrías actuado de forma distinta, Katsa, si tú poseyeras mi gracia y fuera tu secreto? ¿Te habrías encerrado en un agujero para no agobiar a nadie con tu ofensiva amistad? Tendré amigos, Katsa; tendré una vida a pesar de llevar encima esta carga.

Ronca, estrangulada la voz, tuvo que hacer una breve pausa. Katsa se resistió a la congoja del hombre, y luchó para evitar que la afectara, pero se sorprendió al advertir que oprimía el marco de la ventana con todas sus fuerzas.

—Me dejarías sin amigos, Katsa —añadió en un susurro Po—. Me dejarías a merced de mi gracia, que controlaría todos los aspectos de mi vida y me privaría de la felicidad.

Se negaba a escuchar esas palabras que apelaban a su compasión, a su comprensión. Ella, que había hecho daño a tanta gente con su gracia y, a causa de ésta, había sido humillada y denigrada. Ella, que todavía se debatía para controlar su don, en vez de que sucediera a la inversa. Ella, que, como él, nunca deseó el poder que le otorgaba.

—Cierto, nunca quise este poder —corroboró Po—. Si estuviera en mi mano, lo eliminaría para siempre por ti.

Ira, la ira de nuevo, porque ni siquiera le era permitido compadecerse sin que él lo supiera. Era demencial. Lo absurdo, la locura de aquella situación escapaba a su comprensión. ¿Cómo se relacionaba la madre de Po, o su abuelo, o cualquiera con él?

Katsa respiró hondo e intentó reconsiderar el asunto, paso a paso.

—¿Esperas que crea que tu destreza en la lucha no es una gracia? —planteó sin apartar los ojos del patio, cada vez más oscuro.

—Soy un luchador innato excepcional; todos mis hermanos lo son. La familia real es famosa en Lenidia por su destreza en la lucha con las manos. Pero mi gracia es, además, una ventaja enorme en un combate, porque preveo los movimientos que el adversario va a hacer contra mí. Esa facultad, combinada con mi percepción de la proximidad de un cuerpo, incluso sin verlo, facilita que se comprenda que nadie me haya ganado, excepto tú.

Katsa reflexionó sobre ello y llegó a la conclusión de que no se lo creía. Así que replicó:

—Eres demasiado competente. Tienes que poseer también un don para la lucha; de otro modo no podrías pelear conmigo tan bien si no lo tuvieras.

—Katsa, piénsalo. Tú eres una luchadora cinco veces mejor que yo. Cuando peleamos, te refrenas. Y no me digas que no, porque sé que es cierto. Sin embargo, yo no me contengo ni pizca. Y estás capacitada para hacer conmigo lo que te plazca, mientras que yo no consigo dañarte.

—Me duele cuando me das...

—Te duele un instante y, además, si te golpeo es porque lo has permitido, o porque estás tan ocupada retorciéndome el brazo, hasta descoyuntármelo, que no te importa si te doy un puñetazo en el estómago. ¿Cuánto crees que tardarías en matarme o en romperme todos los huesos si decidieras hacerlo?

¿Si lo quisiera de verdad?

Tenía razón. Si su propósito fuera herirlo, romperle un brazo o el cuello, no tardaría mucho en lograrlo.

—Cuando luchamos, has de esforzarte al máximo para ganar sin hacerme daño —añadió Po—. Que casi siempre lo consigas es prueba de tu habilidad fuera de lo normal. En cambio, te repito que yo jamás te he hecho daño, y créeme que lo he intentado.

—Es una tapadera —exclamó Katsa—. Tu destreza en la lucha es sólo una tapadera.

—Sí, es cierto. Mi madre lo aprovechó en el momento en que fue evidente que compartía la destreza de mis hermanos y mi gracia incrementaba esa habilidad.

—¿Por qué no previste, entonces, que iba a golpearte en el patio del castillo de Murgon?

—Lo preví, pero fue en el último segundo y no reaccioné con suficiente presteza. Hasta que me diste aquel golpe, no fui consciente de tu rapidez; no había visto nada igual en toda mi vida.

La argamasa chascó en el marco de la ventana. Katsa retiró un trozo pequeño y le dio vueltas entre los dedos.

—¿Tu gracia comete errores o nunca te equivocas?

Él suspiró, aunque casi sonó como una risa, y replicó:

—No siempre es exacta y no cesa de cambiar continuamente, porque todavía se está desarrollando. Sin embargo, mi percepción de la situación física es bastante fiable; siempre y cuando no me halle en medio de una gran multitud, sé dónde está una persona y qué hace. En cuanto a lo que alguien siente por mí... Cada vez que he pensado que alguien me mentía, o que intentaba atacarme, he acertado. Pero hay ocasiones en las que no estoy seguro del todo; los sentimientos de otras personas pueden ser muy... complicados y difíciles de entender.

A Katsa no se le había ocurrido que una persona pudiera ser difícil de entender, sobre todo para un mentalista.

—Ahora mi seguridad es mayor que tiempo atrás —continuó Po—. Pero no ocurría así cuando era un chiquillo. Esas tremendas oleadas de energía, sentimientos y pensamientos se estrellaban contra mí, y casi siempre tenía la impresión de estar ahogándome en ellas. Además, me está costando mucho aprender a distinguir entre pensamientos importantes y los que no lo son, es decir, entre pensamientos fugaces y aquellos que contienen alguna intención relevante. No obstante, he mejorado bastante, pero mi gracia todavía me proporciona cosas con las que no sé qué hacer.

Estas consideraciones le parecieron a Katsa ridículas y completamente absurdas. Y ella que pensaba que su gracia era ingrata, agobiante... En comparación con la de Po, resultaba bastante sencilla.

—A veces cuesta mucho manejar mi gracia —dijo él.

Katsa se giró un poco de lado, un instante nada más, y preguntó:

—¿Has dicho eso porque lo he pensado yo?

—No, no. Lo he dicho porque pienso que es así.

—Es que yo lo he pensado también. —Se volvió de nuevo hacia la ventana—. O algo parecido.

—Bueno, supongo que es una sensación que entiendes.

Ella suspiró otra vez. Había cosas en este asunto que sí comprendía, aun en contra de su voluntad.

—¿A qué distancia tienes que estar de una persona para que tu gracia la perciba?

—Depende de quien sea. Además, esa percepción va cambiando con el tiempo.

—¿A qué te refieres?

—Si es alguien a quien conozco bien, el alcance es considerable. En cambio, con desconocidos tengo que estar más cerca. Hoy sentí tu llegada cuando te aproximabas al castillo e irrumpiste impetuosamente en el patio y desmontaste de un salto. Y también noté tu ira, intensa y manifiesta, mientras corrías escaleras arriba hacia los aposentos de Raffin. El alcance de mi percepción contigo es... mayor que con casi todo el mundo.

Fuera estaba más oscuro que dentro del comedor, y Katsa vio al lenita reflejado en la ventana. Se apoyaba en la mesa, como lo había imaginado antes. Pero la postura de los hombros y de los brazos, el gesto, traslucían abatimiento; todo en él lo denotaba. Estaba apesadumbrado. Po miraba el suelo, pero de pronto alzó la vista y le sostuvo la mirada en el cristal.

Katsa sintió de nuevo el escozor de las lágrimas, repentinamente; agarrándose a un clavo ardiendo, dijo lo primero que se le ocurrió:

—¿Percibes la presencia de animales y de plantas? ¿O de piedras y de tierra?

—Me marcho mañana.

—¿Notas cuando un animal está cerca?

—¿Querrías darte la vuelta para que te mire a la cara mientras hablamos?

—¿Es que puedes leerme la mente con más facilidad cuando me tienes de frente?

—No. Es que me gustaría verte, Katsa, eso es todo.

Hablaba en voz queda, pesarosa. Él mismo estaba pesaroso por aquella situación; pesaroso por su gracia. Sí, su gracia, que no era culpa suya y que habría alejado a Katsa si él, desde el principio, le hubiera confesado que la poseía.

Por fin la joven se dio la vuelta.

—Antes no percibía a los animales, ni las plantas ni el paisaje, pero eso ha empezado a cambiar hace poco —explicó el lenita—. A veces tengo una percepción poco clara de lo que no es humano. Si algo se mueve tal vez lo noto, aunque no sucede de una manera constante; va y viene. —Katsa lo observó con atención—. Mañana salgo para Meridia.

La joven se cruzó de brazos y no dijo nada.

—Cuando Murgon me interrogó después de que llevaseis a cabo el rescate, me resultó evidente que le habíais arrebatado a mi abuelo. Y me quedó igualmente claro que él lo había tenido cautivo por encargo de otra persona, aunque yo ignoraba de quién se trataba, a no ser que, para descubrirlo, le hubiera hecho algunas preguntas, que habrían puesto de manifiesto lo que yo sabía acerca del asunto.

Katsa lo escuchaba como ensimismada. Estaba cansada, agotada por los excesivos acontecimientos recientes, para centrarse en ese momento en los detalles del secuestro.

—Estoy temiendo que tiene algo que ver con Monmar —continuó explicándole Po—. Hemos descartado Terramedia, Oestia, Nordicia, Elestia, Meridia… Como recordarás, he estado en casi todas esas cortes, y sé que nadie me mintió, excepto en Meridia. Mi propio país, Lenidia, no es responsable, de eso estoy seguro.

En algún momento, durante la conversación, la ira de Katsa había desaparecido; ya no la sentía. Ojalá estuviera furiosa, porque era preferible al vacío que había dejado. La afligía que todo hubiera cambiado entre Po y ella, así como perder cuanto habían compartido.

—Katsa, necesito que me prestes atención.

La joven salió de su ensimismamiento, reconstruyó mentalmente lo que Po había dicho en los últimos minutos y argumentó:

—Pero el rey Leck de Monmar es un hombre bondadoso; no tiene motivos para haberlo hecho.

—O puede que sí, aunque no se me ocurre cuál. Algo falla, Katsa.

—Murgon me produjo determinadas sensaciones que en ese momento desestimé, pero quizá me equivoqué al desecharlas. Además, la hermana de mi padre, la reina Cinérea, no se comportaría como tú me contaste porque es tan estoica, es tal su entereza… No habría reaccionado con histerismo, ni se habría encerrado con su hija, aislándose de su esposo. Te lo juro, si la conocieras… —Se interrumpió y dio una patada en el suelo, frunciendo el ceño—. Tengo la impresión de que Monmar está implicado en este asunto. No sé si lo intuyo a causa de mi gracia o, sencillamente, por instinto. En cualquier caso, regreso a Meridia para ver qué consigo descubrir. Mi abuelo ya se encuentra mejor, pero por su propia seguridad quiero que siga escondido hasta que yo llegue al fondo del misterio.

Entonces estaba decidido. Se marchaba a Meridia para averiguar los entresijos de lo sucedido. Y estaba bien que se marchara, porque no quería tenerlo siempre metido en la cabeza, pero tampoco deseaba que se fuera. Y él debía de conocer ese pensamiento de la muchacha, pero ¿se habría enterado también de que suponía que él lo sabía, puesto que ella lo había pensado?

Era absurdo, disparatado. Era imposible estar con él.

A pesar de todo seguía sin desear que se marchara.

—Esperaba que vinieras conmigo —añadió Po, y ella se quedó boquiabierta—. Formaríamos un gran equipo. Ni siquiera sé con exactitud a dónde voy, pero confiaba en que consideraras la posibilidad de viajar juntos si sigues siendo mi amiga, claro.

—¿Es que tu gracia no te revela si lo soy? —preguntó, porque no supo qué contestar.

—¿Lo sabes tú?

Katsa intentó pensar, pero tenía la mente en blanco. Lo único que sabía era que estaba embotada, triste y sin rastro de claridad en cuanto a lo que sentía.

—Como comprenderás, no puedo saber lo que sientes si tú misma lo ignoras —reflexionó Po.

Entonces el lenita miró de repente hacia la entrada; en ese mismo momento llamaron a la puerta, y un mayordomo del rey irrumpió en el cuarto sin esperar la respuesta de Katsa. Al verlo con el semblante pálido y tenso, todo retornó a la mente de la joven como una avalancha. Lo más probable es que Randa quisiera verla; puede que incluso quisiera matarla. Antes de la conmoción ocasionada por el asunto de Po, había desobedecido al rey.

—Su majestad ordena que vaya de inmediato a su presencia, mi señora —informó el servidor—. Le pido disculpas, mi señora, pero dice que si no obedece, mandará a su guardia al completo a buscarla.

—Está bien, dile que iré enseguida —contestó Katsa.

—Gracias, mi señora. —El mayordomo dio media vuelta y salió a toda prisa.

—Su guardia al completo —repitió mirando la puerta, ceñuda—. ¿Qué cree que podrían hacerme sus guardias? Tendría que haberle dicho al criado que los mandara, aunque sólo fuera por no perderme la diversión. —Dio un vistazo alrededor—. No sé si debería llevarme un cuchillo...

—¿Qué has hecho? ¿A qué viene todo esto? —Po la escudriñaba.

—Lo desobedecí. Me envió a torturar a un pobre e inocente noble y decidí que no deseaba hacerlo. ¿Crees que debería llevar un cuchillo? —Recorrió el cuarto de armas de un extremo al otro, seguida por el lenita.

—¿Para hacer qué? ¿Qué crees que ocurrirá en esa reunión?

—No lo sé, no lo sé. ¡Oh, Po, me saca de mis casillas y me da miedo que me entren ganas de matarlo! ¿Y si me amenaza y no me deja otra opción? —Se dejó caer en una silla y apoyó la cabeza en el tablero de la mesa. ¿Cómo iba a presentarse ante Randa precisamente ahora, cuando su mente era un torbellino? Perdería el control ante el mero sonido de la voz de su tío y haría algo horrible.

Po se sentó en la silla contigua, de lado, para mirarla a la cara.

—Katsa, escúchame. Eres la persona más fuerte que he visto en mi vida, y eres capaz de hacer lo que quieras, cualquier cosa. Nadie puede obligarte a nada y tu tío no puede tocarte. En el instante en que te halles en su presencia, la decisión estará en tus manos. Si no pretendes hacerle daño, Katsa, sólo tienes que proponerte no hacérselo.

—Pero ¿cómo me comportaré?

—Ya se te ocurrirá. Pero debes acudir sabiendo lo que no deseas hacer. No le harás daño ni permitirás que él te lo haga a ti. Lo demás ya se te ocurrirá sobre la marcha. —La joven suspiró sin alzar la cabeza de la mesa. Como plan, no le parecía gran cosa—. Es el único plan posible, Katsa. En tus manos está llevar a cabo lo que desees.

Se sentó erguida, se volvió hacia él y le espetó:

—Todo el rato repites lo mismo, pero no es verdad. No está en mi poder impedir que sigas leyéndome el pensamiento.

—Podrías matarme —sugirió él.

—No, tampoco sería posible, porque percibirías mi intención de matarte y te escaparías. Te mantendrías lejos de mí, para siempre.

—¡Oh, no, no lo haría!

—Lo harías, si de verdad quisiera matarte.

—Te repito que no.

Ante aquella absurda discusión, Katsa alzó los brazos en un gesto exasperado y exclamó:

—Basta. Dejémoslo. —Se levantó y salió de sus aposentos para acudir a la llamada del rey.

Capítulo 15

Lo primero que pensó al entrar en el salón del trono fue que ojalá hubiera llevado consigo el puñal; lo segundo, que ojalá la percepción de Po hubiera llegado hasta esa estancia, y así la habría puesto sobre aviso de qué le esperaba en ella. Porque quizás habría decidido no acudir.

Una alfombra larga, de color azul, se extendía desde la puerta hasta el trono de Randa, instalado sobre un estrado alto, de mármol blanco. Sentado en el solio y vestido con ropajes azules, el rey tenía el gesto severo, los ojos centelleantes y una mueca tensa que era un remedo de sonrisa; se hallaba flanqueado por un arquero a cada lado, y ellos mantenían la flecha encajada en la cuerda del arco. Cuando Katsa entró en el salón, le apuntaron a la frente, justo encima de los ojos —azul y verde—; también la apuntaban otros dos arqueros situados en las esquinas del fondo del salón del trono.

La guardia real se alineaba a ambos lados de la alfombra, en columnas de tres en fondo, con las espadas desenvainadas a un costado. Por lo general, Randa tenía en el salón una décima parte de ese número de guardias. Impresionante. Un batallón impresionante que el rey había preparado y dispuesto para cuando apareciera ella. Pero mientras Katsa hacía balance de la situación en la estancia, se le ocurrió que Birn o Drowden o Thigpen lo habrían hecho mejor. Por suerte, su tío no era un monarca belicoso, ni un buen estratega para distribuir batallones, de modo que había colocado rematadamente mal a la tropa que ocupaba el salón del trono. Había muy pocos arqueros y, en cambio, demasiados hombres equipados con una armadura que los entorpecería y los lentificaría, les haría tropezar unos contra otros y caerse si intentaban atacarla; hombres altos y fornidos que la escudarían sin ninguna dificultad de la trayectoria de una flecha. Todos ellos iban provistos de espada y daga, a cada lado del cinturón; espadas y dagas que sería como si ella las llevara encima, habida cuenta de lo sencillo que le resultaría arrebatárselas, y, recorriendo el camino que marcaba la larga alfombra, arrojar una de esas dagas contra el propio rey, sentado en aquel estrado tan alto.

Si estallara una refriega en el salón, se produciría una verdadera masacre.

Katsa echó a andar manteniendo la vista y el oído sincronizados a la perfección con los arqueros, que eran buenos, pero no estaban tocados por la gracia. Katsa dedicó un pensamiento fugaz de compasión indiferente a los guardias que iba dejando atrás, por si en aquel encuentro sucumbían a las flechas.

Y entonces, cuando ya había recorrido más o menos la mitad de la distancia hasta el trono, su tío le dirigió la palabra:

—Quédate ahí mismo. No deseo tenerte más cerca, Katsa. —Exageró la pronunciación del nombre que sonó como un silbido de vapor sobre la alfombra—. Has regresado a la corte sin traer a ninguna mujer, ni su dote, y un noble a mi servicio y mi capitán están heridos por tu mano. ¿Qué tienes que decir en tu defensa?

Si todo un batallón le traía sin cuidado, ¿por qué una simple voz la sulfuraba?

—No estaba de acuerdo con la orden, majestad.

—Es imposible que haya entendido bien. ¿Dices que no estabas de acuerdo con mi orden?

—Así es, majestad.

Randa se recostó en el trono y la sonrisa forzada se tornó aún más tensa.

—Gracioso —dijo—. Gracioso de verdad. Dime, Katsa, ¿qué fue lo que te hizo pensar que estás en disposición de plantearte las órdenes del rey? ¿O de pensar siquiera en ellas? ¿O de tener una opinión respecto a ellas? ¿Te he pedido alguna vez que compartas tus ideas con las mías?

—No, majestad.

—¿Te he animado en algún momento a que nos brindes tu sabio consejo?

—No, majestad.

—¿Crees acaso que es tu buen criterio, tu pasmoso intelecto, lo que justifica tu posición en esta corte?

Había dado en el clavo; Randa había sido listo. Así era como había mantenido a su alimaña enjaulada tanto tiempo, porque sabía a la perfección lo que tenía que decirle para que se sintiera estúpida y brutal, y convertirla en un perro a su servicio.

Bien, pues si tenía que ser un perro, por lo menos no lo sería más en la jaula de ese hombre; se convertiría en su propia dueña, dueña de su ferocidad, y haría lo que quisiera con ella. Notó que esa determinación le hormigueaba en brazos y piernas, y, mirando al rey con los ojos entrecerrados sin conseguir refrenar una nota de desafío en la voz, le replicó:

—¿Y qué propósito tiene la presencia de todos estos hombres, tío?

—Estos hombres atacarán si haces el más mínimo movimiento —repuso Randa esbozando una sonrisa desabrida—. Y cuando acabe este interrogatorio, te acompañarán a las mazmorras.

—¿Crees que voy a ir a las mazmorras por propia voluntad?

—Me trae sin cuidado si vas de buen grado o no.

—Eso es porque supones que estos hombres pueden obligarme a ir por la fuerza.

—Katsa, ni que decir tiene que todos sentimos un gran respeto por tu habilidad, pero ni siquiera tú tienes probabilidades contra doscientos guardias y mis mejores arqueros. Esta conversación acabará cuando tú te vayas a las mazmorras o hayas muerto.

La joven veía y oía cuanto sucedía en el salón: el rey y sus arqueros; las flechas a punto de ser disparadas; los soldados con la espada en guardia, y ella misma, cuyos brazos asomaban bajo las mangas rojas y los pies, por debajo de la falda. En el salón del trono reinaba el silencio; un silencio intenso, absoluto, roto tan sólo por la respiración de los hombres que la rodeaban y el cosquilleo que ella sentía en su interior. Mantuvo las manos en alto a los costados, apartadas del cuerpo para que todo el mundo las viera, e identificó el sentimiento que irradiaba: odio. Odiaba a ese rey; era algo que le bullía en el cuerpo.

—Tío, permíteme que te explique lo que ocurrirá en el instante en que uno de tus hombres intente atacarme; pongamos, por ejemplo, que uno de tus arqueros dispare una flecha. No has asistido a muchas sesiones de prácticas, tío; no me has visto esquivar flechas, pero los arqueros, sí. Si uno de ellos dispara, me echaré al suelo, y la flecha se clavará en uno de tus guardias, con toda seguridad. La espada y la daga de ese guardia estarán en mis manos antes de que ninguno de los presentes tenga tiempo de darse cuenta de lo que ha pasado. Se producirá una refriega con tus guardias, pero sólo siete u ocho de ellos podrán rodearme al mismo tiempo, tío, y siete u ocho no significan nada para mí. A medida que vaya matándolos, me haré con sus dagas y las lanzaré al corazón de los arqueros, quienes, naturalmente, no me tendrán a tiro una vez que la lucha con los guardias se haya desatado. Saldré viva de la sala, tío, pero la mayoría de tus hombres habrán muerto. Por supuesto, eso es lo único que sucederá si espero a que uno de tus hombres tome la iniciativa. Aunque también podría hacerlo yo primero; podría atacar a un guardia, quitarle la daga y arrojártela al pecho en este mismo momento.

Randa fruncía la boca en un rictus burlón, pero no era más que apariencia, ya que los labios le temblaban. Una amenaza de muerte, lanzada y recibida; y Katsa la percibía en las yemas de los dedos como un zumbido. Y se percató de que lo lograría en ese mismo instante, que podría matarlo si se apoderaba de una daga.

Y luego, ¿qué?, le susurró una vocecilla interior; y Katsa sufrió un sobresalto. En efecto, y luego, ¿qué? Un baño de sangre, y tendría mucha suerte si salía con vida de él. Raffin subiría al trono y su primera tarea como heredero sería ordenar la muerte de la asesina de su padre. Un deber que su primo no podría eludir si estaba dispuesto a gobernar con justicia, como rey de Terramedia; un deber que a él le partiría el corazón y la convertiría en su enemiga y en una extraña.

Po se enteraría de lo sucedido cuando estuviera a punto de partir; sabría que había perdido el control y asesinado a su tío, acción que le ocasionaría el exilio y causaría el quebranto moral a Raffin. Regresaría a Lenidia, y al contemplar la puesta de sol en el mar desde el balcón de su castillo, daría rienda suelta a su pesadumbre a la luz anaranjada del crepúsculo y se preguntaría por qué ella habría permitido semejante desenlace cuando estaba en su poder evitarlo.

¿Dónde está la fe en tu poder? —susurró la vocecilla de nuevo—. *No debes provocar un derramamiento de sangre.* Entonces fue consciente de qué estaba haciendo allí. Observó a Randa: pálido, aferrado a los brazos del trono con tanta fuerza que parecía a punto de romperlos. En un instante daría la señal de atacar a los arqueros, empujado por el miedo, por el terror de esperar a que ella hiciera el primer movimiento.

Los ojos se le anegaron de lágrimas. Actuar con misericordia era más amedrentador que matar a alguien, porque era más duro llevarlo a cabo, aparte de que Randa no se lo merecía. Y aunque deseaba lo mismo que esa voz interior, no se creía capaz de tener suficiente valor para actuar de ese modo.

Po cree que sí lo tienes —arguyó la voz con pasión—. *Finge creer que tiene razón. Créele, aunque sólo sea un instante.*

Fingir. Los dedos le pedían acción a gritos, pero quizá podía disimular el tiempo suficiente para salir del salón del trono.

Katsa alzó los ojos ardientes hacia el rey, y cuando le habló, lo hizo con voz temblorosa:

—Me marcho de la corte —anunció—. No trates de detenerme, porque juro que lo lamentarás si lo intentas. Olvídate de mí cuando me haya ido, porque no aceptaré vivir como un animal salvaje al que se sigue el rastro. Ya no estoy a tu servicio.

Randa la miraba boquiabierto, con los ojos desorbitados. Katsa se dio la vuelta y retrocedió por la larga alfombra, atenta al silencio de la sala y preparada para girar sobre sus talones si se producía el más mínimo sonido de un arco o una espada. Al cruzar las grandes puertas del salón del trono sintió el peso de centenares de ojos atónitos fijos en su espalda, aunque ninguno de los presentes sabía que había faltado muy poco, poquísimo, para que cambiara de opinión.

Segunda parte

El rey malévolo

Capítulo 16

Partieron bastante antes de que amaneciera. Raffin y Bann fueron a despedirlos; los dos apotecarios tenían cara de sueño y Bann no paraba de bostezar. En cambio, en aquella fría mañana, Katsa estaba completamente despierta pero silenciosa, porque su compañero de viaje la azoraba y Raffin le causaba inquietud, tanta que habría preferido que no estuviera presente. Si su primo no hubiera ido a despedirse de ella, a lo mejor habría sido capaz de actuar como si no lo estuviera abandonando. Pero estando él allí, no había disimulo posible, y ella no se veía capaz de poner remedio al doloroso lagrimeo que la acosaba ni al nudo que se le formaba en la garganta cada vez que lo miraba.

Eran imposibles esos dos hombres, porque cuando uno no le provocaba el llanto, lo hacía el otro. No quería ni imaginarse lo que pensaría Helda de todo este asunto. No le habría gustado nada tener que despedirse del ama, ni de Oll. No, no había muchos motivos por los que estar contenta esa mañana, con la excepción de que, al menos, no se separaba de Po. Probablemente él, de pie junto a su caballo, estaría percibiendo todo cuanto ella sentía en ese momento. Le lanzó una mirada fulminante, por añadidura, y él puso cara de circunstancias, sonrió y bostezó. Muy bien. Más le valía no cabalgar dormitando, o lo dejaría tirado en el camino; no estaba de humor para andar perdiendo el tiempo.

Raffin no cesaba de ir de un caballo al otro para comprobar las alforjas o las sujeciones de los estribos. Y al fin dijo:

—Supongo que no tengo que preocuparme por vuestra seguridad viajando juntos vosotros dos, ¿verdad?

—No pasará nada. —Katsa dio un tirón de la correa que sujetaba una bolsa sobre la silla, y se la lanzó a Po por encima del lomo de su montura.

—¿Lleváis la lista de los contactos del Consejo en Meridia? —se interesó Raffin—. ¿Y los mapas? ¿Tenéis comida para hoy? ¿Y dinero?

Katsa le sonrió porque hablaba como suponía que lo haría una madre con un hijo que se marchara para siempre.

—Po es un príncipe en Lenidia —contestó—. ¿Por qué crees que monta un caballo tan grande sino para cargar con las bolsas de oro?

Raffin la miró con aire risueño y le replicó:

—Toma esto. —Le puso entre las manos un pequeño morral—. Es una bolsa de medicinas, por si alguno de los dos las necesita. Las he etiquetado de manera que sepáis para qué sirve cada una.

Po se les aproximó en ese momento, y, tendiéndole la mano a Bann, le dijo:

—Gracias por todo lo que has hecho. —Estrechó a continuación la de Raffin diciéndole—: ¿Cuidarás de mi abuelo en mi ausencia?

—Estará a salvo con nosotros.

Po montó en su caballo y Katsa asió las manos de Bann y se las apretó con fuerza. Después se plantó delante de su primo y lo miró cara a cara.

—Nos informarás de cómo te van las cosas cuando sea posible, ¿verdad? —dijo Raffin.

—Por supuesto.

Raffin bajó la vista al suelo y se aclaró la garganta, tras lo cual se frotó la nuca y suspiró. Katsa deseó una vez más que su primo no hubiera ido a despedirla, porque si las lágrimas la amenazaban con desbordársele, no podría contenerlas.

—Bueno, volveremos a vernos algún día, cariño —susurró Raffin.

Katsa lo abrazó y él la alzó en vilo y la estrechó contra sí. La muchacha le apoyó la cara en el cuello de la camisa y se quedó así unos segundos.

Pero de nuevo se encontró con los pies plantados en el suelo; entonces se dio la vuelta y montó.

—Nos vamos —le dijo a Po. No miró atrás cuando los caballos salieron al trote del establo y cruzaron el patio de las caballerizas.

Y

La ruta que seguían era accidentada y desigual, pero el único plan seguro de que disponían era investigar la pista que tuviera más probabilidades de acercarlos al verdadero motivo del secuestro. El primer punto de destino era una posada al sur de Burgo de Murgon, a tres días de viaje de Burgo de Randa, una posada situada en la ruta que suponían que tomaron los secuestradores. Los espías de Murgon la frecuentaban, al igual que los mercaderes y viajeros procedentes de las ciudades portuarias de Meridia y, a menudo, incluso de Monmar. Po creía que era un sitio tan bueno como cualquier otro para empezar; además, no los desviaba del camino si, finalmente, decidían dirigirse a Monmar.

No viajaban de incógnito, pues los ojos de Katsa bastaban para que la identificara todo habitante de los siete reinos que tuviera oídos para escuchar lo que se contaba de ella. En cuanto a Po, saltaba a la vista que era lenita; esa certeza, más el hecho de identificarlo también por los ojos e ir en compañía de otra graceling, eran suficientes datos para ser tema de conversaciones ociosas. Por otra parte, como la noticia de la marcha precipitada de Katsa de la corte de Randa con el príncipe lenita se extendería con rapidez, cualquier intento de disfrazarse habría sido inútil. Así pues, Katsa ni siquiera se tomó la molestia de quitarse la túnica ni los pantalones azules que la identificaban como miembro de la casa real. Y la gente imaginaría el propósito de su viaje, ya que era de todos sabido que el graceling lenita buscaba a su abuelo desaparecido, y se supondría que la dama graceling lo acompañaba para ayudarlo. Las preguntas que hicieran, la ruta que tomaran, hasta los alimentos que comieran se convertirían en motivo de comadreos.

Pese a ello, el equívoco era una garantía para estar a salvo porque nadie sabría que Katsa y Po no buscaban al abuelo, sino la razón de su secuestro. Nadie sabría tampoco que los dos jóvenes estaban al tanto de la implicación de Murgon y sospechaban de Leck de Monmar, ni nadie imaginaría siquiera lo mucho que Po era capaz de descubrir mediante las preguntas más simples y convencionales.

El príncipe lenita cabalgaba bien y casi tan deprisa como

habría querido Katsa, de tal manera que los árboles de las frondas meridionales se convertían en manchas borrosas al pasar a toda velocidad por su lado. Por ende, la trápala de los cascos confortaba a la joven y le embotaba la sensación de distancia, que crecía más y más, entre ella y las personas que había dejado atrás.

Se alegraba de tener la compañía de Po. Viajar a caballo juntos resultaba agradable, pero cuando se detenían para estirar las piernas y comer algo, volvía a sentirse azorada y no sabía cómo comportarse ni qué decir.

—Siéntate conmigo, Katsa. —Po se había acomodado en el tronco caído de un árbol enorme, y ella lo miró de soslayo desde detrás del caballo—. Katsa —la llamó Po de nuevo—. Querida Katsa, no voy a morderte. En estos momentos no percibo tus pensamientos, salvo para darme cuenta de que te incomodo. Ven y háblame.

Ella se acercó y se sentó a su lado, pero no le dirigió la palabra ni lo miró porque le daba miedo que su mirada la atrapara.

—Katsa —musitó Po, después de haber pasado un rato sentados comiendo en silencio—, creo que con el tiempo acabarás acostumbrándote a mí. Hallaremos la forma de relacionarnos. Pero ¿cómo puedo ayudarte para lograrlo? ¿Quieres que cada vez que perciba algo con mi gracia te lo comunique para que intentes comprenderla?

A la joven no le atraía mucho la idea; prefería fingir que Po no percibía nada, pero él tenía razón. Ahora estaban juntos, y cuanto antes afrontara la realidad, mejor sería. Así que contestó escuetamente:

—Sí.

—De acuerdo; entonces, lo haré. ¿Hay alguna cosa concreta que desees saber? No tienes más que preguntármelo.

—Creo que si siempre sabes lo que siento hacia ti, sería justo que también me dijeras siempre qué sientes tú hacia mí en cualquier momento y cada vez que suceda.

—Mmmm… —Po la miró de reojo—. No es una idea que me entusiasme.

—A mí tampoco me entusiasma que sepas lo que siento, pero no puedo evitarlo.

—Mmmm… —Po repitió la expresión y se rascó la cabeza—. Supongo que, en teoría, sería justo.

—Lo sería.

—Está bien, veamos: te compadezco por haber tenido que alejarte de Raffin, pero creo que has sido muy valiente al desafiar a Randa y no obedecerlo en el asunto de ese noble, Ellis (no sé si yo habría sido capaz de actuar del mismo modo); creo que posees más energía que cualquier otra persona que conozco, aunque me pregunto si no eres un tanto dura con tu caballo; me he sorprendido pensando por qué no has querido casarte con Giddon y si se debía a que querías unirte a Raffin y, de ser así, si estarías mucho más triste por separarte de tu primo de lo que yo había percibido; me complace mucho que hayas decidido venir conmigo; me gustaría ver cómo te defiendes de verdad, luchando a muerte con alguien, porque sería digno de presenciar; creo que a mi madre le caerías bien y, por supuesto, mis hermanos te adorarían; también creo que eres la persona más guerrera que conozco, y me preocupa realmente tu caballo.

Guardó silencio, partió un trozo de pan y se lo comió. Ella lo miraba atónita.

—De momento, eso es todo —dijo Po.

—Es imposible que hayas pensado todas esas cosas en un momento.

Entonces él rompió a reír y aquel sonido la reconfortó, aunque luchó contra los destellos dorados y plateados de los ojos del lenita. Y perdió.

—Ahora me estoy preguntando —dijo él en voz baja—, cómo no te has dado cuenta de que tus ojos me atrapan igual que te ocurre a ti con los míos. No sé explicarlo, Katsa, pero no tendrías que sentirte azorada por esa circunstancia, porque a los dos nos aqueja la misma… bobada.

Katsa notó que enrojecía y se sintió más abochornada todavía, no sólo por los ojos de Po, sino también por sus palabras. Pero sintió alivio a la vez, porque si él asimismo era tonto, su propia estupidez le molestaba menos.

—Tenía la impresión de que a lo mejor lo hacías a propósito... —dijo ella—. Mirarme así, me refiero. Pensé que quizás era parte de tu gracia atraparme con la mirada para leerme la mente.

—No lo es. Es absoluto.

—La mayoría de la gente no me mira a los ojos. A casi todo el mundo le dan miedo.

—Sí, es cierto. La gente tampoco aguanta mucho rato mirándome a la cara; apartan la vista enseguida. Tengo los ojos demasiado raros.

Entonces Katsa se los observó con detenimiento, como no había tenido valor de hacerlo hasta ese momento, y comentó:

—Son como luces; no parecen muy naturales.

—Mi madre me contó que cuando abrí los ojos el día en que me cambiaron de color, se llevó tal sobresalto que casi me dejó caer al suelo.

—¿De qué color eran antes?

—Los tenía grises, como casi todos los lenitas. Y los tuyos, ¿cómo eran?

—No tengo ni idea. Nadie me lo dijo y no creo que quede alguien a quien preguntárselo.

—Son preciosos —afirmó Po, y ella se sofocó.

A lo mejor se debía a los rayos del sol que, colándose entre las copas de los árboles, caían sobre ellos y los salpicaban con pequeñas pinceladas. Montaron de nuevo a caballo y, de regreso al camino del bosque, Katsa se dio cuenta de que no acababa de sentirse cómoda con él, pero al menos sí notaba que era capaz de mirarlo a la cara sin ese temor de estar rindiéndole el alma entera.

La calzada los condujo hasta los suburbios de Burgo de Murgon; en ese punto se ensanchó y cada vez estuvo más concurrida. Cuando alguien se cruzaba con ellos, se los quedaba mirando de hito en hito. No tardaría, pues, en saberse en todas las posadas y hosterías de la ciudad que dos graceling dotados para luchar viajaban juntos hacia el sur por la calzada de Murgon.

—¿Seguro que no quieres detenerte en el castillo del rey Murgon para hacerle algunas preguntas? Así sería mucho más rápido —sugirió Katsa.

—Tras el «robo», me dejó muy claro que ya no era bienvenido en su corte. Sospecha que sé lo que se llevaron.

—Te tiene miedo.

—Sí. Y es la clase de persona capaz de cometer una estupidez. Si nos presentáramos en su corte, casi con toda seguridad montaría un ataque y tendríamos que herir a alguien. Preferiría evitarlo, ¿no te parece? Si tiene que organizarse una reyerta, que sea en la corte del rey responsable, en lugar de producirse en la del que es un simple cómplice.

—Iremos a la posada, entonces —concluyó Katsa.

—Sí, de acuerdo.

Una vez que dejaron atrás Burgo de Murgon, la calzada del bosque se estrechó de nuevo y se tornó más silenciosa. Se detuvieron antes de que cayera la noche y acamparon a cierta distancia de la calzada, en un pequeño claro alfombrado de musgo, bajo una cubierta de gruesas ramas y con un reguero, apenas un chorrillo de agua, que les gustó a los caballos.

—Esto es todo lo que necesita un hombre —manifestó Po—. Viviría aquí de buena gana. ¿Qué dices tú, Katsa?

—¿Te apetece un poco de carne? Cazaré algo para la cena.

—Eso lo mejoraría todo —contestó él—. Pero en pocos minutos habrá oscurecido. No me gustaría que te extraviaras, y menos en una noche oscura como boca de lobo.

La joven sonrió y cruzó el regato.

—Sólo tardaré unos minutos. Y nunca me pierdo, ni siquiera en la más absoluta oscuridad.

—¿No te vas a llevar el arco, al menos? ¿O es que pretendes estrangular a un alce con las manos?

—Llevo un cuchillo metido en la bota —replicó Katsa, que se preguntó si sería capaz de estrangular a un alce con las manos, sin más. Lo consideraba probable, pero de momento sólo buscaba un conejo o un ave, y el cuchillo serviría como arma. Se deslizó entre los nudosos árboles y se adentró en el silencio de la fronda, cargada de humedad. Sólo había que aguzar el oído, guardar silencio y hacerse invisible.

Cuando regresó al cabo de unos minutos con un conejo grande, gordo y despellejado, Po ya había encendido una lumbre, cuyas llamas irradiaban una luz anaranjada sobre él y los caballos.

—Era lo menos que podía hacer —dijo el lenita con sorna—, y veo que incluso has despellejado a ese bicho. Empiezo a pensar que no tendré muchas responsabilidades mientras viajamos por el bosque.

—¿Acaso te molesta? Por mí, puedes ir a cazar si quieres. A

lo mejor me quedo junto a la lumbre y zurzo tus calcetines y grito en cuanto oiga cualquier ruido raro.

Po sonrió ante tal comentario y le preguntó:

—¿Tratas así a Giddon cuando viajáis juntos? Supongo que le parecerá muy humillante.

—Pobre Po. Tendrás que conformarte con ser capaz de leerme el pensamiento si es que quieres sentirte superior.

—Ya sé que me tomas el pelo —dijo él, divertido—. Y deberías saber que no es fácil lograr que me sienta humillado. No me importa que caces para que coma, o me des una paliza cada vez que luchemos y me protejas cuando nos ataquen. Yo te agradezco que lo hagas.

—Pero no tendré que protegerte nunca si nos atacan, y dudo que necesites que cace tu comida.

—Cierto. Pero lo haces mejor que yo, Katsa, y eso no me humilla. —Echó una rama al fuego—. Me da una lección de humildad, pero no es humillante.

La joven permaneció en silencio mientras la noche se cerraba; observaba cómo goteaba la sangre del trozo de carne que, ensartado en un palo, sostenía encima del fuego y la oía chisporrotear al caer en las llamas. Trató de separar mentalmente la idea de ser humilde de la de ser humillada, y comprendió a qué se refería Po. A ella no se le habría ocurrido hacer esa distinción; por el contrario, el lenita tenía las ideas muy claras, mientras que la mente de Katsa era siempre un tumulto de pensamientos a los que nunca encontraba sentido ni era capaz de controlar. De repente se le ocurrió que Po era más inteligente que ella, infinitamente más listo, y en comparación, ella era muy zafia, una zafia insensible e insensata.

—Katsa. —La joven alzó la vista. Las llamas titilaban en la plata y el oro de los ojos del lenita, y arrancaban destellos de los aros de las orejas. Todo su rostro era luz—. Dime una cosa, ¿a quién se le ocurrió lo del Consejo?

—A mí.

—¿Y quién decide qué misiones debe llevar a cabo?

—Yo, en última instancia.

—¿Quién planea todas esas misiones?

—Yo, junto con Raffin, Oll y los demás.

Po se quedó mirando el trozo de carne que asaba en la lumbre, lo giró y lo sacudió con aire abstraído, de forma que el jugo cayó en las llamas y crepitó. Acto seguido, la miró de nuevo.

—No sé cómo puedes compararnos y llegar a la conclusión de que no eres inteligente ni sensible ni sensata. Me he pasado toda la vida analizando con mucho esfuerzo las emociones de otros y las mías propias, de manera que, si a veces pienso con más claridad que tú, se debe a que lo he practicado desde hace mucho más tiempo. Ésa es la única diferencia entre nosotros. —Centró de nuevo la atención en el trozo de carne, y Katsa se lo quedó mirando, atenta a sus palabras—. ¿Por qué no te acuerdas del Consejo? ¿Por qué no recuerdas que, cuando nos conocimos, acababas de rescatar a mi abuelo por la simple razón de creer que no se merecía haber sido raptado?

Se inclinó sobre la lumbre y echó otro trozo de leña al fuego. Los dos permanecieron sentados en silencio, envueltos en luz y rodeados de oscuridad.

Capítulo 17

Por la mañana, Katsa se despertó antes que su compañero, y siguió el reguero de agua corriente hacia abajo hasta encontrar un lugar donde formaba un remanso algo mayor que un charco, pero sin llegar a ser una poza. Allí se bañó lo mejor que pudo, y aunque la frialdad del aire y del agua la hizo tiritar, también la despejó por completo. Cuando intentó soltarse el cabello y desenredarlo, se topó con el mismo engorro frustrante de siempre: tiró y tiró, pero los dedos no encontraban la forma de deshacer los enredos, así que lo dejó por imposible y volvió a recogérselo. Se secó lo mejor que pudo y se vistió. Cuando regresó al claro, Po se había despertado y se dedicaba a atar bolsas y alforjas.

—¿Me cortarías el cabello si te lo pidiera?

—No estarás pensando en disfrazarte, ¿verdad? —le dijo, sorprendido.

—No, no es por eso. Es que me saca de mis casillas, además de que nunca he querido tenerlo así. Y será mucho más cómodo si me lo corto del todo.

—Mmmm… —Po le examinó la mata de pelo anudada y recogida en la nuca—. Está bastante liado, como un nido de pájaros —comentó. Al notar la mirada feroz de la muchacha, se echó a reír—. Si de verdad quieres que te lo corte, lo haré, pero dudo que te complazca mucho el resultado. ¿Por qué no esperas hasta que lleguemos a la posada y se lo pides a la mujer del posadero, o a una de las mujeres de la ciudad?

—Está bien. Lo soportaré un día más.

Po desapareció por el camino que la joven había utilizado antes, mientras ella enrollaba las mantas y cargaba en los caballos los bultos de ambos.

ϒ

La calzada se estrechó más a medida que avanzaban hacia el sur, y la fronda se hizo más densa y oscura. A pesar de las protestas de Katsa, Po encabezaba la marcha arguyendo que cuando era ella la que marcaba el paso, siempre empezaban a cabalgar a un ritmo razonable, pero al poco rato, indefectiblemente, lo hacían a una velocidad de vértigo. Se había arrogado el derecho de proteger al caballo de Katsa de su amazona.

—Dices que lo haces por el caballo, pero lo que ocurre es que no puedes aguantar mi ritmo —comentó la joven cuando se detuvieron en una ocasión para que los animales bebieran en un arroyo que cruzaba el camino.

—Y lo que tú intentas es picarme, pero no te saldrás con la tuya.

—Por cierto, se me ha ocurrido que no hemos hecho prácticas desde que descubrí tu embuste y accediste a no mentirme más.

—En efecto, no hemos luchado desde que me diste el puñetazo en la mandíbula porque estabas furiosa con Randa.

La joven fue incapaz de reprimir una sonrisa, y añadió:

—De acuerdo, tú encabezas la marcha. Pero ¿qué me dices de las prácticas? ¿No quieres reanudarlas?

—Por supuesto. Quizás esta noche, si aún hay luz cuando acampemos.

Cabalgaron en silencio. Katsa, absorta, divagaba; pero se dijo que, cuando sus pensamientos divagaran hacia cualquier tema relacionado con Po, tendría que ir con cuidado y refrenarse. Si no podía evitar pensar en él, tendría que tratarse de cosas sin importancia; estaba decidida a que él no sacara provecho de las intromisiones en su mente mientras cabalgaban por aquel tranquilo camino del bosque.

Se preguntó hasta qué grado sería la gracia de Po sensible a la intromisión mental. ¿Y si estando concentrado, en pleno proceso de resolver un problema difícil, se le acercara una gran multitud, o aunque se tratara de una sola persona que, al verlo, pensara que tenía los ojos muy raros o le admirara los anillos o deseara comprarle el caballo? ¿Qué ocurría en esos casos? ¿Acaso perdía la concentración cuando los pensamientos de otras personas se le filtraban en la mente? Qué irritante debía de resultarle algo así.

Y entonces se preguntó si podría llamar su atención sin mediar palabra. ¿Lograría transmitirle mentalmente que necesitaba ayuda o deseaba detenerse? Tenía que ser posible; seguro que él sabía si una persona deseaba comunicarse con él, siempre y cuando estuviera dentro de su radio de alcance.

Po cabalgaba delante de Katsa, y ella lo observó: mantenía la espalda erguida y los brazos relajados, con las mangas recogidas hasta el codo, como siempre. Entonces desvió la vista hacia los árboles, luego a las orejas de su caballo, y por último al camino que tenía al frente; despejó, pues, la mente de cualquier pensamiento relacionado con Po y elaboró otras formulaciones:

«Cazaré un ánsar para la cena», «las hojas de los árboles están empezando a cambiar de color», «hace muy buen tiempo, tan fresquito».

Y en éstas, con todo su ímpetu, centró la atención en la parte posterior de la cabeza de Po y gritó mentalmente su nombre. El lenita tiró de las riendas con tanta brusquedad que el caballo relinchó, se tambaleó y casi se sentó en el camino. Faltó poco para que la montura de Katsa tropezara con la otra. Po estaba tan sobresaltado y estupefacto —y tan irritado— que Katsa estalló en carcajadas sin reprimirse.

—Por toda Lenidia bendita ¿qué diablos te pasa? ¿Es que quieres darme un susto de muerte? ¿No te basta con lastimar a tu caballo que también tienes que dañar al mío?

La joven era consciente de que estaba enfadado, pero era incapaz de contener la risa.

—Perdona, Po. Sólo intentaba atraer tu atención.

—Y supongo que ni se te ha ocurrido intentarlo con mesura. Si te dijera que el techo de mi casa necesita una reparación, empezarías por echar abajo el edificio.

—Oh, Po, no te enfades. —Sofocó la risa que le pugnaba por estallar de nuevo—. De verdad, no creía que te sobresaltaría tanto ni que lo conseguiría; no imaginaba que tu gracia lo permitiría.

Tosió y se obligó a adoptar un gesto de fingida contrición que no habría engañado ni al mentalista más incompetente. Pero lo cierto es que no había sido su intención asustarlo tanto, y él debía de notarlo. Al fin se suavizó el duro rictus de la boca del lenita y un atisbo de sonrisa le asomó fugazmente.

—Mírame —dijo sin necesidad, porque la sonrisa ya la había atrapado—. Bien, di mi nombre para tus adentros, como si quisieras atraer mi atención… bajito. Como lo harías si lo pronunciaras.

Katsa esperó un momento antes de pensarlo: *Po*.

—Con eso vale.

—Bien, no ha sido difícil.

—Y habrás notado que no ha afectado al caballo.

—Muy divertido. ¿Podemos practicar mientras cabalgamos?

Durante el resto del día, Katsa lo llamó mentalmente de vez en cuando. En todas las ocasiones, él alzó la mano para indicar que lo había oído, incluso cuando la joven lo susurró. Por ello, decidió dejar de llamarlo al ser evidente que daba resultado; tampoco quería ponerse pesada. Entonces Po se volvió para mirarla y asintió en silencio, y Katsa supo que la había entendido. Cabalgó tras él con los ojos muy abiertos mientras intentaba encontrar sentido al hecho de que hubieran mantenido una especie de conversación sin haber pronunciado palabra.

Acamparon junto a una charca, rodeados de grandes árboles emeridios. Mientras desataban las alforjas de los caballos, Katsa tuvo la seguridad de haber visto un ánsar anadeando entre el carrizo en la otra orilla. Po atisbó y confirmó:

—En efecto, parece un ánsar, y no me importaría cenarme un muslo.

Así pues, Katsa se encaminó hacia allí y se aproximó al ave sin hacer ruido; el ánsar no advirtió su presencia. Katsa decidió ir directamente hacia él y romperle el cuello, como hacían las cocineras en los corrales del castillo. Sin embargo, a pesar de aproximarse con sigilo, el animal la oyó y se puso a parpar al tiempo que corría hacia el agua. La joven fue tras él, y el ave desplegó las grandes alas y echó a volar. Pero Katsa saltó y lo agarró por el cuerpo, en el aire; cayó al fondo de la charca, asombrada por el tamaño del animal, y de repente se encontró forcejeando en el agua con un ánsar enorme que aleteaba, chapoteaba, picaba y pateaba. Pero sólo fueron unos instantes porque ella le apretó el cuello con las manos y se lo partió, antes de que tuviera tiempo de darle un picotazo en alguna parte del cuerpo.

Dio media vuelta para regresar a la orilla y se sorprendió al ver allí a Po, boquiabierto. Ella se puso de pie, y, chorreando agua, sostuvo en alto el enorme ánsar cogido por el cuello para que el lenita lo viera.

—¡Ya lo tengo!

Po no le quitó el ojo de encima un momento más, jadeando, al parecer, a causa de la carrera que había dado al verla desaparecer bajo el agua con el ánsar y la pelea que siguió. Se frotó las sienes.

—¡Katsa, por toda Lenidia bendita! ¿Se puede saber qué haces?

—¿Cómo dices? He cazado un ánsar para cenar los dos.

—¿Por qué no usaste el cuchillo? Estás metida en una charca y completamente empapada.

—Sólo es agua. De cualquier modo, ya iba siendo hora de que me lavara la ropa.

—Katsa…

—Quería comprobar si era capaz de hacerlo —contestó la joven—. ¿Y si en algún viaje me encontrara sin armas y necesitara comer? Conviene saber cómo atrapar un ánsar sin armas.

—De habértelo propuesto, podrías haberte quedado en el lugar de acampada y lanzarle el cuchillo a través de la charca. He visto la puntería que tienes.

—Pero ahora sé que puedo hacer también esto —se limitó a contestar.

—Sal de ahí antes de que pilles un resfriado —dijo Po tendiéndole la mano—. Y dame ese animal; yo lo desplumaré mientras te pones ropa seca.

—Nunca me resfrío. —Katsa vadeó hasta la orilla de la charca.

—Oh, de eso estoy seguro. —Y le cogió el ave—. Por cierto, ¿aún te quedan ganas de pelear? Podríamos practicar mientras tu ánsar se va asando en la lumbre.

Como ahora conocía los verdaderos recursos de Po, era distinto luchar contra él. Comprendió que supondría una pérdida de energía amagar un golpe, y actuar por sorpresa no le reportaría ninguna ventaja por mucha astucia que utilizara. Su única ventaja radicaba en la velocidad y en la ferocidad; sabiéndolo, le resultó muy fácil ajustarse a la nueva estrategia. De modo que no perdió el tiempo en ser creativa, sino que se limitó a golpearlo tan deprisa y tan fuerte como le fue posible. Puede que el lenita supiera hacia dónde dirigiría Katsa la siguiente arremetida, pero tras una andanada de golpes, él era incapaz de aguantar el ritmo de la muchacha, así de sencillo; no conseguía esquivar los impactos con suficiente rapidez ni pararlos. Forcejearon y lucharon mientras la luz menguaba y se acercaba la noche. Po se rendía una y otra vez, y se ponía en pie entre risas y gemidos.

—Ésta es una buena práctica para mí —comentó—, pero no veo qué provecho sacas tú de ello, a no ser que se trate de la satisfacción de golpearme hasta hacerme papilla.

—Tendremos que idear ejercicios nuevos, algo que sea un reto para los dones de ambos.

—Luchemos cuando haya oscurecido. Vas a ver cómo así estamos mucho más igualados.

Era cierto. Al caer la noche, los cubrió un cielo negrísimo, sin luna ni estrellas. Llegó un momento en que Katsa ya no veía y sólo distinguía a Po como una vaga silueta; los golpes que descargaba eran aproximados, pero no certeros. El lenita se dio cuenta de la situación y realizó movimientos con los que confundirla. Entonces fue él quien la alcanzó de lleno con sus golpes.

—¿Con tanta exactitud percibes mis manos y mis pies? —inquirió Katsa haciendo un alto.

—Manos, pies y los veinte dedos al completo. Eres tan corpórea, Katsa... Posees tanta energía física que la percibo de continuo; hay veces que hasta tus emociones parecen tangibles.

—¿Podrías luchar contra alguien con los ojos vendados? —se le ocurrió preguntar sopesando lo que le había dicho.

—No lo he hecho nunca. De hacerlo, habría despertado sospechas, claro. Pero sí, podría, aunque sería más fácil en terreno liso, porque mi percepción del suelo del bosque no es exacta.

Katsa contempló con intensidad la oscura silueta de Po, perfilada contra el cielo más oscuro todavía, y exclamó:

—¡Maravilloso! ¡Es fantástico, y te envidio! Tenemos que luchar de noche más a menudo.

—No protestaré ante esa propuesta; resultará agradable tomar la ofensiva en vez de estar a la defensiva alguna que otra vez.

Lucharon un poco más, hasta que los dos tropezaron en un tronco caído y acabaron en el suelo. Po cayó de espaldas, medio sumergido en la charca, pero se incorporó tosiendo y escupiendo agua, y propuso:

—Me parece que hemos practicado de sobra en la oscuridad. ¿Qué tal si comprobamos cómo va ese ánsar?

El ave chisporroteaba grasa en la lumbre. Katsa lo hurgó con el cuchillo y la carne se desprendió del hueso.

—Está perfecto. Cortaré un muslo para ti. —Alzó la vista justo en el momento en que Po se sacaba la camisa mojada por la cabeza, y se esforzó en no pensar, en dejar vacía la mente, tan vacía como una página en blanco o una noche sin estrellas. El lenita se acercó a la lumbre y se puso en cuclillas; se quitó el agua de los brazos desnudos y la sacudió en las llamas. Katsa se concentró en el ánsar y siguió cortando con cuidado la porción de muslo que le preparaba; todo ello, con el semblante más inexpresivo que imaginarse pueda. También centró sus pensamientos en el frío que hacía esa noche. El ave estaba deliciosa, así que deberían comer todo lo posible, para no desperdiciarla; otro tema en el que fijar la mente.

—Confío en que tengas hambre, porque no querría desperdiciar este animal —le dijo a Po.

—Estoy hambriento.

Por lo visto iba a quedarse así, sin camisa, hasta que se hubiera secado a la lumbre. Entonces le llamó la atención una marca que tenía en el brazo; respiró hondo e imaginó un libro entero con páginas y páginas en blanco. Pero en ese momento atrajo su atención una marca semejante en el otro brazo, y la curiosidad pudo con ella, de modo que entornó los ojos para observar mejor las marcas. No pasaba nada porque mirara; no había nada malo en sentir curiosidad por unas marcas que parecían pintadas en la piel. Eran franjas oscuras y anchas, como si llevara cintas atadas justo donde se entrelazaban los músculos del hombro y los del brazo. Las franjas, una alrededor de cada brazo, estaban decoradas con motivos intrincados que a Katsa le parecieron de varios colores, aunque no se veían bien a la luz de la lumbre.

—Es un adorno lenita —explicó Po—. Como los aros de las orejas.

—Pero ¿qué es? ¿Pintura?

—Es una especie de tinte.

—¿Y no se quita con el agua?

—Bueno, dura muchos años.

Po hurgó en una alforja y sacó una camisa seca. Se la puso por la cabeza, y Katsa pensó en un inmenso paisaje nevado, tras lo cual respiró con alivio. A continuación, le tendió el muslo del ánsar.

—A los lenitas nos gustan los adornos.

—¿Y las mujeres también llevan esas franjas?

—No, sólo los hombres.

—¿También los del pueblo llano?

—Sí.

—Pero nadie las ve —argumentó Katsa—. Los atuendos lenitas no dejan ver la parte alta de los brazos de los hombres, ¿verdad?

—No, no las deja a la vista. Es un adorno que casi nadie ve.

La joven captó un destello divertido en los ojos de Po, que brillaban a la luz de la lumbre.

—¿Qué te hace gracia? ¿Por qué sonríes?

—La intención es que le parezcan atractivos a mi esposa —contestó.

Faltó poco para que Katsa dejara caer el cuchillo a la lumbre.

—¿Tienes esposa?

—¡Cielos, no! ¿Tú crees que si la tuviera no la habría mencionado?

Él rompió a reír, y, soltando un resoplido, Katsa le espetó:

—Yo no sé lo que has creído oportuno mencionar o no mencionar sobre ti, Po.

—Son adornos para que los vea la esposa que algún día tendré.

—¿Con quién te casarás?

—Aún no me veo casado con nadie —contestó, indiferente.

Katsa se desplazó al lado de la lumbre donde él estaba sentado y cortó el otro muslo del ave para ella; regresó a su sitio y se acomodó en el suelo.

—¿No te preocupa tu castillo y tu feudo? Por lo de engendrar herederos, quiero decir.

—No hasta el punto de unirme a una persona a la que no quiera atarme. De momento estoy a gusto sin pareja.

—Te imaginaba una persona más... sociable cuando estuvieras en tu país —comentó ella, sorprendida por la respuesta.

—Cuanto estoy en Lenidia no se me da mal amoldarme a una vida social normal si no me queda más remedio. Pero es pura fachada, Katsa, siempre lo es. Resulta un esfuerzo agotador disimular mi gracia, sobre todo con mi familia. Cuando estoy en la corte de mi padre, hay una parte de mí que se limita a esperar la oportunidad de emprender de nuevo algún viaje, o de regresar a mi castillo, donde me dejan en paz.

Katsa lo entendía a la perfección.

—Supongo que si te casas será con una mujer que sea lo bastante de fiar para que conozca tu verdadera gracia.

—¡Sí, claro! —exclamó Po soltando una risotada—. La mujer con quien me despose tendrá que reunir unos requisitos bastante difíciles de cumplir. —Arrojó el hueso del muslo a las llamas, cortó otro trozo de carne del ánsar y lo sopló para que se enfriara—. ¿Y qué me dices de ti, Katsa? Seguro que le has roto el corazón a Giddon con tu marcha, ¿no es así?

—Giddon... —El mero hecho de oír aquel nombre le causaba ansiedad—. ¿De verdad no ves por qué no querría casarme con él?

—Veo mil razones para que no quisieras hacerlo, pero no sé cuál es la que a ti te parece más importante.

—Aun en el caso de que quisiera contraer matrimonio, no sería con Giddon. Pero no me casaré con nadie. Me sorprende que no te haya llegado ese rumor, porque has pasado bastante tiempo en la corte de Randa.

—Oh, claro que me ha llegado, pero también he oído decir que eres una especie de asesina sin voluntad propia a la que Randa tenía dominada, y ha resultado que ninguna de esas dos cosas son ciertas.

Katsa sonrió entonces y arrojó al fuego el hueso. Uno de los caballos relinchó; un animal pequeño se metió en la charca y el agua se cerró sobre él con un chapoteo, como si se lo tragara. La joven se sintió de repente cómoda y satisfecha; y repleta de buena comida.

—Raffin y yo hablamos una vez de matrimonio —comentó—. Huelga decir que no le entusiasma la idea de casarse con una noble que sólo busque ser rica o ser reina. Y, por supuesto, tiene que desposarse con alguien, en eso no tiene elección. Casarse conmigo habría sido un buen arreglo. Nos llevamos bien y yo no intentaría apartarlo de sus experimentos. Por su parte, él no contaría con que me ocupara de atender a sus invitados ni me privaría de participar en el Consejo.

Imaginó a su primo ante sus libros y redomas. Probablemente, en ese mismo instante, estaría enfrascado en algún experimento, acompañado de Bann. Para cuando Katsa decidiera regresar a la corte, a lo mejor ya estaría casado con alguna gran dama. Casado... Y ella no habría estado allí para intercambiar ideas y opiniones con su primo, como siempre habían hecho.

—Al fin —prosiguió—, lo descartamos por absurdo y nos reímos de la idea. Yo ni siquiera era capaz de planteármelo en serio, porque nunca accedería a ser reina. Y Raffin tendrá que engendrar hijos, a lo que tampoco accedería yo. Tampoco quiero estar tan atada a otra persona, ni siquiera a él. —Contempló las llamas con los ojos entrecerrados y suspiró por su pobre primo, sobre quien recaían responsabilidades tan pesadas—. Espero que se enamore de una mujer que sea una buena reina y una madre feliz. Sería lo mejor para él: una mujer deseosa de tener una caterva de niños.

—¿Te desagradan los niños?

—Nunca me han desagradado los niños que he conocido. Lo que pasa es que no quiero niños; no quiero tener hijos. No sé explicarlo.

En ese momento recordó a Giddon, quien le había asegurado que cambiaría de idea respecto a ese tema. Como si él supiera lo que sentía, o tuviera la menor idea de lo que anhelaba. Echó el hueso a las brasas y se sirvió otra porción de carne. Notando que Po la miraba, alzó la vista, ceñuda.

—¿Por qué me miras así? —preguntó él—. Que yo sepa, no estás enfadada conmigo.

—Es que pensaba que a Giddon le habría parecido una esposa muy irritante —replicó Katsa sonriendo—. Me gustaría saber si comprendería que yo plantara un macizo de hierba doncella en los jardines, o quizá le habría parecido encantadoramente hogareña.

—¿Qué es la hierba doncella? —preguntó Po, perplejo.

—Tal vez le dais otro nombre en Lenidia, pero es una planta con florecillas de color púrpura. Dicen que si una mujer come las hojas, no se queda embarazada.

Se envolvieron en las mantas y se acostaron frente a las brasas de la lumbre. Po dio un tremendo bostezo, pero Katsa no estaba cansada. Se le ocurrió una pregunta, aunque si ya se había quedado dormido, no lo despertaría.

—¿Qué es, Katsa? Estoy despierto.

La joven no sabía si conseguiría acostumbrase a eso, pero pese a ello, le dijo:

—Me preguntaba si al llamarte mentalmente cuando estás durmiendo, te despertaría.

—Pues no lo sé. No percibo cosas cuando duermo, pero si estoy en peligro o si se acerca alguien, siempre me despierto. Puedes intentarlo —volvió a bostezar— si no hay más remedio.

—Lo intentaré otra noche cuando estés menos cansado.

—¿Tú nunca te cansas, Katsa?

—Pues claro que sí. —Pero no logró acordarse de un ejemplo concreto.

—¿Conoces la historia del rey Leck de Monmar?

—Ignoraba que la hubiera.

—Es un relato de hace mucho tiempo y deberías saberlo si vas a ir a su reino. Te lo contaré y quizás así te entre sueño.

Se giró y se tumbó boca arriba. Por su parte, Katsa estaba tumbada de lado y observó el perfil del hombre en contraste con el tenue brillo de la lumbre casi apagada.

—Los anteriores reyes de Monmar eran personas afables, aunque no muy lúcidas en asuntos de estado —comenzó a explicar Po—. No obstante, contaban con buenos consejeros y eran más compasivos y amables con su pueblo de lo que la mayoría de la gente podría imaginar en la actualidad respecto a unos reyes. Pero existía un contratiempo: no tenían hijos. Y, al contrario de lo que supondría para ti, eso no les convenía. Ansiaban tener un hijo. Para que fuera su heredero, sí, pero también porque deseaban ser padres, como imagino que le ocurre a mucha gente. Ocurrió que un día llegó un joven a su corte, un muchacho de unos trece años —apuesto y de aspecto inteligente—, que llevaba un parche sobre un ojo porque lo había perdido de más joven. No dijo de dónde venía, ni quiénes eran sus padres, ni cómo había perdido el ojo. Simplemente, llegó a la corte mendigando y relataba historias a cambio de algo de comida y de dinero.

»Los criados lo acogieron porque contaba historias maravillosas, relatos extraños acerca de un lugar más allá de los siete reinos, donde los monstruos surgían del mar y del aire, los ejércitos salían en tromba de agujeros en las montañas y la gente era diferente de cualquier tipo de persona que conocemos. Al fin, el rey y la reina supieron de él y ordenaron que compareciera en la corte para que relatara sus narraciones. Desde el primer día se quedaron prendados del muchacho, a quien compadecían por su pobreza, por su soledad y por el ojo que había perdido. A partir de entonces, los reyes lo invitaban a comer, preguntaban por él cuando regresaban de algún viaje largo, o lo hacían llamar a sus aposentos por las tardes. Le dieron el mismo trato que a cualquier joven de la nobleza; lo educaron y le enseñaron a luchar y a cabalgar. Lo trataron casi como si fuera su propio hijo, y cuando el chico cumplió los dieciséis años, como los reyes seguían sin tener descendencia, el monarca hizo algo extraordinario: lo nombró su heredero.

—¿Aunque no sabían nada sobre su pasado?

—Exacto, ni más ni menos. Y aquí es donde la historia se pone realmente interesante, Katsa, porque no hacía ni una semana que el rey lo había nombrado heredero cuando él y su esposa murieron aquejados de una repentina enfermedad. Además, los dos consejeros de mayor confianza cayeron en un estado de desesperación tal que se arrojaron al río. O eso se dice. Que yo sepa, no hubo testigos.

Katsa se incorporó apoyándose en el codo y lo observó con gran detenimiento.

—¿Te parece extraño? —preguntó Po—. A mí me lo ha

parecido siempre. Sin embargo, el pueblo de Monmar nunca se cuestionó aquellos hechos y todos los miembros de mi familia que han conocido a Leck me dicen que soy un necio por recelar. Aseguran que ese rey es absolutamente encantador, inclusive el parche del ojo. La gente dice que lloró muchísimo a los reyes y que es imposible que tenga algo que ver con su muerte.

—Nunca había oído esta historia. Ni siquiera sabía que a Leck le faltaba un ojo. ¿Tú lo conoces?

—No —repuso Po—. Pero siempre he tenido la impresión de que no me fascinaría, como les ha pasado a otros, a pesar de su gran reputación de ser benevolente con los niños y los desvalidos. —Bostezó y se giró de costado—. Bueno, si las cosas marchan como espero, supongo que no tardaremos en saber si simpatizamos con él o no. Buenas noches, Katsa. Es posible que mañana lleguemos a la posada.

Ella cerró los ojos y percibió que la respiración de Po se tornaba regular y acompasada. Pensó en lo que le había contado. No resultaba fácil conciliar la buena fama del rey Leck con esa historia. Pero quizás era inocente; quizás había una explicación lógica.

Reflexionó entonces sobre qué recibimiento les darían en la posada, y si tendrían la suerte de encontrarse con quienquiera que les proporcionara la información que buscaban. Después estuvo escuchando los sonidos de la charca y el susurro que la brisa provocaba en la hierba.

Cuando creyó que Po se había dormido, pronunció su nombre en voz baja. Él no se movió. Entonces pensó el nombre del lenita una vez, con suavidad, como un susurro en la mente. En esta ocasión tampoco hizo movimiento alguno y no se le alteró la respiración.

Estaba dormido. Katsa exhaló muy despacio.

Era la tonta más grande de los siete reinos.

Si había luchado con él casi a diario, si conocía cada parte de su cuerpo, si se le sentaba encima del estómago y forcejeaba con él en el suelo, y si, seguramente, sabría identificarlo por el modo como la ceñía con más rapidez de lo que cualquier mujer sería capaz de reconocer el abrazo de su esposo, ¿por qué se azoraba tanto al verle los brazos o los hombros? Había visto miles de hombres sin camisa en la sala de prácticas, o cuando viajaba con Giddon y Oll; por otra parte, Raffin y ella estaban tan acostumbrados el uno al otro que su primo se desnudaba prácticamente delante de ella. En cambio, con Po era diferente; le sucedía lo mismo que con los ojos: a menos que estuvieran peleando, el cuerpo del lenita ejercía sobre ella el mismo efecto que sus pupilas.

Al sufrir un cambio la respiración de Po, Katsa se esforzó en no pensar y se quedó escuchando, hasta que el ritmo recuperó la regularidad de nuevo.

No iba a resultar fácil la convivencia con el lenita. Nada era fácil con él. Pero era su amigo y por eso viajarían juntos. Lo ayudaría a descubrir al secuestrador de su abuelo y, por supuesto, procuraría no tirarlo otra vez a una charca.

Había que dormir. Se volvió de espaldas a Po y deseó desconectar la mente y entregarse al sueño.

Capítulo 18

La posada se encontraba en un edificio grande y alto construido con maderos macizos. Cuanto más al sur se viajaba en dirección a Meridia, más recia y densa se veía la madera de los árboles y, por consiguiente, más resistentes e imponentes eran las casas y posadas. Katsa no había estado mucho tiempo en Meridia central; su tío la había enviado allí dos o tres veces nada más. Sin embargo, siempre le habían gustado las agrestes frondas y las sencillas y sólidas poblaciones, situadas demasiado lejos de las fronteras para verse envueltas en las majaderías de los reyes. Las paredes de aquella posada eran resistentes como los muros de un castillo, aunque más oscuras y cálidas.

Se sentaron a una mesa en una sala repleta de hombres instalados en otras mesas, unos muebles pesados y oscuros fabricados con la misma madera que la de las paredes. Era esa hora del día en que hombres de la villa y viajeros por igual entraban a montones en el gran comedor de la posada para conversar y bromear, mientras se tomaban una copa de alguna bebida fuerte. Ya había quedado atrás el instante de silencio que se adueñó de la sala cuando Po y Katsa entraron. Los hombres volvían a ser ruidosos y joviales, y si miraban a hurtadillas a la realeza graceling por encima del borde del vaso o girándose en la silla, al menos no lo hacían con descaro.

Po se recostó en el respaldo y revisó la estancia con aparente abandono; bebía una jarra de sidra mientras pasaba el dedo sobre el círculo húmedo que había dejado en la mesa el pie del recipiente. Apoyó el codo en la mesa, descansó la cabeza en la mano y bostezó. Katsa pensó que daba la impresión de que sólo necesitaba que lo arrullaran un poco para quedarse dormido. Una buena actuación.

En ese momento Po le lanzó una rápida mirada y hubo un asomo de sonrisa; acto seguido, le dijo en voz baja:

—Creo que no nos quedaremos mucho en este establecimiento, porque en la sala hay hombres que ya están interesados en nosotros.

Po le había comunicado al posadero que ofrecerían dinero por cualquier información relacionada con el secuestro del príncipe Tealiff. Había hombres —en especial los emeridios si los súbditos eran como su monarca— que harían casi cualquier cosa por dinero. Cambiarían lealtades: revelarían secretos que habían prometido no desvelar y también se inventarían cosas, pero eso daba igual; para Po, una mentira podía descubrirle tanto como una verdad.

Katsa bebía a sorbitos al tiempo que recorría con la vista el mar de rostros masculinos. Los atavíos de los mercaderes destacaban de entre los apagados marrones y ocres de la gente de la villa. Ella era la única mujer que había en la sala, a excepción de una camarera agobiada —hija del posadero—, que se afanaba entre las mesas con una bandeja llena de copas y jarras. Era baja, morena y bonita, y un poco más joven que Katsa; no miraba a nadie mientras trabajaba ni tampoco sonreía, excepto a alguno que otro lugareño lo bastante mayor para ser su padre. Había servido las bebidas a Po y a Katsa en silencio y sólo dirigió una rápida y tímida ojeada al príncipe lenita. Casi todos los hombres de la sala la trataban con el debido respeto, pero a Katsa no le gustaban las sonrisas de los mercaderes a los que la chica servía en ese momento.

—¿Qué edad le calculas a esa chica? —preguntó Katsa—. ¿Crees que estará casada?

Po observó la mesa de los mercaderes, bebió un sorbo y repuso:

—Dieciséis o diecisiete, imagino. No está casada.

—¿Por qué lo sabes?

—No, no lo sé; es una suposición.

—Pues no ha sonado como tal.

Impasible, Po continuó consumiendo su bebida. Katsa sabía que no había sido una suposición; y de súbito entendió cómo podía saber una cosa así con tanta certidumbre. Dedicó unos segundos a nutrir su irritación en nombre de todas las chicas que habían sentido admiración por él, sin saber que sus sentimientos ya no eran un asunto privado.

—No tienes remedio —dijo—. No eres mejor que esos mercaderes. Y, además, por el hecho de que la chica tenga ojos para ti no significa…

—Eso no es justo —protestó Po—. No puedo ignorar lo que sé; mi error fue revelártelo. No estoy acostumbrado a viajar con alguien enterado de mi gracia. Lo dije sin pensar lo injusto que sería para ella.

—Ahórrame tus confidencias. Si no está casada, no entiendo por qué su padre permite que sirva a esos hombres. No sé si está a salvo con ellos.

—Su padre se pasa casi todo el tiempo en el mostrador, así que nadie se atrevería a hacerle nada.

—Pero no está siempre, como ahora, por ejemplo. Y porque no la violenten, no quiere decir que la traten con respeto, o que no vayan a buscarla más tarde.

La chica rodeó la mesa de los mercaderes mientras servía sidra en las jarras. Cuando uno de los hombres fue a asirla del brazo, ella retrocedió, y los mercaderes prorrumpieron en carcajadas. El hombre hizo ademán de intentar atraparla y soltarla una y otra vez, tomándole el pelo. Sus amigos rieron más fuerte. Y entonces el hombre que estaba al otro lado de la chica le agarró la muñeca y no la soltó, lo que provocó un grito alborozado de los demás. La muchacha trató de soltarse, pero aquel individuo, sin dejar de reírse, la retuvo. Roja de vergüenza, sin mirar a ninguno de los mercaderes, siguió tirando del brazo; parecía un conejito asustado que hubiera caído en una trampa, y de repente Katsa se puso de pie. Po también se levantó y la sujetó por el brazo.

Durante un instante Katsa reparó en la extraña coincidencia; pero a diferencia de la camarera, ella podía librarse de la mano de Po; y, a diferencia del mercader, el lenita tenía una buena razón para asirla por el brazo. De cualquier modo, no sería necesario que Katsa se librara de él porque no hacía falta. El hecho de haberse levantado de la silla fue suficiente. La sala se sumió en un profundo silencio, el hombre soltó el brazo de la chica y se quedó mirando a Katsa, pálido y boquiabierto de miedo, una reacción tan familiar para la graceling como la percepción de su propio cuerpo. La camarera, que también la miraba de hito en hito, dio un respingo y se llevó la mano al pecho.

—Siéntate, Katsa. —Po habló en voz baja—. Ya ha pasado. Siéntate.

Y así lo hizo. En la sala todos suspiraron aliviados y cesaron de contener el aliento. Poco después, el murmullo de las voces daba paso de nuevo a las charlas y a las risas. Pero Katsa no estaba convencida de que el asunto hubiera acabado. Quizá fuera así entre esa chica y esos mercaderes concretos, pero éstos continuarían su camino y se toparían con otras muchachas. Del mismo modo, un nuevo grupo de mercaderes llegaría al día siguiente a la posada y...

Esa noche, cuando Katsa se disponía a acostarse, dos jovencitas fueron a su habitación para cortarle el pelo.

—¿Es muy tarde, mi señora? —preguntó la mayor, que llevaba unas tijeras y un cepillo.

—No, qué va. Cuanto antes lo lleve corto, mejor. Pasad, por favor.

Eran jóvenes, más que la chica que servía en el comedor. La más pequeña, una chiquilla de unos diez u once años, cargaba con una escoba y un recogedor. Le indicaron a Katsa que se sentara y la rodearon con timidez; hablaban poco, como si no se atrevieran a respirar por hallarse cerca de ella, no porque estuvieran muy asustadas, exactamente, pero casi, casi. La chica mayor le soltó el cabello y le pasó los dedos por los enredos.

—Perdone si le hago daño, mi señora.

—No me lo harás. Y no hace falta que desenredes los nudos; lo quiero corto del todo, cuanto puedas. Como lo llevan los hombres.

Las dos chicas abrieron los ojos de par en par.

—Les he cortado el pelo a muchos hombres —dijo la mayor.

—Pues córtamelo igual que a ellos. Cuanto más corto lo dejes, más contenta estaré —la animó Katsa.

El tijereteo sonó en torno a las orejas de Katsa, que notó una creciente sensación de ligereza en la cabeza. Qué raro le resultaba girar el cuello sin sentir el tirón del pelo ni la pesada mata de cabello enmarañado meciéndosele detrás. La chica más joven sujetaba el recogedor y barría los mechones en el mismo instante en que caían al suelo.

—¿Es hermana vuestra la joven que sirve bebidas en el comedor? —les preguntó Katsa.

—Sí, mi señora.

—¿Cuántos años tiene?

—Dieciséis, mi señora.

—¿Y vosotras?

—Yo tengo catorce y mi hermana once, mi señora.

Katsa miró a la más joven, que barría el cabello con una escoba más grande que ella, y preguntó:

—¿No hay nadie en la posada que os enseñe a las chicas a protegeros? ¿Lleváis un cuchillo?

—Nos protegen nuestro padre y nuestro hermano —respondió la mayor.

Continuaron cortando y barriendo, y el cabello de Katsa siguió cayendo al suelo. Ésta se estremeció ante la sensación desconocida de notar frío en el pescuezo, y se preguntó si otras chicas de Meridia, así como las de los otros reinos, llevarían cuchillos o si todas contaban con que sus padres y hermanos las protegerían de cualquier peligro.

Una llamada la despertó, y Katsa se sentó en la cama. El ruido procedía de la puerta medianera que comunicaba su cuarto con el de Po. No hacía mucho que se había quedado dormida y sólo era medianoche; por la ventana se colaba suficiente luz de luna para ver si no era Po quien había llamado, sino algún enemigo, y en ese caso dejarlo inconsciente de un golpe. Todas esas ideas le pasaron por la cabeza al mismo tiempo que se incorporaba en la cama.

—Katsa, soy yo —le llegó la voz de Po a través del ojo de la cerradura—. Es una cerradura doble, así que tienes que abrir también desde tu habitación.

Saltó de la cama. ¿Dónde estaría la llave?

—La mía estaba colgada al lado de la puerta —dijo él un instante después, y Katsa lanzó una mirada irritada en dirección hacia él.

»Supuse que buscabas la llave, no es que me lo haya revelado mi gracia. No hay razón para que te pongas de mal humor por eso.

Katsa tanteó la pared y topó con la llave.

—¿No te pone nervioso vocear así? Podría oírte alguien y estarías dando a conocer tu preciada gracia a toda una legión de amantes que estuvieran en mi cuarto.

La risa de Po sonó amortiguada al otro lado de la puerta.

—Si hubiera alguien que me estuviera oyendo, lo sabría. Y si estuvieras acompañada por una legión de amantes, también lo sabría. Katsa… ¿Te has cortado el cabello?

—Maravilloso —resopló la joven—. Realmente maravilloso. Como si no fuera bastante no tener intimidad, resulta que percibes incluso mi cabello. —Giró la llave en la cerradura y abrió la puerta de golpe. Po se enderezó; llevaba una vela en la mano.

—¡Por todos los mares! —exclamó, y alzó la vela para que la luz le diera de lleno en la cara.

—¿Qué quieres, Po?

—Esa chica lo ha hecho mucho mejor que yo.

—Me vuelvo a la cama —dijo Katsa intentando cerrar de nuevo la puerta.

—Está bien, está bien. Escucha, creo que esos hombres, los mercaderes —los emeridios que molestaron a la chica del comedor—, tienen intención de venir esta noche a hablar con nosotros.

—¿Cómo lo sabes?

—Sus habitaciones están debajo de las nuestras...

Ella meneó la cabeza con incredulidad y comentó:

—Nadie tiene intimidad en esta posada.

—Mi percepción de esos hombres es muy débil, Katsa. No percibo a todo el mundo hasta las puntas del cabello, como me pasa contigo.

—Pues qué gran honor para mí... ¿Y van a venir en plena noche?

—Sí.

—¿Tienen información?

—Eso creo.

—¿Confías en ellos?

—No mucho. Creo que vendrán enseguida, Katsa. Cuando lleguen, llamaré a tu puerta del pasillo.

—De acuerdo. Estaré preparada.

Se retiró de la puerta y la cerró. A continuación encendió una vela, se lavó la cara y se preparó para la visita nocturna de los mercaderes.

Eran seis los hombres que le habían gastado bromas a la camarera. Y cuando Po volvió a llamar a la puerta de Katsa —la que daba al pasillo—, y ella la abrió, se encontró de nariz a boca con los seis individuos, acompañados por el príncipe lenita; cada uno de ellos portaba una vela encendida que les arrojaba una tenue luz sobre los barbudos rostros. Todos eran altos, de espaldas anchas, inmensos si los comparaba con ella, e incluso el menos corpulento era más alto y más fornido que Po. Menuda pandilla de matones. Fue tras ellos hasta la habitación del príncipe lenita.

—Alteza, señora, veo que están alertas y vestidos —dijo el mercader más grandote, mientras entraban en el cuarto de Po. Aquél era el que había intentado asir a la chica por el brazo en primer lugar, y bromeó con ella.

A Katsa no le pasó inadvertido el tono de mofa empleado por el hombre al pronunciar sus títulos; sentía tan poco respeto por ellos como a la inversa. El otro que agarró a la chica por la muñeca estaba a su lado; por lo visto esos dos eran los que llevaban la voz cantante en el grupo. Se hallaban juntos en el centro de la habitación, frente a Po, mientras que los otros cuatro se quedaron relegados en un segundo plano.

Los seis individuos se habían situado bien desplegados. Katsa se desplazó hacia la puerta lateral que conducía a su habitación y se apoyó en ella, cruzada de brazos. Desde allí estaba a varios pasos de distancia de Po y de los dos cabecillas, además de ver con claridad a los otros cuatro tipos. Había tomado más precauciones de las necesarias, pero tampoco estaba de más que todos se dieran cuenta de que los vigilaba.

—Llevamos recibiendo visitas todo lo que va de noche —mintió Po con facilidad—. Ustedes no son los únicos viajeros de la posada que tienen información sobre mi abuelo.

—Tenga cuidado con los demás, alteza —dijo el más corpulento—. Los hombres mienten por dinero.

—Gracias por advertirme. —Po se recostó en la mesa que

tenía detrás, con los hombros echados hacia delante y las manos metidas en los bolsillos. Katsa reprimió una sonrisa; le encantaba esa indolencia arrogante de su amigo.

—¿Qué información tienen para nosotros? —preguntó él.

—¿Cuánto pagará? —preguntó a su vez el hombre.

—Pagaré en consonancia con lo que valga la información.

—Somos seis.

—Se lo pagaré en monedas divisibles por seis, si es eso lo que desean.

—Lo que quiero decir, príncipe, es que no merece la pena perder el tiempo divulgando información si no nos compensa con una suma suficiente para seis.

Po eligió ese momento para bostezar, y cuando replicó al mercader, lo hizo con voz tranquila, incluso amistosa:

—No tengo intención de regatear sobre el precio porque todavía desconozco el alcance de su información. Serán justamente recompensados. Si eso no les satisface, pueden marcharse cuando gusten, con toda libertad.

El tipo se balanceó sobre los talones un momento y miró de reojo a su compañero. Éste asintió con la cabeza, y el hombre carraspeó y masculló:

—De acuerdo. Tenemos información que vincula el secuestro con el rey Birn de Oestia.

—¡Qué interesante! —exclamó Po, y la farsa comenzó. El lenita hizo todas las preguntas que cualquiera haría si llevara a cabo un interrogatorio en serio. Por ejemplo, cuál era su fuente de información y si era de fiar; quién le había hablado de Birn y cuál era el motivo del secuestro, y si Birn había recibido ayuda de otros reinos. También inquirió si su abuelo, Tealiff, se encontraba en las mazmorras de Birn y qué vigilancia había en éstas—. Bien, señora —dijo Po tras echar una ojeada a Katsa—. Habrá que mandar aviso enseguida para que mis hermanos sepan que han de hacer averiguaciones sobre las mazmorras de Birn de Oestia.

—¿No van a viajar ustedes allí? —El hombre estaba sorprendido. Y decepcionado, probablemente, por no conseguir enviarlos a una misión infructuosa.

—Vamos al sur y después, al este —contestó Po—. A Monmar, a ver al rey Leck.

—Leck no tuvo nada que ver con el secuestro —afirmó el hombre.

—No he dicho lo contrario.

—Leck es inocente. Malgasta usted tiempo y energías buscando en Monmar, porque su abuelo está en Oestia.

Po bostezó de nuevo. Cambió de postura y se apoyó otra vez en la mesa, cruzado de brazos, antes de mirar con sosiego al hombre.

—No vamos a Monmar a buscar a mi abuelo —puntualizó—. Es una visita de cortesía. La hermana de mi padre es la reina de Monmar, a quien el secuestro le ha causado una angustia terrible. Queremos ir a visitarla y tal vez transmitamos a esa corte las consoladoras nuevas que acaban de darnos.

Uno de los mercaderes que se encontraban en segundo plano se aclaró la garganta.

—Hay enfermedades allí, en la corte de Monmar —dijo desde su rincón.

Po desvió la vista hacia él, con tranquilidad.

—No me diga.

—Yo tenía familiares al servicio de Leck —gruñó el hombre—. Familia lejana: dos chicas que trabajaban en el refugio del rey, unas primas mías, podría decirse... Bien, pues, murieron hace algunos meses.

—¿A qué se refiere con eso del refugio del rey?

—El refugio para animales de Leck. Rescata animales, alteza, como ya sabréis.

—Sí, claro, pero ignoraba que existiera un refugio.

El hombre parecía disfrutar siendo el centro de la atención de Po. Miró de soslayo a sus compañeros y alzó la barbilla.

—Bueno, alteza, hay centenares de animales, como perros, ardillas y conejos, que sangran por los tajos que tienen en el lomo y en el vientre.

—Tajos en el lomo y en el vientre —repitió despacio Po, que había entrecerrado los ojos.

—Ya sabe, como si hubieran topado contra algo afilado.

—Por supuesto... —Po se lo quedó mirando un momento—. ¿Y no tienen huesos rotos? ¿O alguna enfermedad?

El tipo lo pensó unos instantes antes de replicar:

—No me han llegado rumores de ese estilo, alteza. Tan sólo

he oído hablar de montones de cortes y tajos que tardan en curar muchísimo tiempo. El rey tiene un equipo de críos que lo ayudan a cuidar a los animalillos hasta que se recuperan. Cuentan que está muy entregado a sus bestezuelas.

Po hizo una mueca, y, mirando de soslayo a Katsa, añadió:

—Entiendo. ¿Y sabe de qué enfermedad murieron esas chiquillas?

—Los niños no son muy fuertes —contestó el tipo encogiéndose de hombros.

—Hemos pasado a otro tema —los interrumpió el mercader corpulento—. Accedimos a darle información sobre el secuestro, no sobre eso otro. Tendremos que pedir más dinero para compensar.

—Y, en cualquier caso, me está entrando una enfermedad mortal llamada aburrimiento —agregó su compañero.

—Oh, ¿estás pensando en un pasatiempo más agradable? —preguntó el primero.

—Con otra compañía —dijo el tipo del rincón.

Se echaron a reír los seis por algún chiste que sólo entendían ellos, aunque Katsa tuvo la impresión de saber de qué se trataba.

—Lástima de padres protectores y alcobas cerradas con llave —comentó el otro en voz muy baja a sus amigos, aunque no lo bastante bajo para el aguzado oído de Katsa.

La joven se abalanzó sobre ellos antes de que las risotadas empezaran siquiera.

Po la interceptó con tal rapidez que la muchacha comprendió que debía de haberse movido un instante antes que ella.

—Detente —le dijo él en voz queda—. Piensa. Respira hondo.

La impetuosa oleada de ira rompió sobre ella y se deshizo, y Katsa dejó que el cuerpo de Po se interpusiera en su camino hacia el mercader, hacia los dos, hacia los seis al completo, porque esos hombres eran iguales para ella.

—Es usted el único hombre de los siete reinos capaz de tener atada con correa a esta gata montesa —dijo uno de los dos cabecillas. Katsa no supo bien cuál de ellos lo había dicho, porque la distrajo el efecto que las palabras del tipo causaron en el semblante de Po—. Tenemos suerte de que su adiestrador sea tan sensato —continuó el mercader—. Y usted mismo es un hombre muy afortunado; las agresivas proporcionan más diversión si uno sabe controlarlas.

Po la miró sin verla. Sus ojos despedían fuego plateado y dorado, el brazo que la retenía se puso tenso, el puño se apretó, e hizo una inhalación profunda, en apariencia interminable. Katsa se dio cuenta de que estaba furioso y creyó que iba a golpear al hombre que había hablado. Durante una fracción de segundo sintió pánico, porque no sabía si impedírselo o ayudarlo.

Se lo impediría. Tenía que hacerlo porque Po no razonaba en ese momento. Lo asió con fuerza por los antebrazos y pronunció mentalmente su nombre. *Po, detente. Piensa,* le dijo para sus adentros, igual que había hecho él en voz alta. *Piensa.* Po exhaló el aire muy despacio, tan despacio como lo había inhalado; enfocó la vista y la vio.

Después se volvió hacia los dos hombres —ni siquiera importaba cuál de ellos había hablado—, y les ordenó en voz muy baja:

—Fuera de aquí.

—No nos ha pagado…

Po dio un paso hacia ellos, y los hombres, a su vez, retrocedieron otro paso. El príncipe tenía los brazos caídos a los costados en una actitud tranquila y despreocupada que no engañó a ninguno de los que estaban en la habitación.

—¿Tienen la más remota idea de con quién están hablando? —les espetó—. ¿Creen que van a recibir una sola moneda de mi bolsa cuando han osado hablarnos de ese modo? Tienen suerte de que los deje marchar sin romperles los dientes.

—¿Estás seguro de que no deberíamos hacerlo? —abundó Katsa mientras miraba a los ojos a un hombre tras otro—. Me gustaría hacer algo que les quitara de la cabeza la idea de tocar a la hija del posadero.

—No lo haremos —jadeó uno de los mercaderes—. No tocaremos a nadie, lo juro.

—Si lo hacen, lo lamentarán —advirtió Katsa—. Lo lamentarán el resto de su breve y miserable vida.

—No lo haremos, mi señora. No lo haremos. —Recularon hasta la puerta, pálidos, borradas las muecas burlonas de antes—. Era una broma, mi señora, lo juro.

—Fuera de aquí —repitió Po—. Consideren como pago que no morirán por insultarnos.

Los hombres se empujaron unos a otros en su afán por salir de la habitación. Po cerró tras ellos de un portazo y después apoyó la espalda en la hoja de madera y fue deslizándose hasta sentarse en el suelo. Se frotó la cara y suspiró muy hondo.

Katsa tomó una vela de la mesa y se puso en cuclillas delante de él. Intentó calibrar el cansancio y la ira del hombre por la inclinación de la cabeza y la tensión de los hombros. Él se retiró las manos de la cara y apoyó la cabeza en la puerta; entonces observó el semblante de Katsa un momento.

—De verdad pensé que ibas a hacer daño a ese hombre, mucho daño.

—No te creía capaz de ponerte tan furioso.

—Pues por lo visto, lo soy.

—Po, ¿cómo supiste que intentaba atacarlos? —cuestionó, como si se le acabara de ocurrir—. Mi intención era ir hacia ellos, no hacia ti.

—Sí, pero percibí que tu energía experimentaba un aumento repentino, y te conozco lo suficiente para deducir que era más que probable que le atizaras un golpe a alguien. —Esbozó una sonrisa desganada—. Algo que no se te puede reprochar es que tu comportamiento sea inconsecuente.

La joven soltó un resoplido y se sentó en el suelo cruzada de piernas, frente a él.

—¿Vas a decirme lo que has descubierto con esos hombres?

—Sí, claro. —Po cerró los ojos—. Lo que he descubierto... Verás, aparte de lo que comentó el tipo del rincón, casi nada de lo que dijeron era cierto. No era más que un juego, un engaño para sacarnos dinero por una información falsa; su forma de tomarse la revancha por el incidente en el comedor.

—Son mezquinos —opinó Katsa.

—Mucho, pero nos han ayudado, a pesar de todo. Se trata de Leck, Katsa, estoy seguro. El hombre mintió cuando dijo que Leck no era el responsable. Y no obstante... No obstante, percibí un detalle muy extraño al que no le encuentro sentido. —Negó con la cabeza y se ensimismó mirándose las manos, pensativo—. Es algo muy raro, Katsa. Noté que surgía en ellos una extraña... postura protectora.

—¿Qué quieres decir?

—Que era como si creyeran de verdad en la inocencia de Leck y quisieran salir en su defensa.

—Pero acabas de decir que es culpable.

—Lo es, y esos hombres lo saben, pero también le creen inocente.

—Eso no tiene ningún sentido.

—Sí, de acuerdo. Pero estoy seguro de lo que percibí. Te aseguro, Katsa, que cuando ese hombre dijo que Leck no era el responsable del secuestro, mentía. Pero cuando un momento después afirmó: «Leck es inocente», lo decía totalmente en serio. Él creía que decía la verdad. —Po alzó la vista al oscuro techo—. ¿Tendríamos, pues, que llegar a la conclusión de que Leck secuestró a mi abuelo, pero por alguna razón inocente? Eso es sencillamente imposible.

Para Katsa resultaba tan difícil entender lo que Po había descubierto, como los medios que le habían permitido descubrirlo.

—Nada de esto tiene sentido —susurró.

Po salió de su abstracción un instante para centrar la atención en la joven.

—Katsa, lo lamento. Esto tiene que haber sido agotador para ti. Puedo detectar muchas cosas en la gente que quiere engañarme, pero que ignora cómo proteger sus pensamientos y sentimientos, ¿sabes?

Katsa creía entenderlo. Renunció a tratar de encontrarle sentido a la idea de que el rey de Monmar era culpable e inocente a la vez, y se dio cuenta de que Po se sumía de nuevo en sus reflexiones, fija la mirada en las manos. Los mercaderes no habían sabido salvaguardar sus pensamientos ni sus sentimientos. Si lograr tal cosa era factible, ella, al menos, quería aprender a hacerlo. Notó entonces los ojos de Po clavados en ella y comprendió que la observaba.

—Hay cosas que consigues guardar para que no las perciba —comentó él. La joven se sobresaltó y acto seguido se centró en el vacío unos instantes—. Es decir, lo has hecho desde que descubriste mi gracia. Me refiero a que he detectado que te lo guardas… Ahora mismo lo estás haciendo y te aseguro que da resultado, porque mi gracia no me muestra nada. Siempre siento alivio cuando te sale bien, Katsa. En serio, no deseo arrebatarte tus secretos. —Se sentó derecho, animado por una idea—. Oye, podrías dejarme inconsciente; no te lo impediría.

—Ni hablar —rio Katsa—. Prometí no golpearte excepto en los ejercicios.

—Pero en este caso es en defensa propia.

—No lo es.

—Lo es —insistió Po con una vehemencia que hizo reír a Katsa otra vez.

—Prefiero fortalecer mi mente contra ti que dejarte sin sentido cada vez que pienso algo que no quiero que sepas.

—Sí, bien, yo también lo preferiría, de verdad, pero te doy permiso para dejarme fuera de combate si en alguna ocasión lo crees necesario.

—Ojalá no me lo dieras. Ya sabes lo impulsiva que soy.

—No me importa.

—Si me das permiso, probablemente lo haré, Po. Probablemente…

Él alzó la mano para interrumpirla.

—Es un modo de compensarte. Cuando luchamos, tú reprimes tu gracia, así que tienes derecho a defenderte.

A la joven no le gustaba, pero no podía negar que había un punto de lógica en el razonamiento de Po, ni podía pasar por alto su disposición, su bendita disposición, para renunciar a su gracia por ella.

—Vas a tener siempre dolor de cabeza —le previno.

—Tal vez Raffin incluyó su remedio para la migraña con las otras medicinas. Me gustaría cambiarme el pelo, ya que tú te lo has cortado. ¿No crees que el azul me sentaría bien?

Katsa rio de nuevo y se juró para sus adentros que no lo golpearía; y no lo haría, a menos que estuviera muy desesperada. En ese momento la vela que tenían en el suelo junto a ellos titiló y se apagó; se habían salido por completo del hilo de la conversación. Lo más probable era que al día siguiente, muy temprano por la mañana, emprendieran viaje hacia Monmar. La noche estaba avanzada y todo el mundo dormía en la posada. En cambio, allí estaban ellos, sentados en el suelo y riendo en medio de la oscuridad.

—Entonces, ¿salimos mañana hacia Monmar? —preguntó Katsa—. Nos quedaremos dormidos encima de los caballos.

—A mí seguro que me ocurre eso. Pero tú seguirás cabalgando, como si hubieses dormido varios días seguidos, o como si fuera una carrera para ver cuál de los dos llega primero a Monmar.

—¿Qué encontraremos cuando lleguemos allí, Po? ¿Tal vez un monarca que es inocente de actos de los que es culpable?

—Siempre me ha parecido raro que mis padres no sospecharan de Leck a pesar de conocer su historia. Y ahora, parece que esos hombres creen que es inocente del secuestro a pesar de saber que no lo es.

—¿Y no es posible que sea tan bueno en todo lo demás, que la gente le perdona las malas acciones o incluso ni las quiere reconocer?

Po se quedó unos segundos callado, y luego murmuró:

—Me había planteado… Se me ocurrió no hace mucho que… Que podría ser un graceling y poseer un don que cambiara la opinión que la gente tiene de él. ¿Existirá ese tipo de gracia? La verdad es que lo ignoro.

A ella ni siquiera se le había pasado por la cabeza, pero cabía la posibilidad de que estuviera tocado por la gracia. Faltándole un ojo, podría ser un graceling y nadie lo sabría jamás. Nadie lo sospecharía siquiera, pues ¿quién iba a recelar que tuviera una gracia si ese don, precisamente, controlaba la suspicacia?

—Podía poseer el don de engañar a la gente, de confundir a los demás con mentiras, unas mentiras que se propagaran de un reino a otro —sugirió Po—. Imagínate, Katsa… La gente difundiendo esos embustes con sus propios labios y transmitiéndolas a oídos crédulos; embustes absurdos que borran la lógica y la verdad, hasta llegar incluso a Lenidia. ¿Te imaginas el poder de una persona que poseyera semejante gracia? Tendría a su alcance crear la clase de reputación que quisiera para sí mismo; se apoderaría de cuanto deseara y nadie lo responsabilizaría nunca.

Katsa pensó en el chico que fue nombrado heredero y, poco después, el rey y la reina morían; pensó también en los consejeros que, teóricamente, se habían arrojado juntos al río, y en todo un reino de súbditos dolientes. Y en ningún momento se le ocurrió a nadie dudar de aquel chico que no tenía familia, ni pasado, ni sangre monmarda en las venas, pero que se había convertido en su rey.

—¿Y qué me dices de su bondad con los animales? —se apresuró a preguntar Katsa—. Ese hombre habló de animales a los que cura.

—Sí, eso es otra cuestión —dijo Po—. El mercader creía de verdad en la filantropía de Leck, pero ¿acaso soy yo el único a quien le resulta un poco extraño que en Monmar haya que rescatar tantos perros, ardillas y otros animales heridos con tajos y cortes? ¿Es que los árboles y las piedras son de cristal?

—Pero es un buen hombre si se ocupa de ellos.

Po observó a Katsa de un modo extraño, y le espetó:

—Lo estás defendiendo también en contra de lo que te dicta la lógica, igual que mis padres e igual que esos mercaderes. Tiene cientos de animales con cortes extraños que no se curan, Katsa, y niños a su servicio que mueren de enfermedades misteriosas, y tú no sientes el menor recelo.

Katsa comprendió que tenía razón; y la cruda verdad, con todo su horror escalofriante, se le abrió paso en la mente poco a poco. Y comenzó a asumir la noción de un poder que se extendía como un mal presentimiento, como una infección que se adueñaba de todas las mentes con las que entraba en contacto.

¿Qué gracia podía ser más peligrosa que la que nublaba la vista con un velo de falsedad?

La joven se estremeció al pensar que dentro de poco se hallaría en presencia de ese rey. No se le ocurría qué defensa utilizaría contra un hombre capaz de embaucarla y convencerla de su inocencia y su buena reputación.

Entonces recorrió con la mirada la silueta de Po, oscura en contraste con la negrura de la puerta. Lo único que se vislumbraba era la camisa blanca, un gris luminoso en la oscuridad, y de súbito deseó verlo mejor. Po se levantó y tiró de ella para alzarla del suelo; la condujo hasta la ventana y la miró a la cara. La luz de la luna arrancó un destello argénteo en el ojo plateado y otro dorado en el aro de la oreja. Katsa no comprendía por qué había sentido tal ansiedad, ni por qué los rasgos de la nariz y de la boca del lenita o la preocupación que transmitían sus ojos podían confortarla.

—¿Qué ocurre? —preguntó Po—. ¿Qué te preocupa?

—Si Leck tiene esa gracia, como sospechas… —insinuó ella.

—¿Qué?

—¿Cómo voy a protegerme de él?

Po la observó intensamente unos segundos, muy serio, y replicó:

—Bueno, creo que eso será fácil. Mi gracia me protegerá de él y yo te protegeré a ti. Estarás a salvo conmigo, Katsa.

Ya acostada en la cama, a pesar del torbellino de pensamientos que se le agitaban en la mente, Katsa hizo un esfuerzo por dormirse. En un instante el huracán se calmó, y la joven se durmió, arropada con una manta de calma.

Capítulo 19

Había dos formas de llegar a Burgo de Leck desde la posada, o desde cualquier punto de Meridia. Una de ellas era viajar hacia el sur hasta uno de los puertos emeridios y navegar rumbo sudeste, hasta Porto Mon, la ciudad portuaria más oriental del reino monmardo. Desde allí, partía una calzada en dirección norte que llevaba a la capital a través de las planicies que se extendían al pie de los picos más altos de Monmar. Era una ruta muy transitada por mercaderes que transportaban sus productos, y en casi todos los grupos había mujeres, niños y ancianos.

El otro camino era más corto, aunque también más dificultoso. Conducía hacia el sur, a través de un bosque emeridio que cada vez se hacía más espeso y selvático, y ascendía al encuentro de las montañas que formaban la frontera de Monmar con Meridia y Elestia. Pero como el camino se volvía demasiado rocoso y abrupto para los caballos, quienes cruzaban el desfiladero lo hacían a pie. Había una posada a cada lado de dicho desfiladero, donde los hospederos compraban o guardaban los caballos de los que se dirigían a la cordillera, y los vendían o se los devolvían a los viajeros que regresaban de allí. Ésa era la ruta que Katsa y Po tomarían.

Burgo de Leck se encontraba a un día de camino tras cruzar el desfiladero, o un poco menos si se adquirían monturas nuevas. El camino hacia el burgo serpenteaba por entre valles exuberantes, gracias a las aguas que bajaban desde las cumbres. Po le explicó a Katsa que aquel paisaje, a base de ríos y arroyos, era similar al que había tierra adentro en Lenidia, a juzgar por lo que les había contado la reina monmarda por carta. Eso lo convertía en un paisaje en nada parecido a los que Katsa conocía.

Mientras cabalgaban, la joven no se contentó con imaginar

las extrañas vistas que habría más adelante, porque cuando se despertó aquella mañana en la posada emeridia, le reapareció el torbellino de pensamientos de la noche anterior.

La gracia de Po lo protegería de Leck, y el lenita la protegería a ella.

Con Po estaría a salvo.

Él lo había dicho con toda naturalidad, como si no tuviera importancia, pero para ella no era baladí depender de otra persona para contar con su protección. Nunca se había encontrado en semejante caso.

Y, además, ¿no le sería más fácil matar a Leck en el acto, antes de que pronunciara ni una palabra o levantara un dedo? ¿No resultaría más práctico amordazarlo e inmovilizarlo, o encontrar algún modo de privarlo por completo de su poder, de mantener el control de la situación, y garantizar así su propia defensa? Porque ella no necesitaba que la ampararan. Tenía que existir una solución, una forma de protegerse de Leck por sí misma si el monarca tenía el poder que sospechaban. Debía discurrir cómo, nada más.

A última hora de la mañana chispeaba, y por la tarde la llovizna dio paso a una lluvia fría, incesante, que caía con ímpetu y no dejaba ver la calzada del bosque. Empapados hasta los huesos, tuvieron que detenerse para tratar de encontrar refugio antes de que cayera la noche. La frondosa maraña de árboles a ambos lados del camino proporcionaba cierta cobertura, de modo que ataron los caballos con ronzal debajo de un pino enorme, que olía a la resina que goteaba de las ramas a causa de la lluvia.

—No creo que encontremos otro sitio mucho más seco que éste —comentó Po—. Encender una lumbre va a ser imposible, pero al menos no dormiremos bajo la lluvia.

—Nunca es imposible encender una lumbre —lo contradijo Katsa—. Lo haré yo, y tú dedícate a buscar algo que cocinar para la cena.

Así pues, Po se internó en el bosque armado con el arco, un tanto escéptico, y Katsa se dispuso a preparar la lumbre. No era tarea fácil estando completamente empapado todo lo que había alrededor. Sin embargo, el propio pino había resguardado las agujas amontonadas junto al tronco, y la muchacha encontró debajo algunas hojas y un par de palos que no chorreaban agua. Gracias a las chispas conseguidas al golpear con el cuchillo, unos pocos soplidos suaves y la protección que daba con los brazos abiertos, una llama flameó a través del montoncillo de hojas y leña menuda. Al inclinarse sobre la llama oscilante, sintió el calor en la cara, complacida. Siempre había tenido buena mano para encender fuego; en los viajes con Oll y Giddon, ella se ocupaba de esa tarea.

Lo cual, por supuesto, era otra prueba más de que no necesitaba depender de nadie para sobrevivir.

Se apartó de la llama temblorosa y se puso a buscar más ramitas con las que alimentar la incipiente lumbre. Cuando Po regresó al campamento, chorreando, Katsa se alegró al ver el rollizo conejo que llevaba el hombre en la mano.

—Definitivamente, mi gracia sigue desarrollándose —dijo Po mientras se quitaba el agua de la cara—. Desde que nos internamos en el bosque, he notado una creciente percepción de los animales. Este conejo estaba escondido en el tronco hueco de un árbol, y me da la impresión de que yo no tendría que haber sabido que se encontraba allí… —Se calló al ver la lumbre pequeña y humeante, y observó cómo la joven soplaba y alimentaba el fuego con los palitos y ramas que había recogido—. Katsa, ¿cómo lo has conseguido? Eres todo un prodigio.

Ella rio la alabanza y Po se puso en cuclillas a su lado.

—Me alegra oírte reír, porque hoy has estado muy callada. Estoy helado, ¿sabes?, pero no me había dado cuenta hasta sentir el calor de la lumbre.

Después de calentarse un poco, Po se encargó de preparar la cena mientras parloteaba. Katsa se dedicó a sacar ropa de abrigo y mantas de las alforjas y lo colgó todo en las ramas bajas del pino, con la esperanza de que se secaran. Cuando la carne del conejo estuvo colocada sobre la lumbre y el jugo chisporroteó en las llamas, Po se aproximó a la joven, desenrolló los mapas y acercó al fuego la punta de uno de éstos que se había mojado. A continuación abrió el paquete que les había dado Raffin, examinó los remedios que contenía y colocó los envoltorios etiquetados encima de las piedras para que se secaran.

Se estaba a gusto en el campamento, con alguna que otra gota cayendo de las ramas y la calidez de la lumbre y el olor a madera quemada y a carne cocinándose. Era agradable la cháchara de Po. Katsa siguió alimentando el fuego mientras sonreía con su conversación. Esa noche se quedó dormida plácidamente envuelta en una manta medio seca, con la seguridad que le proporcionaba saberse capaz de sobrevivir sin ayuda de nadie.

Se despertó a media noche, aterrorizada, convencida de que Po se había marchado y la había dejado sola. Pero debían de ser los flecos de un mal sueño enredados en la consciencia al llegar a su fin, porque oía la respiración de Po entremezclada con el ruido constante de la lluvia. Se giró; al sentarse, distinguió la silueta del hombre, tendido en el suelo a su lado. Alargó la mano y le tocó el hombro para asegurarse. No la había abandonado; estaba allí y viajaban juntos a través de los bosques emeridios en dirección a la frontera monmarda. Volvió a tumbarse y siguió mirando en la oscuridad la silueta del cuerpo dormido.

Bien, pues, aceptaría su protección si la necesitaba realmente. No permitiría que el orgullo le impidiera recibir ayuda de este amigo. De hecho, ya la había ayudado de mil maneras distintas.

Y, a su vez, ella lo protegería con igual ferocidad si en algún momento lo precisaba, si en alguna pelea llevara las de perder o si necesitaba cobijo o sustento, o una hoguera en pleno aguacero. O cualquier cosa que estuviera en su mano ofrecerle; lo protegería de todo.

Asunto resuelto, pues. Cerró los ojos y se entregó al sueño.

Katsa ignoraba qué diablos le pasaba cuando se despertó a la mañana siguiente. No entendía a qué venía sentir rabia contra Po. Era incomprensible; y quizás él lo sabía, porque no le pidió explicaciones y se limitó a comentar que había dejado de llover. La observó mientras ella enrollaba la manta, evitando a toda costa mirarla, y llevaba las alforjas a los caballos. Ya de camino, Katsa siguió eludiendo los ojos del lenita. Sin embargo, aunque por fuerza él tenía que haber percibido la intensidad de su rabia, no hizo ningún comentario.

No la enfurecía el hecho de que hubiera alguien que pudiera prestarle ayuda y protección. Eso sería arrogancia, y se daba cuenta de que tal actitud era una estupidez; haría lo imposible por aprender a ser humilde... Y hete ahí que había vuelto a ayudarla, puesto que había conseguido que se planteara actuar con humildad. Pero el enfado no se debía a eso, sino porque ella no había «pedido» encontrar a una persona en quien confiar y de la que tenía tan buen concepto que se pondría en sus manos; tampoco había pedido encontrar a una persona cuya ausencia la angustiara si se despertaba a media noche y no la hallaba —y no porque no estuviera para protegerla, sino por la sencilla razón de que deseaba su compañía—, y ni siquiera había pedido encontrar a una persona a la que quisiera tener a su lado.

Ni ella misma soportaba su estupidez. Se sumergió en un caparazón de malhumorado silencio y ahuyentó todos los pensamientos que le venían a la cabeza.

Cuando se detuvieron para dar un descanso a los caballos junto a una charca crecida por la lluvia, Po se apoyó en un árbol y comió un trozo de pan. La observó en silencio, con aire sosegado. Katsa todavía evitaba mirarlo, pero era consciente de que no le quitaba la vista de encima ni un instante. No había nada más irritante que esa forma de estar recostado en el árbol, comiendo pan y contemplándola con sus relucientes ojos.

—¿Se puede saber qué miras tanto? —espetó por fin.

—Esta charca está repleta de ranas —repuso él—. Y de peces; hay barbos a cientos. ¿No es gracioso que sepa algo así con tanta claridad?

Lo habría golpeado por tener tanta calma y por su recién adquirida habilidad de contar ranas y barbos que no veía. Apretó los puños y se forzó a dar media vuelta para alejarse de él. Salió del camino y se internó en la fronda, dejó atrás árboles y más árboles y, finalmente, echó a correr a través del bosque; su carrera desenfrenada espantaba a los pájaros, que levantaban el vuelo a su paso. Sobrepasó arroyos, rodales de helechos y cerros cubiertos de musgo, y entró a toda carrera en un claro, en el que había una cascada que se precipitaba contra las rocas y formaba un estanque. Se quitó las botas y la ropa a tirones y se lanzó al agua. Gritó al sentir el frío que le envolvió el cuerpo de golpe y se le metió agua en la nariz y en la boca; y por fin salió a la superficie con un resoplido, tiritando y dando diente con diente. Pero se rio del frío y trepó por el borde del estanque.

Una vez fuera del agua, de pie en la orilla y erizado el vello de todo el cuerpo, se tranquilizó.

Al regresar a donde se hallaba él, helada pero con la cabeza despejada, fue cuando ocurrió. Recostado en el tronco del árbol, Po se había sentado en el suelo con las piernas dobladas, la cabeza apoyada en las manos y hundidos los hombros. Se le notaba cansado, triste. Al verlo así, una sensación de ternura le oprimió la garganta; entonces, cuando él la miró, Katsa descubrió que lo veía como nunca lo había visto hasta ese momento, y soltó una exclamación ahogada.

Tenía los ojos preciosos. Y para ella, el rostro de aquel hombre era hermoso de cualquier forma; y los hombros y las manos; y los brazos, que reposaban en las rodillas; y el torso, que no se movía porque él contenía la respiración mientras la miraba; y el gran corazón que tenía... Su amigo. ¿Cómo no se había dado cuenta antes? ¿Cómo no lo había visto así siempre? Estaba ciega. Los ojos se le anegaron en lágrimas, porque ella tampoco había pedido que ocurriera aquello. No había pedido tener cerca a ese hombre maravilloso, en cuyos ojos se advertía algo anhelante que ella no quería.

Po se puso de pie, y a Katsa le temblaron las piernas. Se agarró al caballo para no tambalearse.

—No quiero esto —susurró.

—Yo tampoco lo había planeado, Katsa.

Se asió a los bordes de la silla de montar para no caer sentada al suelo, entre los cascos del animal.

—Tú… Tienes el don de poner patas arriba todos mis planes —musitó Po, y ella gritó y cayó de rodillas, pero se incorporó enrabietada, veloz, antes de que tuviera tiempo de acercársele para ayudarla y la tocara.

—Sube al caballo —espetó Katsa—. Ahora mismo. Nos marchamos.

Montó y salió a galope sin comprobar siquiera si él la seguía. Cabalgaron y la joven sólo permitió que un pensamiento se le formara en la mente, el mismo una y otra vez:

«No quiero tener marido. No quiero tener marido».

Lo repitió ajustándolo al ritmo de los cascos del caballo. Y si él percibía lo que pensaba, tanto mejor.

Cuando se detuvieron para pasar la noche, Katsa no le dirigió la palabra, pero no podía actuar como si Po no estuviera allí. Notaba cada movimiento que él hacía sin necesidad de verlo, y cómo la seguía con la vista desde el otro lado de la lumbre que preparaba. Era igual que todas las noches y como seguirían siendo todas las demás: estaría allí sentado, deslumbrante a la luz de las llamas; y ella sería incapaz de mirarlo porque resplandecía y porque era maravilloso, y ella no lo soportaba.

—Por favor, Katsa —dijo finalmente Po—. Al menos háblame.

—¿Y de qué podemos hablar? Sabes cómo me siento y lo que pienso sobre ello.

—¿Y lo que siento yo? ¿Eso no importa?

Lo dijo con un hilo de voz, tan comedido en contraste con su acritud que se sintió avergonzada. Se sentó enfrente de él.

—Perdona, Po, claro que importa. Puedes hablarme de lo que sientes.

Dio la impresión de que el lenita se quedaba de repente sin saber qué decir. Bajó la vista al regazo y jugueteó con los anillos; respiró hondo y se pasó las manos por la cabeza. Cuando por fin alzó la cara hacia Katsa, ella constató una mirada franca, entregada, tanto que podía verle el alma a través de los ojos, y adivinó lo que él le iba a decir.

—Sé que no lo quieres, Katsa, pero no puedo evitarlo. En el momento en que irrumpiste en mi vida, estuve perdido. Pero temo comunicarte mis deseos por miedo a que... Oh, no sé, a que me arrojes al fuego. O, lo más probable, que me rechaces, o peor aún, que me desprecies. —La voz se le quebró; apartó la vista del rostro de Katsa y se contempló las manos—. Te quiero.

Eres más importante para mí de lo que jamás imaginé que podría serlo alguien. Y te he hecho llorar, así que ya me callo.

Sí, Katsa lloraba, pero no por lo que Po le había dicho, sino por la certidumbre que se negaba a plantearse siquiera mientras estuviera sentada delante de él. Así que se puso de pie.

—Necesito irme.

Po se incorporó de un salto y le suplicó:

—No, Katsa, por favor.

—No me alejaré, Po. Sólo necesito pensar sin que tú controles lo que estoy pensando.

—Tengo miedo de que no regreses si te vas.

—Po... —En eso, al menos, sí podía tranquilizarlo—. Volveré.

Él la observó unos segundos.

—Sé que es eso lo que piensas realmente en este momento, pero temo que cuando te hayas alejado para reflexionar, decidas que abandonarme es la solución.

—No lo haré.

—Pero eso no puedo saberlo.

—No —admitió Katsa—, no puedes. Pero yo necesito pensar estando sola y me niego a dejarte sin sentido de un puñetazo, así que tendrás que dejarme ir. Y cuando me haya marchado, deberás confiar en mí, como debería hacer cualquier persona que no poseyera tu gracia, y como yo hago siempre contigo.

Po la miró de nuevo con aquellos ojos francos, tristes. Después inhaló y se sentó.

—Camina tus buenos diez minutos si quieres tener intimidad —le advirtió a la joven.

Diez minutos era un alcance mucho mayor de lo que Katsa había entendido que tenía su gracia, pero ése era un tema para discutirlo en otro momento. Se sintió observada mientras se internaba entre los árboles. Anduvo a tientas, a gatas, buscando oscuridad, distancia y soledad.

Sola en la espesura, Katsa se sentó en un tocón y lloró. Lloró como alguien con el corazón roto, y se preguntó por qué, si dos personas se amaban, podía experimentarse tanto desconsuelo.

No sería suyo, no había que llamarse a engaño; ni nunca

podría ser su esposa. No le era posible entregarse de nuevo si acababa de escabullirse de Randa, ni pertenecer a otra persona, ni rendirle cuentas, ni basar su vida en torno a esa otra persona, por mucho que lo amara.

Katsa permaneció sentada en la oscuridad del bosque emeridio y comprendió tres verdades: amaba a Po, deseaba a Po, y nunca pertenecería a nadie, salvo a sí misma.

Al cabo de un rato desanduvo sus pasos, de vuelta al campamento. Nada había cambiado en sus sentimientos y tampoco estaba cansada. Pero Po lo pasaría mal si no dormía, y ella sabía que no conciliaría el sueño hasta que hubiera regresado.

Estaba tumbado boca arriba, completamente despierto, fija la vista en la media luna. Katsa se le acercó y se sentó frente a él. Po la miró con ternura, pero no dijo nada. Ella le sostuvo la mirada y le abrió la mente y el corazón para que entendiera lo que sentía, lo que deseaba y lo que no podía hacer. Po se sentó y se quedó contemplándola mucho rato.

—Sabes que en ningún momento confiaría en que cambiaras tu modo de ser si fueras mi esposa —dijo un poco después.

—Ser tu esposa me cambiaría.

—Sí, te entiendo.

Un tronco se desmoronó en el fuego. Permanecieron sentados en silencio. Cuando Po volvió a hablar, lo hizo con voz vacilante:

—Se me ocurre que la congoja no es la única alternativa al matrimonio.

—¿Qué quieres decir?

Po agachó la cabeza un momento, y luego, mirándola de nuevo, musitó:

—Estoy dispuesto a darme a ti como quieras tomarme. —Lo dijo con una sencillez que Katsa ni se sintió azarada.

—¿Y adónde nos conduciría eso?

—No lo sé, pero confío en ti.

Katsa le sostuvo la mirada. Se le había ofrecido. Confiaba en ella, y ella confiaba en él.

No se había planteado esa posibilidad mientras estaba sola en el bosque, llorando; ni por asomo. En cambio, ahora tenía ante sí la oferta de Po; le bastaba con tender la mano y asirla. Pero, de pronto, todo lo que hacía un rato le había parecido claro, sencillo y doloroso, volvía a ser confuso y complicado, aunque vislumbraba un atisbo de esperanza.

¿Podría ser su amante y, pese a ello, seguir siendo su propia dueña?

Era una pregunta para la que no tenía respuesta.

—Necesito pensar —dijo.

—Piensa aquí, por favor —pidió él—. Estoy muy cansado, Katsa, tanto que me quedaré dormido de inmediato.

—De acuerdo, me quedaré.

Po alargó una mano y le limpió una lágrima que tenía en la mejilla. Katsa sintió el roce de la punta del dedo hasta en la médula, y se debatió contra esa sensación, sin querer que él lo advirtiera. El lenita se tendió en el suelo. La joven se puso de pie y se alejó hasta un árbol al que no llegaba la luz de la hoguera; se sentó recostada en el tronco, contempló la silueta de Po y esperó que se durmiera.

Capítulo 20

Para Katsa, la idea de tener un amante era semejante a descubrirse un nuevo apéndice —un brazo extra o un dedo de más—, en el que no había reparado hasta ese momento. No le resultaba familiar y, por ende, no dejaba de hurgarlo y de darle toquecitos del mismo modo que lo habría hecho con un dedo extraño que, de repente, resultara ser suyo.

Que el amante fuera Po menguaba en parte su desconcierto. Fue pensando en él, y no en la idea de un amante, y Katsa se sintió lo bastante cómoda para plantearse qué implicaría yacer en su lecho, pero no ser su esposa. Era un tema para darle vueltas más de una noche.

Cabalgaron a través de los bosques emeridios, charlaron, descansaron y acamparon igual que en días anteriores, pero los silencios quizás eran un poco más incómodos de lo que lo habían sido; además, Katsa se marchaba de vez en cuando para estar sola y pensar. No practicaron ejercicios de lucha porque a ella le daba vergüenza que la tocara. Por su parte, Po no la apremiaba; ni en eso ni en nada, incluidas las miradas o la conversación.

Viajaban todo lo deprisa que el camino se lo permitía, pero cuanto más avanzaban hacia el sur, más parecía una trocha, en el mejor de los casos, pues serpenteaba por barrancos cubiertos de maleza y alrededor de árboles de un tamaño que Katsa no había visto nunca, cuyos troncos eran de una anchura igual al largo de un caballo y cuyas ramas crujían a gran altura por encima de ellos; a veces incluso tenían que agacharse para esquivar cortinas de enredaderas que colgaban de dichas ramas. A medida que avanzaban hacia el este, el terreno iba ganando altura y los riachuelos zigzagueaban y se entrelazaban en medio de la espesura del bosque.

Al menos, la ruta que seguían servía de distracción a Po, que era incapaz de dejar de observar alrededor con los ojos muy abiertos.

—Qué bosque tan agreste. ¿Alguna vez habías visto nada parecido? ¡Es magnífico!

Magnífico y lleno de animales que se cebaban para pasar el invierno; caza fácil y sencillo encontrar refugio. Pero Katsa notaba de manera palpable que los caballos avanzaban tan despacio como ella misma era capaz de pensar.

—Me parece que avanzaríamos más deprisa a pie —comentó.

—Echarás de menos a los caballos cuando tengamos que prescindir de ellos.

—¿Y eso cuándo será?

—Es posible que dentro de unos diez días, según el mapa.

—Preferiría ir a pie.

—Tú no te cansas nunca, ¿verdad?

—Sí, si hace mucho tiempo que no duermo, o si cargo con algo muy pesado. Me cansé cuando subí a tu abuelo por la escalera.

—¿Que cargaste con mi abuelo escaleras arriba?

—Sí, eso he dicho.

Po estalló en carcajadas, pero ella no le veía la gracia.

—No me quedaba más remedio, Po. De no hacerlo, la misión habría fracasado.

—Pesa un cincuenta por ciento más que tú.

—Bueno, y yo estaba cansada cuando llegué arriba. Tú no te habrías cansado tanto.

—Porque soy más robusto que él, Katsa. Y más fuerte. De entrada, ya habría estado cansado si me hubiera pasado la noche a caballo.

—Había que hacerlo; no tenía alternativa.

—Tu gracia es algo más que la lucha —dijo él.

Katsa no respondió a ese comentario y, tras un instante de desconcierto, se olvidó de ello para centrarse de nuevo en el asunto que tenía en mente. Como no podía por menos de hacer teniendo siempre delante a Po.

¿Qué diferencia había entre un marido y un amante?

Si tomaba a Po por esposo, haría promesas sobre un futuro que aún no tenía claro. Porque, una vez que se convirtiera en su esposa, ya lo sería para siempre. Y por mucha libertad que le diera, ella sabría en todo momento que se trataría de un obsequio. Su libertad ya no le pertenecería, sino que sería de Po, para darla o para negarla. Y aunque él no se la negara nunca, no cambiaría nada; si no provenía de ella, no sería realmente suya.

Por otra parte, si Po se convertía en su amante, ¿se sentiría atrapada y acorralada por el consabido «para siempre», o seguiría teniendo la libertad que emanaba de sí misma?

Una noche, tendidos uno a cada lado de un fuego mortecino, se le ocurrió otro motivo de preocupación: ¿Y si, en la relación con Po, ella ganaba más de lo que podía darle?

—¿Po? —lo llamó, y lo oyó darse la vuelta.

—Dime.

—¿Cómo te sentirías si estuviera marchándome siempre, si un día me entregara a ti y al siguiente me fuera, sin promesas de volver?

—Katsa, cualquier hombre que quisiera retenerte en una jaula sería un necio.

—Pero eso no me aclara cómo te sentirías estando siempre sujeto a mi capricho.

—No es capricho. Es tu necesidad connatural. Olvidas que estoy en una posición única para comprenderte, Katsa. En cualquier momento que te alejes de mí sabré que no es por desamor. Y si lo es, también lo sabré, y comprenderé que estás en tu derecho de irte.

—Pero sigues sin responder a mi pregunta. ¿Cómo te sentirás?

—No lo sé —contestó él al fin—. Probablemente sentiré muchas cosas, pero sólo una de ellas será tristeza, y eso es algo a lo que estoy dispuesto a arriesgarme.

—¿Estás seguro? —preguntó Katsa con la mirada prendida en las copas de los árboles.

—Lo estoy —contestó suspirando.

Dispuesto a arriesgarse a caer en la tristeza. Ahí estaba el quid de la cuestión. Katsa ignoraba adónde los conduciría aquella relación, y seguir adelante significaba arriesgarse también a sufrir toda suerte de desdichas.

El fuego agonizó y murió. Estaba asustada. Y lo estaba porque mientras la oscuridad se adueñaba del campamento, ella fue consciente de que su elección era arriesgarse.

Al día siguiente Katsa habría dado cualquier cosa por tener un camino despejado y recto, ya que cabalgar sin freno y la trápala de los cascos habrían ahogado cualquier sentimiento. En cambio, el camino serpenteaba de un lado para otro, subía repechos y bajaba barrancos, de tal modo que la joven no sabía cómo aguantaba sin ponerse a chillar. El anochecer los forzó a detenerse en una hondonada por la que corría un arroyuelo que desembocaba en una charca remansada. El musgo tapizaba los árboles y el suelo, colgaba de las enredaderas y de las ramas, y goteaba en la charca, brillante y verdosa como el mármol del patio del castillo de Randa.

—Estás un poco tensa, Katsa —dijo Po—. ¿Por qué no sales a cazar algo? Yo prepararé la lumbre.

Katsa dejó que se escaparan los primeros animales con los que se topó. Creía que si se internaba más en el bosque y tardaba más de lo previsto en regresar, a lo mejor conseguía disipar en parte aquel estado de nerviosismo. Sin embargo, nada había cambiado cuando volvió al campamento, bastante más tarde, con un zorro en la mano. Po se encontraba sentado junto al fuego, tranquilamente, y Katsa tuvo la impresión de que iba a reventar. Tiró el animal muerto al suelo, junto a las llamas, se sentó en una piedra y hundió la cabeza entre las manos.

Era consciente de lo que la estaba sacando de quicio, lo que le atacaba los nervios: el miedo, ni más ni menos. Entonces le dijo a Po:

—Entiendo que no debamos luchar cuando uno de nosotros está enfadado, pero ¿qué hay de malo en que luchemos si uno de los dos está asustado?

Po contempló las llamas mientras se planteaba la pregunta de la muchacha, sin apremio.

—Creo que depende de lo que esperes sacar de la lucha.

—Pues yo creo que me tranquilizaría, que conseguiría sentirme cómoda con… con la idea de tenerte cerca. —Se frotó la frente y suspiró—. Me haría volver a ser la de siempre.

—Es cierto que parece causar ese efecto en ti.

—¿Querrás luchar conmigo ahora, Po?

Él la observó unos segundos más y después se apartó del fuego y le hizo un gesto para que lo siguiera. Katsa fue tras él, aturdida, zumbándole tan fuerte la cabeza, que la notaba entumecida, y cuando se situaron frente a frente, se dio cuenta de que lo miraba como atontada. Movió con energía la cabeza para despejarse, pero no sirvió de nada.

—Pégame —dijo.

Po se quedó inmóvil un momento, pero enseguida le lanzó un puñetazo a la cara; ella alzó un brazo con un movimiento relampagueante para detener el golpe. El impacto de brazo contra brazo la sacó del estupor. Lucharía contra él y lo derrotaría. Po no había logrado vencerla ni una sola vez y tampoco lo haría esa noche, por muy oscuro que estuviera y a pesar del torbellino que había sido su mente. Porque ahora que se habían puesto a luchar, el remolino había desaparecido y ella estaba muy lúcida.

Golpeó con fuerza y rapidez, con manos, codos, rodillas y pies. Pero Po también golpeaba fuerte, aunque era como si dirigiera cada impacto a la energía interior de la muchacha. Cada encontronazo con un árbol, cada raíz en la que tropezaban, la centraba. Al fin se sumergió en la sensación reconfortante de estar luchando con Po, y la pelea fue feroz.

Cuando le hizo una llave y lo echó al suelo, y Po le apartó la cara, Katsa gritó…

—Un momento. Sangre; saboreo sangre.

—¿Dónde? —Po dejó de forcejear—. ¿En la boca?

—Creo que es en tu mano.

Él se sentó y Katsa se puso en cuclillas a su lado, le asió la mano y le examinó la palma con los ojos entrecerrados.

—¿Te sangra? ¿Lo notas? —preguntó.

—No es nada. Me lo hiciste con el filo de tu bota.

—No deberíamos luchar calzados.

—No podemos practicar descalzos en el bosque, Katsa. No es nada, en serio.

—Así y todo…

—Te he manchado la boca de sangre —comentó él en tono guasón que dejaba claro lo poco que le preocupaba la mano herida. Alzó un dedo y casi le tocó el labio, pero lo retiró como si se hubiera dado cuenta de que iba a hacer algo que no debía. Carraspeó y desvió la vista hacia un lado.

Y entonces Katsa se dio cuenta de lo cerca que lo tenía, notó su mano en la muñeca, caliente al roce de sus dedos. Estaba allí, allí mismo, respirando a un palmo de ella; y ella lo tocaba y percibió el peligro del mismo modo que si le hubieran echado agua fría a la cara. Sabía que había llegado el momento de elegir. Y sabía cuál sería su elección.

Po la miró de nuevo y Katsa le descubrió en las pupilas que se había enterado de lo que ella estaba pensando. Se echó a sus brazos y se quedaron así, abrazados, mientras ella lloraba tanto de alivio, por estar estrechándolo contra sí, como de miedo por lo que había hecho. Po la meció en su regazo y la abrazó más fuerte y susurró su nombre una y otra y otra vez, hasta que por fin las lágrimas cesaron de manar.

Se limpió la cara en la camisa de él y le echó los brazos al cuello. Se sentía abrigada en sus brazos, y tranquila, y segura, y valiente. Y entonces rompió a reír por lo bien que se sentía, lo bien que encajaba su cuerpo contra el de él. Po le sonrió; fue una sonrisa pícara, radiante, que le transmitió calor a todo el cuerpo. Y entonces los labios de Po le rozaron el cuello y se lo llenaron de besos. Ella jadeó. Su boca encontró la de ella, y Katsa estalló en una llamarada.

Poco después, tendida con él en el musgo, aferrada a él, hipnotizada por las caricias que los labios le hacían en la garganta, Katsa recordó la mano herida de Po.

—Después —gruñó él.

Entonces se acordó de la sangre que tenía en la boca, pero eso atrajo de nuevo la boca de Po hacia la suya, saboreando, buscando, mientras las manos de Po tanteaban sus ropas, y las suyas hacían otro tanto con las de él. Y notó la calidez de la piel de Po, mientras se exploraban los cuerpos. Al fin y al cabo, se conocían tan bien como unos amantes, pero el contacto lo hacía todo diferente: la avidez de la proximidad había reemplazado al afán de escabullirse.

—Po... —musitó en determinado momento, en que una idea clarísima se le metió en la mente de golpe.

—Está entre los remedios —susurró él—. Hay hierba doncella en el paquete de medicinas. —Y sus manos y su boca y su cuerpo la hicieron regresar a un estado de confiado abandono. La embriagó; la arrebató, ese hombre. Y cada vez que los ojos le resplandecían al clavarse en los de ella, se quedaba sin respiración.

Cuando llegó el dolor, lo esperaba, pero soltó una exclamación ahogada por la penetrante intensidad; no se parecía a ningún dolor que hubiera experimentado en su vida. Po la besó y se detuvo; y se habría detenido del todo, pero Katsa rio y le dijo que por una vez iba a permitirle que le hiciera daño y la hiciera sangrar con su contacto. Él sonrió, hundiéndole el rostro en el hueco del cuello, y volvió a besarla. Se movió a su compás a pesar del dolor, un dolor que se transformó en un calor que aumentaba más y más y la dejaba sin respiración. Y que provocó que la respiración, el dolor y la mente la abandonaran, de manera que sólo quedaron su cuerpo y el de Po. Y la luz y el fuego que encendieron entre ambos.

Después yacieron junto al fuego, dándose calor el uno al otro. Katsa trazó con el dedo el perfil de la nariz y de la boca de Po. Jugueteó con los aros de las orejas. Po la estrechó contra sí y la besó, y sus ojos se posaron, relucientes, en los de ella.

—¿Te encuentras bien? —le preguntó.

—No me he perdido —rio Katsa—. ¿Y tú?

—Soy muy feliz —contestó él con una sonrisa.

Asimismo la joven trazó la línea de la mandíbula de Po hasta la oreja y después siguió por el cuello hasta el hombro. Le tocó las señales que le rodeaban los brazos.

—Así que Raffin también pensaba que acabaríamos así —dijo—. Por lo visto, la única que no lo vio venir fui yo.

—Raffin será un gran rey —manifestó Po. Esas palabras hicieron reír a Katsa, que recostó la cabeza en el doblez del brazo de él.

—Apretemos el paso mañana —propuso ella al pensar en hombres que no eran buenos reyes.

—Sí, de acuerdo. ¿Aún te duele?

—No.

—¿Por qué crees que ocurre de ese modo? ¿Por qué siente ese dolor una mujer?

Katsa no tenía respuesta a eso. Las mujeres lo sentían y no sabía más.

—Deja que te cure la mano —dijo ella.

—Antes te limpiaré.

Katsa se estremeció cuando Po se apartó de ella para acercarse al fuego e ir a buscar agua y paños. Se inclinó sobre la lumbre, y la claridad y las sombras se le desplazaron sobre el cuerpo. Qué apuesto era. Lo admiró, y él le lanzó una sonrisa.

Casi tan apuesto como vanidoso, pensó, dirigiéndose a él, y Po soltó una sonora carcajada.

Se le ocurrió que aquella situación debería parecerle extraña, por el hecho de estar allí tumbada observándolo, tomándole el pelo. Y haber hecho lo que habían hecho y convertirse en lo que se habían convertido. Pero, en cambio, le parecía natural y agradable. E inevitable... Y sólo un poquito aterrador.

Capítulo 21

Sostenían conversaciones enteras en las que Katsa no pronunciaba ni una palabra, porque Po notaba cuándo quería hablarle, y si ella deseaba comunicarle algo concreto, la gracia del lenita captaba lo que fuera necesario. Parecía una habilidad útil que les venía bien practicar. Katsa descubrió que cuanto más cómoda se sentía abriéndole la mente, más fácil le resultaba cerrársela. Aunque cerrarle la mente nunca resultaba satisfactorio al cien por cien, pues cuando no dejaba traslucir sus sentimientos, también tenía que reprimírselos a sí misma. Pero ya era algo.

Descubrieron que a Po le era más fácil captar los pensamientos de Katsa que a ella formularlos. Al principio la joven los expresaba palabra por palabra, como si las pronunciara, pero sin articularlas: *¿Quieres detenerte para descansar? ¿Cazo algo para la cena? Me he quedado sin agua.*

—Por supuesto que te entiendo cuando eres tan precisa —aclaró Po—. Pero no hace falta que te esfuerces tanto. También capto imágenes, sentimientos o pensamientos sin necesidad de componer frases.

Ese sistema también le resultó difícil a Katsa las primeras veces. Tenía miedo de que la malinterpretara y, en consecuencia, emitía las imágenes con tanta precisión como había formulado las palabras: Un pescado asándose en la lumbre. Un arroyo. La hierba doncella que tenía que tomar con la cena.

—Si me abres un pensamiento, Katsa, lo veré, sin que importe cómo lo pienses. Si tu intención es que lo capte, lo haré.

¿Y qué significaba abrirle un pensamiento? ¿O tener intención de que lo captara? Ella se limitaba a buscar contacto con la mente del hombre cuando quería que supiera algo. *Po*, llamaba, y después dejaba que él recopilara la esencia del pensamiento.

Parecía que daba resultado. Katsa practicaba constantemente, tanto para comunicarse con él como para cerrarle el acceso a su mente. Y poco a poco se aflojó la premiosa tensión mental de la joven.

Una noche, sentados junto al fuego y guarecidos de la lluvia bajo la cubierta de ramas que Katsa había preparado, ella le pidió que le enseñara los anillos. Po puso las manos encima de las de Katsa, que los contó: seis anillos de oro, lisos y de distinto grosor, en la mano derecha; y en la izquierda, uno liso de oro; una sortija fina con una piedra gris engastada en el centro, alrededor de todo el aro; otra ancha y maciza con una gema blanca, brillante y puntiaguda que debía de ser con la que la había arañado aquella noche, junto al campo de tiro con arco; y otro anillo de oro, liso como el primero, pero grabado alrededor con un motivo que Katsa identificó como el de las señales que Po llevaba en los brazos. Fue esa joya la que le hizo pensar si los anillos tendrían algún significado.

—Sí, así es —afirmó él—. Cada anillo que lleva puesto un lenita significa algo. Éste del dibujo grabado es el anillo propio del séptimo hijo del rey; el anillo de mi castillo y de mi principado. Mi herencia.

¿Tus hermanos tienen un anillo diferente y marcas en los brazos distintas de las tuyas?

—En efecto.

Katsa jugueteó con el anillo grande y macizo de la gema blanca punzante.

Éste es el anillo de un rey.

—Sí, es por mi padre. Y éste —indicó el pequeño con la línea gris que se extendía por toda la parte central— por mi madre; y el liso es por mi abuelo.

¿No fue rey nunca?

—No, verás... El rey fue su hermano mayor, y cuando éste murió, él habría subido al trono de haberlo querido, pero su hijo (mi padre) era joven, fuerte y ambicioso. Y como mi abuelo era mayor y no gozaba de buena salud, no tuvo inconveniente en abdicar en favor de su hijo.

¿Y qué me dices de la madre de tu padre y de los padres de tu madre? ¿Llevas anillos por ellos?

—No; están muertos. No llegué a conocerlos.

Katsa le asió la mano derecha y continuó formulando preguntas:

¿Y éstos? Te faltan dedos para los anillos de esta mano.

—Éstos son por mis hermanos, uno por cada uno de ellos. El más grueso es por el mayor y el más fino, por el más joven de los seis.

¿Significa eso que todos tus hermanos llevan un anillo más fino incluso por ti?

—Eso es, y mi madre y mi abuelo también lo llevan, así como mi padre.

¿Y el tuyo es el más pequeño porque eres el benjamín?

—Es la tradición, Katsa. Pero el anillo que llevan por mí es distinto a los demás; tiene engastadas dos piedras semipreciosas pequeñas: una venturina dorada y otra piedra plateada.

Igual que tus ojos.

—Sí.

¿Un anillo especial que recuerda tu don?

—Los lenitas honran a los que han sido tocados por la gracia.

Bien, pues, era toda una novedad para ella. Katsa no sabía que alguien honrara a los dotados por la gracia.

¿No llevas anillos por las esposas de tus hermanos o por sus hijos?

—No, afortunadamente. Pero llevaré uno por mi esposa y, si tengo hijos, me pondré uno por cada uno de ellos. Mi madre tiene cuatro hermanos, cuatro hermanas, siete hijos, padres y esposo. Lleva diecinueve anillos.

Eso es absurdo. No podrá utilizar los dedos.

—Yo no tengo ninguna dificultad para usar los míos —contestó Po, y, llevándose las manos de Katsa a los labios, le besó los nudillos.

A mí no me pillarías con tantos anillos.

Po se echó a reír, le volvió las manos y le besó las palmas y las muñecas.

—A ti no te pillaría haciendo nada que no quisieras hacer.

He ahí en lo que se estaba convirtiendo rápidamente uno de los aspectos que más le gustaban de la gracia del lenita: se enteraba, sin que tuviera que decírselo, de lo que sí quería hacer ella. Po se arrodilló a su lado con una sonrisa que parecía anunciar una travesura. Le acarició el costado y después la estrechó contra él mientras le rozaba el cuello con los labios. Katsa se quedó sin aliento, olvidó la réplica que había estado a punto de articular y disfrutó del frío dorado de los anillos de Po en la cara, en el cuerpo y en todas las partes en las que la tocó.

—Crees que es el propio Leck quien hace esos cortes a los animales, ¿verdad? —le preguntó Katsa un día mientras cabalgaban.

Po se giró hacia atrás para mirarla, y repuso:

—Sé que es una acusación detestable, pero sí, es lo que creo. Y también cavilo sobre la enfermedad a la que se refirió aquel hombre.

—Sospechas que está exterminando personas. —Po se encogió de hombros y no contestó—. ¿Tú crees que la reina Cinérea se habrá encerrado en sus aposentos para no estar con él, porque se ha imaginado que es un graceling?

—Eso mismo me he preguntado yo.

—Pero ¿cómo se lo pudo imaginar? ¿No tendría que estar sometida por completo a su embrujo?

—No tengo la menor idea. A lo mejor Leck abusó en exceso de su don, y ella tuvo un momento de lucidez. —Levantó una rama que se interponía en su camino y pasó por debajo—. Quizá su gracia tiene un límite.

O quizá no había ninguna gracia. A lo mejor sólo era una idea ridícula que se les había ocurrido en un intento desesperado de explicar lo inexplicable.

Pero murieron los reyes y nadie alzó la voz para protestar. Y un rey secuestró a un anciano príncipe y nadie sospechó de él.

Un rey tuerto.

Era una gracia. Y si no lo era, con seguridad se trataba de algo sobrenatural.

Como el camino se hizo más angosto y lo invadía la maleza, iban más rato a pie que a caballo. Todos los árboles, de hojas anaranjadas, amarillas, rojizas, púrpuras y ocres, parecían cambiar de color al mismo tiempo. Sólo faltaban un par de días para llegar a la posada en la que dejarían los caballos y, a continuación, iniciarían el empinado ascenso a las montañas, con sus pertenencias cargadas a la espalda. Po dijo que encontrarían nieve, pero muy pocos viajeros. Así pues, tendrían que ir con cuidado y estar atentos a las tormentas.

—Pero no estás preocupada, ¿verdad, Katsa?

—No... no mucho.

—Porque tú nunca tienes frío, eres capaz de tumbar a un oso sólo con las manos y, además, encender una lumbre en mitad de una ventisca utilizando carámbanos en vez de leña.

No pensaba reírle la gracia, pero no logró evitar una sonrisa. Habían acampado para pasar la noche, y Katsa estaba pescando; siempre que pescaba, Po le tomaba el pelo porque no lo hacía con sedal, como habría sido lo lógico, sino que se quitaba las botas, se remangaba el pantalón y se metía en el agua; entonces atrapaba cualquier pez que se pusiera a su alcance y se lo lanzaba a Po, que sentándose en la orilla se reiría de ella al tiempo que destripaba y descamaba la cena.

—Hay pocas personas con las manos más veloces que un pez en el agua —comentó él.

Katsa atrapó un destello rosáceo plateado que le pasó, centelleante, entre los tobillos, y después le arrojó el pescado a Po.

—Tampoco hay muchas personas que sepan que un caballo tiene clavada una piedra en el casco, aunque el animal no dé señales de ello. Puede que yo sea capaz de matar lo que necesito para comer con la misma facilidad con que mato hombres, pero al menos no me pongo a charlar con los caballos.

—Yo no charlo con los caballos. Pero he empezado a captar si quieren que nos detengamos. Y una vez que lo hemos hecho, suele ser muy sencillo descubrir si les sucede algo.

—Bueno, en cualquier caso, me parece que no estás en condiciones de que te extrañe la singularidad de mi gracia.

Po se reclinó apoyándose en los codos, y replicó:

—Tu gracia no me parece rara, pero sí creo que no es lo que tú piensas que es.

Katsa atrapó una forma oscura que se movía como un rayo en el agua y también se la arrojó.

—¿Qué es, entonces?

—Bueno, eso no lo sé, pero una habilidad extraordinaria

para matar no representa todo lo que eres capaz de hacer. Por ejemplo, el hecho de no cansarte nunca, ni tener frío, ni hambre.

—Me canso.

—Hay más cosas, como tu facilidad innata para prender fuego en medio de un aguacero.

—Lo que ocurre es que tengo más paciencia que otros.

—Sí, claro —resopló Po—. La paciencia me ha parecido siempre una de tus cualidades más sobresalientes.

Esquivó el pescado que iba derecho contra su cabeza y volvió a sentarse sin parar de reír.

—Los ojos te resplandecen, ahí de pie en el agua, mientras el sol se pone delante de ti —dijo—. Eres preciosa.

Déjalo, pensó.

—Y tú eres tonto —añadió en voz alta.

—Sal de ahí, gata montesa. Tenemos pescados de sobra.

Katsa vadeó hasta la orilla. Po la esperaba al borde del agua, la aupó en volandas y la soltó en el musgo. Recogieron la pesca y se acercaron a la lumbre.

—Me canso —repitió la joven—. Y siento frío y hambre.

—Si tú lo dices, de acuerdo. Pero compárate con otras personas.

Compararse con otras personas. Katsa se sentó y se secó los pies.

—¿Vamos a practicar hoy? —le preguntó Po.

Katsa asintió con la cabeza, distraída.

Po colocó los pescados encima de la lumbre y se lavó las manos mientras canturreaba y le echaba miradas centelleantes a Katsa, desde el otro lado del fuego. Ella se había quedado sentada, cavilando sobre sus conclusiones al compararse con otras personas.

Sentía frío; a veces. Pero no la afectaba tanto como a los demás. Y a veces también tenía hambre, pero podía aguantar mucho tiempo con poca comida, aparte de que el hambre no la debilitaba. No recordaba haber sentido auténtica debilidad por ningún motivo, nunca. Como tampoco se acordaba de haber estado enferma jamás. Repasó sus recuerdos y constató su primera impresión: ni siquiera había tosido alguna vez.

Se quedó contemplando las llamas. Se daba cuenta de que esas cosas se salían de lo normal. Pero había algo más.

Porque luchaba, cabalgaba, corría y se caía, pero rara vez le salían moretones o se arañaba; nunca se había roto un hueso, ni tenía dolores, como les pasaba a otras personas, ni siquiera cuando Po la golpeaba fuerte; era un dolor fácil de aguantar. Para ser sincera, tenía que admitir que no entendía muy bien a qué se refería la gente cuando se quejaba de dolor.

No se cansaba, como los demás, ni necesitaba dormir mucho tiempo; en realidad la mayoría de las noches tenía que esforzarse en conciliar el sueño, pero sólo porque sabía que debía descansar.

—Oye, Po, ¿tú puedes inducirte el sueño?

—¿Qué quieres decir?

—Que si al acostarte eres capaz de quedarte dormido en el momento que lo desees, de forma instantánea.

—No. Es la primera vez que oigo una suposición semejante. —Po la escudriñó.

—Mmmm…

Él siguió observándola un poco más y, al parecer, decidió que era mejor dejarlo correr. Katsa apenas reparó en él. Nunca se le había pasado por la cabeza que el control que poseía sobre su sueño fuera inusual. Y no se trataba solamente de que pudiera obligarse a dormir, sino que era capaz de inducirse a dormir un rato determinado. Además, cada vez que se despertaba sabía siempre qué hora era. En cualquier momento del día, de hecho, lo sabía.

Igual que siempre conocía con exactitud dónde se hallaba y hacia qué dirección miraba.

—¿Dónde está el norte? —le preguntó a Po.

Él alzó la vista otra vez, examinó la luz y señaló en una dirección que era más o menos al norte, pero no con exactitud. ¿Por qué lo sabía ella con tanta seguridad?

Jamás se extraviaba; nunca tuvo dificultades para encender un fuego o preparar un cobijo; cazaba con increíble facilidad, y veía y oía mucho mejor que cualquier persona que conocía.

Se puso de pie con brusquedad, salvó el tramo que había hasta la charca y se quedó contemplando el agua sin verla en realidad.

Las necesidades físicas que limitaban a otras personas no contaban para ella, del mismo modo que no la afectaban aquellas realidades que hacían sufrir a los demás. Por otra parte, sabía de forma instintiva cómo sobrevivir y progresar en cualquier lugar agreste y despoblado.

Y tenía capacidad para matar a cualquiera al menor amago de amenaza para su vida.

Katsa se sentó de golpe, dejándose caer.

¿Podría ser la supervivencia su gracia?

Pero en cuanto se formuló la pregunta, lo negó. No era más que una asesina; siempre lo había sido, sin más. Mató a un primo lejano delante de toda la corte de Randa, a un hombre que en realidad no le había hecho daño. Lo asesinó sin pensar, sin vacilar, igual que estuvo a punto de matar a su tío.

Pero no lo hizo. Y, en cambio, halló la forma de evitarlo y de seguir con vida.

Y tampoco mató a aquel primo a propósito. En aquel entonces sólo era una niña, con la gracia sin formarse. No lo golpeó con la intención de acabar con su vida, sino para protegerse, para que no la tocara. Había olvidado ese detalle, en algún momento, cuando la gente de la corte empezó a esquivarla y Randa la utilizó para sus propósitos llamándola su «pequeña asesina».

Su gracia no era matar. Su gracia era la supervivencia.

Entonces rompió a reír porque era casi como decir que su gracia equivalía a vida; y, por supuesto, eso era ridículo.

Se puso de pie otra vez y regresó hacia la lumbre. Po la observó mientras se acercaba. No le preguntó qué pensaba, no se inmiscuyó; esperaría hasta que ella quisiera contárselo. Katsa se percató de que la observaba desde donde se hallaba; era evidente que sentía curiosidad.

—Me he estado comparando con otras personas —explicó.

—Entiendo —se limitó a responder él, con pies de plomo.

Katsa le quitó la piel a uno de los pescados cocinados, y cortó un trozo. Se lo comió mientras reflexionaba.

—Oye, Po, si te dijera que mi gracia no fuera matar, sino la supervivencia... —Él enarcó las cejas, como invitándola a continuar—. ¿Te sorprendería?

—No. —Hizo una mueca—. Me parece mucho más razonable.

—Pero... Sería como decir que mi gracia es vida.

—Sí.

—Es absurdo.

—¿Tú crees? A mí no me lo parece. Has salvado muchas vidas con tu gracia.

—No tantas como he lastimado —adujo.

—Puede ser, pero dispones de toda la vida para inclinar la balanza. Vivirás mucho tiempo.

Ah, así que dedicaría lo que le quedaba de vida a inclinar la balanza...

Katsa separó la carne laminada de la espina de otro pescado, la cortó y se la comió sin que se le borrara la sonrisa que le había causado su conclusión.

Capítulo 22

Los árboles se replegaron súbitamente y las montañas surgieron ante ellos de golpe; y con las montañas, la población en la que dejarían los caballos. En aquel lugar los edificios eran de piedra o construidos con la dura madera emeridia, pero fue el telón de fondo de la villa lo que dejó a Katsa sin aliento. Conocía las colinas de Elestia, pero nunca había visto montañas ni contemplado árboles plateados que ascendían hacia el cielo —rectos como flechas—, ni rocas nevadas que llegaban aún más arriba formando picos increíblemente altos que brillaban con tonos dorados bajo el sol.

—Me recuerda mi país —comentó Po.

—¿Lenidia es así?

—Algunas zonas sí lo son. El burgo de mi padre se encuentra cerca de montañas como éstas.

—Bien, pues, a mí no me recuerda nada, porque nunca había visto nada parecido. Casi no puedo creer que esté viéndolo ahora.

Esa noche no hubo campamento ni caza. Les preparó la cena y se la sirvió la rústica pero amistosa mujer del posadero, a la que no parecían preocuparle los ojos de los graceling, puesto que les preguntó acerca de todo cuanto habían visto durante el viaje, así como acerca de las personas con las que se habían encontrado. Cenaron en una estancia caldeada con el fuego de un gran hogar de piedra: guiso caliente, verduras cocidas, pan recién hecho y todo el comedor para ellos. Dispusieron de sillas para sentarse, y una mesa, platos y cucharas. Y, después, un buen baño caliente, y cama caliente y más blanda de lo que Katsa recordaba que era una cama. Todo un lujo que disfrutaron al máximo porque eran conscientes de que, probablemente, no volverían a tener esas comodidades en mucho tiempo.

Cargados con provisiones que la mujer del posadero les había preparado y agua fresca del pozo de la posada, se marcharon antes de que el sol asomara por las cumbres. Transportaban la mayor parte de sus pertenencias, salvo las que habían dejado junto con los caballos. Al ser mejor tiradora, Katsa llevaba colgados a la espalda un arco y una aljaba con flechas. Pero no portaban las espadas, aunque ambos iban armados con una daga y un cuchillo; acarreaban asimismo los petates y las mantas para dormir, el dinero, las medicinas, los mapas y la lista de contactos del Consejo.

A medida que ascendían, el cielo adquirió un matiz purpúreo, luego anaranjado y por último, rosáceo. En la senda de montaña quedaban rastros del paso de otros viajeros: hogueras apagadas y huellas de botas, y, en algunos sitios, chozas construidas para uso de los caminantes; carecían de muebles, pero disponían de hogares que, aunque toscos, eran muy prácticos. Esas construcciones se habían llevado a cabo con el esfuerzo combinado de Meridia, Elestia y Monmar en tiempos lejanos, cuando los reinos colaboraban entre sí para ofrecer una travesía segura a los viajeros que cruzaban sus fronteras.

—Un techo y cuatro paredes te pueden salvar la vida durante una ventisca en las montañas —afirmó Po.

—¿Y cuándo te ha pillado a ti una ventisca en las montañas?

—Me pasó una vez, con mi hermano Argento. Estábamos escalando y nos sorprendió una tormenta. Por fortuna encontramos el refugio de un leñador; de no haber sido así, seguramente habríamos muerto. Estuvimos atrapados allí cuatro días. Cuatro días en los que sólo comimos el pan y las manzanas que llevábamos en las mochilas, y nieve. Nuestra madre casi nos dio por perdidos.

—¿Cuál de los hermanos es Argento?

—El quinto hijo de mi padre.

—Es una pena que, por entonces, no tuvieras la capacidad de percepción hacia los animales, como ahora. Habrías podido desenterrar algún topo de su túnel, o cazar una ardilla.

—Y me habría perdido al querer volver a la choza —argumentó Po—. O de haber regresado, a mi hermano le habría parecido muy sospechoso que hubiera sido capaz de cazar en plena tormenta.

Treparon por tierra, hierba y, a veces, por terreno rocoso en un ascenso constante, siempre con las cumbres alzándose frente a ellos. A Katsa le resultaba agradable haber dejado atrás el bosque y escalar, moverse deprisa. Además, el sol que relucía en el cielo, inmenso y despejado, le acariciaba la cara mientras el aire le llenaba los pulmones. Se sentía dichosa.

—¿Por qué no has confiado a tus hermanos la verdad sobre tu gracia?

—Mi madre me lo prohibió de forma tajante cuando era un chiquillo. Detestaba no poder contárselo, sobre todo a Argento. Y a Celaje, que es el que me lleva menos años. Pero ahora conozco a mis hermanos como hombres adultos y me doy cuenta de que mi madre tenía razón.

—¿Por qué? ¿Es que no son de fiar?

—Lo son, en casi todo. Pero a los seis los mueve la ambición, Katsa, del primero al último. Rivalizan entre sí de manera constante para ganarse el favor de mi padre. Tal como están las cosas no represento una amenaza para ellos, porque soy el menor y no tengo ambiciones. Y me respetan, porque saben que para vencerme en un combate tendrían que unirse los seis contra mí. Pese a todo, si supieran la verdadera naturaleza de mi gracia intentarían utilizarme. No podrían evitarlo.

—Pero tú no se lo permitirías.

—No. Y por ello me guardarían rencor. Además, tampoco estoy seguro de que uno de ellos no cediera a la tentación de contárselo a su esposa o a sus consejeros. Mi padre se enteraría y... Todo se iría al traste.

Se detuvieron junto a un arroyuelo. Katsa bebió un poco y se refrescó la cara.

—Tu madre es perspicaz; lo vio venir.

—Lo que más temía era que mi padre se enterara. —Metió la cantimplora en el agua—. Y no porque sea un padre cruel, pero no es fácil ser rey. Porque un monarca corre el riesgo de que los hombres le quiten autoridad cuando y comoquiera que puedan. Por lo tanto, mi gracia le habría sido demasiado útil para resistir la tentación de utilizarme; no habría podido. Y eso era lo que más temía mi madre.

—¿Es que nunca quiere utilizarte como luchador?

—Claro que sí, y lo he ayudado. Pero no del modo que tú has

ayudado a Randa, porque mi padre no es un matón como él. Sin embargo, lo que mi madre temía era que utilizara mi mente. Ella quería que mi mente me perteneciera sólo a mí, y no a él.

A Katsa no le parecía bien que una madre tuviera que proteger a los hijos de su padre, pero no sabía mucho sobre progenitores. No los había tenido para que la ampararan del despotismo de Randa. Quizás el peligro radicaba más en los reyes que en los padres.

—¿Tu abuelo estuvo de acuerdo en que nadie debía saber la verdadera naturaleza de tu gracia?

—Lo estuvo, sí.

—¿Tu padre se enfadaría mucho si supiera la verdad ahora?

—Se pondría furioso conmigo, con mi madre y con mi abuelo. Todos se encresparían, y con razón. Hemos mantenido un engaño tremendo, Katsa.

—Teníais que hacerlo.

—Pese a ello, no le resultaría nada fácil perdonarnos.

A todo esto, Katsa se encaramó a un amontonamiento de rocas y se detuvo para mirar alrededor. No parecía que estuvieran más cerca de las cumbres de las montañas que se alzaban ante ellos, pero al mirar hacia atrás, a la fronda que se extendía allá abajo —muy lejos—, se hacía evidente que habían ascendido; además, la temperatura había bajado. Se cambió de sitio las bolsas y regresó a la senda.

En ese momento la idea de una reina protegiendo a los hijos de su propio padre, el rey, cobró consistencia en su mente.

Po, Leck tiene una hija.

—Sí, Gramilla. Tiene diez años.

Pues Gramilla podría representar algún papel en este asunto tan extraño. Quizás el motivo de que la reina Cinérea se haya encerrado con ella sea que Leck intentaba hacerle daño.

Po se detuvo en seco y se giró para mirarla con gesto de ansiedad.

—Si hace cortes a los animales por placer, no quiero ni pensar qué intentaría con su propia hija.

El interrogante quedó en el aire, espeluznante, horrible. Pero, además, Katsa se acordó de las dos niñas que habían muerto.

—Confiemos en que estés equivocada —dijo Po, que se llevó la mano al estómago como si se encontrara mal.

—Apresurémonos, por si acaso tengo razón.

Emprendieron la marcha casi a la carrera y siguieron el desfiladero ladera arriba, a través de las montañas que los separaban de Monmar y de cualquier verdad que allá se encerrara.

Despertaron a la mañana siguiente en el suelo de una choza polvorienta, junto a la lumbre apagada; un frío invernal se colaba por debajo de la puerta. Las gélidas estrellas se esfumaron mientras Katsa y Po ascendían, y la luz se extendió por el horizonte. El sendero se tornó más empinado y rocoso, de modo que la marcha ladera arriba alejó el frío y el agarrotamiento que Katsa no sentía, pero de los que Po se quejaba.

—He estado pensando cómo plantear nuestra aparición en la corte de Leck —dijo Po, que trepó de una roca a otra y saltó a una tercera.

—¿Y qué se te ha ocurrido?

—Bueno, me gustaría estar más seguro de lo que sospechamos antes de reunirnos con él.

—¿Quieres que busquemos una posada fuera de la corte y pasemos en ella la primera noche?

—Ésa es la idea.

—Pero no deberíamos perder tiempo.

—Tienes razón. Si no descubrimos nada útil en una noche, tal vez deberíamos proceder y presentarnos en el castillo.

Continuaron ladera arriba, y Katsa se cuestionó qué sería mejor: si presentarse como amigos e infiltrarse poco a poco, o entrar al ataque y provocar una gran pelea. Imaginó a Leck como un hombre falaz, de sonrisa desdeñosa y expresión astuta en su único ojo, de pie al final de una alfombra de terciopelo. Se vio a sí misma disparándole una flecha al corazón, de manera que caería de rodillas, manchando de sangre la alfombra, y moriría a los pies de los nobles a su servicio. Pero esperaría la orden de Po para atacar. Así debía ser porque, hasta que confirmaran si era cierto que poseía la gracia que sospechaban, ella no sabría con seguridad que no se había equivocado.

Po, eso ha de ser así, ¿verdad?

Él tardó unos segundos en recopilar los pensamientos de Katsa, pero contestó:

—A mí también se me han ocurrido algunas ideas. Mira, una vez que nos encontremos en Monmar, ¿accederás a hacer lo que yo diga y nada más? Únicamente hasta que capte el poder de Leck. ¿Lo aceptarías así?

—Pues claro que sí, Po, en este caso.

—Y no debe sorprenderte que actúe de un modo raro. Tendré que fingir que tan sólo poseo el don de la lucha y que creo cuanto me explique.

—Y yo practicaré el tiro con arco y el lanzamiento de cuchillos, porque tengo la sensación de que cuando se hayan hecho las preguntas pertinentes y todo haya salido a la luz, el rey Leck se encontrará ante el extremo de la hoja de mi arma.

—Y yo tengo la sensación de que no va a ser así de sencillo. —No sonreía y se le notaba preocupado.

El tercer día de marcha a través de las montañas fue el más ventoso y frío. El desfiladero los condujo entre dos picos que a veces quedaban ocultos tras los torbellinos de nieve. Y ellos, al caminar, hacían crujir las montoneras de nieve helada, mientras les caían copos sobre los hombros, algunos de los cuales se derretían en el cabello de Katsa.

—Me gusta el invierno en las montañas. —Esta frase provocó la risa de Po.

—Esto no es el invierno en las montañas, sino el otoño, y además, un otoño benigno. El invierno es extremadamente crudo —explicó él.

—Creo que también me gustaría.

—No me sorprendería en absoluto. Disfrutarías con el reto que supondría.

El tiempo aguantó, por lo que la afirmación de Katsa no se resolvió. Avanzaban tan deprisa como el terreno se lo permitía, pues por mucho que maravillara a Po la energía de Katsa, él también era fuerte y rápido. Tomaba el pelo a la joven por el paso que iba marcando, pero no protestaba; y si a veces se detenía para comer y beber, Katsa agradecía esos altos, ya que entonces recordaba que también debía alimentarse. Además, le daba una excusa para darse la vuelta y mirar lo que dejaban atrás, las montañas que se extendían de este a oeste, de un extremo al otro del mundo que alcanzaba a ver; y es que se hallaban a tanta altura que tenía la impresión de que divisaba el mundo entero.

Y entonces, casi sin darse cuenta, llegaron a lo alto del desfiladero. Ante ellos, las montañas se sumergían en un bosque de abetos, y allá a lo lejos, se extendían verdes valles surcados por arroyos y salpicados de granjas, así como puntos diminutos que Katsa imaginó que serían vacas. También se divisaba una línea, un río, que se estrechaba en la distancia y conducía hacia una diminuta ciudad blanca al límite de donde alcanzaba la vista: Burgo de Leck.

—Apenas lo distingo —dijo Po—, pero confío en tu vista.

—Yo distingo edificios y un muro oscuro alrededor de un castillo blanco. Y mira, ¿ves las granjas en el valle? Seguro que sí. Y las vacas, ¿las ves?

—Sí, las veo, ahora que lo mencionas. Es bellísimo, Katsa. ¿Alguna vez habías contemplado un panorama tan hermoso?

Ella rio de felicidad. Durante un instante, mientras contemplaban Monmar desde las alturas, el mundo fue un lugar maravilloso y sin preocupaciones.

El descenso por la ladera fue más peligroso que la escalada montaña arriba. Po se quejaba de que era probable que los dedos se le salieran por las punteras de las botas, aunque en el fondo deseaba que fuera así porque le dolían de la constante presión que sufrían al caminar todo el rato cuesta abajo. Poco después, Katsa advirtió que había dejado de protestar por completo y tenía aspecto de estar muy preocupado.

—Po, vamos deprisa.

—Sí, vamos. —Se protegió los ojos con la mano y escudriñó los campos de Monmar que se extendían allá abajo—. Esperemos que sea lo bastante deprisa.

Esa noche acamparon junto a un arroyo crecido a causa de la nieve derretida. Katsa se sentó en una piedra y examinó los ojos de Po, que relucían colmados de pesar. Él le devolvió la mirada y, sonriéndole inesperadamente, le propuso:

—¿Te gustaría comer algo dulce con este conejo?

—Pues claro, pero da igual lo que quiera si sólo tenemos conejo.

Entonces Po se levantó y se metió en la maleza.

¿Adónde vas?

Po no le contestó, pero ella oyó el roce de las botas sobre las rocas mientras desaparecía en la oscuridad.

—¡Po! —Se puso de pie.

—No te inquietes tanto, Katsa —sonó a lo lejos la voz—. Sólo busco lo que quieres.

—Si crees que voy a quedarme aquí como un pasmarote…

—Siéntate. Vas a estropearme la sorpresa.

Katsa se sentó, pero mentalmente le dejó claro lo que opinaba de él y de su sorpresa, pues no paraba de ir de un lado a otro en la oscuridad, sin dejar de hacer ruido, arriesgándose a romperse un tobillo entre las rocas; si eso ocurría, tendría que llevarlo cargado lo que quedaba de descenso montaña abajo. Pasados unos minutos, lo oyó regresar. Él se acercó a la luz de la lumbre y se aproximó a Katsa transportando algo en una mano ahuecada. Cuando se arrodilló delante de ella, la joven vio que llevaba un montoncito de bayas en la palma, y, alzando la vista, le preguntó sorprendida:

—¿Bayas de invierno? Sí, claro, bayas de invierno. —Cogió una y se la comió. Al morderla, le estalló en la boca con un frío dulzor, se tragó la carne suave e inquirió desconcertada—: ¿Tu gracia te indicó dónde encontrarlas?

—Así es.

—Po, esto es nuevo ¿verdad? Me refiero a percibir una planta con tanta claridad, porque no es lo mismo que si alguna criatura se trasladara de lugar, pensara o estuviera a punto de caérsete encima.

—El mundo se está rellenando a mi alrededor, pedazo a pedazo —dijo Po acuclillándose—. Lo impreciso se está definiendo. Para serte sincero, estoy algo desorientado e incluso un poco mareado.

Katsa lo observó con atención, pero no había respuesta a aquel comentario; la gracia de Po le señalaba unas bayas y él se mareaba un poco. El día de mañana le hablaría de un corrimiento de tierras al otro lado del mundo, y los dos se desmayarían. Suspiró, y, acariciándole el aro de oro de la oreja, le aconsejó:

—Si metes los pies en el arroyo, el agua de nieve te aliviará los dedos. Cuando hayas acabado, les daré un masaje para que vuelvan a entrar en calor.

—Y si tengo frío en otras partes de mi cuerpo, ¿me las calentarás también?

La voz rebosaba socarronería, y ella no pudo por menos de echarse a reír. Pero entonces Po le sujetó la barbilla y la miró a los ojos, muy serio.

—Katsa, cuando estemos cerca de Leck, deberás hacer todo cuanto te indique, sea lo que fuere. ¿Lo prometes?

—Lo prometo.

—Tienes que hacerlo, Katsa. Tienes que jurarlo.

—Po, ya te lo he prometido, pero te lo prometeré otra vez y también te lo juraré. Haré lo que me digas.

Sin dejarla de mirar, él asintió con la cabeza. Luego le echó en la mano las pocas bayas que quedaban y se quitó las botas.

—Tengo los dedos tan maltrechos que no estoy seguro de que sea acertado descalzarme. A lo mejor se rebelan y escapan hacia las montañas, negándose en redondo a regresar.

—Espero ser más que la horma de los zapatos para esos dedos —replicó ella después de comerse otra baya.

Al día siguiente Po no bromeó más sobre sus dedos ni sobre ninguna otra cosa. Apenas hablaba, y cuanto más bajaban por la senda que los llevaba hacia el rey Leck, más preocupado parecía. Y era contagioso, porque Katsa también estaba inquieta.

—¿Harás lo que te diga cuando llegue el momento? —le preguntó por enésima vez Po.

Katsa quiso expresar su irritación por preguntarle lo mismo a lo que ya le había contestado y que ahora debería responder otra vez. Pero al verlo caminar con dificultad sendero abajo, tenso e inquieto, desapareció el mal humor de un plumazo.

—Haré lo que tú digas, Po.

Capítulo 23

—Katsa.

La voz de Po la despertó. Abrió los ojos y supo que faltaban unas tres horas para que amaneciera.

—¿Qué ocurre?

—No puedo dormir.

—¿Por estar demasiado preocupado? —preguntó mientras se sentaba.

—Sí.

—Bueno, supongo que no me has despertado únicamente para que te haga compañía.

—Tú no necesitas dormir, y si yo voy a seguir despierto, podríamos ponernos en marcha.

En un visto y no visto, ella se había puesto de pie y cargado a la espalda el petate de dormir junto con el arco, la aljaba y las alforjas. Ante ellos discurría un sendero que descendía cuesta abajo entre los árboles, pero la negrura envolvía el bosque. Po tanteaba con una mano los árboles que Katsa no veía, y con tal de aguantar el equilibrio, ya que ella tropezaba con las piedras, la cogió por el brazo con la otra mano y la condujo lo mejor que supo.

Cuando por fin una luz gélida y nebulosa puso rasgos y forma al camino, avanzaron más deprisa, corriendo prácticamente. Entonces empezó a nevar, y el sendero, más liso y más ancho ya, relucía con un tenue matiz azul. Pero no encontrarían la posada, donde les venderían caballos, hasta que salieran del bosque, a horas de camino a pie. Mientras avanzaban con premura, Katsa se sorprendió anhelando el descanso que los caballos les proporcionarían a pies y pulmones. Así pues, abrió la mente para transmitirle el pensamiento a Po.

—Así que, para cansarte, hace falta correr en la oscuridad, sin dormir ni comer, tras varios días de escalar montañas. —No sonrió, sin embargo, y tampoco bromeaba—. Bueno, me alegro, porque sea lo que fuere hacia lo que corremos, lo más probable es que necesitemos tu energía y tu resistencia.

Sus palabras le recordaron algo a Katsa, que rebuscó en una de las bolsas que llevaba a la espalda.

—Toma —dijo—. Los dos tenemos que comer o no serviremos para nada.

Era media mañana y la nieve seguía cayendo cuando se aproximaron a un lugar, en el que la fronda acababa de repente y daba paso a los campos de labranza. A todo esto, Po se volvió de súbito hacia Katsa, con la alarma plasmada en cada rasgo del rostro, y acto seguido, echó a correr cuesta abajo entre los árboles, hacia las márgenes del bosque. Y entonces ella oyó voces de hombres que gritaban y el estruendo de cascos de caballos que se aproximaban. Corrió en pos de él y salió del bosque unos cuantos pasos por detrás. En ese momento una mujer, bajita, con los brazos alzados y una mueca de terror que le crispaba el semblante, cruzaba el campo a trompicones y se dirigía hacia ellos. La mujer, de cabello oscuro, vestía de negro y lucía aros de oro en las orejas y anillos en las manos, tendidas hacia Po. La perseguía una tropa de jinetes lanzados a galope, encabezados por un hombre vestido con ropajes que ondeaban al viento; un parche le tapaba un ojo. Ese hombre alzó el arco, y la flecha encajada en la tensa cuerda voló y dio de lleno en la espalda de la mujer, que sufrió una sacudida y trastabilló antes de caer de bruces en el suelo cubierto de la nieve.

Po se detuvo en seco, dio media vuelta y corrió hacia Katsa al tiempo que le gritaba:

—¡Dispárale! ¡Dispárale!

Pero Katsa ya había echado mano al arco y tanteaba buscando una flecha; tensó la cuerda y apuntó. Entonces los caballos se detuvieron y el hombre del parche en el ojo gritó algo. Katsa se quedó paralizada.

—¡Oh, qué desgracia! —se lamentó el hombre.

La voz le sonaba ahogada a causa de un sollozo reprimido,

tan rebosante de dolor que Katsa dio un respingo al tiempo que las lágrimas le humedecían los ojos.

—¡Qué accidente tan, tan horrible! —gritó el hombre—. ¡Mi esposa! ¡Mi amada esposa!

Katsa contempló el cuerpo desplomado de la mujer vestida de negro, con los brazos en cruz, mientras la blanca nieve se teñía de rojo. Los sollozos del hombre llegaron hasta la joven a través de los campos. Había sido un accidente, un accidente horroroso, trágico. Katsa bajó el arco.

—¡No, no! ¡Dispárale!

Katsa miró boquiabierta a Po, conmocionada por su orden, dada con una expresión salvaje en los ojos.

—Pero si ha sido un accidente —argumentó.

—Prometiste hacer lo que yo te dijera.

—Sí, pero no voy a disparar a un hombre transido de dolor, cuya esposa ha sufrido un accidente tan horrible...

—Dame el arco —le espetó entre dientes Po, furioso como nunca lo había visto, tan irreconocible y tan violento, tan distinto a como era él.

—No.

—Dámelo.

—¡No! ¡Estás fuera de ti!

Po se pasó los dedos por el cabello y miró a su espalda, con desesperación, al hombre que los observaba con su único ojo, de mirada fría, calculadora. Los dos hombres se observaron con fijeza unos instantes. Un vislumbre de reconocimiento aleteó en la mente de Katsa, pero se desvaneció. Po se volvió hacia ella, sosegado, aunque desesperada y perentoriamente sosegado.

—Entonces, ¿querrás hacer otra cosa, algo mucho menos drástico que no herirá a nadie? —preguntó.

—Sí, si es así.

—¿Querrás, pues, correr conmigo de vuelta al bosque y si él habla te taparás los oídos?

A Katsa le pareció una petición muy rara, pero volvió a notar el vislumbre de reconocimiento y aceptó sin saber por qué.

—Sí.

—Deprisa, Katsa.

Dando media vuelta a toda velocidad, ambos echaron a correr, y cuando Katsa oyó voces, se llevó las manos a las orejas.

Pero aun así le llegaban palabras barbotadas aquí y allá que la confundían por completo. En éstas, oyó la voz de Po que le gritaba que siguiera corriendo y que, le pareció entender, no hiciera caso a las otras voces. Del mismo modo, también le pareció oír, aunque apagada, la trápala de cascos de caballos que se les acercaban por detrás y se convertía poco después en un galope atronador. Asimismo vio las flechas que se clavaban en los árboles alrededor de ellos dos, y se enfureció.

Podríamos matar a esos hombres, a todos ellos. —Dirigió el pensamiento a Po—. *Deberíamos luchar.*

Sin embargo, el lenita siguió gritándole que corriera y la asió con firmeza por el hombro para obligarla a continuar adelante. De nuevo tuvo la sensación de que todo iba muy mal, de que nada de lo que pasaba era normal, pero, en medio de esa locura, debía confiar en Po.

Corrieron entre los árboles ladera arriba, en la dirección que Po eligiera. Las flechas fueron disminuyendo porque, cuanto más se internaban en el bosque, los árboles frenaban a los caballos y despistaban a los hombres. Pero a pesar de todo, siguieron corriendo y llegaron a una zona donde la fronda era tan espesa que la nieve se había quedado suspendida en las copas, sin caer al suelo.

«Las huellas. Po ha venido hacia aquí para que no puedan seguirnos el rastro.»

Se aferró a ese pensamiento porque era lo único que comprendía en aquel absoluto sinsentido.

Por fin Po le apartó las manos de las orejas, aunque no dejaron de correr hasta que llegaron a un árbol gigantesco, a cuyo pie el suelo estaba cubierto de agujas marrones y ramas muertas que se habían desgajado del tronco.

—Hay un hueco a cierta altura, una oquedad abierta en el tronco —anunció Po—. ¿Podrás seguirme si voy delante y trepar hasta ahí?

—Pues claro. Sube —contestó Katsa, que enlazó las manos a guisa de estribo. Él apoyó un pie en las palmas de las manos de la joven y se dio impulso, mientras ella lo aupaba lo más arriba posible. Después aprovechó los salientes en la corteza como asideros de pies y manos, y se apresuró a subir detrás de él.

—Evita esa rama —le advirtió Po desde arriba—. Y ésta otra porque se vendrá abajo al más leve soplo de brisa.

Katsa se agarró a las mismas ramas a las que se sujetaba él; Po trepaba y la joven lo seguía. De pronto desapareció, pero al instante tendió los brazos a la muchacha desde un agujero grande que había un poco más arriba. Po tiró de Katsa y la metió en el espacio hueco del tronco que había percibido desde el suelo. Entrelazando las piernas, se sentaron jadeantes en la oscuridad de aquella cueva improvisada.

—De momento estaremos a salvo aquí —comentó Po—. Siempre y cuando no nos persigan con perros.

Pero ¿por qué se escondían? Ahora que se habían sentado, un poco más sosegados, lo extraño que resultaba todo lo ocurrido traspasó la mente de Katsa, como las flechas que los jinetes les habían disparado. ¿Por qué se escondían? ¿Por qué no luchaban? ¿Por qué tenían miedo? Esa mujer, la que tenía aspecto de lenita, también estaba muy asustada. Cinérea. La esposa de Leck era lenita, y se llamaba Cinérea... Sí, tenía sentido, porque ese hombre transido de pena la había llamado «esposa»; ese hombre, del parche en el ojo y el arco en la mano, era Leck.

Mas, ¿no había sido la flecha de Leck la que había abatido a Cinérea? Katsa no lo recordaba bien; y cuando intentó evocar ese momento, una niebla y una cortina de nieve le enturbió el recuerdo.

A lo mejor Po se acordaba. Pero él también había actuado de una forma muy extraña instándola a que disparara a Leck mientras éste lloraba a su esposa. Y, después, diciéndole que se tapara los oídos. ¿Por qué?

Aquello que no acababa de captar le pasó fugaz por la mente otra vez. Intentó aprehenderlo, pero desapareció. Y entonces se enfureció; por su estupidez, por ser tan corta de entendederas.

Miró a Po, que estaba recostado en el árbol, con la mirada perdida en el vacío. Verlo así, la disgustó aún más porque daba la impresión de tener la cara demacrada, la boca tensa; estaba cansado, agotado y, probablemente, hambriento. Había dicho algo sobre unos perros, y Katsa conocía los ojos del hombre lo suficiente para identificar la preocupación que los ensombrecía.

Explícame qué pasa, por favor, Po.

—Katsa... —Pronunció el nombre en un susurro; se frotó la frente y se le encaró—. ¿Recuerdas nuestra conversación sobre el rey Leck, Katsa? ¿Lo que dijimos de él antes de verlo?

La joven le sostuvo la mirada y recordó que habían hablado algo, pero no recordaba qué.

—Respecto a sus ojos, Katsa; sobre algo que esconde.

—Que es... —Lo recordó de repente—. ¡Que es un graceling!

—En efecto, ¿y te acuerdas de cuál es su gracia?

Empezó a acordarse poco a poco, fragmento a fragmento, como si le llegara desde un rincón de la mente, al que hacía un momento no tenía acceso. Volvió a verlo todo con claridad: Cinérea aterrorizada, huyendo de su esposo y de su ejército; Leck disparando a su mujer por la espalda; Leck gimiendo con fingida pesadumbre, y cuyas palabras le obnubilaban la mente y transformaban el asesinato que había presenciado en un trágico accidente que no recordaba; Po ordenándole que disparara al rey, y ella misma negándose a obedecer.

Avergonzada, Katsa bajó la vista, incapaz de seguir mirando a Po.

—No es culpa tuya —la consoló él.

—Te juré que haría lo que dijeras. Lo juré, Po.

—Katsa, nadie habría podido mantener esa promesa. Si hubiera sabido lo poderoso que es Leck, si hubiera tenido la más ligera idea... Jamás debí traerte aquí.

—No me has traído. Hemos venido juntos.

—Sí, y ahora los dos corremos un gran peligro. —Se puso tenso—. Un momento —susurró. Parecía que escuchaba algo, pero Katsa no oía nada—. Están rastreando el bosque —dijo poco después—. Ése se ha dado la vuelta; no creo que lleven perros.

—Pero ¿por qué nos escondemos de ellos?

—Katsa...

—¿Por qué dices que corremos un gran peligro? ¿Por qué no nos enfrentamos a esos matarifes? ¿Por qué no...? —Escondió la cara entre las manos—. Me siento tan confusa... Soy tan rematadamente estúpida...

—No eres estúpida. Lo que ocurre es que el don de Leck te arrebata la capacidad de pensar por ti misma, y por otra parte, mi gracia capta mucho más de lo que cualquier persona puede ver. Estás desconcertada porque ese hombre te confunde a propósito con sus palabras y porque aún no te he dicho lo que sé.

—Entonces, dímelo. Cuéntame lo que sabes.

—Bien, Cinérea ha muerto, eso no hace falta que te lo diga. Ha muerto porque intentó huir de Leck con Gramilla. Y ya hemos visto cómo ha sido castigada por proteger a su hija. —Katsa percibió su amargura y recordó que Cinérea no era una desconocida para él, puesto que había presenciado el asesinato de un familiar—. Creo que tenías razón respecto a Gramilla. Estoy casi seguro de saber lo que Cinérea deseaba cuando corría hacia mí.

—¿Y qué quería?

—Que encontrara a Gramilla y la protegiera. Yo... No sé exactamente qué quiere hacerle Leck, pero me parece que Gramilla se esconde en el bosque, como nosotros.

—Pues tenemos que encontrarla antes de que den con ella los soldados.

—Sí, pero hay algo más que debes saber, Katsa. Los dos, tú y yo, corremos un gran peligro porque el rey monmardo nos vio y nos reconoció. Leck nos vio...

Se calló, pero ya daba igual. Katsa entendió de repente lo que el rey había visto. Había visto que huían si bien no deberían haber tenido la más ligera idea del peligro en el que se encontraban, y la había visto a ella taparse los oídos, aunque no tendrían por qué haber sospechado del poder de sus palabras.

—Ignora hasta qué punto sé la verdad sobre él —añadió Po—. Pero sí se ha dado cuenta de que su gracia no surte efecto conmigo. De modo que soy una amenaza para él y me quiere muerto. Y a ti te quiere viva.

—Pero nos disparaban a los dos...

—Yo oí la orden, Katsa. Las flechas iban dirigidas hacia mí.

—Tendríamos que haber luchado. Podríamos haber vencido a esos soldados. Hemos de encontrarlo y acabar con él.

—No, Katsa. Sabes que no puedes estar en su presencia.

—Pero puedo taparme los oídos de alguna forma.

—Es imposible que cierres el paso a todos los sonidos; además, con tal de que hable más alto... Gritará y lo oirás, porque no olvides que tienes un oído finísimo, y sus palabras no son menos peligrosas por el hecho de llegarte amortiguadas. Hasta lo que digan los soldados es peligroso, Katsa. Volverías a sentirte confusa y tendríamos que huir...

—No permitiré que haga lo mismo conmigo otra vez, Po…

—Katsa. —En la voz del hombre había un timbre de certidumbre, y la joven no quería escuchar lo que iba a decirle—. Sólo pronunció unas pocas palabras y te dominó; unas pocas palabras que borraron de golpe todo lo que acababas de ver. —Te necesita, Katsa, quiere tu gracia. Y no puedo protegerte.

No soportaba su razonamiento porque era verdad. Leck podría hacer con ella lo que quisiera, incluso convertirla en un monstruo, si así lo deseaba.

—¿Dónde está ahora?

—No lo sé. Cerca, no. Pero, probablemente, anda por el bosque buscándonos a nosotros o a Gramilla.

—¿Será difícil eludirlo?

—No creo. Mi gracia me advertirá si se halla cerca, y así podremos correr y ocultarnos.

Una idea espantosa la dejó sin respiración. ¿Y si Leck intentaba ponerla en contra de Po?

Sacó la daga que llevaba en el cinturón y se la tendió. Po le sostuvo la mirada con expresión serena, conociendo su intención, y le dijo:

—No creo que ocurra.

—Bien, pero quédatela de todos modos.

Po hizo una mueca, pero no discutió y se guardó la daga en su propio cinturón. Katsa sacó el cuchillo que escondía en una bota y se lo pasó, así como el arco, y lo ayudó a ceñirse la aljaba a la espalda.

—Poco podemos hacer respecto a mis manos y a mis pies, pero al menos estoy desarmada. Tienes una probabilidad contra mí, Po, con un arma en cada mano y yo con ninguna.

—No se llegará a eso.

No, era probable que las cosas no llegaran a tal extremo, pero más valía estar preparados por si acaso. Katsa observó el rostro de Po, los ojos, que emitían un leve brillo; sus ojos cansados, sus ojos amados. Tendría más probabilidades de defenderse si ella llevaba las manos atadas y se planteó esa posibilidad.

—Estás rozando el límite de lo absurdo —dijo él.

—Sin embargo, deberíamos intentarlo en los entrenamientos —propuso ella con una mueca socarrona.

—Accederé a hacer la prueba en otro momento, cuando todo esto haya quedado atrás —aceptó Po esbozando un remedo de sonrisa.

—Bien. Ahora encontremos a tu prima —dijo la joven.

Capítulo 24

No fue fácil para Katsa caminar por el bosque sin tomar ninguna decisión, mientras Po indicaba hacia dónde ir y determinaba cuándo y dónde esconderse, o detenerse en seco al percibir cosas que ella no veía ni oía. Su gracia era invaluable, lo sabía, pero jamás se había sentido así, tan desvalida como una criatura.

—Recobró la esperanza al verme. —Po hablaba deprisa, mientras corrían entre los árboles—. Me refiero a Cinérea. Al verme, el corazón le rebosó de esperanza, pensando en Gramilla.

Esa esperanza era la que ahora dirigía sus pasos. Cinérea deseó con tanta intensidad que Po encontrara a la niña que le legó una percepción del lugar donde creía que la chiquilla estaría, un lugar especial que Gramilla y ella conocían de los paseos a caballo que compartieron. Ese lugar se hallaba al sur del camino del desfiladero de montaña, en una hondonada por la que discurría un arroyo.

—Tengo cierta idea de cómo es ese sitio, pero no sé con exactitud dónde está, ni si mi prima se quedará allí una vez que descubra que la busca todo un ejército —explicó Po.

—Al menos sabemos por dónde empezar —lo animó Katsa—. Si se ha marchado, no puede haber ido muy lejos.

Avanzaron apresurados por el bosque. Había dejado de nevar y el agua goteaba de las agujas de los pinos y corría por el cauce de los arroyos. Pasaron por zonas de barro pisoteado por los soldados que los perseguían.

—Si tu prima ha dejado un rastro tan marcado, ya la habrán encontrado a estas alturas —comentó Katsa.

—Confiemos en que haya heredado parte de la astucia de su padre.

En más de una ocasión, un soldado se aproximó demasiado a

donde ellos se hallaban, y Po se desvió para dar un rodeo y esquivarlo. Una de esas veces, al intentar evitar a un soldado, casi se dieron de bruces con otro. Treparon a un árbol, y Po encajó una flecha en el arco, pero el tipo no quitó la vista del suelo.

—Princesa Gramilla —llamó el hombre—. ¡Vamos, princesa, su padre está muy preocupado por usted!

El soldado siguió adelante y se perdió de vista. Dejaron pasar varios minutos para que Katsa fuera capaz de bajar del árbol. Había oído las palabras del hombre incluso tapándose los oídos con las manos, y a pesar de que luchó contra su efecto, le ofuscaron la mente. Permaneció sentada en la rama, temblorosa, mientras Po la asía por la barbilla y la miraba a los ojos al tiempo que le hablaba para sacarla de su estado de confusión.

—Ya, ya tengo la mente clara —dijo la joven por fin.

Bajaron del árbol y se desplazaron con rapidez, procurando en todo momento no dejar rastro de su paso.

Cuanto más se acercaban a la linde del bosque, mayores eran las dificultades. Por doquier había soldados reunidos en grupos que se desplazaban en todas direcciones. Po y Katsa corrían trechos cortos cuando él opinaba que era seguro hacerlo, y a continuación se escondían.

Una vez Po la asió del brazo y la hizo retroceder para regresar por donde habían llegado, hasta que encontraron una roca grande cubierta de musgo y se agazaparon detrás; Po, a quien le resplandecían los ojos, se concentró al máximo y le tapó los oídos a Katsa con las manos. Encajada entre la roca y el lenita, a quien el corazón le latía desbocado, Katsa comprendió que en esa ocasión no se escondían de unos simples soldados. Aguardaron lo que le pareció un rato interminable, y por fin Po la cogió por la muñeca y le hizo una seña para que lo siguiera. Se alejaron a hurtadillas y tomaron una ruta distinta, una que ensanchaba la distancia entre ellos y el rey monmardo.

Cuando se hallaron tan cerca de la linde del bosque como Po consideró seguro, se desviaron hacia el sur; esperaban que Gramilla hubiera seguido esa dirección. El lenita se detuvo al cruzárseles en el camino un arroyo que borbotaba; se puso en cuclillas y escuchó con atención. Katsa se quedó a su lado y lo observó a la espera de que percibiera alguna señal procedente del bosque o del recuerdo de la esperanza de Cinérea.

—No hay nada —admitió por fin Po—. No sé si éste es el arroyo que buscamos.

Katsa se agachó a su lado y razonó:

—Si los soldados no han encontrado aún a la niña, quiere decir que no ha dejado un rastro evidente a pesar de la nieve y del barro, ni ha debido de perder la presencia de ánimo y habrá caminado por el arroyo. Todas las corrientes de agua de este bosque fluyen de la montaña hacia una cañada, así que tiene que haber comprendido que debía ir hacia el oeste, lejos de los valles; a no ser que haya algo que indique que no conviene seguir este arroyo. Si no damos con ella, podemos continuar hacia el sur y buscar en el próximo arroyo que encontremos.

—Es una opción casi a la desesperada —comentó él; pese a ello, se puso de pie y siguieron la corriente hacia el oeste. Pero cuando Katsa encontró un mechón enredado de cabello largo y oscuro enganchado en una rama, que se partió al darle un golpe con el vientre, llamó a Po mentalmente. Sostuvo el enredo de pelo para que lo viera antes de guardárselo en la manga, y disfrutó al observar la expresión algo más animada que puso él.

En un punto en el que el arroyo torcía en un recodo pronunciado y penetraba en una pequeña hoyada cubierta de hierba y helechos, Po dio el alto y se detuvo.

—Reconozco este sitio. Aquí es.

—¿Está tu prima?

—No —respondió él, tras permanecer en silencio unos segundos—. Pero caminemos corriente arriba, deprisa. Me temo que los soldados nos vienen pisando los talones.

Apenas unos minutos después, se volvió, reflejando cierto alivio en el fatigado semblante, y musitó:

—Ahora la percibo. —Salió del arroyo, seguido por Katsa. Caminó sorteando árboles hasta llegar al tronco caído de un árbol muerto, y lo observó un momento. Después, fue hacia uno de los extremos, se agachó y se asomó al tronco hueco.

—Gramilla —dijo—, soy tu primo Po, hijo de Ror. Hemos venido para protegerte.

No hubo respuesta, y él siguió hablando sosegado, con suavidad.

—No vamos a hacerte daño, prima; estamos aquí para ayudarte. ¿Tienes hambre? Llevamos comida en la bolsa.

Tampoco hubo respuesta desde el interior del tronco hueco. Po se puso de pie y le comentó en voz baja a Katsa:

—Yo le doy miedo. Debes intentarlo tú.

—¿Y crees que a mí me tendrá menos miedo? —rezongó la joven.

—Me tiene miedo porque soy un hombre. Pero ten cuidado porque tiene un cuchillo y está dispuesta a utilizarlo.

—¡Bien hecho! —Katsa se arrodilló delante del hueco y se asomó. Apenas distinguía a la muchachita que estaba dentro hecha un ovillo, jadeante, aterrada, aferrando el cuchillo con las manos crispadas.

—Princesa Gramilla, soy lady Katsa, de Terramedia. He venido con Po para ayudarte. Debes confiar en nosotros, Gramilla. Los dos estamos dotados para la lucha y podemos mantenerte a salvo de tu padre.

—Dile que sabemos lo de la gracia de Leck —susurró Po.

—Sabemos que tu padre va tras de ti y estamos enterados de que está dotado por la gracia. Somos capaces de mantenerte a salvo, Gramilla.

Katsa esperó alguna reacción por parte de la chiquilla, pero no dio señales de vida. Cruzó una mirada con Po, y, haciendo un gesto de impotencia, preguntó:

—¿Crees que podríamos partir el tronco?

Pero en ese momento sonó una vocecilla temblorosa desde allí dentro:

—¿Dónde está mi madre?

Pasaron unos instantes sin que Katsa ni Po supieran qué hacer. Al fin él, pesaroso, asintió con la cabeza, y Katsa dijo desde el agujero del tronco:

—Tu madre ha muerto, Gramilla.

La joven esperaba oír gritos y sollozos, pero en cambio se produjo un silencio; poco después la chiquilla hablaba de nuevo, esta vez con un hilo de voz:

—¿La mató el rey?

—Sí —contestó Katsa.

Hubo otro silencio, y Katsa esperó.

—Los soldados se acercan —murmuró Po—. Están a pocos minutos de distancia.

La joven no quería enfrentarse a esos soldados que portaban en la boca el veneno de Leck; y quizá no hubiera necesidad de hacerles frente si conseguían que la chiquilla saliera.

—Veo el cuchillo, princesa Gramilla —dijo—. ¿Sabes utilizarlo? Incluso una niña puede hacer mucho daño con un cuchillo. Yo podría enseñarte cómo.

Po se agachó y la tocó en el hombro.

—Gracias, Katsa —susurró. Volvió a erguirse enseguida y se internó algunos pasos en la fronda para echar ojeadas alrededor y escuchar cualquier cosa que su gracia le transmitiera. Katsa entendió entonces la razón de que le diera las gracias, porque la chiquilla había empezado a gatear para salir del árbol muerto. En la penumbra del tronco hueco, asomó primero el rostro y después las manos y los hombros. Tenía los ojos grises y el cabello oscuro, como su madre; unos ojos desorbitados en el semblante surcado por las lágrimas; los dientes le castañeteaban, mientras que las manos aferraban el cuchillo, que era más largo que su antebrazo.

Acabó de salir del tronco, y Katsa la levantó y le tocó las mejillas y la frente. La pequeña tiritaba de frío. La falda estaba tan mojada que se le pegaba a las piernas, y tenía las botas empapadas; además, no llevaba ninguna prenda de abrigo, ni tapabocas ni guantes.

—¡Cielos benditos, estás helada! —exclamó Katsa. Se quitó la chaqueta y se la metió a la pequeña por la cabeza; intentó pasar los brazos de la cría por las mangas, pero Gramilla no aflojó los dedos que sujetaban el cuchillo—. Suéltalo un momento, pequeña, sólo un instante. Deprisa, porque se acercan los soldados. —Cogió el arma de las manos de la niña y le ciñó la prenda de abrigo, tras lo cual le tendió de nuevo el arma—. ¿Puedes caminar, Gramilla?

La chiquilla no respondió; se tambaleó, desenfocada la vista.

—Podemos llevarla en brazos —sugirió Po, que había reaparecido—. Hemos de irnos.

—Espera, tiene demasiado frío.

—Nos vamos ya, ahora mismo, Katsa.

—Dame tu chaqueta.

Po soltó las bolsas, el arco y la aljaba, se sacó la prenda de abrigo con celeridad y se la lanzó a Katsa. La joven se la puso a la niña y forcejeó de nuevo con los dedos de las manos. Le echó la capucha por la cabeza y se la ató bien ajustada. Gramilla parecía un saco de patatas; un saco pequeño y tembloroso con la mirada ausente y un cuchillo en la mano. Po se la cargó al hombro, y Katsa y él recogieron sus pertenencias.

—Muy bien, en marcha —dijo la joven.

Corrieron hacia el sur. Siempre que era factible pisaban sobre agujas de pino o sobre rocas para dejar el menor rastro posible de su paso. Sin embargo, el suelo estaba demasiado mojado y los soldados avanzaban deprisa en sus monturas. Era fácil seguirles el rastro, de tal manera que, poco después, Katsa oía el ruido de ramas al quebrarse y el golpeteo sordo de los cascos de los caballos.

¿Cuántos son, Po?

—Quince, como mínimo.

La joven respiró hondo, despavorida.

¿Y si sus palabras me confunden?

—Ojalá fuera capaz de enfrentarme solo a todos ellos, Katsa —susurró Po—. Pero eso significaría que habríamos de separarnos, y en este momento hay soldados por todas partes. No correré el riesgo de que te encuentren sin estar yo contigo.

Ni yo te permitiría que lucharas solo contra quince hombres, resopló ella.

—Tenemos que matar a tantos como podamos antes de que se aproximen lo suficiente para oír lo que dicen —propuso Po—. Y confiemos en que, al ser atacados, no estén muy parlanchines. Busquemos un lugar donde esconder a la pequeña. Si no la ven, no le hablarán.

Ocultaron a la niña detrás de piedras y maleza, dentro del hueco que un árbol tenía en la base.

—No hagas ningún ruido, princesa —advirtió Katsa—. Y préstame tu cuchillo; con él mataré a uno de los hombres de tu padre. —Y cogió el arma de las indecisas manos de la chiquilla.

Po —llamó mentalmente al tiempo que pensaba con rapidez—, *dame los cuchillos y las dagas. Los mataré nada más verlos.*

Él sacó las dos dagas que llevaba en el cinturón y un cuchillo de cada bota y se los echó de uno en uno. La joven los reunió en una mano; Po preparó el arco y encajó una flecha en la cuerda. Se agazaparon detrás de una roca y esperaron, aunque no durante mucho tiempo. Los soldados salieron de entre los árboles a buen paso sobre las monturas, ojeando el suelo para encontrar el rastro. Katsa contó diecisiete hombres.

Yo los de la derecha —pensó con resolución—, *y tú los de la izquierda.*

Y sin más se incorporó y lanzó un cuchillo, seguido de un segundo y un tercero. Po lanzó una flecha que salió volando y se apresuró a sacar otra de la aljaba. Los cuchillos y las dagas de Katsa se hincaron en el pecho de cinco hombres, y el lenita mató a otros dos antes de que los soldados comprendieran que se trataba de una emboscada.

Los cuerpos de los muertos cayeron de los caballos al suelo, mientras que los vivos desmontaban de un salto y desenvainaban las espadas sin dejar de chillar y dar gritos incomprensibles, en tanto que un par de ellos más despabilados recurrían a las flechas. Katsa corrió hacia los soldados y Po siguió disparando. El primero que salió al paso de la joven, con la mirada enfurecida y la boca crispada en un grito, blandía la espada tan a tontas y a locas que Katsa esquivó las arremetidas con facilidad, asestó una patada en la cabeza a otro soldado que corría hacia ella, sacó de la funda la daga del primer hombre y los apuñaló a ambos en el cuello; conservó la daga, recogió una espada y atacó blandiendo las dos armas; desarmó a otro hombre y le atravesó el vientre; se dio la vuelta para enfrentarse a otros dos soldados que se acercaban por detrás, y los mató con la daga al tiempo que rechazaba con la espada las estocadas de un tercero. Acto seguido, lanzó la daga y la hundió en el pecho de un soldado a caballo que apuntaba a Po con una flecha.

Tan sólo quedaba un hombre jadeante, desorbitados los ojos por el miedo; reculó y echó a correr. En un santiamén, Katsa extrajo el cuchillo clavado en el torso de otro soldado y corrió en pos del que huía; pero entonces oyó el seco chasquido de una flecha al salir disparada y el hombre chilló y cayó al suelo, donde yació inmóvil.

Katsa se miró la blusa y los pantalones embadurnados de

sangre, y al limpiarse la cara con la manga, ésta se le tiñó de rojo. Alrededor solamente había hombres muertos, hombres que no habían sido conscientes de lo que hacían, aunque su mente no fuera más débil que la suya. Katsa estaba asqueada, desanimada y furiosa contra el rey que había provocado un baño de sangre sin necesidad. Sobreponiéndose, dijo:

—Asegurémonos de que están muertos y montémoslos en los caballos. Hay que mandarlos de vuelta para que Leck pierda nuestro rastro.

Estaban muertos; todos ellos. Katsa sacó flechas y hojas de acero de pechos y espaldas procurando no mirar las caras; limpió cuchillos y dagas y se los devolvió a Po. Cuando fue a devolverle a Gramilla su cuchillo, encontró a la chiquilla de pie, cruzada de brazos para protegerse del frío, pero con los ojos alerta, lúcidos. Al mirarse de nuevo las ropas manchadas de sangre, Katsa deseó que la chiquilla no hubiera presenciado la masacre de los soldados.

—Ya no tengo tanto frío —dijo Gramilla.

—Estupendo. ¿Llevas mucho tiempo mirando la pelea?

—Esos hombres no tenían muchas probabilidades de sobrevivir, ¿verdad? —se limitó a responder la princesa—. ¿Adónde nos dirigiremos ahora?

—No lo sé a ciencia cierta. Hay que encontrar un lugar seguro para escondernos, donde podamos comer y dormir. Hemos de discutir sobre qué haremos a continuación.

—Tendréis que matar al rey si queréis que deje de perseguirnos —dijo Gramilla.

Katsa miró con detenimiento a esa chiquilla que casi no le llegaba al pecho: las mangas de la chaqueta de Po le colgaban hasta las rodillas; bajo la capucha, los ojos y la nariz grandes, demasiado grandes para aquella carita; la voz aguda... Sin embargo, su forma de hablar era sosegada y rebosaba certidumbre al recomendar la muerte de su padre.

Capítulo 25

Se quedaron dos caballos para ellos, pues Gramilla montó con Katsa. Desanduvieron el camino de vuelta al arroyo para limpiarse la sangre de los soldados muertos, y después, conduciendo a los caballos por el agua, viraron al oeste en dirección a las montañas, hasta que el terreno se volvió más rocoso, lo suficiente para ocultar las huellas de los cascos. A partir de ahí, enfilaron hacia el sur a lo largo de la base de la cordillera, y buscaron un sitio adecuado para esconderse y pasar la noche; un sitio donde pudieran defenderse, un sitio lo bastante lejos de Leck para mantenerse a salvo, aunque no tan distante que les impidiera llegar hasta el rey y matarlo.

Era obvio que Gramilla tenía razón: Leck tenía que morir. Katsa era consciente de esa realidad, pero no le gustaba pensar en ella porque era una asesina y acabar con él tendría que ser tarea suya; sin embargo, estaba claro que sería Po —él solo, sin ayuda— el encargado de matar a un rey protegido por un ejército.

No debes acercarte a su castillo. —Katsa dirigió el pensamiento a Po mientras cabalgaban—. *Nunca conseguirías acercarte lo bastante a él porque llamas demasiado la atención. Te prepararían una emboscada.*

Los caballos avanzaban precavidos entre las piedras. Po no se dio por enterado de los pensamientos de Katsa; ni siquiera la miró, pero ella estaba segura de que le habían llegado.

Lo mejor sería que lo pillaras por sorpresa en el bosque mientras busca a la niña, y le dispararas desde la mayor distancia posible.

Po cabalgaba delante de ellas, recta la espalda y firmes los brazos a pesar del cansancio y del frío y de no llevar una prenda de abrigo.

Y después huir lo más deprisa que pudieras.

Entonces el lenita frenó el paso y se puso al lado del otro caballo. La miró a la cara, y la entereza que reflejaban sus ojos la reconfortó y le dio confianza. Po no era débil ni estaba indefenso, ya que contaba con su gracia y su fortaleza. Él le tendió la mano, y cuando ella alargó la suya, se la besó. Se situó en cabeza de nuevo y reanudaron la marcha.

Llegaron a un sitio, en el que el terreno se precipitaba a la izquierda formando un barranco profundo; allá abajo, a lo lejos, relucían las aguas de un lago. A la derecha, el camino subía hacia un risco que se asomaba al lago.

—Si cruzamos al otro lado de ese risco y nos escondemos allí, los que nos persigan tendrán que salvar el risco por este mismo camino, o subir desde el despeñadero. Será fácil verlos —dedujo Katsa.

—Se me había ocurrido lo mismo —comentó Po—. Veamos qué hay al otro lado.

Remontaron la cuesta; el sendero del risco se inclinaba hacia el precipicio de un modo muy inquietante, pero era ancho, y los caballos se mantenían pegados al margen contrario. Los cascos desprendían guijarros que rodaban cuesta abajo, tintineaban al golpear en el reborde y se zambullían en el lago, pero los fugitivos no corrían peligro.

Una vez que cruzaron el risco, no encontraron más que rocas, maleza y unos pocos árboles raquíticos que crecían en las grietas y en los huecos de las piedras. Al descubrir una cueva poco profunda, de espaldas al precipicio y al camino del risco, les pareció la mejor opción para acampar.

—No nos proporcionará un lecho blando, pero no se verá la fogata que encendamos —argumentó Po—. ¿Tienes hambre, prima?

La chiquilla estaba sentada en una piedra, en silencio, manteniendo todavía el cuchillo bien sujeto entre las manos. No se había quejado de hambre, ni de nada en realidad. Pese a ello, observó con los ojos como platos a Po, que desenvolvía la escasa comida que les quedaba: un poco de carne de la noche anterior y una manzana que llevaban encima desde que salieron de la posada, al pie de la vertiente emeridia de la cordillera. Gramilla contempló la comida casi sin respirar; saltaba a la vista que estaba muerta de hambre.

—¿Cuánto hace que no comes? —preguntó Po mientras le ponía delante toda la comida.

—Esta mañana me comí unas bayas.

—¿Y la vez anterior?

—Ayer por la mañana.

—Come despacio —aconsejó Po al ver que la niña arrancaba un buen trozo de carne de un mordisco—. Mastica o te sentará mal.

—Bajaré al barranco y buscaré algo para comer —anunció Katsa—. El sol no tardará mucho en ponerse. Me llevaré un cuchillo, Po, y tú estate alerta para que nadie me sorprenda.

Po se sacó un cuchillo de la bota y se lo echó.

—Si oyes el ululato de un búho, huye; dos ululatos, escapa hacia el sur; tres, vuelves aquí cuanto antes —instruyó.

—De acuerdo.

—Inténtalo en los arbustos que hay al sur del lago —añadió Po—. Y recoge unos cuantos guijarros mientras bajas. Me parece haber visto alguna codorniz.

Katsa resopló, pero no dijo nada. Echó una ojeada a Gramilla, que sólo veía la comida que tenía en las manos. Luego dio media vuelta, se abrió camino entre las piedras y empezó a descender con rapidez por el barranco.

Cuando Katsa volvió al campamento con una sarta de codornices desplumadas y destripadas, el sol se ponía ya detrás de las montañas. Po amontonaba ramas casi al fondo de la cueva y Gramilla estaba acostada cerca, envuelta en una manta.

—Imagino que no ha dormido mucho estos últimos días —susurró Po.

—Ahora que se le ha secado la ropa se encontrará mejor. Nos ocuparemos de mantenerla alimentada y caliente.

—Es una chiquilla con mucho aplomo, aunque pequeña para tener diez años, ¿verdad? Me ayudó a recoger leña hasta que casi se desplomó de agotamiento. Le dije que durmiera hasta que tuviéramos más comida, pero no ha soltado ese cuchillo desde entonces. Y aún me tiene miedo... Me da la impresión de que no está acostumbrada a que los hombres se muestren amables con ella.

—Po, estoy pensando que no quiero saber qué hay detrás de esta trama; no le encuentro sentido, ni consigo explicarme dónde encaja tu abuelo en ella.

Po movió pesaroso la cabeza, y, mirando a la chiquilla acurrucada en el suelo entre mantas y capas de ropa, opinó:

—No sé hasta qué punto puede haber algo en todo esto que se relacione con la cordura o el sentido común, pero la mantendremos a salvo y mataremos a Leck. Supongo que al fin descubriremos cuánto hay de verdad en este asunto.

—Será una reina jovencísima.

—Sí, yo también lo he pensado, pero eso es algo que no tiene remedio.

Se sentaron en silencio y esperaron a que hubiera más oscuridad para que disimulara el humo de la fogata. Po se puso otra camisa encima de la que llevaba, mientras Katsa lo observaba, recorriéndole con la mirada el rostro, los familiares rasgos, los ojos, aquellos ojos que reflejaban la luz rosácea del crepúsculo... Se mordió los labios e intentó descartar la preocupación, porque así no le sería útil.

—¿Cómo piensas hacerlo? —preguntó.

—Es probable que como dijiste tú. Hablaremos de ello cuando Gramilla se despierte; confío en que pueda ayudarnos.

Ayudarlos a planear la muerte de su padre... Sí, era probable que lo hiciera si estaba en sus manos. Y es que, sentados allí, en el campamento rocoso al borde de las montañas monmardas, la locura que se respiraba en el aire de aquel reino llegaba a semejante grado.

Ya fuera debido a la luz de la lumbre, al chasquido de la leña, o al olor de la carne que chisporroteaba sobre las llamas, Gramilla se despertó y fue a sentarse con ellos junto al fuego, con la manta echada sobre los hombros y el cuchillo en la mano.

—Te enseñaré a manejar esa arma cuando te encuentres mejor —le dijo Katsa—. Aprenderás a defenderte y a lisiar a un hombre. Podemos utilizar a Po para practicar.

La pequeña lanzó un vistazo rápido y tímido a la joven, tras lo cual bajó la vista al regazo.

—Genial —intervino Po—; ya empezaba a aburrirme que me golpearas casi hasta matarme sólo con las manos y los pies, Katsa, pero que te lances sobre mí con un cuchillo será como un soplo de aire fresco.

Gramilla lanzó otra ojeada a Katsa e inquirió:

—¿Luchas mejor que él?

—Sí.

—Mucho mejor —puntualizó Po—; sin punto de comparación.

—Pero él me aventaja en otras cosas —argumentó Katsa—. Es más fuerte y ve mejor en la oscuridad.

—Pero cuando se trate de una lucha, apuesta siempre por la dama, Gramilla —advirtió el príncipe—. Incluso en la oscuridad.

Se quedaron callados mientras esperaban a que las codornices se asaran. Gramilla tuvo un escalofrío y se arrebujó más en la manta.

—Me gustaría tener una gracia con la que pudiera protegerme yo misma —murmuró la chiquilla.

Katsa contuvo el aliento y se empeñó en esperar con paciencia, sin hacer preguntas.

—El rey me necesita —aseguró la niña al cabo de un momento.

—¿Con qué propósito? —inquirió Katsa sin aguantarse más.

Gramilla no respondió. Hundió la barbilla en el pecho y se ciñó con los brazos de forma que pareció que todavía disminuía más de tamaño.

—Tiene una gracia —musitó por fin—. Mi madre me lo dijo, y me explicó que es capaz de manipular la mente de las personas al hablar con ellas, y hacerles creer cualquier cosa que les diga. Sucede incluso si escuchan esas palabras en boca de otra persona, o si es un rumor que lanza él y se propaga mucho más lejos de donde lo difunde; su influjo mengua a medida que se extiende a mayor distancia, aunque no desaparece por completo. —Contempló el cuchillo que sostenía con aire desdichado—. Mi madre me dijo también que es la clase de hombre que no debería haber nacido con un don así. Hace de los pequeños y de los débiles sus juguetes; disfruta causando dolor.

Po apoyó la mano en el muslo de Katsa; ese gesto fue lo único que apaciguó a la joven y evitó que la furia la indujera a ponerse de pie como con un resorte.

—Su comportamiento despertaba sospechas en mi madre de vez en cuando, desde que lo conoció. Pero él siempre consiguió confundirla para que lo olvidara, hasta que hace unos pocos meses empezó a mostrar un interés especial en mí. —Se calló y respiró hondo varias veces; miró a Katsa y parpadeó como si se sintiera incómoda—. No sé exactamente lo que quiere de mí. Pero siempre le ha gustado la... compañía de niñas. Y tiene algunas costumbres muy raras que mi madre y yo descubrimos: les hace cortes a los animales usando cuchillos; los tortura y los mantiene con vida mucho tiempo para al final matarlos. —Carraspeó—. Y me parece que no lo hace sólo con los animales.

«Bondadoso con los niños y los seres indefensos», pensó Katsa, que luchó para contener lágrimas de rabia. Toda su vida había creído en la fama de benevolente que tenía Leck. ¿Convencería también a sus víctimas de que les estaba haciendo un favor mientras las cortaba con los cuchillos?

—Le dijo a mi madre que quería pasar algunos ratos a solas conmigo —siguió explicando Gramilla—, porque había llegado el momento de conocer mejor a su hija. ¡Qué furioso se puso cuando ella se negó! Y la golpeó. Entonces intentó usar su gracia conmigo, y trató de obligarme a acompañarlo a sus jaulas, pero cada vez que veía los moretones en la cara de mi madre, recordaba la verdad; y aunque apenas se me aclaraba la mente, era suficiente para negarme a ir con él.

De modo que Po tenía razón. Las explicaciones de Gramilla, dotaban de sentido las muertes acaecidas en la corte de Leck. Lo más probable era que el rey hubiera dispuesto la muerte de mucha gente, personas que le ocasionaban contratiempos y, dado el provecho que sacaba de ellas, no merecía la pena dejarlas vivir; víctimas a las que les había hecho tanto daño que sospechaban la verdad.

—Así que entonces secuestró al abuelo, porque sabía que era la persona más querida por mi madre —continuó la niña—. Le dijo a ella que iba a torturarlo, a menos que accediera a entregarme. Y también le dijo que lo llevaría a Monmar y lo mataría delante de nosotras. Esperábamos que fuera otra de sus mentiras, pero nos llegaron cartas de Lenidia y nos enteramos de que el abuelo había desaparecido de verdad.

—Al abuelo no lo han torturado ni lo han matado —la tranquilizó Po—. Ahora está a salvo.

—Podría haberme tomado a la fuerza —comentó Gramilla; la voz se le quebró y adquirió un repentino timbre agudo—. Cuenta con todo un ejército que nunca se le enfrentaría, pero no lo hizo. Tiene esa… paciencia enfermiza. No le interesaba obligarnos; quería oírnos decir «sí».

«Porque le resultaba más satisfactorio de ese modo», pensó Katsa.

—Mi madre se encerró conmigo en sus aposentos, y el rey dejó de prestarnos atención durante un tiempo. Teníamos comida y bebida que nos traían, así como ropa limpia y agua para asearnos, pero a veces nos hablaba a través de la puerta, tratando de persuadir a mi madre para que me dejara salir. De vez en cuando conseguía confundirme; otras veces la confundía a ella. Ideaba las razones más convincentes para que saliera, y nosotras teníamos que recordarnos de manera continua la verdad. Era aterrador.

Una lágrima se deslizó por la mejilla de la pequeña, pero siguió hablando deprisa, como si ya no pudiera interrumpir la historia.

—Nos enviaba animales —ratones, perros, gatos...— llenos de cortes pero todavía vivos, que chillaban y sangraban. Era espantoso. Y entonces, un día, la chica que nos traía la comida llegó con cortes en la cara, tres en cada mejilla, que no dejaban de sangrar. Pero también tenía otras heridas que no veíamos: no caminaba como era debido. Era una chica de mi edad.

Enmudeció un momento, ahogada por las lágrimas; se limpió la cara en el hombro y prosiguió:

Fue entonces cuando mi madre decidió huir. Atamos varias sábanas y mantas y las echamos por la ventana. Yo creía que sería incapaz de descolgarme, por miedo. Pero mi madre no dejó de hablarme todo el rato hasta que llegamos abajo. —Gramilla miraba las llamas con fijeza—. Mi madre mató a un guardia con un cuchillo y corrimos hacia las montañas. Confiábamos en que el rey diera por hecho que habíamos tomado la calzada del Puerto, hacia el mar. Sin embargo, a la segunda mañana, vimos que venían tras nosotras a través de los campos. Mi madre se torció un tobillo en una zanja y no podía correr, así que me obligó a adelantarme para que me escondiera en el bosque.

La chiquilla respiraba con agitación, se limpió de nuevo las lágrimas y apretó los puños. Al fin consiguió contener el llanto gracias a un gran esfuerzo de voluntad, y, aferrando el cuchillo que tenía en el regazo, continuó hablando con amargura:

—Si me hubiera entrenado en el tiro al arco o si hubiera sabido utilizar un cuchillo, a lo mejor habría podido matar a mi padre cuando todo este asunto empezó.

—Hay cosas que ya no tienen remedio. Pero lo mataré mañana, antes de que haga más daño —determinó Po.

Los ojos de Gramilla se clavaron en los de su primo al escuchar aquellas palabras, y preguntó:

—¿Por qué tú? ¿Por qué no ella, si es mejor luchadora?

—Porque a mí no me afecta la gracia de Leck, pero a Katsa, sí. Lo descubrimos hoy cuando nos topamos con él en los campos. He de ser yo quien lo mate porque a mí no puede manipularme ni confundirme como a Katsa.

Le ofreció a Gramilla una codorniz ensartada en un palo. La niña la cogió y observó a Po con mayor intensidad.

—Es cierto que cuando él hacía daño a mi madre, su gracia perdía parte de su poder sobre mí, y ocurría lo mismo a la inversa: su gracia disminuía de potencia con respecto a mi madre cuando me amenazaba a mí, pero ¿por qué no surte el mismo efecto contigo?

—No estoy seguro —contestó Po—. Ha hecho daño a un montón de gente, pero supongo que su gracia debe de causar menor efecto en algunas personas, aunque nadie se atreve a admitirlo por miedo a su venganza.

—¿Cómo te hizo daño a ti? —preguntó Gramilla con los ojos entornados.

—Secuestró a mi abuelo, ha asesinado a mi tía ante mis propios ojos y amenaza a mi prima.

La respuesta pareció satisfacer a Gramilla o, al menos, se concentró en la codorniz y comió con voracidad durante varios minutos. De vez en cuando miraba de soslayo a Po —a las manos en especial— mientras se ocupaba de la fogata.

—Mi madre llevaba un montón de anillos, como tú —comentó—. Te pareces a ella, a excepción de los ojos. Y hablas de forma muy similar. —Inhaló profundamente y se quedó mirando con fijeza la comida que tenía en las manos—. Estará acampado en el bosque esta noche y mañana reanudará la persecución para atraparme. No sé cómo vais a encontrarlo.

—A ti te encontramos, ¿verdad? —dijo Po.

La niña clavó de nuevo la mirada en su primo y después bajó la vista hacia la comida otra vez.

—Lo acompañará su guardia personal. Todos están tocados por la gracia, así que te explicaré a lo que vas a enfrentarte.

El plan era muy sencillo: Po se pondría en marcha temprano, antes de rayar el alba, equipado con comida, un caballo, el arco, la aljaba de flechas, una daga y dos cuchillos; regresaría al bosque, escondería el caballo y encontraría al rey, tardara lo que tardara; no se le acercaría a una distancia menor del alcance de las flechas, apuntaría y dispararía; se aseguraría de que el rey había muerto y después huiría lo más deprisa posible hasta donde hubiera dejado el caballo, y de allí, de vuelta al campamento.

Un plan sencillo, pero Katsa se sentía más y más intranquila a medida que lo discutían, porque Po y ella sabían que las cosas no eran nunca así de fáciles. El rey tenía una guardia personal que constaba de dos unidades, una interior y otra exterior. La primera la formaban cinco espadachines graceling dotados para la esgrima; esos hombres no representaban una amenaza para Po porque siempre se quedaban junto al rey, y el príncipe lenita no tenía intención de acercárseles. En cambio, debía estar preparado para enfrentarse a la unidad exterior, constituida por diez hombres que se situaban en un amplio círculo alrededor de Leck, a cierta distancia de éste, así como también entre ellos mismos, y siempre que el rey se desplazara por el bosque, caminarían rodeándolo continuamente. Todos eran graceling: unos, dotados para la lucha; un par de arqueros formidables; uno con la gracia de ser un corredor veloz; otro, con una fuerza tremenda; uno trepaba a los árboles y saltaba de rama en rama como una ardilla; otro, dotado con una vista y un oído extraordinarios...

—A ese que lo ve y lo oye todo, lo reconocerás por la barba

pelirroja —informó Gramilla—. Pero si estás tan cerca de él que lo ves, es casi seguro que él ya te haya avistado. Una vez que te hayan localizado, darán la alarma.

—Po, deja que vaya contigo hasta donde encontremos el círculo de la guarda exterior —sugirió Katsa—. Son demasiados y podrías necesitar ayuda.

—No —se opuso él.

—Sólo lucharía con ellos y después regresaría.

—No, Katsa.

—No podrás…

—Katsa. —El timbre era cortante, y la joven se cruzó de brazos y miró la fogata con rabia.

—De acuerdo —aceptó—. Ve a dormir, Po. Yo haré la guardia.

—Bien, despiértame dentro de un par de horas para relevarte.

—No, Po, necesitas dormir más rato para llevar a cabo ese disparate. Yo vigilaré toda la noche; no estoy cansada —añadió ante el amago de protesta del hombre—. Tú lo sabes; permítemelo.

Y el lenita se echó a dormir envuelto en una manta al lado de Gramilla, en tanto que Katsa se sentaba en la oscuridad y repasaba una y otra vez el plan.

Si al ponerse el sol, Po no había regresado al campamento establecido en el sendero del risco, Gramilla y ella tenían que huir solas. Porque si no volvía, cabía la posibilidad de que el rey no hubiera muerto. Y si era así, nada, excepto la distancia, protegería a Gramilla de su padre.

Para Katsa, era inconcebible dejar solo a Po en ese bosque lleno de soldados, y cuando se sentó en una piedra, soportando el frío de la noche y envuelta en la oscuridad, no se permitió pensar en ello ni un segundo más. Permaneció alerta al más ligero movimiento, al sonido más leve, y se negó a imaginarse lo que podía ocurrir al día siguiente.

Capítulo 26

Po despertó de madrugada, con frío, y recogió sus cosas sin hacer ruido. Atrajo a Katsa hacia sí y la abrazó.

—Volveré —dijo. Y se marchó.

Katsa se sentó de nuevo y continuó la guardia, como había hecho toda la noche, fija la mirada en el sendero por el que se había ido Po. Y siguió controlando sus pensamientos.

Llevaba un cordón alrededor del cuello del que pendía un anillo, que Po le había dado antes de montar a caballo y partir al trote por el sendero del risco. Notaba el frío del metal contra la piel del pecho y jugueteó con él mientras esperaba que saliera el sol. Era el que tenía grabado el mismo motivo que Po lucía en las franjas de los brazos; el anillo de su castillo y de su principado. Si Po no regresaba al acabar el día, ella tenía que llevar a Gramilla hacia el sur, al mar, y conseguir del modo que fuera pasajes de barco para dirigirse a la costa occidental de Lenidia, al castillo de Po. Ningún lenita la detendría ni le haría preguntas si llevaba el anillo del príncipe, porque sabrían que actuaba siguiendo sus instrucciones; le darían la bienvenida y la ayudarían. Y Gramilla estaría a salvo en el castillo de Po, mientras ella discurría, hacía planes y esperaba a tener alguna noticia de él.

Cuando se hizo de día y Gramilla despertó, Katsa y ella bajaron con el caballo al lago para que bebiera y pastara; recogieron leña por si acaso volvían a hacer noche en ese campamento; comieron bayas de invierno de un montón de arbustos que había junto al agua, y Katsa atrapó y destripó peces para la comida. Cuando subieron de nuevo al campamento, el sol no había llegado siquiera a su cenit.

Katsa pensó en hacer algo de ejercicio o enseñar a Gramilla a manejar el cuchillo, pero no quería llamar la atención con el ruido que harían, ni que se le pasara por alto el menor indicio de la proximidad de un enemigo, o de la llegada de Po. Lo único que podía hacer, pues, era sentarse en silencio y esperar; los músculos le gritaban de impaciencia.

A primera hora de la tarde, la joven paseaba muy agitada por el campamento de un lado para otro, como una fiera enjaulada. Paseaba con los puños apretados, mientras Gramilla permanecía sentada entre las rocas, al sol, sin soltar el cuchillo ni dejar de mirarla.

—¿No estás cansada? —preguntó la chiquilla—. ¿Cuánto hace que no duermes?

—No necesito dormir tanto como otras personas —contestó Katsa.

Gramilla la siguió con la vista en su ir y venir y dijo:

—Yo sí estoy cansada.

Katsa se detuvo y se puso en cuclillas delante de la muchachita. Le tocó la frente y las manos.

—¿Tienes frío o tienes calor? ¿Tienes hambre?

—Sólo estoy cansada —contestó al tiempo que negaba con la cabeza.

Claro que estaba cansada, y las pupilas dilatadas y el rostro macilento. Cualquiera estaría así en su situación.

—Duerme. No pasa nada porque duermas y lo mejor para ti es conservar las fuerzas.

Tampoco es que la chiquilla fuera a necesitar de sus fuerzas para huir esa noche, porque a buen seguro que Po aparecería remontando a caballo la cresta del risco en cualquier momento.

El sol, tiñendo de tonos anaranjados el campamento, descendía despacio hacia las cumbres occidentales, pero Po aún no había regresado. Katsa tenía la mente como paralizada. Estaba convencida de que se presentaría dentro de unos minutos, pero por si acaso no era así, despertó a Gramilla, recogió sus cosas y borró todo rastro de la lumbre, tras lo cual esparció la leña recogida. Ensilló el caballo y ató las alforjas a la excelente silla monmarda.

Después se sentó otra vez y contempló con fijeza el sendero del risco que brillaba entre amarillento y anaranjado a la luz menguante.

El sol se ponía y él no llegaba.

No pudo evitar que una idea se le fuera abriendo paso en la mente a la fuerza; por mucho que se resistió, no consiguió rechazarla: a lo mejor Po se hallaba herido en el bosque y el rey podía haber muerto, en cuyo caso no habría peligro; pero quién sabía dónde se encontraba Po, o si necesitaba su ayuda, que no le sería posible dársela por si el rey seguía vivo; tal vez estaba cerca, al otro lado de la cumbre del risco, en el sendero, y se dirigía hacia ellas a trompicones, cojeando... necesitándolas; necesitándola a ella. Y ella, en cuestión de minutos, montaría a caballo y lo pondría a galope en dirección contraria.

Así que se irían porque debían hacerlo, pero antes retrocederían un pequeño trecho por si acaso él se aproximaba. Katsa echó una rápida ojeada al campamento para asegurarse de que no dejaban el menor rastro de su presencia.

—Bien, princesa —dijo—, será mejor que nos pongamos en marcha.

Eludió los ojos de Gramilla y la subió a la silla; desató las riendas del caballo y se las tendió a la niña. Y entonces fue cuando oyó rodar piedrecillas por el sendero del risco.

Regresó corriendo hasta allí... A tropezones, dando bandazos y con la cabeza colgando, el caballo cruzaba la cornisa que remontaba el risco, pero andaba muy cerca —casi demasiado cerca— del despeñadero. Po iba tendido en el lomo del animal, inmóvil, con una flecha clavada en el hombro; la camisa empapada de sangre. Y había tantas flechas clavadas en el cuello y en el costado de la montura que Katsa ni siquiera las contó. De repente las guijas del camino rodaron hacia el barranco. El caballo resbalaba, y el terreno se le deslizaba al aterrado animal bajo los cascos. Echando a correr, Katsa gritó mentalmente el nombre de Po; él alzó la cabeza y los ojos le centellearon al encontrarse con los de ella. El caballo relinchaba y luchaba afanoso para plantar las patas en terreno sólido, pero Katsa se dio cuenta de que no llegaría a tiempo. Sin remedio, el animal se despeñó por el barranco y la joven gritó, esta vez de viva voz; y a la luz del ocaso, vio caer a Po por el borde.

El caballo hizo una pirueta en el aire y dio una vuelta de campana, de modo que Po se precipitó de cabeza al agua y el animal tras él. Las piedras rodaron atropelladamente bajo los pies de Katsa cuando se lanzó camino abajo hacia el barranco, sin sentir nada al golpearse las espinillas contra las rocas ni al arañarse la cara con las ramas. Lo único que le importaba era que Po estaba en el agua y tenía que sacarlo.

Apenas se notaba una ligerísima ondulación en la superficie del lago que indicaba el lugar donde debía zambullirse, así que tiró las botas entre los arbustos y se echó al agua. Todavía sacudida por la impresión de sumergirse en el lago helado, localizó el sitio desde el que subían burbujas y lodo, así como una figura grande de color marrón que se hundía mientras que otra figura más pequeña forcejeaba. Si se debatía, significaba que estaba vivo. Katsa se impulsó con las piernas, se acercó y vio contra qué bregaba Po: tenía la bota enganchada en el estribo, que a su vez estaba unido a la silla, y ésta, al caballo que se hundía con rapidez. Pero los forcejeos de Po eran descoordinados, y a la altura del hombro y de la cabeza, el agua se teñía de rojo a causa de la sangre que perdía. Entonces Katsa lo agarró por el cinturón y tanteó hasta dar con un cuchillo; sacó el arma y cortó la correa del estribo que, al quedar suelto, se hundió tras el caballo; rodeó a Po con un brazo y pateó con todas sus fuerzas para impulsarse hacia arriba. Emergieron a la superficie impetuosamente.

La joven lo arrastró hacia la orilla; Po era un peso muerto porque estaba inconsciente. No obstante, mientras lo aupaba y lo empujaba hacia los juncos que había al borde del lago, él volvió en sí de súbito, de forma brusca. Resolló, sufrió una arcada y vomitó agua una y otra vez; eso quería decir que no iba a morir ahogado, pero eso no quitaba que pudiera acabar desangrándose.

—Busca el otro caballo —le gritó Katsa a Gramilla, que estaba asomada cerca y observaba con ansiedad—. Lleva medicinas en las alforjas. —Y la chiquilla subió hacia el campamento a toda prisa, con mucho trompicón y más resbalones.

Katsa arrastró a Po hacia terreno seco y lo sentó. El frío y la humedad también podían acabar con él, de modo que tenía que dejar de sangrar, secarse y recuperar el calor corporal. ¡Oh, lo que Katsa habría dado en ese momento por tener allí a Raffin!

—Po —llamó—, Po, ¿qué ha ocurrido? —No hubo respuesta alguna.

Po, Po. —El hombre abrió de golpe los ojos, pero la mirada era vaga, desenfocada; no la veía. Entonces vomitó otra vez.

—Está bien, quédate ahí sentado, sin moverte. Te va a doler —le advirtió. Mas cuando tiró de la flecha y se la sacó del hombro, pareció que ni siquiera se había dado cuenta.

Los brazos le colgaron inertes mientras Katsa le quitaba las dos camisas, y vomitó otra vez. Gramilla bajó con el caballo en medio de un gran estrépito.

—Necesito que me ayudes —dijo Katsa.

Durante un buen rato, la princesa actuó como ayudante de la joven. Abrió sin miramiento las bolsas para encontrar ropa con la que cubrir al lenita y que también sirviera para contener la hemorragia; revolvió las medicinas en busca del ungüento que desinfectaba heridas, y aclaró en el lago trozos de tela empapados de sangre.

—¿Me oyes, Po? —preguntó Katsa mientras rasgaba una camisa para hacer vendas con ella—. ¿Me oyes? ¿Qué ha pasado con el rey? —Po alzó la vista obnubilada hacia ella, que le vendaba el hombro—. Po —insistió una y otra vez—. El rey... Tienes que decirme si el rey está vivo. —Pero era inútil porque estaba muy aturdido, casi inconsciente. Le quitó las botas y los pantalones y lo secó lo mejor que pudo. Después le puso otros pantalones y le frotó los brazos y las piernas para que entraran en calor. Le pidió a Gramilla que le devolviera la chaqueta de él que llevaba puesta, se la puso por la cabeza y le metió los brazos —fláccidos como si fueran de goma—, por las mangas. Po volvió a vomitar.

Tanto vómito se debía al impacto que había sufrido al caer de cabeza en el agua. Katsa estaba al corriente de que una persona sufría tal reacción tras recibir un golpe muy fuerte en la cabeza y, como consecuencia, se quedaba aturdida y desmemoriada. Se le aclararía la mente con el tiempo. Pero tiempo era de lo que no disponían si el rey seguía vivo. Así pues, se arrodilló delante de Po y le sujetó la barbilla, haciendo caso omiso del respingo y del dolor, para transmitirle su pensamiento.

Po, tengo que saber si el rey está vivo. No voy a dejar de importunarte hasta que me digas si el rey vive o no.

Entonces él alzó la vista, se frotó los ojos, los entrecerró y la miró con intensidad.

—El rey —farfulló con voz poco clara—. El rey. Mi flecha. El rey está vivo.

A Katsa se le cayó el alma a los pies porque ahora tenían que huir los tres, con Po en ese estado y un único caballo; en medio del frío y la oscuridad de la noche, sin apenas comida y sin la gracia de Po para advertirle acerca de sus perseguidores.

Tendría que arreglárselas con su propia gracia. Le tendió la cantimplora a Po.

—Bébete esto. Todo —le ordenó, y se volvió hacia la niña—. Gramilla, ayúdame a recoger todas estas cosas mojadas. Por suerte has dormido antes, porque esta noche necesito que seas fuerte.

Pareció que Po se daba cuenta de la situación cuando llegó el momento de subir al caballo, no porque pusiera empeño, sino porque no se resistió. Katsa y Gramilla lo empujaron con todas sus fuerzas para auparlo a la silla, y aunque el príncipe estuvo a punto de irse de cabeza al suelo por el otro costado del animal, alguna reacción instintiva lo hizo agarrarse al brazo de Katsa y evitar la caída.

—Sube detrás de él para vigilarlo —instruyó Katsa a la chiquilla—. Así lo sujetarás si ves que se va a caer, y me avisas si necesitas que te ayude. El caballo va a ir rápido, todo lo deprisa que yo sea capaz de correr.

Capítulo 27

De noche y en la falda de una montaña, nadie se desplazaría con rapidez a menos que poseyera algún don especial para lograrlo. El grupo avanzaba, y Katsa, delante del caballo, no se rompió los tobillos a pesar de no ver por donde pisaba, como les habría ocurrido a otras personas, pero tampoco caminaba deprisa. Iba tan atenta a cualquier ruido que se produjera tras ellos, que casi no se atrevía a respirar. Sus perseguidores irían a caballo, serían muchos y llevarían antorchas, y si Leck había enviado un destacamento en la dirección correcta, poco podría hacerse para evitar que tuviera éxito en su búsqueda.

Katsa dudaba que, ni siquiera en terreno llano, hubieran avanzado más veloces con lo mal que se encontraba Po. Concentrado en no caerse de la silla, el príncipe se asía a la crin del caballo, manteniendo los ojos cerrados, y hacía muecas a cada movimiento. Todavía le sangraba la herida.

—Deja que te ate al caballo —le dijo Katsa en cierto momento cuando se detuvieron para llenar las cantimploras en un arroyo—. Así podrás descansar.

A Po le costó unos segundos captar el sentido de las palabras de la joven. Cuando lo consiguió, se echó hacia delante y musitó con la boca pegada a la crin del animal:

—No quiero descansar. Quiero poder avisarte si viene hacia nosotros.

Así que no estaban del todo faltos de su gracia, pero Po debía de carecer de raciocinio para hacer semejante comentario encontrándose su prima sentada detrás de él, callada y sin perder ripio de lo que se decía.

Cuidado. Gramilla está presente, le transmitió Katsa con el pensamiento.

—Os ataré a los dos al caballo —añadió en voz alta—, y así tanto el uno como el otro podréis elegir si descansáis o no.

Descansa —le dijo mientras le ataba una cuerda alrededor de las piernas—. *No nos servirás de nada si te desangras hasta morir.*

—No voy a morirme desangrado —contestó él en voz alta, y Katsa evitó los ojos de Gramilla al tiempo que decidía no volver a hablar mentalmente con Po hasta que hubiera recobrado el raciocinio.

Prosiguieron la marcha hacia el sur, despacio. Katsa tropezaba y trastabillaba con las piedras y las raíces de los tenaces árboles de montaña que se incrustaban en las hendiduras del camino. A medida que transcurría la noche los tropezones iban en aumento, y la muchacha se dijo que quizás estuviera cansada. Repasó lo ocurrido los últimos días y contó: llevaba sin dormir dos noches, y la anterior a ésas dos sólo había descansado unas pocas horas. Siendo así, no debería tardar mucho en dormir un rato, aunque de momento ni se lo planteaba porque no tenía sentido considerar algo imposible.

Varias horas antes de que amaneciera, Katsa se acordó del pez que capturó la tarde anterior y que guardó envuelto en las alforjas del caballo, después de haberlo descamado y destripado. Pero también se dijo que cuando hubiera luz, no podrían correr el riesgo de encender una fogata por pequeña que fuera; habían comido poco ese día y tenían escasas provisiones para el siguiente. De modo que si se detenían, aunque sólo fuera unos minutos, podría cocinar el pescado, y ya no tendría que preocuparse por conseguir más comida hasta que volviera a caer la noche.

Sin embargo, hasta eso significaba correr un riesgo, porque la luz de las llamas llamaría la atención en aquella oscuridad.

Po susurró su nombre en ese momento, y Katsa detuvo al caballo y se le aproximó.

—Hay una cueva —musitó el príncipe—, a algunos pasos al sudeste. —Bamboleó la mano en esa dirección y después la posó en el hombro de la joven—. Quédate junto a mí y os conduciré.

Po la guio por entre las piedras y rodeando grandes rocas. De no haber estado tan cansada, Katsa habría sabido apreciar la claridad con que el don de Po le mostraba la configuración del terreno, pero ya habían llegado a la entrada de la cueva y eran muchas otras cosas las que requerían su atención. Tenía que despertar a Gramilla, desatarla y ayudarla a desmontar; encontrar leña para encender un fuego y después cocinar la pesca, y hacer otra cura a Po en el hombro, porque la herida seguía sangrando sin parar por fuerte que se la hubiera vendado.

—Duerme mientras se cocina el pescado —murmuró Po mientras la joven le ponía un vendaje limpio alrededor del brazo y del pecho para restañar la hemorragia—. Katsa, duerme un poco. Te despertaré si te necesitamos.

—El que necesita ayuda eres tú.

Po la asió del brazo y la joven se arrodilló a su lado.

—Katsa, duerme un cuarto de hora. No hay nadie cerca. No vas a tener otra oportunidad de dormir esta noche.

Ella se agachó y lo observó. Pobre Po, sin camisa, demacrado, con un gesto crispado de dolor que no se le borraba y moretones que le oscurecían el rostro. Él le soltó el brazo y suspiró.

—Estoy mareado —dijo—. Sé que debo de tener cara de muerto, Katsa, pero no voy a morir desangrado ni tampoco me voy a morir por un mareo. Duerme, aunque sólo sean unos minutos.

—Tiene razón —abundó Gramilla, que se había acercado—. Deberías dormir. Yo me ocuparé de él.

La chiquilla recogió la chaqueta de Po y lo ayudó a ponérsela con toda clase de precauciones para no forzar los movimientos del hombro vendado. Katsa se dijo que se las arreglarían bien sin ella durante un rato; sería mejor para todos que echara una cabezada.

Se tumbó junto a la lumbre y se impuso no dormir más de un cuarto de hora. Cuando se despertó, Po y Gramilla casi no se habían movido y ella se encontraba mejor.

Comieron en silencio y deprisa. Po se recostó en la pared de la cueva y cerró los ojos; dijo que casi no tenía apetito, pero Katsa no se dejó convencer. Se sentó frente a él y le dio de comer trozos de pescado hasta que consideró que había comido suficiente.

Mientras Katsa apagaba las brasas del fuego a pisotones y Gramilla envolvía el pescado que había sobrado, Po dijo:

—Fue una suerte que no estuvieras allí, Katsa, porque hoy he oído a Leck parlotear durante horas de lo mucho que quiere a su hija raptada y que estará desconsolado hasta que la encuentre.

Katsa fue a sentarse delante de él y Gramilla se aproximó para no perderse las palabras que su primo susurraba.

—Atravesé el círculo de la guardia exterior con gran facilidad —continuó explicando Po—. Y por fin, a primera hora de la tarde, lo tuve a la vista, pero la guardia del círculo interior lo rodeaba tan de cerca que no podía dispararle. Esperé y esperé, y luego fui tras ellos; no me oyeron en ningún momento, pero tampoco se apartaron del rey.

—Te esperaba —comentó Katsa—. Estaban colocados así porque te esperaban. —Po asintió con la cabeza e hizo un gesto de dolor—. Cuéntanoslo más tarde, Po. Ahora descansa.

—Es rápido de contar —argumentó el príncipe—. Finalmente, llegué a la conclusión de que la única opción que había era disparar a un guardia y derribarlo, y así lo hice. Pero en el mismo instante en que cayó, el rey saltó para cubrirse, claro. Volví a disparar y la flecha le rozó el cuello, pero apenas fue un rasguño. Era un trabajo perfecto para ti, Katsa. Tú le habrías acertado de lleno, pero yo no lo logré.

—En fin... —replicó la joven.

Para empezar, yo no lo habría localizado nunca. Y de haberlo encontrado, no lo habría matado, como bien sabes. No era el trabajo adecuado para ninguno de los dos.

—Tras mi intento fallido, la guardia del círculo interior se lanzó en mi persecución, desde luego. Y después, la guardia del círculo exterior y también los soldados, una vez que se dio la alarma. Fue… un baño de sangre. Debo de haber matado a una docena de hombres, y conseguí escapar por poco. Después enfilé hacia el norte para que perdieran el rastro. —Hizo una pausa y cerró los ojos, pero los abrió enseguida, y, mirando a Katsa un tanto ido, añadió—: Leck cuenta con un arquero que es casi tan bueno como tú. Ya viste lo que le hizo al caballo.

Y te habría hecho lo mismo a ti de no haber sido por tu habilidad recién descubierta de percibir las flechas cuando vuelan hacia ti.

Po esbozó una sonrisa y después miró a Gramilla con los ojos entrecerrados.

—Has empezado a confiar en mí —dijo.

—Intentaste matar al rey —se limitó a contestar la niña.

—Muy bien, basta ya de charla —intervino Katsa.

La joven volvió junto a los rescoldos de la fogata y los apagó. De nuevo empujaron a Po entre las dos para subirlo a la silla, y Katsa los ató a ambos al caballo. Y mentalmente, una y otra vez, previno a Po, le imploró que dejara de anunciar a los cuatro vientos cada cosa —por pequeña que fuera— que su gracia le revelaba.

Cuando se hizo de día, avanzaron más deprisa, pero el movimiento sobre la montura le resultaba doloroso al lenita. Pese a ello, no se quejó en ningún momento por el trote del caballo, pero respiraba agitado y, en la mirada, se le reflejaban tanto el dolor como el miedo, que Katsa supo identificar con facilidad. Y también le descubrió ese mismo dolor plasmado en el semblante y en los agarrotados músculos de brazos y cuello cada vez que le curaba la herida del hombro.

—¿Qué te duele más, Po, el hombro o la cabeza? —le preguntó por la mañana temprano.

—La cabeza.

Una persona con dolor de cabeza no debería montar a caballo, porque el paso del animal le repercutiría en el cráneo como un golpeteo continuo. Pero ir a pie quedaba descartado, puesto que Po no tenía equilibrio, estaba mareado y con náuseas continuamente; y no dejaba de frotarse los ojos porque notaba molestias. Por lo menos la hemorragia del hombro se había reducido a un hilillo, y conversar no le causaba ya confusión; por fin pareció concienciarse de que tenía que ocultar su gracia ante Gramilla.

—No vamos todo lo deprisa que deberíamos —dijo varias veces ese día.

Katsa también se sentía frustrada por el paso que llevaban, pero hasta que él no estuviera mejor del golpe en la cabeza, era imposible hacer correr al caballo por las colinas rocosas.

Gramilla resultó ser de más ayuda de lo que Katsa habría imaginado. Era como si la chiquilla hubiera tomado a su cargo a Po, pues cada vez que hacían una parada lo ayudaba a sentarse en una piedra y le llevaba comida y agua; y cuando Katsa regresaba, después de haber ido a cazar un conejo, la encontraba curándole el hombro y poniéndole un vendaje limpio. La joven se acostumbró a ver a Po caminar bamboleándose junto a su pequeña prima, apoyando una mano en el hombro de la niña.

Al ponerse el sol, Katsa sintió la fatiga de los últimos días y las noches pasadas sin dormir; al menos, Po y Gramilla dormitaban a lomos del caballo. Si Po descansaba un rato, quizá cuando se despertara podría hacer algo parecido a una guardia, para que ella durmiera un rato.

Además, el caballo también necesitaba descansar. Viajando al paso que iban no podrían detenerse toda la noche, pero sí unas pocas horas. A lo mejor era posible disfrutar de un poco de reposo.

Brillaba una pálida luz de luna cuando Po se despertó. Entonces llamó a Katsa para que se le acercara y la condujo hacia una hoyada rodeada por un círculo de rocas que ocultarían la luz de la fogata.

—Vamos muy despacio —repitió una vez más.

Katsa se encogió de hombros, ya que no podían hacer nada para remediarlo. Despertó a Gramilla, la desató del caballo y la ayudó a desmontar. Po bajó sin ayuda, pero con mucho cuidado.

—Katsa —dijo—. Ven aquí, mi querida Katsa.

Le tendió las manos y la joven se le aproximó y dejó que la abrazara. El hombro herido estaba rígido y sin reflejos, pero el brazo sano era fuerte y cálido; la estrechó con fuerza mientras ella lo sostenía para que no perdiera el equilibrio, y le apoyaba la cara en el hueco del cuello; suspiró muy hondo. Estaba tan cansada y él se encontraba tan mal... No avanzaban tan deprisa como debían, pero al menos se consolaban abrazándose, y ella notó la calidez del cuerpo del lenita contra la mejilla.

—Hay que hacer una cosa y no te va a gustar nada —murmuró Po.

—¿El qué?

—Tenéis... Tenéis que iros sin mí.

—¿Qué? —Se apartó de él con brusquedad, y Po se tambaleó, pero se agarró al caballo para sujetarse. Katsa le asestó una mirada feroz y, hecha una furia, fue en pos de Gramilla, que recogía leña para la lumbre. ¡Que se las arreglara solo! Que fuera por sí mismo hasta la fogata, ya que llegaba a esas conclusiones tan absurdas.

Pero él no se movió, sino que se quedó junto al caballo con el brazo ceñido al lomo del animal, esperando que alguien lo ayudara. A Katsa se le anegaron los ojos en lágrimas al verlo tan desvalido, tan indefenso. Así que regresó junto a él.

Perdóname. Le ofreció el hombro para que se apoyara y lo condujo por el rocoso terreno hasta el lugar donde encenderían la fogata. Lo ayudó a sentarse y se acuclilló delante de él. Le tocó la cara; la frente le ardía, y su entrecortada respiración le reveló a Katsa el dolor que sentía.

—Katsa, mírame. Ni siquiera soy capaz de andar. En estos momentos lo más importante es la velocidad, y yo os estoy retrasando. Sólo soy un estorbo.

—Eso no es cierto. Necesitamos tu gracia.

—Puedo decirte que os buscan y te aseguro que os seguirán buscando mientras sigáis en Monmar; también puedo decirte de antemano que lo más probable es que den con vuestro rastro, y te adelanto que tendréis al rey pisándoos los talones una vez que lo hayan encontrado. No me necesitáis, pues, para que os repita lo mismo una y otra vez.

—Pero te necesito para mantener clara la mente.

—Eso no me es posible. El único modo de que lo consigas es que huyas de quienes te confundirán. Escapar es la única esperanza para la niña.

En ese momento Gramilla se les acercó con una brazada de leña.

—Gracias, princesa —le dijo Katsa—. Toma, lleva el conejo que he cazado; yo encenderé la lumbre. —Pensaría en la fogata y no prestaría atención a Po.

—Si os marcháis sin mí cabalgareis deprisa —dijo el príncipe—; mucho más rápido que una tropa de soldados.

Katsa no le hizo caso. Apiló las ramitas y se concentró en la llama que empezaba a arderle entre las manos.

—El rey nos alcanzará, Katsa, si seguimos a este ritmo. Y no podrás defendernos de él a ninguno de los dos.

La joven echó más ramitas al fuego y sopló con suavidad para avivar las llamas. A continuación, colocó un montón de ramas más gruesas sobre las otras.

—Tenéis que iros sin mí —insistió Po—. En caso contrario, pondrás en peligro la seguridad de Gramilla.

Katsa se incorporó como impulsada por un resorte, acalorada, con los puños apretados, dejando ya de lado toda pretensión de aparentar tranquilidad.

—Y pongo en peligro la tuya si te dejo solo. No voy a abandonarte en esta montaña para que te busques la comida, te prepares un refugio y te defiendas cuando Leck aparezca por aquí si ni siquiera eres capaz de caminar, Po. ¿Cómo vas a huir de los soldados? ¿A gatas tal vez? Dentro de poco habrás mejorado del golpe en la cabeza, recobrarás el equilibrio e iremos más deprisa.

Él la observó con los ojos entrecerrados y suspiró. Se miró las manos y les dio vueltas a los anillos en los dedos.

—Creo que aún tardaré un tiempo en recobrar el equilibrio —musitó, y Katsa le notó algo en la voz que la obligó a callarse.

—¿A qué te refieres?

—No importa, Katsa. Aun en el caso de que mañana despertara completamente curado, tendríais que dejarme atrás. Sólo disponemos de un caballo, y a menos que Gramilla y tú cabalguéis a galope tendido en ese caballo, os alcanzarán.

—No voy a abandonarte aquí.

—Katsa. En este asunto no contamos ni tú ni yo, sino Gramilla.

La joven se sentó de forma brusca, como un fardo, como si no tuviera fuerza en las piernas. Porque era cierto que quien contaba era Gramilla. Se habían arriesgado mucho por la princesa, y ella era ahora la única esperanza para la niña. Tragó saliva y, merced a un gran esfuerzo, adoptó un gesto inexpresivo, porque la pequeña no debía darse cuenta de lo mucho que le dolía anteponer su seguridad a la de Po.

Como percibió que estaba a punto de echarse a llorar, respiró de forma regular y no quiso mirar a Po.

—Había pensado dormir algunas horas —dijo la joven.

—Sí, duerme un poco, amor mío.

Katsa habría preferido que su voz no sonara tan dulce ni tan cariñosa. Se envolvió en una manta, se acostó junto a la fogata, de espaldas a Po y se ordenó quedarse dormida.

Una lágrima le resbaló por el puente de la nariz y se le deslizó hasta la oreja, pero se conminó de nuevo a conciliar el sueño.

Y se durmió.

Cuando despertó, Gramilla dormía en el suelo a su lado y Po estaba sentado en una piedra, delante de la lumbre crepitante, contemplándose las manos. Katsa fue a sentarse con él. La carne estaba cocinada, y la joven comió con gratitud porque así no tendría que hablar, y si hablaba sabía que acabaría llorando.

—Podríamos conseguir otro caballo —consiguió articular al fin mientras contemplaba fijamente las llamas e intentaba no mirar las chapetas que se le marcaban a Po en las mejillas.

—¿Aquí, al pie de la cordillera, Katsa?

Claro que no habría otro caballo.

—Y aunque consiguiéramos uno, pasaría mucho tiempo antes de que estuviera en condiciones de cabalgar lo bastante deprisa, porque el golpe de la cabeza no se me curará mientras vaya dando botes sobre un caballo. Que me dejes aquí también es la mejor solución para mí, Katsa; me recuperaré antes.

—¿Y cómo vas a defenderte? ¿Cómo vas a conseguir comida?

—Me esconderé. Mañana a primera hora encontraremos un sitio donde esconderme. Venga, Katsa, sabes que me ocultaré mejor que cualquier persona que conozcas o de la que hayas oído hablar. —La joven notó por el tono que Po sonreía—. Ven, mi gata montesa. Ven aquí.

No pudo contener más las lágrimas porque abandonarían a Po para que se defendiera, se escondiera y se mantuviera con vida por sí solo, aunque ni siquiera era capaz de caminar sin ayuda. Se arrodilló delante de él para que la estrechara contra sí y la acunara con el brazo sano. Katsa lloró con su cara pegada al hombro de él, como una criatura. Se sentía avergonzada porque tan sólo se trataba de una despedida y, en cambio, Gramilla no lloró así ni siquiera por la muerte de su madre.

—No te avergüences —susurró Po—. Tu tristeza es preciada para mí, pero no tengas miedo. No moriré, Katsa. No moriré y volveremos a estar juntos.

Al despertar Gramilla, Katsa ya estaba empaquetando las pertenencias de ambas. La niña la miró a la cara un momento y después desvió la vista hacia Po, que contemplaba con fijeza la fogata.

—Vamos a dejarte, pues —dijo, y Po asintió con la cabeza—. ¿Aquí?

—No, prima. Cuando amanezca buscaremos un sitio donde esconderme.

Gramilla dio una patada al suelo, se cruzó de brazos y observó a Po.

—¿Y qué harás en tu escondrijo?

—Ocultarme y recobrar las fuerzas.

—¿Y cuando estés fuerte de nuevo?

—Me reuniré con vosotras en Lenidia, o dondequiera que estéis, y planearemos la muerte del rey Leck.

La niña siguió observándolo con intensidad un momento más y después también ella asintió con la cabeza.

—Te estaremos esperando, primo.

Katsa les echó una ojeada y observó el atisbo de sonrisa de Po al oír lo que decía la niña. Gramilla se dio media vuelta y se acercó a Katsa para ayudarla con las medicinas.

La chiquilla daba diente con diente cuando se arrodilló al lado de la joven. No tenía chaqueta ni capa, y la manta que llevaba echada encima durante los desplazamientos estaba raída. Tiritando, trasladó los bultos hasta el caballo y le llevó agua a Po.

«¿Por qué no habré guardado las pieles de los conejos que he cazado?», se reprochó Katsa.

Tendría que hacer algo, o encontrar alguna cosa de más abrigo para la niña. Era responsable de la protección y la seguridad de la pequeña, y debía pensar en todo. Se imponía que la custodia de Gramilla fuera merecedora del sacrificio de Po.

Capítulo 28

Bajo la luz rosada del amanecer, toparon con una pequeña choza que poco podía ofrecer excepto cobijo; estaba abandonada y quizás en otros tiempos había sido la guarida de un ermitaño monmardo. Se encontraba en una hondonada más poblada de hierba que de piedras, en la que crecían un par de árboles y un rodal de malas hierbas que daba la impresión de que antaño había sido un huerto o un jardín. Las contraventanas estaban rotas y el hogar era rústico; una capa de polvo cubría el tosco suelo de madera, así como la mesa, la cama y un armario pequeño que se apoyaba sobre tres patas, ladeado, y con la puerta pandeada, abierta y colgante.

—Aquí es donde me esconderé —determinó Po.

—Éste es un sitio para vivir, Po, pero no para esconderse. Es demasiado evidente —argumentó Katsa—; nadie pasará de largo.

—Pero podría quedarme aquí, Katsa, y ocultarme en algún lugar que haya cerca si los oigo venir.

¿Qué tipo de escondrijo habría percibido en las inmediaciones?

—Po…

—Me gustaría saber si hay algún estanque cerca —dijo él—. Señoras, vengan conmigo. Estoy seguro de haber oído correr agua.

Katsa no notaba ningún sonido de agua, lo que significaba que Po tampoco debía de oírlo. Suspiró resignada y repuso:

—Sí... Me parece que también lo oigo.

Cruzaron el prado que había detrás de la choza; Po se apoyaba en Katsa, y Gramilla llevaba el caballo por las riendas. Poco después la joven oía correr agua de verdad y cuando remontaron una cuesta pardusca donde la hierba daba paso a las piedras, los vio. Tres grandes arroyos bajaban por las peñas que había más arriba, se juntaban y se precipitaban desde una cornisa en un estanque profundo. El estanque se desbordaba por todas partes y varios regatos fluían pendiente abajo hacia el bosque monmardo.

Estupendo —le dijo Katsa a Po con la mente—. *¿Y dónde está el escondrijo?*

—Hay una cascada como ésta en las montañas próximas al castillo de mi hermano Celaje —comentó el príncipe—. Un día estábamos nadando y descubrimos un túnel debajo del agua que conducía a una cueva.

Katsa sabía adónde quería ir a parar con aquella historia, y la mirada intrigada de Gramilla (no, sería más acertado calificarla de mirada recelosa) apuntaba a que Po había hablado ya más de la cuenta. Katsa lo ayudó a sentarse y se sacó una de las botas.

—Si existe un escondrijo en este estanque, Po, lo encontraré. —Se sacó la otra bota—. Pero el hecho de que haya un escondrijo no significa que te sirva de algo. Porque no puedes desplazarte tú solo desde la choza hasta este estanque.

—Claro que puedo si es para salvar la vida.

—¿Y cómo lo harás? ¿Arrastrándote?

—No hay nada malo ni vergonzoso en arrastrarse si uno no puede caminar. Y nadar no requiere tanto equilibrio.

La joven le asestó una mirada furibunda, y él se la sostuvo con serenidad y un ligerísimo gesto divertido. ¿Y cómo no iba a hacerle gracia la situación? Porque ella se zambulliría en un agua que debía de estar casi helada para buscar un túnel que él ya sabía que existía, y exploraría una cueva que él ya había situado, y sabía cómo era y el tamaño exacto que tenía.

—Voy a quitarme la ropa, así que mira a otro lado, alteza serenísima —advirtió Katsa con sorna. De ese modo al menos evitaría que se le mojara la ropa, y ya que toda aquella representación se hacía por Gramilla, también fingirían que Po no tenía por qué verla desnuda. No obstante, Katsa sospechaba que esta farsa no iba a engañar a la chiquilla, como tampoco la habían engañado las demás. Gramilla estaba de pie junto al caballo y guardaba silencio; sus ojos eran grandes e infantiles, pero no se les escapaba nada.

Katsa se quitó la chaqueta y dijo mentalmente:

Indícame la dirección correcta, Po.

La joven siguió la mirada del príncipe hacia la base de la cascada. Entonces echó los pantalones sobre una piedra, al lado de la chaqueta y las botas, apretó los dientes a causa del frío y se metió en el estanque; se perdía pie enseguida, pues el fondo caía bruscamente, casi en vertical. Con un grito entrecortado, se sumergió y se zambulló. Sorprendida por la profundidad de la poza, se impulsó con las piernas hacia la cascada, aunque casi no vio nada debido al remolino de burbujas que se formaba al pie del salto de agua; no obstante, tanteó las paredes de la roca y encontró en la oscuridad, más abajo del torrente, una cavidad que debía de ser la boca del túnel del que había hablado Po. Sonrió a su pesar, pues jamás habría encontrado ese escondrijo secreto por sí misma ni, probablemente, nadie había hecho nunca lo que ella estaba a punto de hacer. Así pues, salió a la superficie para tomar aire, se sumergió de nuevo y se impulsó a través de la abertura.

Dentro del túnel estaba muy oscuro, muy negro, y el agua era aún más fría que la del estanque. No veía nada. Pateaba y se deslizaba por el pasadizo, al tiempo que contaba a un ritmo constante, con los brazos extendidos para evitar darse de cabeza contra algún obstáculo inesperado, pero las paredes rocosas se los arañaban. El conducto era estrecho, pero no resultaba peligroso. Po no tendría ningún problema si se encontrara en condiciones de nadar.

Cuando casi había contado hasta treinta, el pasadizo se ensanchó y las paredes del túnel desaparecieron por completo. Katsa se impulsó hacia arriba con la esperanza de salir a la superficie, porque no sabía dónde encontrar aire para respirar en esa cueva negra si no era directamente en el exterior. En ese instante fue consciente de su sentido de la orientación que siempre había maravillado a Po. Si perdía el acceso al túnel en aquella oscuridad, o si no encontraba una salida a la superficie, estaría perdida. Pero sabía con exactitud dónde se hallaba la boca del túnel: detrás de ella y hacia abajo; cuánto trecho había recorrido y en qué dirección, y distinguía lo que era arriba y abajo, este y oeste. La oscuridad no se la tragaría.

Y, ni que decir tiene, Po no la habría enviado a esa cueva si fuera un sitio en el que hubiera sido incapaz de resistir. Entonces se golpeó con el hombro en la piedra y oyó un chapoteo amortiguado que sonaba como ondas de agua al chocar contra la orilla; pateó hacia el sonido y de pronto sacó la cabeza del agua y pudo respirar. Luego tanteó alrededor y tocó la roca con la que había topado por debajo; sobresalía del agua y era lisa y musgosa por encima. Castañeteándole los dientes, se aupó a ella.

Ni la noche más oscura podía compararse con la negrura de esa cueva; no había ni un destello en el agua, ni matices en la oscuridad para dar forma a lo que la rodeaba. Katsa extendió los brazos, pero no palpó nada; tampoco percibía la altura del techo ni la profundidad de las paredes. No obstante, le pareció oír chapoteo de agua contra la piedra a cierta distancia, pero nada era seguro si no exploraba, y no exploraría porque no había tiempo para ello.

Así que aquella era la cueva de Po. Bien, si era capaz de llegar allí por sus propios medios, estaría a salvo; nadie que no compartiera su gracia lo encontraría jamás en aquel agujero frío y negro bajo la montaña.

Katsa se deslizó de nuevo en el agua helada y se zambulló hacia el túnel.

Llegó a la orilla con un par de peces que se meneaban y coleteaban entre sus manos.

—He localizado una cueva —anunció—. No te será difícil llegar si por un milagro de la medicina o la sanación te encuentras en condiciones de nadar; el túnel está justo debajo del salto de agua. Y aquí tienes la cena.

Echó los peces en las piedras y se secó con un paño que Gramilla le trajo. Se vistió y tendió la mano para que Po le diera el cuchillo; él se lo echó y Katsa descabezó y destripó los pescados. Después tiró las vísceras al agua.

—Debéis marcharos ya —anunció Po—. No tiene sentido retrasarlo.

—Sí lo tiene —lo contradijo la joven—. ¿Qué vas a comer cuando se acabe lo que hay aquí?

—Ya me las arreglaré.

—¿Que te las arreglarás? —resopló ella—. Ni siquiera dispones de un arco, y aunque lo tuvieras, me gustaría verte tensarlo con ese brazo así. No nos iremos hasta que te hayamos procurado una buena provisión de comida y leña.

—Katsa, en serio, tenéis que iros, sin más excusas…

—El caballo necesita descansar unas horas. A partir de ahora tendrá que cabalgar de firme. Y… Y… —Se negaba, no quería ceder al pánico que la reconcomía por dentro.

Y llega el invierno y podrás obligarme a que te deje aquí solo, pero no vas a conseguir que te deje para que te mueras de hambre.

—Vas a necesitar un montón de leña, así que empezaré a recoger ramas ahora mismo —dijo Gramilla, y Po rio de buena gana y replicó:

—Está bien, está bien, Katsa, ganáis por mayoría. Haz lo que quieras. Pero antes del mediodía, os marchareis.

La mañana se convirtió en un torbellino de actividad. Cuanto más se ajetreaba Katsa, menos pensaba, así que trajinaba tan deprisa como se lo permitían pies y manos. Capturó dos conejos que, esa noche, Po cocinaría con el pescado y se le conservarían varios días. Sin embargo, maldijo el tiempo, porque hacia bastante frío para que Po lo notara de día, ya que no podía arriesgarse a encender una fogata, pero resultaba insuficiente para congelar la carne; por otra parte, tampoco llevaban sal para curarla. Así pues, no era factible proporcionarle la carne necesaria que le durara todo el invierno, ni siquiera, varias semanas. Y con el invierno en puertas, dentro de poco la caza resultaría una tarea difícil incluso para cazadores que caminaran sin perder el equilibrio y manejaran el arco.

—¿Has montado un arco alguna vez? —le preguntó.

—No, nunca.

—Encontraré madera adecuada antes de marcharnos. Y usarás las pieles de estos conejos para reforzar el cuerpo del arco y para la cuerda. Te explicaré cómo se hace.

Se maldijo por haber tirado las plumas de las aves que había cazado. Sin embargo, cuando al pasar con precipitación por encima de unas piedras espantó a unas codornices refugiadas en un posadero nocturno, se apresuró a recoger piedras del suelo y se las arregló para derribar a casi todas ellas; serían la cena de Gramilla y la suya, y Po tendría plumas para las flechas.

Cuando halló un árbol joven con ramas fuertes y flexibles, eligió un trozo curvado para hacer el arco, y unas ramas largas y rectas que servirían de flechas. Y entonces se le ocurrió una idea: cortó más ramas y las dividió en tiras con las que dio forma a una especie de banasta cuadrada con lados, fondo y tapa, más o menos de la longitud de su brazo; la tejió tupida, con aberturas pequeñas entre las tablillas. Cuando regresó al estanque, donde Po seguía sentado y Gramilla se afanaba en recoger leña, llevaba el cesto en un hombro, la percha de codornices en el otro y las ramas debajo del brazo. Entonces cortó un par de trozos de cuerda y los ató a los bordes del cesto; lo metió en el estanque, a una profundidad suficiente para que no se viera desde arriba, y ató las cuerdas a las ramas de un arbusto que crecía en la orilla. Después se quitó las botas, la chaqueta y los pantalones, y se dispuso a zambullirse de nuevo en el agua helada.

Se sumergió, se quedó flotando bajo el agua y se dispuso a esperar lo que hiciera falta. Al cabo de un rato, un pez pasó cerca, como un fugaz destello, y lo atrapó; nadó hacia el cesto y separó un poco las tablillas, por donde metió a la fuerza al escurridizo animal que se meneaba sin cesar, y volvió a colocar las tablillas en su posición normal. Se sumergió una vez más, atrapó otro pez, nadó hacia la orilla y dejó en el cesto aquel cuerpecillo resbaladizo que no dejaba de retorcerse. Continuó capturando más peces para Po; tantos que cuando dio por terminada la pesca el cesto estaba atiborrado.

—A lo mejor tienes que alimentarlos —dijo tras volver a la orilla y vestirse—. Pero deberían ser suficientes para que te duren algún tiempo.

—Y ahora debéis marcharos —dijo Po.

—Antes quiero hacerte unas muletas.

—No. Os vais ahora mismo.

—Quiero…

—Katsa, ¿crees que yo deseo que os vayáis? Si te digo que debéis iros es porque tenéis que hacerlo.

La joven se le encaró, y, desviando la vista, argumentó:

—Hay que repartir las pertenencias.

—Eso ya lo hemos hecho Gramilla y yo.

—He de curarte el hombro una vez más.

—La niña ya lo ha hecho.

—La cantimplora…

—Está llena.

Gramilla apareció en lo alto del repecho y se reunió con ellos.

—La choza está llena a reventar de leña —informó.

—Es hora de que os pongáis en marcha —determinó Po, que se echó hacia delante, se balanceó para darse impulso y se puso de pie. Katsa se tragó las palabras de protesta y lo ayudó a sostenerse. Gramilla desató el caballo y los tres se dirigieron hacia la cabaña.

Guardas mejor el equilibrio. Ven con nosotras, pensó la joven.

—Prima, no dejes que Katsa fuerce al caballo hasta agotarlo, y ocúpate de que duerma y coma de vez en cuando. Porque intentará que toda la comida sea para ti.

—Igual que has hecho tú —repuso la niña, y él sonrió.

—Yo he intentado darte la mayor parte de la comida, pero ella tratará de dártela toda.

Se detuvieron en la entrada de la cabaña, y Po se apoyó en el marco de la puerta.

Ven con nosotras, pensó Katsa, quieta ante él.

—Os irán pisando los talones —dijo Po—. No debéis permitir que se acerquen a una distancia desde la que puedan hablaros, y pensad en la posibilidad de disfrazaros. Vais sucias y desaliñadas, pero hasta el más estúpido os reconocería a cualquiera de las dos. Katsa, no se me ocurre qué podrías hacer con los ojos, pero tienes que inventar algo.

Ven con nosotras.

—Gramilla, tendrás que ayudar a Katsa si se siente confusa por cualquier cosa que oiga decir. Debéis ayudaros la una a la otra, y no confiéis en ningún monmardo, ¿entendido?; no debéis fiaros de nadie que pueda estar afectado por la gracia de Leck. Y no pienses ni por un instante que puedes derrotarlo, Katsa; tu única salvación es huir de esa persona, ¿comprendes?

Ven con nosotras.

—Katsa. —La voz de Po sonó firme, aunque con un punto de ternura—. ¿Has entendido lo que te he dicho?

—Lo he entendido —contestó.

Una lágrima se le deslizó por la mejilla y, al verla, Po alargó la mano y la enjugó con un dedo. Observó a la muchacha un momento y después se volvió hacia Gramilla; se agachó, apoyándose en una rodilla, y la cogió de las manos.

—Adiós, prima.

—Adiós —contestó la niña, muy seria.

El lenita se incorporó con mucho cuidado y se apoyó de nuevo en el marco de la puerta. Cerró los ojos un momento, pero los abrió enseguida, y, mirando cara a cara a Katsa, esbozó un simulacro de sonrisa.

—Tú siempre pensando en abandonarme, Katsa.

—¿Cómo puedes bromear diciendo eso? —protestó ella sofocando un sollozo—. Sabes que no es ésa mi intención.

—Oh, Katsa. Gata montesa. —Le acarició la mejilla y sonrió de un modo que ella experimentó auténtico dolor, y se reafirmó en la idea de que no podría dejarlo solo.

Po la atrajo hacia sí y la besó. Después le susurró unas palabras al oído. Katsa se aferró a él con tanta fuerza que el hombro debió de dolerle, aunque no se quejó.

Cuando se alejaron a caballo, Katsa no miró atrás, pero asió con fuerza a Gramilla mientras gritaba para sus adentros el nombre de Po con tanto dolor, que durante mucho tiempo no sintió nada más.

Capítulo 29

Siguieron las estribaciones de las montañas monmardas y apremiaron al pobre caballo a continuar hacia el sur. De vez en cuando cabalgaban por terreno despejado, pero la mayor parte de las veces les frenaban el paso riscos, crestas y cascadas, sitios donde los cascos del caballo no encontraban agarre. En esos tramos, Katsa tenía que desmontar, retroceder y conducir al animal hacia un terreno más bajo. Entonces el vello de la nuca se le erizaba, cualquier sonido la ponía en tensión y no volvía a respirar tranquila hasta que remontaban la pendiente un trecho. En las zonas bajas, el terreno daba paso a la fronda, y Katsa sabía que el bosque debía de estar abarrotado de soldados de Leck.

El ejército peinaría la espesura, la calzada del Puerto y el terreno comprendido entre una y otra; rastrearían el desfiladero de montaña en la frontera con Meridia y Elestia; acamparían en Porto Mon y vigilarían los barcos que entraban y salían en busca de cualquier embarcación, en la que podrían haber escondido a la hija secuestrada del rey.

No, no iban bien. El día daba paso al anochecer cuando Katsa comprendió que se estaba engañando. Porque los soldados registrarían todos los barcos, tanto si eran sospechosos como si no, así como los edificios de la ciudad portuaria; rastrearían asimismo el litoral al este de Porto Mon y al oeste de las montañas; inspeccionarían cualquier embarcación que se aproximara, aunque fuera por casualidad, a la costa monmanda, y desarmarían pieza a pieza todos los barcos lenitas. Y dentro de un par de días, Gramilla y ella compartirían el terreno al pie de los picos monmardos con multitud de soldados de Leck. Sólo había dos medios para salir de Monmar: el mar o el desfiladero de montaña limítrofe con Meridia y Elestia. Si no se localizaba a los fugitivos en la calzada del Puerto ni en el bosque, ni aparecían en el desfiladero, ni en Porto Mon o a bordo de un barco, Leck sabría que se hallaban en las montañas, atrapados entre el mar y la espesura, teniendo a la espalda las cumbres que constituían la frontera entre Monmar y Meridia.

Al caer la noche, Katsa preparó una pequeña fogata pegada a una pared rocosa.

—¿Estás cansada? —le preguntó a Gramilla.

—Sí, pero no demasiado —contestó la chiquilla—. Estoy acostumbrándome a dormir a lomos del caballo.

—Pues esta noche tendrás que dormir así otra vez porque debemos seguir adelante —comentó Katsa—. Dime, princesa, ¿qué sabes sobre esta parte de la cordillera?

—¿La que nos separa de Meridia? Casi nada. No creo que haya nadie que sepa gran cosa de estas montañas; son pocos los que se han internado en ellas, excepto por el norte, claro, donde está el desfiladero.

Katsa se quedó pensativa un momento y después rebuscó en las bolsas, hasta dar con un rollo de mapas que extendió sobre su regazo para ojearlos. Era evidente que Raffin había creído a pies juntillas a Po cuanto éste dijo que no sabía hacia dónde se dirigían. Fue pasando mapas de Nordicia y Oestia, de Burgo de Drowden y de Burgo de Birn; uno de Meridia, otro de Burgo de Murgon y muchos de diversas zonas de Monmar. Al fin entresacó uno de esos mapas, que se enroscó al retirarlo del montón, y lo puso en el suelo, junto a la lumbre; colocó piedras en los bordes y en las puntas para que se mantuviera extendido. Después se acuclilló y observó a la princesa, que se ocupaba de vigilar las perdices puestas sobre la lumbre.

En los siete reinos había gente de ojos grises y cabello oscuro, así que esos rasgos de Gramilla no eran insólitos. Sin embargo, incluso a la tenue luz de la fogata, destacaba; quizá fuera por la nariz recta y el trazo firme y sereno de la boca, o por el espesor de la melena o la forma en que el cabello crecía hacia atrás dejándole la frente despejada. Katsa no acababa de captar a qué se debía, pero era consciente de que, incluso sin los aros en las orejas ni los anillos en los dedos, la niña tenía algo en su apariencia que delataba su ascendencia lenita, algo que no tenía que ver precisamente con el color oscuro del cabello o con los claros ojos grises.

En un reino donde se buscaba desesperadamente a una niña de diez años, de madre lenita, sería muy difícil enmascarar a Gramilla, incluso después de que hicieran lo que era obvio: cortarle el cabello, cambiarle la ropa y convertirla en un chico.

Y enmascarar a Katsa no sería menos problemático, puesto que ésta no resultaba un chico tan convincente a la luz del día como de noche. Y tendría que taparse el ojo verde de algún modo. Así que un muchacho de rasgos afeminados (de un ojo de color azul intenso y el otro tapado con un parche), acompañado por un niño lenita que tenía a su cargo, llamarían tanto la atención a la luz del día que no superarían la prueba. Pero tampoco podían arriesgarse a viajar sólo de noche porque, aun en el caso de que consiguieran llegar a Porto Mon sin que las descubrieran, una vez allí las reconocerían en cuanto las vieran. Entonces las prenderían, y a Katsa no le quedaría otra opción que dedicarse a matar gente. O bien tendría que requisar o robar una embarcación, ella, que no sabía absolutamente nada sobre barcos. Pero esa acción también llegaría a oídos de Leck y sabría con toda exactitud dónde buscarlas.

Apartó la vista de la princesa para estudiar el mapa que tenía delante, extendido en el suelo; era de la frontera natural entre Meridia y Monmar, las infranqueables cumbres monmardas. De haberse encontrado Po allí, habría sospechado lo que estaba pensando. Katsa imaginó la terrible discusión que habrían sostenido.

Y la imaginó a propósito, porque la ayudaría a tomar una decisión.

Cuando acabaron de cenar, la joven enrolló los mapas, recogió las cosas y lo ató todo a la silla.

—Reanudamos la marcha, Gramilla; monta. No podemos desperdiciar las horas de la noche, hemos de seguir adelante.

—Po te advirtió que no agotaras al caballo —dijo la niña.

—El caballo va a disfrutar de un descanso completo dentro de poco. Nos dirigimos hacia las montañas, y cuando lleguemos un poco más arriba, lo dejaremos en libertad.

—¿Hacia las montañas? ¿Qué quieres decir?

Katsa esparció la ceniza de la lumbre y con la daga hizo un agujero en la tierra para meter los huesos de la cena.

—En Monmar no hay ningún lugar seguro para nosotras. Vamos a cruzar la cordillera para entrar en Meridia.

Gramilla se había quedado quieta junto al caballo y la miraba estupefacta.

—¿Cruzar la cordillera? ¿Esas cumbres de ahí?

—Sí. El desfiladero de montaña en la frontera septentrional estará vigilado. Hemos de encontrar nuestro propio desfiladero, alguna quebrada por donde cruzar al otro lado desde aquí.

—Nadie cruza estas montañas, ni siquiera en pleno verano —argumentó la niña—. Y casi es invierno. No tenemos ropas de abrigo, ni más útiles que tu daga y mi cuchillo. Es imposible. No sobreviviríamos.

Katsa tenía la respuesta preparada, aunque ignoraba los detalles. Alzó en vilo a la niña, la montó en la silla, y, subiéndose detrás de ella, hizo girar al caballo hacia el oeste.

—Yo te mantendré con vida —afirmó.

En realidad no tenían sólo un cuchillo y una daga para lograr atravesar las cumbres monmardas hacia Meridia, sino que contaban con esas armas y un rollo de cuerda, una aguja, un poco de cordel, los mapas, parte de las medicinas, casi todo el oro, un poco de ropa de repuesto, la manta raída que llevaba Gramilla encima, las alforjas, la silla de montar y una brida. Además, tendrían cualquier cosa que Katsa pudiera capturar, matar o elaborar con sus propias manos mientras ascendían. Eso incluía lo que era primordial, lo primero de la lista: las pieles de algún animal para proteger a la pequeña del persistente frío que hacía a la altura en que se hallaban y del frío mordiente que encontrarían más arriba. E igualmente importante era que no dispondría de mucho tiempo para pensar, porque cuando recapacitaba, dudaba de su decisión.

Se dijo que haría un arco y quizá raquetas para andar por la nieve, como las que utilizó una o dos veces, en invierno, en los bosques cercanos a Burgo de Randa. Creía recordar cómo eran y cómo se usaban.

Cuando el cielo empezó a clarear y a adquirir color, Katsa bajó a la pequeña del caballo y durmieron más o menos una hora, acurrucadas una contra otra en una hendidura de la roca tapizada de musgo, mientras el sol las alumbraba. Katsa se despertó a causa del castañeteo de los dientes de Gramilla. Debía despertarla para ponerse en marcha; y antes de que el día llegara a su fin, tendría que haber dado con una solución para atajar el frío que no daba tregua a la pequeña.

Y

Gramilla parpadeó, deslumbrada por la luz, y dijo:

—Estamos a más altura; hemos ascendido durante la noche.

—Sí, así es —confirmó Katsa, que le tendió lo que quedaba de la cena.

—Sigues con la idea de que crucemos las montañas.

—Es el único lugar de Monmar en el que Leck no nos buscará.

—Porque sabe que estaríamos locas si lo intentáramos.

Había un ligero timbre malhumorado en el tono de la niña, el primer indicio de queja desde que Katsa y Po la encontraron en el bosque. Bien, estaba en su derecho. Tenía frío, estaba cansada, su madre había muerto... Katsa extendió el mapa de las cumbres monmardas sobre el regazo y no le contestó.

—En las montañas hay osos —apuntó Gramilla.

—Los osos están dormidos hasta la primavera.

—Hay otros animales: lobos, pumas... Animales que no tenéis en Terramedia y más nieve de la que hayas visto nunca. No sabes lo que son estas montañas.

En el mapa había dibujado un sendero entre dos picos, que parecía ser la ruta menos complicada para cruzar a Meridia. «Desfiladero de Grella», rezaba el letrero garabateado; probablemente, era la única ruta a través de las cumbres que había recorrido alguien.

Katsa enrolló los mapas y los guardó en una de las alforjas. Montó de nuevo a la pequeña en la silla.

—¿Quién es Grella? —preguntó.

Gramilla soltó un bufido y no dijo nada. Katsa se montó detrás de ella y cabalgaron varios minutos antes de que la chiquilla respondiera.

—Grella fue un montañero y explorador monmardo muy famoso. Murió en el desfiladero que lleva su nombre.

—¿Era un graceling?

—No. No estaba dotado con una gracia, como tú, pero sí estaba igual de loco.

La pulla del comentario no surtió efecto en Katsa. No había ningún motivo para que Gramilla creyera que una graceling, que había visto montañas por primera vez no hacía mucho tiempo, sería capaz de conducirlas por el desfiladero de Grella. Ni siquiera la propia Katsa estaba segura de conseguirlo, pero si sopesaba el peligro que representaba el rey de Monmar contra el peligro de osos, lobos, tempestades de nieve y hielo, tenía la certeza más absoluta de que su gracia estaba mejor preparada para afrontar los retos de la montaña.

Así pues, Katsa no replicó, pero tampoco cambió de idea. Cuando empezó a soplar el viento y notó que Gramilla tiritaba, la ciñó más contra sí y le tapó las manos con las suyas, mientras el caballo subía a trompicones. A todo esto, Katsa pensó en la silla de montar; si la abría, la mojaba y la sacudía, el cuero se flexibilizaría, y con ella haría una burda chaqueta para Gramilla o quizás un pantalón. No había razón para desperdiciarla si era capaz de elaborar una prenda que diera calor; además, dentro de muy poco tiempo el caballo ya no la necesitaría.

Ascendían a ciegas, incluso de día, sin saber con qué se encontrarían, porque las pendientes y los árboles que se alzaban ante ellas les impedían ver el terreno que había más adelante. Katsa capturaba ardillas, peces y ratones para la comida; y si tenía suerte, conejos. Todas las noches, sentada junto a la fogata, la joven estiraba y secaba las pieles de los animales que comían; con los aceites del pescado y la grasa de los otros animales restregaba los cueros. Por fin juntó las pieles e hizo pruebas con ellas una y otra vez, hasta que consiguió confeccionarle a la niña una tosca capucha de pieles, de la que pendían unos largos extremos para enrollarlos al cuello a modo de tapaboca.

—Tiene una apariencia un tanto extraña —comentó Katsa cuando terminó la capucha, y la niña se la probó—. Pero me parece que la vanidad no es uno de tus rasgos, princesa.

—Huele raro, pero da calor —contestó Gramilla.

Eso era lo único que Katsa necesitaba saber.

El terreno se fue haciendo más abrupto y la maleza adquirió un aspecto más agreste y extremado. De noche, mientras la fogata crepitaba y Gramilla dormía, Katsa oía ruidos y roces en la maleza de alrededor del campamento, que no había notado hasta entonces, ruidos que ponían nervioso al caballo. A veces, no muy lejos, también oía aullidos que despertaban a la niña y la impulsaban a arrimarse a Katsa, temblorosa, aduciendo pesadillas sobre extraños monstruos aulladores y, de vez en cuando, sobre su madre. Pero como no parecía inclinada a entrar en detalles, Katsa no la importunó para que se los explicara.

En una de esas noches, en que los aullidos de los lobos empujaron a la chiquilla a aproximarse a Katsa, ésta dejó el palo que rebajaba con el cuchillo para hacer una flecha y rodeó a Gramilla con el brazo; frotó con mucho cuidado las agrietadas manos de la pequeña para que entraran en calor, y mientras tanto —porque estaba pensándolo— empezó a hablarle de su primo Raffin, a quien le encantaba el arte de la medicina y sería diez veces mejor rey de lo que era su padre; y también le habló de Helda, que se había hecho amiga suya cuando nadie más quería serlo; y del Consejo, y de la noche en la que Giddon, Oll y ella habían rescatado al abuelo de Gramilla, y ella misma sostuvo una reyerta con un desconocido en los jardines del palacio de Murgon, donde lo dejó tirado en el suelo, inconsciente... Un desconocido que resultó ser Po.

Gramilla rio al escuchar aquella historia, y asimismo Katsa le contó cómo se habían hecho amigos Po y ella, mientras Raffin cuidaba del abuelo para que recobrara la salud. Y le explicó que ella acompañó a Po hasta Meridia para desentrañar la verdad que había tras el secuestro, y cómo siguieron las pistas hasta Monmar, las montañas, el bosque... y al fin la encontraron a ella.

—No te pareces a la persona de la que cuentan tantas cosas... —comentó la chiquilla—. Cosas que oía sobre ti antes de conocerte.

Katsa se preparó para aguantar el hervidero de recuerdos que nunca parecían perder vigencia y siempre lograban que se sintiera avergonzada.

—Esas cosas son ciertas —dijo—. Soy esa persona.

—Pero ¿cómo es posible? Tú nunca le romperías el brazo a un hombre inocente ni le cortarías los dedos.

—Realicé esos actos para cumplir las órdenes de mi tío cuando todavía me tenía controlada —admitió.

En ese momento Katsa experimentó de nuevo la certeza de que hacían lo correcto al subir hacia el desfiladero de Grella, el único sitio a donde Leck no las seguiría. Porque no podría proteger a Gramilla si no tenía voluntad propia. Estrechó un poco más a la niña contra sí.

—Debes saber que mi don no es sólo la lucha, pequeña; mi gracia es la supervivencia. Yo te salvaré llevándote a través de estas montañas.

La chiquilla no contestó, pero apoyó la cabeza en el regazo de Katsa, rodeó la pierna de la joven con el brazo y se acurrucó contra ella. Se quedó dormida así, al son del aullido de los lobos, y Katsa no quiso reanudar la tarea de hacer la flecha para no despertarla. Dormitaron juntas frente a la fogata; cuando Katsa despertó, sentó a la niña en el caballo, tomó las riendas y condujo al animal ladera arriba en plena noche monmarda.

Cuando se hizo de día, el terreno se había vuelto tan abrupto que era impracticable para el caballo. Katsa no quería matarlo, pero no le quedó más remedio que planteárselo, y se dijo que aprovecharía la piel para obtener cuero. No obstante, si lo dejaban suelto, deambularía por las estribaciones y daría una pista a los soldados que lo encontraran sobre el paradero de las fugitivas. Por otro lado, si lo mataba, les sería imposible deshacerse de todo el cuerpo y tendrían que abandonar los restos en la ladera, como alimento de alimañas y carroñeros; si los soldados encontraban los huesos pelados, sería una señal mucho más precisa para indicarles su posición y la dirección tomada, que si se topaban con un animal vivo. Con cierto alivio, Katsa decidió dejarlo vivo. Le quitó, pues, las alforjas, la silla y la brida, le desearon mucha suerte y lo animaron a alejarse.

Siguieron el ascenso a pie ayudándose con las manos; Katsa auxiliaba a Gramilla en los tramos más empinados y la aupaba a rocas demasiado grandes para trepar por ellas. Por suerte, el día que bajó las murallas de su castillo descolgándose por las sábanas, Gramilla se puso unas buenas botas. Sin embargo, no dejaba de tropezarse con los vuelos del andrajoso vestido. Al fin, Katsa le cortó la falda y preparó una especie de pantalón tosco. A partir de ahí, la niña avanzó más deprisa y sin tantas dificultades.

El cuero de la silla era más duro de lo que Katsa había imaginado, por lo que tuvo que luchar a brazo partido con él por las noches, mientras Gramilla dormía. Finalmente, decidió cortar cuatro medias perneras para la chiquilla, una para cada parte inferior de las piernas y las otras dos para los muslos, y las unió con correas por encima de los pantalones. Ofrecía un aspecto muy cómico, pero la protegía en cierta manera contra el frío y la humedad. Y eso era necesario porque a medida que ascendían, esforzándose mucho, cada vez nevaba con mayor frecuencia.

La comida escaseaba. Por ello, Katsa no desestimaba ningún animal; si algo se movía, lo cazaba. Ella comía poco y le daba casi todo a Gramilla, que lo engullía con voracidad.

Con las primeras luces de cada amanecer, Katsa le quitaba las botas a la niña y le examinaba los pies, por si tenía ampollas, y las manos para asegurarse de que no había señales de congelación en los dedos; le untaba con ungüento la piel agrietada y le tendía la cantimplora con agua cada vez que hacían un alto para descansar. Y esos altos se producían con mucha asiduidad porque Katsa sospechaba que la cría preferiría desplomarse antes que admitir que estaba cansada.

Ella no sentía cansancio y notaba la fuerza de brazos y piernas, así como su agilidad y presteza habituales. En cambio, la agobiaba mucho la lentitud del paso que llevaban y, a veces, le entraban ganas de echarse al hombro a la niña y subir la ladera de la montaña corriendo a toda velocidad. Sin embargo, intuía que, para superar finalmente esas montañas, iba a necesitar hasta la última brizna de la fuerza que su gracia le proporcionaba y, por ende, no debía agotarse antes de tiempo. Así que domeñó la impaciencia lo mejor que pudo y concentró todas las energías en cuidar a la princesa.

A decir verdad, el puma fue un regalo al aparecer, precisamente, cuando empezaba la primera tormenta de nieve seria que afrontaron.

Las nubes se acumulaban sin cesar, la tempestad se estuvo preparando a lo largo de la tarde, y los copos de nieve fueron en aumento y se hicieron punzantes. Katsa se detuvo a acampar en el primer sitio factible que encontró: una cresta profunda en la montaña, protegida por un saliente rocoso. Gramilla buscó leña y ella, con la daga metida en el cinturón, salió a buscar algo para comer.

Fue camino arriba y dio con una trocha que había por encima de la capa rocosa que formaba el techo de su refugio. Alerta a cualquier movimiento que se produjera, se encaminó hacia un grupo de los árboles de aquellas montañas, que crecían rectos hacia el cielo y cuyas raíces se aferraban más a las piedras que a la tierra.

Lo primero que percibió fue una leve oscilación por el rabillo del ojo, una oscilación de color marrón, en lo alto de un árbol, que se curvaba y se mecía; un movimiento de algún modo distinto a la forma en que se movería la rama de un árbol. Y aquella rama se mecía de forma rara... En realidad se cimbreaba, pero no como agitada por el viento, sino como si algo grande la hundiera bajo su peso.

El cuerpo de Katsa reaccionó más deprisa que la mente al identificar al depredador y reconociéndose a sí mismo como la presa y, al instante, la joven tenía la daga en la mano. El gran felino saltó rugiendo y Katsa le lanzó la daga al vientre para, acto seguido, arrojarse al suelo y rodar sobre sí misma, pero las garras del felino le laceraron un hombro. El animal se le tiró encima con rapidez, la empujó con las enormes zarpas y la inmovilizó de espaldas en el suelo, gruñendo, enseñando los dientes y asestando zarpazos tan deprisa, que Katsa se las vio y se las deseó para no acabar con el pecho y el cuello hechos trizas. Se debatió con la fuerza que le proporcionaba la desesperación, empujando con los antebrazos y apartando la cabeza en el preciso momento en que los dientes de la bestia daban una dentellada donde un momento antes ella tenía la cara. El felino le asestó un zarpazo brutal en el torso y se le lanzó a la garganta; Katsa lo aferró por la nuca chillando al tiempo que se apartaba del rostro las mandíbulas que no paraban de dar dentelladas, y el animal se empinó sobre ella y le propinó zarpazos en los brazos. A todo esto, Katsa vio brillar algo en el vientre del felino y se acordó de la daga. El puma volvió a atacar intentando morderla, pero ella lo esquivó y le asestó un puñetazo en el hocico; retrocedió un instante, sorprendido, y en ese breve lapso la joven alargó la mano hacia la daga, desesperada; la fiera atacó una vez más, pero Katsa le clavó el arma en la garganta.

El animal emitió un sonido horrible y una especie de borboteo; después se desplomó sobre la joven y las zarpas se le espatarraron a los costados de Katsa. El silencio cayó sobre la montaña; el puma estaba muerto.

Katsa le dio un empujón y se lo quitó de encima; se incorporó sobre el codo derecho y se limpió con nieve la cálida sangre del animal que le cegaba los ojos. Al tantearse el hombro izquierdo, hizo un gesto de dolor y contuvo una enorme y repentina irritación, porque pensó que a lo mejor tenía una herida que las obligaría a retrasarse. Entonces se desató la chaqueta y resopló con fastidio al ver los desgarrones del pecho que le escocían tanto como los del hombro. Y descubrió más tajos y desgarrones por los pinchazos que sentía a cada movimiento que hacía: cortes pequeños en el cuello, a lo largo del estómago y en los brazos, y tajos más profundos en los muslos, donde el felino la había sujetado con las garras traseras.

Bien, no había motivo para quedarse allí tirada compadeciéndose de sí misma, mientras nevaba con mayor intensidad. El enfrentamiento le había ocasionado heridas y molestias, pero también les había proporcionado comida que les duraría bastante tiempo, así como pieles para la chaqueta que tanto necesitaba Gramilla.

Se puso de pie y se quedó mirando el enorme felino que yacía muerto y ensangrentado ante ella. La cola... Sí, eso era lo que había visto de reojo meciéndose y enroscándose en el árbol; el primer indicio que le había salvado la vida. De cabeza a cola, el animal era más largo que lo que ella medía de estatura, y Katsa imaginó que también pesaría bastante más que ella; el cuello era grueso y fornido; los hombros y el lomo, muy musculosos; los dientes, tan largos como los dedos de la joven, y las garras, más largas aún. Se le ocurrió que no lo había hecho tan mal en esa pelea a pesar de lo que Gramilla pensaría cuando la viera. Aquél no era el tipo de animal que habría elegido para enfrentarse en un combate mano a mano. Podría haberla matado.

Mientras un soplo de aire le arrojaba copiosos copos de nieve a la cara, cayó en la cuenta de que hacía mucho rato que había dejado sola a la niña. De manera que, extrajo la daga del cuello del puma, la limpió en la nieve y se la metió en el cinturón. Luego giró al felino boca arriba, le asió las patas delanteras, una con cada mano, y, apretando los dientes para aguantar el dolor del hombro, arrastró al animal cuesta abajo, hacia la cueva.

Cuando Gramilla la vio llegar, echó a correr desde el campamento para ir a buscarla. La niña abrió los ojos de par en par y emitió un sonido ininteligible, como si se ahogara.

—Estoy bien, pequeña. Sólo me arañó.

—Estás llena de sangre.

—Casi toda es del puma.

La chiquilla meneó la cabeza y separó los jirones de la destrozada chaqueta de Katsa.

—¡Por todos los mares! —exclamó al verle los desgarrones del pecho—. Por todos los mares —repitió en un susurro, ante las heridas en los hombros, los brazos y el estómago de la joven—. Tendremos que coser algunos de estos cortes. Vamos a limpiarte las heridas; yo cogeré las medicinas.

Esa noche se apretujaron en el campamento; mientras tanto la fogata caldeaba el reducido espacio, cocinaba los filetes de carne de puma y secaba la piel leonada que pronto se convertiría en la chaqueta de Gramilla. La niña se ocupó de vigilar la carne que se asaba; y en cuanto al resto se lo llevarían congelado y les serviría durante el ascenso.

Nevaba cada vez con más fuerza; el viento arremolinaba los copos y los echaba a la lumbre, donde siseaban y se deshacían. Si la tormenta duraba, allí estaban bastante cómodas. Comida, agua, un techo y una lumbre; tenían cuanto necesitaban. Katsa cambió de postura para que el calor de las llamas le llegara y le secara la andrajosa ropa que había vuelto a ponerse después de lavarla, porque no tenía otra cosa con qué vestirse.

Mientras tanto se dedicaba a elaborar el arco largo que había empezado a preparar hacía unos días: dobló el cuerpo combado para probar la resistencia; cortó un trozo de cuerda para encordarlo y ató un extremo a una punta del arco y tiró con fuerza para llegar a la otra punta.

Al hacer ese movimiento, gimió a causa del dolor del hombro y por el que sintió en uno de los cortes del muslo al presionarlo con el arco.

—Si estar herido es esto, nunca entenderé por qué a Po le gusta tanto luchar conmigo. Si es así como se encuentra después de pelear, no lo entiendo.

—Ni yo entiendo casi nada de lo que hacéis ninguno de los dos —dijo la chiquilla.

Katsa se puso de pie y tensó la cuerda para probar. Luego recogió una de las flechas que había hecho con el cuchillo, la encajó en el arco y, en medio de la nevada, disparó a modo de prueba hacia un árbol que había enfrente de la cueva. La flecha se clavó en el tronco con un impacto seco y se hundió bastante.

—No está mal —opinó Katsa—. Servirá. —Salió a la intemperie y sacó de un tirón la flecha hincada en la madera; regresó al refugio, se sentó y se puso a construir más flechas—. Tengo que admitir que cambiaría un filete de carne de puma por una simple zanahoria o por una patata. ¿Te imaginas qué lujo será tomar una comida en una posada una vez que estemos en Meridia, princesa?

Gramilla se limitó a mirarla y siguió masticando la carne, sin responder. El viento gimió y el manto de nieve que se acumulaba fuera de la cueva ganó en espesor. Katsa hizo otro tiro de prueba y salió bajo la tormenta a recoger la flecha. Cuando regresó y golpeó con las botas las paredes de piedra para quitarse la nieve de los pies, reparó en que Gramilla seguía observándola.

—¿Qué pasa, pequeña?

Gramilla hizo un gesto con la cabeza. Masticó un trozo de carne y se lo tragó. Acto seguido, retiró de la lumbre un filete, se lo pasó a Katsa y le dijo:

—No te comportas como si estuvieras herida. —Katsa se encogió de hombros. Mordió el trozo de carne y arrugó la nariz—. Yo también me he permitido fantasear con un trozo de pan —comentó Gramilla.

Katsa se echó a reír. La niña y la cazadora del felino se sentaron juntas, amigablemente, y escucharon el viento que soplaba fuera de la cueva de la montaña y arrastraba la nieve.

Capítulo 30

La niña estaba exhausta; más abrigada gracias a la piel del puma, pero exhausta. Era un eterno y agotador caminar pendiente arriba, mientras las piedras les resbalaban bajo los pies y las hacían retroceder cuando lo que intentaban era avanzar; era la empinada pendiente de roca por la que no podían trepar a menos que Katsa empujara a Gramilla por detrás; era la desesperación de saber que, después de remontar esa subida, habría otra igual de empinada u otro río de piedras que se deslizarían cuando ellas trataran de trepar; era la nieve que les empapaba las botas y el viento que se les colaba por los resquicios de las ropas, y eran los lobos y los felinos que siempre aparecían de repente, bufando o gruñendo, lanzándose contra ellas desde las rocas. Katsa manejaba rápida el arco, y los animales acababan siempre muertos antes de alcanzarlas, a veces incluso antes de que Gramilla se hubiera dado cuenta de su presencia. Pero a la joven no se le escapaba lo mucho que tardaba la niña en volver a respirar a un ritmo normal tras uno de esos ataques feroces, y era consciente de que el agotamiento de la chiquilla no se debía sólo al esfuerzo físico, sino al miedo.

Para la graceling resultaba casi insoportable aflojar el paso aún más, pero lo hizo porque no había más remedio.

«El rescate no serviría de nada si se nos muere», le había dicho Oll la noche en que rescataron al príncipe Tealiff. Si Gramilla se derrumbaba en esas montañas, Katsa sería la responsable.

Nevaba copiosamente, casi de manera constante; pero a pesar de la tormenta, siguieron adelante sin hacer un alto. Por ello, Katsa le tapó a la niña las manos y la cara con pieles, de forma que sólo se le veían los ojos. Gracias el mapa, sabía que en el desfiladero de Grella no había árboles, aunque, dada la altitud, ya no los habría antes de llegar al ventoso paso entre las cumbres. Así pues, se dispuso a preparar las raquetas en previsión de que cuando las necesitara, no encontrara madera para montarlas. Pero decidió hacer un único par. Ignoraba qué tipo de terreno había en el desfiladero, pero se hacía una idea respecto al viento y al frío; por consiguiente, no sería un sitio por donde avanzar despacio si no querían morir congeladas, de modo que imaginó que tendría que llevar a cuestas a la niña.

Por la noche, Gramilla se quedaba dormida de inmediato, agotada; de vez en cuando gimoteaba en sueños, como si tuviera pesadillas. Katsa la vigilaba y mantenía encendida la fogata mientras unía tablillas de madera e intentaba no pensar en Po, cosa que no lograba casi nunca.

Las heridas se le estaban curando bien; de hecho, las menos graves casi no se le notaban ya y hasta las más grandes y profundas dejaron de sangrar a las pocas horas. En realidad sólo le suponían una fuente de irritación a pesar de que las alforjas que cargaba le rozaban los cortes, y las raquetas a medio hacer chocaban contra éstos al balancearse. Por otra parte, cada vez que echaba atrás la mano hacia la aljaba (hecha con un trozo de cuero de la silla de montar), que llevaba a la espalda, el hombro izquierdo y el pecho protestaban un poco; en esas dos zonas le quedarían cicatrices, así como, seguramente, en los muslos, pero ésas serían las únicas marcas que el felino le habría dejado en el cuerpo.

Cuando terminara las raquetas, lo siguiente que prepararía sería una especie de arnés por si tenía que llevar a cuestas a la niña, un avío de correas y ataduras hecho con el aparejo del caballo. De ese modo, si no quedaba más remedio que cargar a Gramilla, tendría los brazos libres para usar el arco. Y como ahora la pequeña iba más abrigada, quizá se haría una chaqueta para ella misma, una pelliza de la piel del siguiente lobo o puma con el que toparan.

Y todas las noches, atizada la lumbre y hecho el trabajo, con el recuerdo de Po tan cercano e insistente que no podía evitar pensar en él, se acurrucaba junto a Gramilla y se permitía unas cuantas horas de sueño.

Y

Cuando Katsa descubrió que tiritaba al dormirse por las noches, y que tenía que protegerse la cabeza y el cuello con pieles y dar patadas en el suelo para librarse del entumecimiento de los pies, imaginó que debían de estar muy cerca del desfiladero de Grella. No podía estar mucho más lejos, porque si fuera así, en el paso entre montañas haría todavía más frío y no creía que en el mundo se dieran temperaturas tan bajas.

Llegó un punto en que temió que a la niña se le congelaran los dedos de las manos y de los pies, así como el rostro. Por ello, hacía paradas frecuentes para darle masajes en las extremidades. La pequeña no hablaba y se movía como entumecida, con lentitud, aunque era consciente de lo que la rodeaba. Asentía o negaba con la cabeza en respuesta a las preguntas de Katsa, que la estrechaba contra sí cada vez que la llevaba en brazos; lloraba de alivio cuando la fogata nocturna la calentaba o de dolor cuando Katsa la despertaba al frío de cada mañana.

Tenían que estar cerca del desfiladero. Tenían que estarlo porque Katsa no sabía cuánto más aguantaría la niña en esas condiciones extremas.

Una mañana se desató una tormenta de hielo mientras subían con mucho esfuerzo entre árboles y maleza. Gran parte de la mañana caminaron cegadas, con la cabeza inclinada contra el viento y el cuerpo azotado por nieve y hielo. Katsa abrazaba a Gramilla, como hacía siempre durante las tormentas, y se dejó guiar por su extraordinario sentido de la orientación hacia arriba y al oeste. Al cabo de un rato, notó que la pendiente era menos empinada y dejó de tropezar con raíces de árbol y matorrales de montaña, al mismo tiempo que los pies se le hundían, como si la nieve fuera más profunda y tuviera que abrirse paso empujándola.

Cuando cesó la tormenta, tan de repente como comenzó, el paisaje había cambiado. Se hallaban al pie de una pendiente lisa y prolongada, cubierta de nieve y carente de vegetación; el viento levantaba cristales de hielo de la superficie y los lanzaba hacia el cielo. A cierta distancia, dos roquedos negros se alzaban imponentes a izquierda y derecha. La pendiente ascendía para pasar entre ellos.

La blancura era cegadora y el cielo parecía tan próximo y tan intensamente azul que Gramilla se protegió los ojos con la mano. Ahí estaba el desfiladero de Grella, sin animales a los que repeler, sin piedras ni maleza que salvar; únicamente les restaba recorrer un tramo en cuesta de nieve lisa y franquear así la cordillera, para descender por fin en dirección a Meridia.

Casi parecía un paseo.

Pero la alarma sonó en la mente de Katsa; primero como un zumbido apagado que fue creciendo hasta convertirse en un clamor, porque observó los remolinos de nieve que se levantaban a lo largo del desfiladero. Para empezar, la distancia sería mayor de lo que aparentaba. En segundo lugar, en todo el tramo no habría un sitio donde refugiarse del viento, ni sería tan liso y fácil de salvar como parecía desde lejos, mientras los rayos del sol caían directos sobre el desfiladero. Y si se desataba una tormenta o, mejor dicho, cuando hubiera otra tormenta, estarían expuestas a la intemperie propia de esas altitudes, donde no resistía ningún ser vivo y lo único que tenía probabilidades de perdurar era la roca o el hielo.

Katsa limpió la nieve adherida a las pieles que cubrían a la niña y rompió trozos de hielo que se le habían pegado en la cara. Después descolgó las raquetas que llevaba a la espalda y plantó los pies encima; se las sujetó con las correas alrededor de los pies y de los tobillos y las ató muy fuertes. Desenvolvió el arnés que había hecho y ayudó a la pequeña a meterse en él, primero una pierna y después, otra. Gramilla se movía con lentitud, pero no protestó ni pidió explicaciones. Katsa se agachó, la asió por la barbilla y la miró a los ojos.

—Gramilla —la exhortó—. Gramilla, tienes que estar alerta. Te llevaré a cuestas, tan sólo porque tenemos que avanzar deprisa. Pero debes mantenerte despierta. Si creo que vas a dormirte, te bajaré al suelo y te haré caminar. ¿Lo entiendes? Te haré caminar, princesa, por mucho que te cueste.

—Estoy cansada —susurró la chiquilla, y Katsa la sujetó por los hombros y la zarandeó.

—Me da igual si lo estás. Harás lo que te digo, emplearás hasta la última pizca de fuerza que te queda en permanecer despierta. ¿Lo has entendido?

—No quiero morir —dijo Gramilla, y se le escapó una lágrima que se le congeló en las pestañas. Katsa se arrodilló y abrazó el paquetito que era la niña.

—No morirás —le aseguró—. No permitiré que mueras. —Pero iba a hacer falta algo más que su voluntad para mantener viva a Gramilla, así que buscó en la capa y sacó la cantimplora—. Bébete esto —ordenó—. Todo.

—Está fría.

—Te ayudará a seguir con vida. Deprisa, antes de que se congele.

La pequeña bebió y Katsa tomó una decisión que entraba en conflicto con su instinto de supervivencia. Soltó el arco en el suelo y se sacó por la cabeza la aljaba y las alforjas, que dejó junto al arco. A continuación, se despojó de las pieles de lobo que llevaba echadas sobre los hombros, las que se había permitido utilizar sólo después de que la niña estuviera cubierta por varias capas de pieles, de la cabeza a los pies. El viento se coló por los desgarros que tenía en la chaqueta manchada de sangre, y el frío la asaltó como una cuchillada en el estómago y en las heridas del hombro y del pecho; se dijo para sus adentros que enseguida estaría corriendo y el ejercicio la haría entrar en calor. Tendría que componérselas con las pieles que le tapaban la cabeza y el cuello. De modo que envolvió a la chiquilla con las grandes pieles de lobo, como si fuera una manta.

—Estás loca de remate —dijo Gramilla, y la joven casi sonrió, porque si la niña era capaz de configurar una opinión insultante era porque, al menos, conservaba cierta lucidez.

—Estoy a punto de acometer un ejercicio muy duro —le dijo—. No querría calentarme en exceso. Bien, dame esa cantimplora, pequeña. —Se agachó y llenó el recipiente con nieve. Luego lo cerró y lo metió entre las ropas de piel de Gramilla—. Tendrás que llevarla tú, si no queremos que se congele.

El viento soplaba desde todas las direcciones, pero a Katsa le pareció que lo hacía con más fuerza desde el oeste, de cara. En consecuencia, decidió llevar a la niña cargada en la espalda. Se colgó delante todo lo demás y se metió las correas del arnés por los hombros, tras lo cual se puso de pie. Dio algunos pasos por la nieve, con cautela, para probar las raquetas.

—Cierra las manos en puño y pónmelas en las axilas —instruyó a la niña—. Pega la cara contra la piel que me cubre el cuello y ten cuidado con los pies. Si te parece que empiezas a no sentirlos, dímelo. ¿Lo has entendido, Gramilla?

—Lo he entendido.

—Bien, pues, en marcha. Allá vamos.

Y echó a correr.

Se acostumbró enseguida a las raquetas y al equilibrio inestable de las cargas que llevaba a la espalda y sobre el pecho. La niña casi no pesaba, y las raquetas funcionaban bastante bien una vez que le cogió el tranquillo a correr con las piernas ligeramente abiertas. No daba crédito al frío que hacía en aquel desfiladero, ni a que el viento pudiera soplar tan fuerte y de forma tan insistente, sin cesar un solo momento. Cada inhalación era como un cuchillo que le penetraba en los pulmones hasta el fondo. Además, los brazos, las piernas, el torso y sobre todo las manos… y cualquier parte del cuerpo expuesta a la intemperie le ardían, como si se hubiera arrojado a una hoguera.

Corrió, y al principio le pareció que el esfuerzo del ejercicio de pies y piernas le proporcionaba algo de calor; después, el incesante golpeteo se convirtió en un dolor lacerante, y más tarde, en un dolor sordo; por último, dejó de sentir el golpeteo por completo, pero se conminó a continuar, adelante, hacia arriba, cada vez más cerca de los picos que parecían estar siempre a la misma distancia.

Las nubes se acumularon de nuevo y la acribillaron con nieve helada. El viento aulló, y Katsa corrió a ciegas. Una y otra vez le gritaba a Gramilla; le hacía preguntas irrelevantes sobre Monmar, sobre Burgo de Leck, o sobre su madre. Y siempre le preguntaba lo mismo: si sentía las manos, si podía mover los dedos de los pies, si se notaba mareada o entumecida. No estaba segura de que la princesa entendiera lo que le preguntaba, ni ella comprendía lo que la niña le respondía a gritos. Pero por lo menos gritaba; y si gritaba era porque seguía despierta. Katsa apretaba los brazos sobre las manos de la pequeña y, de vez en cuando, tanteaba hacia atrás para asirle las botas e intentar darle algún tipo de masaje en los pies. Y corrió y siguió corriendo aun cuando tenía la impresión de que el viento la empujaba hacia atrás, aun cuando sus preguntas iban siendo más y más absurdas, y sus dedos no lograron dar más masajes ni sus brazos abrazarla más.

Al fin sólo fue consciente de dos cosas: la voz de la niña, que seguía sonándole en el oído, y la cuesta que tenía delante y que debía continuar subiendo a la carrera.

Katsa detectó con apatía cómo el enorme globo rojo del sol descendía y se iba ocultando tras el horizonte. Y si llegaba el ocaso, significaba que ya no nevaba. Sí, ahora que lo pensaba, se daba cuenta de que había dejado de nevar, si bien no recordaba cuándo había ocurrido. Pero el ocaso también significaba que el día se acababa y la noche caería de un momento a otro, y de noche siempre hacía más frío que de día.

Siguió corriendo porque dentro de poco haría aún más frío. Movía las piernas y la niña hablaba de vez en cuando, pero Katsa no sentía nada aparte del helor que se le clavaba en los pulmones a cada respiración. Pero entonces algo más se abrió camino en la bruma que le obnubilaba la mente:

Divisaba un horizonte que se hallaba mucho más abajo de donde se encontraba ella, y contemplaba cómo se ocultaba el sol en el horizonte, que se ensanchaba allá abajo, mucho más abajo.

Ignoraba cuándo había cambiado el panorama, ni en qué momento había coronado el alto del desfiladero y comenzado a descender. Pero lo había hecho. Ya no veía los negros picos, así que debía de haberlos dejado atrás. Lo que veía ahora era la otra ladera de la cordillera, poblada de frondas y bosques interminables, y el sol, que ponía fin al día, mientras ella corría con la niña viva colgada a su espalda, descendiendo hacia Meridia. Y veía también, no muy lejos, el final de la cuesta nevada y el principio de árboles y maleza, y una pendiente de bajada que resultaría mucho más fácil para la pequeña de lo que había sido el ascenso.

Entonces notó los tiritones, los virulentos temblores, y el pánico se apoderó de ella y le devolvió la consciencia a la embotada mente. La niña no podía enfermar cuando faltaba tan poco para estar a salvo. Echó las manos hacia atrás y agarró las botas de Gramilla. La llamó a gritos y oyó la voz de la pequeña que le gritaba algo al oído; y sintió los brazos que le ceñían el torso y apretaban. Pero de repente experimentó algo distinto en la zona de debajo de los senos, donde Gramilla la rodeaba con los brazos: calor; demasiado calor. Katsa oyó el castañeteo de sus propios dientes y comprendió que no era la niña la que tiritaba, sino ella.

De repente se oyó reír, aunque la situación no tenía nada de divertida. Si ni siquiera era capaz de mantenerse con vida, no había esperanza para la princesa. No tendría que haber llegado hasta ese extremo; había sido una locura emprender camino hacia Meridia por esa ruta. Pensó en sus manos y las alzó para mirárselas; separó los dedos, los forzó a que se abrieran, y se maldijo al ver las puntas blancas. Entonces se puso las manos debajo de las axilas y se esforzó en reflexionar con claridad, con lucidez. Tenía frío, mucho frío. Pero era imprescindible llegar hasta donde empezaban los árboles para obtener leña y protección del viento. Debía encender una fogata. Llegar allí y encender una lumbre. Y mantener con vida a la niña. Ésas eran sus prioridades, sus objetivos, y tendría esas ideas muy presentes mientras corría.

Cuando llegaron a la línea de árboles, Gramilla estaba entumecida y gimoteaba de frío. Pero al derrumbarse Katsa en el suelo, de rodillas, la niña se desató el arnés. Con torpeza, se quitó las pieles de lobo que llevaba echadas por encima y envolvió con ellas a Katsa. A continuación, se arrodilló junto a la joven y tiró de las correas de las raquetas a pesar de tener los dedos agrietados y manchados de sangre. Katsa se espabiló un poco y la ayudó a desatar las correas. Se quitó las raquetas y se desprendió de las alforjas, de la aljaba, del arnés y del arco.

—Leña —musitó la joven—. Leña.

La niña sorbió y asintió con la cabeza, y deambuló bajo los árboles a trompicones recogiendo la madera que encontraba. Pero la leña estaba húmeda a causa de la nieve. Katsa movía los manos con torpeza y manejó la daga despacio, temblorosa debido a los escalofríos que le sacudían el cuerpo. Nunca en su vida había tenido dificultades para encender un fuego, jamás, ni una sola vez. Se concentró, pues, con todas sus fuerzas, y al décimo o undécimo intento saltó una chispa y prendió en un hueco seco de la madera. Echó agujas de pino a la llamita y la protegió, la dirigió y le transmitió su deseo de que no muriera, hasta que la llamita lamió los bordes de las ramas que la joven había apilado. Creció y humeó, y crepitó. Ya tenían fuego.

Katsa se acurrucó, sin dejar de tiritar, y contempló las llamas mientras ponía todo su empeño en hacer caso omiso de los dolorosos pinchazos que notaba en los dedos de las manos y las punzadas en los pies.

—No, no te vayas —susurró al ver que Gramilla se levantaba para ir a buscar más leña—. Caliéntate primero. Quédate y entra en calor.

La joven alimentó el fuego, despacio; inclinada sobre la fogata y a medida que las llamas cobraron fuerza, los temblores empezaron a remitir. Contempló a la pequeña, que estaba sentada en el suelo con los brazos ceñidos alrededor de las piernas. Mantenía los ojos cerrados y la cara apoyada en las rodillas; las mejillas surcadas de lágrimas. Pero estaba viva.

—Qué necia soy —susurró Katsa—. Qué necia.

Haciendo un gran esfuerzo se puso de pie y fue de árbol en árbol para recoger más leña. Le molestaban los huesos; las manos y los pies eran un puro dolor. Quizá ser una necia era lo mejor que había podido pasar, porque de haber sabido lo dura que resultaría la travesía por las montañas, a lo mejor no lo habría intentado.

Regresó al campamento y echó leña a la fogata. Esa noche tendrían una gran hoguera; disfrutarían de una hoguera tan enorme que todo Meridia la podría divisar. Arrastrando los pies, se acercó a la niña y le cogió las manos para examinarle los dedos.

—¿Los sientes? —preguntó—. ¿Puedes moverlos?

Gramilla asintió con la cabeza. Katsa tiró hacia sí de las alforjas y tras rebuscar un poco encontró las medicinas. Y enseguida aplicó el ungüento curativo preparado por Raffin en las agrietadas y sangrantes manos de la pequeña.

—Y ahora veamos los pies, princesa. —Les dio un masaje para que entraran en calor y volvió a calzarle las botas—. Has cruzado indemne el desfiladero de Grella, Gramilla. Eres una chica muy fuerte.

La niña se le echó a los brazos, le besó la mejilla y se quedó abrazada a ella. Si a Katsa le hubiera quedado una pizca de energía para asombrarse, se habría quedado pasmada. En cambio, estrechó contra sí a la pequeña, embotada.

Ambas continuaron abrazadas, y los cuerpos fueron recuperando el calor. Cuando la joven se acostó esa noche junto a la rugiente hoguera, con la pequeña acurrucada entre los brazos, ni siquiera el dolor de las manos y de los pies habrían podido mantenerla despierta.

Tercera parte

El mundo cambiante

Capítulo 31

La posada se hallaba en lo que allí, al sur de Meridia, pasaba por ser un claro, pero que en cualquier otro sitio se habría considerado bosque. Había un espacio despejado entre robles y arces lo bastante amplio para albergar la hostería, un establo, un granero y una pequeña huerta, y el hueco a cielo abierto dejaba pasar la suficiente luz del sol para que en las ventanas del edificio se reflejaran los árboles que lo rodeaban.

No había ajetreo en la casa, aunque tampoco estaba vacía. El tránsito por Meridia era continuo en cualquier época del año, incluso iniciado ya el invierno y pese a hallarse en los aledaños de las montañas. Los caballos de tiro se afanaban camino del norte arrastrando carros cargados de barriles de sidra monmarda, o de madera noble de los bosques emeridios o de hielo de las cumbres orientales de Meridia. Los mercaderes llevaban tomates, uvas, albaricoques, joyería y adornos procedentes de Lenidia, así como pescado que sólo se capturaba en los mares de ese reino, y transportaban las mercancías hacia el norte por las calzadas que partían de las ciudades portuarias emeridias hasta Terramedia, y de allí a Oestia, Nordicia y Elestia. Desde estos mismos reinos, salían en dirección sur peces de agua dulce, grano, heno, maíz, patatas, zanahorias —todas las cosas que deseaba la gente que vivía en los bosques—, así como hierbas para condimentar, plantas medicinales, manzanas, peras y caballos que se embarcaban para trasladarlos a Lenidia y Monmar.

En ese momento había en el patio de la posada un carro cargado hasta arriba de barriles. A su lado, un mercader daba patadas en el suelo y se soplaba las manos. Los barriles no estaban marcados, y el aspecto del mercader era corriente, sin destacar en nada; vestía ropas normales y ninguno de los seis caballos de tiro llevaba marca de hierro ni adornos que indicaran de qué reino procedía. El posadero irrumpió en el patio con sus hijos, a los que indicó con gestos que se ocuparan de los caballos. Le gritó algo al mercader y las palabras se convirtieron en vaho en el aire. El mercader respondió del mismo modo, pero no alzó lo suficiente la voz para que llegara a la densa fronda que rodeaba el claro, desde donde Katsa y Gramilla observaban, agachadas.

—Es probable que sea monmardo y haya venido de alguno de los puertos, en viaje a través de Meridia —susurró Gramilla—. Lleva el carro muy lleno. Si procediera de uno de los otros reinos, ¿no crees que a estas alturas habría vendido algo de lo que quiera que transporte? A no ser que viniera de Lenidia, por supuesto. Pero por su aspecto no parece lenita, ¿verdad?

Katsa rebuscó en los mapas y repuso:

—Eso poco importa. Aunque lleguemos a la conclusión de que es de Nordicia o de Oestia, no sabemos quién más se hospeda en la posada ni quien llegará en cualquier momento. No podemos correr ese riesgo, al menos hasta que comprobemos si alguno de los bulos de tu padre se ha propagado hasta Meridia. Hemos pasado semanas en la montaña, pequeña, de modo que no tenemos la menor idea de lo que la gente ha oído contar.

—Es posible que el bulo no haya llegado tan lejos. Estamos a una distancia considerable de los puertos y del desfiladero, aparte de que este lugar está aislado.

—Cierto, pero tampoco nos interesa darles de qué hablar y que la noticia se difunda desfiladero de montaña arriba o llegue hasta las ciudades portuarias. Cuanto menos sepa Leck dónde hemos estado, mejor.

—En tal caso, no será seguro entrar en ninguna posada. Tendremos que ir desde aquí hasta Lenidia sin que nos vea nadie. —Katsa estudió los mapas y no contestó—. A menos que planees matar a todo aquel que nos vea —rezongó la niña—. Oh, Katsa, mira… Esa chica lleva huevos. Mmmm, haría lo que fuera por comerme uno.

Katsa observó a la chica que llevaba la cabeza descubierta y tiritaba, mientras se dirigía deprisa desde el granero hasta la posada, llevando colgado de un brazo un cesto de huevos. El posadero la llamó y le hizo gestos para que se acercara, y la chica, soltando el cesto al pie de un gran árbol, echó a correr hacia el hombre. El mercader y el posadero le pasaron una bolsa tras otra, y ella se las cargó a la espalda y en los hombros, hasta que Katsa casi no la veía, tapada como estaba por tantos bultos. La criada se encaminó a trompicones hacia la casa; poco después volvió a salir y los dos hombres la cargaron de nuevo.

Katsa contó los árboles dispersos que había entre su escondrijo y el cesto de huevos, y echó un vistazo a los restos de productos helados de la huerta. Entonces rebuscó otra vez en los mapas y sacó la lista de contactos que el Consejo tenía en Meridia.

—Sé dónde estamos —afirmó—. Hay una ciudad no muy lejos de aquí, quizás a unos dos días a pie. Según Raffin, hay un minorista que es simpatizante del Consejo. Creo que podríamos ir allí sin correr riesgos.

—Que sea simpatizante del Consejo no quita que sea incapaz de discernir la verdad de cualquier bulo que Leck esté propagando.

—Cierto —convino Katsa—. Pero necesitamos ropa e información. Y a ti te hace falta un baño caliente. Si fuera factible llegar a Lenidia sin toparnos con nadie, lo haríamos, pero es imposible. Y puestas a fiarnos de alguien, preferiría que fuera un simpatizante del Consejo.

—A ti te hace tanta falta un largo baño caliente como a mí —comentó Gramilla.

—Me hace falta un baño tanto como a ti, sí —sonrió Katsa—. Pero en mi caso no es necesario que sea caliente. No estoy dispuesta a meterte en cualquier poza helada para que enfermes y te mueras después de haber sobrevivido a todo lo que te has visto sometida. Y ahora, pequeña —añadió al ver que el mercader y el posadero se cargaban algunas bolsas al hombro y se iban hacia la entrada de la posada—, no te muevas de aquí hasta que yo vuelva.

—¿Dónde…? —murmuró Gramilla, pero la graceling, al resguardo de los enormes troncos y sin dejar de asomarse para vigilar la puerta y las ventanas de la posada, ya se desplazaba de árbol en árbol a la velocidad de un rayo. Cuando poco después la joven y la niña reemprendían viaje a través de la espesura emeridia, Katsa llevaba cuatro huevos metidos en una manga y una calabaza helada sobre el hombro. Esa noche la cena tuvo tintes de celebración.

Poco podía hacer Katsa para mejorar su aspecto o el de Gramilla cuando llegó el momento de llamar a la puerta del minorista, excepto limpiarse lo mejor posible la mugre y el polvo que llevaban en la cara, trenzar de mala manera el enredijo que era la melena de la niña y esperar a que oscureciera. Hacía demasiado frío para que Gramilla se despojara del remedo de chaqueta hecha con diferentes pieles, y ella misma, de las pieles de lobo que la cubrían; además, por impresionantes que pudieran resultar, eran menos sobrecogedoras que la chaqueta ensangrentada y desgarrada que ocultaban debajo de ellas.

Fue fácil localizar al minorista, ya que el edificio que albergaba su negocio era el más grande y ajetreado de la ciudad, salvo la posada. Ese individuo era un hombre de estatura y constitución medias; tenía una esposa resuelta y sensata, y un desmesurado número de hijos, cuyas edades abarcaban una amplia gama, desde los más pequeños hasta los que contaban los mismos años que Katsa e incluso mayores que ella. O al menos eso dedujo la joven mientras Gramilla y ella esperaban entre los árboles, a las afueras de la ciudad, que cayera la noche. El comercio era grande, y la casa pintada de marrón que se alzaba encima y detrás de éste, enorme; como no podía ser de otro modo para albergar a tantos hijos, fue la conclusión de Katsa. A medida que avanzaba el día y cuantos más niños salían del edificio para alimentar a las gallinas, o ayudar a los mercaderes a descargar los productos, a jugar y a pelear y a organizar trifulcas en el patio, la joven deseó que ese contacto del Consejo no se hubiera tomado tan al pie de la letra cumplir con su deber de procrear. Porque no sólo tendrían que esperar hasta que la quietud cayera sobre la ciudad, sino hasta que la mayoría de los hijos del minorista se durmieran si quería que la aparición de ellas dos en la vivienda no ocasionara un alboroto.

Cuando casi todas las casas estuvieron a oscuras y sólo se vio luz en una ventana del hogar del simpatizante del Consejo, Katsa y Gramilla salieron del abrigo de los árboles. Cruzaron el patio y se acercaron con sigilo a la puerta trasera. La joven se envolvió el puño con la manga y llamó a la sólida hoja de madera emeridia haciendo el menor ruido posible, pero confiando en que la oyeran. Un momento después la luz que se divisaba en la ventana se desplazó y enseguida en la puerta se abrió una rendija, mientras el minorista atisbaba por el resquicio a la luz de una vela que llevaba en la mano. Miró de arriba abajo a las dos figuras menudas y envueltas en pieles que había en el umbral de su casa, y sujetó el pestillo con mano firme.

—Si buscáis comida o cama encontraréis la posada al inicio de la calzada —masculló, malhumorado.

La primera pregunta que debía hacer Katsa era la más arriesgada y se armó de valor ante una respuesta indeseada.

—Lo que buscamos es información. ¿Le ha llegado alguna noticia de Monmar?

—Nada desde hace meses. En este rincón del bosque casi no tenemos noticias de Monmar.

Katsa dejó de contener la respiración y le pidió:

—Acérqueme la luz a la cara, minorista.

El hombre refunfuñó, pero extendió el brazo por el resquicio de la puerta y sostuvo la vela delante del rostro de Katsa. Primero entornó los ojos, pero enseguida los abrió de par en par y su actitud cambió por completo. En un instante había abierto la puerta, las había hecho pasar y echaba el pestillo tras ellas.

—Le pido disculpas, mi señora. —Le indicó una mesa y retiró las sillas—. Por favor, siéntese. ¡Marta! —llamó a su mujer, vuelto hacia la habitación contigua—. Trae comida —ordenó a la desconcertada esposa que apareció en el umbral—. Y más luz. Y despierta a…

—No —lo interrumpió Katsa con brusquedad—. No, por favor, no despierte a nadie. Nadie debe saber que estoy aquí.

—Por supuesto, mi señora. Tiene que perdonar mi… mi…

—No nos esperaba —lo tranquilizó Katsa—. Lo comprendemos.

—Por supuesto, por supuesto. Nos llegó la noticia de lo ocurrido en la corte del rey Randa, mi señora, y estábamos enterados de que pasaría por Meridia con el príncipe lenita. Pero en algún punto del camino los rumores les perdieron el rastro.

La mujer regresó a la estancia con apresuramiento y colocó una bandeja con pan y queso en la mesa. La seguía una joven de la edad de Katsa, más o menos, cargada con vasos y un jarro; un muchacho joven y más alto incluso que Raffin cerraba la marcha y se ocupó de encender las antorchas de las paredes alrededor de la mesa. Katsa oyó un quedo suspiro y echó un vistazo a Gramilla. La niña miraba fijamente, con los ojos muy abiertos, el pan y el queso que había en la mesa delante de ella, dándose cuenta de que Katsa la observaba.

—Pan... —susurró.

—Come, pequeña, come —le dijo Katsa, que no pudo por menos de sonreír.

—¡Claro, señorita! —intervino la mujer—. Coma todo cuanto quiera.

Katsa esperó a que todo el mundo se hubiera sentado y que Gramilla tuviera la boca llena de pan y queso, y entonces se dirigió a ambos:

—Necesitamos información. Necesitamos consejo. Necesitamos tomar un baño y algo de ropa, preferiblemente de chico, de la que puedan desprenderse. Y sobre todo, que nuestra presencia en esta ciudad quede en secreto.

—Estamos a su servicio, mi señora —contestó el minorista.

—En esta casa tenemos ropa de sobra para equipar a un ejército —añadió la esposa—. Así como todas las provisiones que necesite de la tienda. Y le proporcionaremos un caballo si quiere uno. Puede tener la seguridad de que guardaremos silencio, mi señora. Sabemos lo que ha hecho con su Consejo y haremos todo cuanto esté a nuestro alcance para ayudarla.

—Se lo agradecemos.

—¿Qué información busca, mi señora? —se interesó el hombre—. Apenas nos han llegado noticias de cualquiera de los reinos.

Katsa miró a Gramilla, que comía pan y queso como una descosida.

—Despacio, pequeña —aconsejó con aire ausente. Se frotó la cabeza y se planteó cuánto desvelar a aquella familia emeridia. Había cosas que tenían que saber y, desde luego, la verdad era lo que con más probabilidad combatiría la influencia del engaño que Leck hubiera podido extender.

—Venimos de Monmar —apuntó—. Y hemos cruzado la cordillera por el desfiladero de Grella. —Sus palabras fueron recibidas con un profundo silencio y ojos desorbitados. Katsa suspiró—. Pues si eso les parece inaudito, el resto de nuestra historia no es menos increíble. Para serles sincera, no estoy segura de por dónde comenzar.

—Empieza por contarles lo de la gracia de Leck —intervino Gramilla con la boca llena de pan.

Katsa vio que la niña se chupaba las migas que se le habían pegado en los dedos, y se hallaba tan próxima a un estado de éxtasis que no echaría a perder ni siquiera la historia de la traición de su padre.

—De acuerdo —dijo—. Comenzaremos con la historia de la gracia de Leck.

Esa noche Katsa no se dio un baño, sino dos. El primero fue para librarse del polvo y desprender la primera capa de mugre, y el segundo, para quedar limpia de verdad. Gramilla hizo lo mismo. El minorista, su esposa y sus dos hijos mayores iban de aquí para allá en silencio y con eficiencia, ocupándose de llevar agua, calentarla, vaciar la bañera y quemar las ropas astrosas. Les proporcionaron prendas nuevas, atuendos de chico de tallas adecuadas; reunieron sombreros, chaquetas, tapabocas y guantes que sacaron de los armarios y del almacén; cortaron el cabello a Gramilla como si fuera un niño y recortaron el de Katsa para arreglárselo como lo llevaba antes.

La sensación de estar limpia era asombrosa. Katsa había perdido la cuenta de las veces que oyó suspirar a Gramilla, suspiros quedos por estar caliente y limpia, por asearse con jabón, por el sabor a pan en la boca y la sensación de ese mismo pan en el estómago.

—Me temo que esta noche no vamos a dormir mucho, pequeña —comentó la joven—. Hemos de abandonar esta casa antes de que los restantes miembros de la familia se despierten por la mañana.

—¿Y crees que eso me molesta? Estas horas han sido una bendición, así que la falta de sueño no tendrá importancia.

Sin embargo, cuando ambas se acostaron en una cama por primera vez después de mucho tiempo —el lecho del minorista y de su mujer a pesar de las protestas de Katsa—, Gramilla se sumió en un sueño profundo, producto del agotamiento. Katsa permaneció tendida boca arriba e intentó que la respiración sosegada de su compañera de cama y la mullida blandura del colchón y de la almohada no la indujeran a creer, equivocadamente, que estaban a salvo. Porque pensó en las lagunas que había dejado en lo que había relatado esa noche.

La familia del minorista estaba enterada, por lo tanto, del horror que encerraba la gracia del rey Leck, y conocía el asesinato de la reina Cinérea y los hechos que rodeaban el secuestro del príncipe Tealiff. Dedujeron, aunque Katsa no lo dijo de forma explícita, que la niña que comía pan y queso, como si nunca lo hubiera probado, era la princesa monmarda que huía de su padre, y fueron conscientes de que si Leck decidía propagar un bulo por Meridia, podía ocurrir que olvidaran todo lo que Katsa les había contado. La familia se maravilló, aceptó y entendió toda aquella historia.

No obstante, Katsa había omitido una verdad y había dicho una mentira. La verdad omitida era su punto de destino. Cabía la posibilidad de que Leck ofuscara a esta familia de manera que admitiera que la dama y la princesa habían llamado a su puerta y dormido bajo su techo, pero nunca conseguiría que le revelaran un destino que desconocían.

La mentira era que el príncipe lenita había muerto, asesinado por los guardias de Leck cuando intentó matar al rey monmardo. Katsa suponía que esa mentira era gastar saliva en vano, porque lo más probable era que la familia nunca tuviera ocasión de comentarlo. Pero siempre que pudiera, diría que Po había muerto, porque cuanta más gente lo supiera, menos se pensaría en buscarlo y matarlo.

A partir de ese momento, tenían que dirigirse a las ciudades portuarias de Meridia, cabalgar hacia el sur y viajar por mar en dirección al oeste. Pero sus pensamientos, mientras yacía en la cama junto a la princesa dormida, estaban puestos en una cabaña cercana a una cascada; y en el norte, en el laboratorio de un castillo y en una persona inclinada sobre un libro, una cubeta o un fuego.

Ojalá pudiera llevar a Gramilla al norte, a Burgo de Randa, y esconderla allí como había escondido al abuelo de Po. Al norte; al consuelo, a la paciencia y al cuidado de Raffin. Pero aun pasando por alto su precaria posición en la corte de Randa, era imposible, impensable esconder a la niña en un sitio tan obvio y tan próximo a los dominios de Leck; e inadmisible que llevara aquel conflicto hasta las personas que más quería. No involucraría a Raffin en los manejos de un hombre que privaba de todo raciocinio y pervertía mente y voluntad, ni conduciría a Leck hasta sus amigos. No, no los involucraría jamás.

La niña y ella se pondrían en marcha al día siguiente. Cabalgarían sin dar descanso al caballo, encontrarían pasaje a Lenidia y escondería a la pequeña; y entonces podría pensar.

Cerró los ojos y se obligó a dormir.

Capítulo 32

La impresión que causó en Katsa el primer golpe de vista del mar fue semejante a la que experimentó la primera vez que vio las montañas, aunque éstas no guardaban ningún parecido con aquél. Las montañas eran silenciosas, mientras que el mar era una alternancia sucesiva de sonidos impetuosos y de calmas; las montañas eran altas, y el mar, una extensión llana que llegaba tan lejos en el horizonte que le sorprendió que no se divisaran los guiños de las luces titilantes de alguna tierra remota. No se parecían en nada. Pero era incapaz de apartar los ojos del agua o dejar de respirar hondo el aire marino, un efecto similar al que le produjeron las montañas.

El trozo de tela que la joven llevaba atado sobre el ojo verde le limitaba la visión, y tenía que refrenar las ganas de quitárselo, pero no se atrevió después de haber llegado tan lejos, en primer lugar por las afueras de la ciudad y después a través de las calles de la población. Siempre viajaron de noche y nadie las reconoció (que era tanto como decir que no se había visto en el compromiso de matar a nadie). Tan sólo tuvo lugar alguna que otra reyerta aquí y allá al cruzarse en una calle oscura con maleantes que sentían demasiada curiosidad por dos chicos que, a medianoche, se dirigían con rapidez y sigilo hacia el sur, en dirección al mar.

Pero en ningún momento las identificaron, ni representaron un impedimento que Katsa no pudiera resolver sin levantar sospechas.

Estaban en Cantil del Solejar, la ciudad portuaria más grande de Meridia y la que tenía mayor tráfico marítimo y comercial. Una ciudad que, de noche, le pareció a Katsa sombría y decadente, de innumerables calles angostas y sucias que más parecía que fueran a conducirlas a una prisión o a un barrio bajo, en vez de acercarlas a aquella extensión de agua. Agua que se dilataba y la inundaba, que le borraba de la conciencia ladrones, borrachos, calles sórdidas y edificios en ruinas que había a sus espaldas.

—¿Cómo vamos a encontrar un barco lenita? —preguntó Gramilla.

—Un barco lenita simplemente, no. Un barco lenita que no haya estado en Monmar hace poco —puntualizó Katsa.

—Podría ir a echar un vistazo y tú puedes quedarte escondida —propuso Gramilla.

—Rotundamente no. Este sitio no es seguro, aunque no fueras quien eres, aunque no fuera de noche, ni aunque no tuvieras la edad que tienes.

Gramilla se ciñó con los brazos, le dio la espalda al aire y exclamó:

—Envidio tu gracia.

—Vamos, debemos encontrar un barco esta noche o mañana pasaremos todo el día escondidas delante de las narices de miles de personas. —Atrajo a Gramilla y la rodeó con el brazo en actitud protectora. De ese modo cruzaron por las piedras hasta las calles y enfilaron las escaleras que bajaban a los muelles.

Los muelles resultaban impresionantes por la noche. Los barcos eran formas oscuras y grandes, como castillos que se alzaban sobre el mar, provistos de mástiles que semejaban esqueletos y velas que gualdrapeaban, y donde resonaban voces de hombres invisibles en lo alto de los aparejos.

Cada barco era un pequeño reino que disponía de sus propios centinelas montando guardia delante de la pasarela, espada en mano, y de marineros que iban y venían por la cubierta o se reunían en tierra alrededor de pequeñas fogatas. De modo que si dos chicos pasaban frente a los barcos, arrebujados para protegerse del frío y cargados con un par de bolsas ajadas, no llamarían mucho la atención en aquel escenario porque los tomarían por muchachos fugados de casa o indigentes que buscaban trabajo o pasaje.

Un acento familiar en la conversación que sostenía un grupo

de guardias llamó la atención de Katsa. Gramilla la miró con expresión sorprendida.

—Lo he oído —dijo la joven—. Seguiremos andando, pero acuérdate de ese barco.

—¿Por qué no hablamos con ellos?

—Son cuatro y hay muchos otros cerca. Si surgen problemas, no podré solucionarlos sin hacer ruido.

En ese momento Katsa echó en falta la gracia de Po, porque así habrían sabido si las habían reconocido y qué importancia revestía ese hecho. De estar Po allí, descubriría con una simple pregunta si era seguro tratar con esos guardias lenitas.

Claro que si Po estuviera allí, las dificultades para pasar inadvertidos se multiplicarían de forma considerable; porque, entre los ojos del príncipe, los aros de las orejas y el acento, incluso el modo de comportarse, habría hecho falta taparle la cabeza con un saco para no llamar la atención. Pero quizás los marineros lenitas habrían hecho cualquier cosa que deseara su príncipe a pesar de lo que hubieran oído contar. Katsa notaba la frialdad del anillo de Po contra la piel del pecho, el anillo con el mismo motivo grabado que el que el príncipe lucía en los brazos. Aquel anillo suponía el pase para ellas si algún barco lenita tenía intención de prestarles servicio de forma voluntaria, en vez de ser la respuesta a la amenaza de su gracia o al peso de la bolsa de dinero. No obstante, de ser necesario, capitularía a cualquiera de las dos cosas, ya fuera su gracia o la bolsa.

A todo esto pasaron junto a un grupo de embarcaciones más pequeñas, donde los guardias parecían metidos en una suerte de competición fanfarrona entre ellos. Uno de los grupos era oestense y el otro…

—Monmardos —susurró Gramilla, y aunque Katsa no alteró el paso, se le aguzaron los sentidos y todo el cuerpo le hormigueó, preparado para actuar si era preciso; el estado de alerta no remitió hasta que hubieron dejado atrás esos barcos y algunos más. Siguieron caminando y se confundieron con la oscuridad.

Sentado al borde de un pantalán de madera y con las piernas colgando sobre el agua, había un marinero que estaba solo. El embarcadero en el que se hallaba conducía a un barco donde reinaba una desusada actividad, con la cubierta repleta de hombres y chicos. Hombres y chicos lenitas, porque, a la luz de los faroles, Katsa les atisbó destellos dorados en las orejas y en las manos. No entendía nada de barcos, pero dedujo que aquél acababa de atracar o estaba a punto de zarpar.

—¿Los barcos parten en plena noche? —preguntó.

—No tengo ni idea —contestó Gramilla.

—Deprisa. Si se preparan para zarpar, tanto mejor. —Y si ese marinero solitario les ocasionaba problemas, lo echaría al agua con la esperanza de que los hombres que se afanaban de aquí para allá en la cubierta del barco no advirtieran su ausencia.

Katsa subió al pantalán, con Gramilla pisándole los talones. El hombre reparó en ellas de inmediato y se llevó la mano al cinturón.

—Tranquilo, marinero —dijo la joven en voz baja—. Sólo queremos hacerte unas preguntas.

El hombre no dijo nada ni apartó la mano del cinturón, pero les dejó que se acercaran. Katsa se sentó a su lado y él se desplazó, con el cuerpo un poco ladeado; de esa manera tenía una posición más adecuada en caso de que decidiera utilizar el cuchillo. Gramilla se sentó junto a su compañera, de forma que el cuerpo de ésta la ocultaba al marinero. Katsa dio gracias para sus adentros de que estuviera oscuro y por llevar gruesas prendas de abrigo que le enmascaraban la cara y el cuerpo.

—¿En qué puerto habéis estado antes de venir aquí, marinero? —le preguntó al hombre.

—En Burgo de Ror —contestó con una voz poco más profunda que la suya, y ella comprendió que no se trataba de un hombre adulto, sino de un muchacho; un chico corpulento y alto, pero más joven que ella.

—¿Zarpáis esta noche?

—Sí.

—¿Adónde os dirigís?

—A Porto Sol y Abra del Sur, Porto Oeste y, de nuevo, a Burgo de Ror.

—¿Y no vais a Porto Mon?

—No tenemos ninguna mercancía para comerciar con Monmar esta vez.

—¿Tenéis noticias de ese reino?

—Es evidente que estamos en un barco lenita, ¿verdad? Buscad un barco monmardo si lo que buscáis son noticias de Monmar.

—¿Qué clase de hombre es vuestro capitán? ¿Qué transportáis?

—Son ya muchas preguntas —dijo el chico—. Quieres noticias de Monmar e información sobre nuestro capitán. Quieres saber dónde hemos estado y lo que transportamos. ¿Acaso Murgon emplea ahora niños como espías?

—No tengo ni idea de a quién emplea Murgon como espías. Buscamos pasaje —repuso Katsa—. Vamos al oeste.

—No estáis de suerte. No necesitamos más tripulación y por vuestro aspecto no parece que seáis de los que pagan.

—¿De veras? Estás dotado de visión nocturna, al parecer.

—Os veo lo suficiente para identificaros como un par de galopines que han tenido una buena agarrada, a juzgar por ese vendaje que llevas en el ojo.

—Podemos pagar.

El chico vaciló y añadió:

—O sois unos mentirosos o unos ladrones. Apostaría que las dos cosas.

—Pues no somos ni lo uno ni lo otro. —Katsa metió la mano en el bolsillo de la chaqueta para sacar la bolsa del dinero. El chico desenvainó el cuchillo y se incorporó de un brinco.

—Tranquilo, marinero, sólo buscaba mi bolsa —advirtió la joven con ánimo apaciguador—. Si quieres, puedes cogerla tú mismo del bolsillo. Adelante, hazlo —lo animó al verlo indeciso—. Pondré las manos en alto y mi amigo se apartará.

Gramilla se puso de pie y retrocedió unos pasos, complaciente, y Katsa se incorporó con los brazos separados del cuerpo. El chico dudó un instante más, pero después alargó la mano hacia el bolsillo. Mientras hurgaba para dar con la bolsa, con la otra mano sostenía el cuchillo debajo de la garganta de Katsa, quien se dijo que debería aparentar nerviosismo; una razón más para agradecer la oscuridad, pues así el chico no le veía la cara.

Con la bolsa del dinero por fin en la mano, el marinero retrocedió un par de pasos, la abrió y la sacudió de forma que le cayeron en la palma unas cuantas monedas de oro. Las examinó a la luz de la luna y después a la luz de la fogata que brillaba débilmente en tierra.

—Esto es oro lenita —dijo—. No sólo sois unos ladrones, sino ladrones que han robado a hombres lenitas.

—Condúcenos ante tu capitán y deja que sea él quien decida si acepta o no nuestro oro. Si lo haces, una pieza de la bolsa será tuya, sea cual fuere la decisión que tome él.

Katsa esperó mientras el muchacho se lo pensaba. A decir verdad, poco importaba si aceptaba sus condiciones o se negaba a colaborar, porque no iba a encontrar un barco más adecuado para sus propósitos que aquél. Estaba decidida a viajar en él de un modo u otro, aunque tuviera que atizar un porrazo al chico y subirlo a rastras por la pasarela mientras hacía oscilar el anillo de Po ante las narices de los guardias.

—De acuerdo —accedió el chico, que eligió una moneda del montón que tenía en la palma de la mano y se la guardó en la chaqueta—. Os llevaré ante la capitana Faun, pero os garantizo que iréis a parar de cabeza al calabozo del barco por robo. No creerá que habéis conseguido esto de forma honrada y no tenemos tiempo para dar parte a las autoridades de la ciudad sobre vosotros.

—¿Has dicho la capitana? —El detalle no le había pasado por alto a Katsa—. ¿Tenéis a una mujer como capitán?

—Una mujer, sí. Y tocada por la gracia.

Así que la capitana era una graceling. Katsa no habría sabido decir cuál de las dos cosas le había sorprendido más.

—¿Este barco es del rey, entonces?

—Es de ella.

—¿Cómo…?

—En Lenidia las personas tocadas por la gracia son libres, no son propiedad del rey. —La joven recordó entonces que Po le había explicado esa particularidad—. ¿Venís o vamos a quedarnos aquí charlando? —inquirió el chico.

—¿Qué don tiene?

El chico se apartó a un lado y les hizo señas con el cuchillo para que fueran delante.

—¡Vamos! —apremió.

Así que Katsa y Gramilla se adelantaron por el pantalán, pero la joven esperó a que le diera una respuesta. Porque antes de llegar donde estaban los guardias, quería saber si esa capitana era una mentalista o tal vez una buena luchadora, y decidir si seguían adelante o empujaba al chico al agua y huían.

Un poco más adelante, los guardias charlaban y se reían de algo gracioso. Agitada por el viento, la llama de la antorcha que uno de ellos sostenía en la mano oscilaba y arrojaba destellos sobre aquellos rostros rudos, los torsos fornidos y las espadas desenvainadas... Gramilla soltó un grito ahogado apenas audible, pero Katsa la oyó y, al mirar de soslayo a la niña, vio que estaba asustada. La joven le puso la mano en el hombro y se lo apretó.

—Será un don para la natación —dijo, como sin darle importancia, al muchacho que iba detrás de ellas—, o alguna habilidad para la navegación. ¿Me equivoco?

—Su gracia es la razón de que zarpemos hoy en plena noche —comentó el chico—. Percibe las tormentas antes de que descarguen, así que salimos ahora para dejar atrás una ventisca que se acerca por el este.

Una pronosticadora del tiempo... Los dones relacionados con la presciencia eran mejores que los mentalistas; mejores con mucho, pero aun así el descubrimiento le produjo a Katsa un escalofrío en la columna vertebral. En cualquier caso, la profesión de esa capitana era acorde con su don y en nada adversa a los propósitos de Katsa, sino que hasta podría ser ventajosa. Conocería a esa tal capitana Faun y calibraría su valía antes de decidir qué contarle y qué no.

Los guardias los miraron con atención al verlos aproximarse. Uno de ellos les acercó la antorcha a la cara. Katsa, pegó la barbilla al cuello de la chaqueta y le sostuvo la mirada con el único ojo que se le veía.

—¿Qué nos traes a bordo, Jem? —preguntó el hombre.

—Los llevo a presencia de la capitana —contestó el chico.

—¿Prisioneros tal vez?

—Prisioneros o pasajeros. La capitana decidirá.

El guardia hizo una seña a uno de sus compañeros.

—Ve con ellos, Oso —ordenó—. Cuida de que nuestro joven Jem no corra peligro alguno.

—Puedo arreglármelas solo —replicó el muchacho.

—Pues claro que sí, pero Oso también puede arreglárselas

solo y contigo, con tus dos prisioneros y llevar una espada y una luz, todo al mismo tiempo. Y, además, mantener a salvo a nuestra capitana.

Quizá Jem estuvo a punto de protestar, pero ante la mención de la capitana se limitó a asentir con la cabeza. De manera que se puso al frente del grupo y condujo a Katsa y a Gramilla por la pasarela que subía al barco. Oso cerraba la marcha balanceando la espada con una mano y sosteniendo un farol con la otra; era uno de los hombres más grandes que Katsa había visto en su vida. Al acceder a la cubierta de la nave, los marineros se hicieron a un lado, en parte para mirar a los dos pequeños y desaliñados desconocidos, y en parte para esquivar a Oso.

—¿Qué es esto, Jem? —preguntaban.

—Vamos a ver a la capitana —respondía el chico una y otra vez, y los hombres se alejaban y retomaban sus quehaceres.

La cubierta era larga y estaba abarrotada de hombres atareados, que se abrían paso a empujones, y de formas desconocidas que surgían borrosas todo en derredor y producían sombras raras iluminadas por la luz del farol de Oso. A todo esto, una vela descendió de súbito al descolgarse de su confinamiento en las jarcias; ondeó por encima de la cabeza de Katsa, fulgurando con un luminoso color gris que le daba el aspecto de un ave colosal que intentara romper la correa que la sujetaba, para alzar el vuelo hacia el cielo; pero entonces volvió a subir con igual ímpetu hasta quedar plegada y atada en su sitio. Katsa no sabía lo que significaba todo aquello, toda esa actividad, pero experimentaba una especie de excitación por lo que tenía de extraño, por la urgencia, por las voces que gritaban órdenes que no conocía, por el viento racheado y por el suelo que daba bandazos y se mecía.

Pese a ello, sólo necesitó dar un par de pasos para acostumbrarse a la inclinación y al balanceo de la cubierta. Gramilla no se sentía tan cómoda como ella y, además, su continua sensación de alarma ante los acontecimientos que se sucedían alrededor no la ayudaba a mantener el equilibrio. Finalmente, Katsa agarró a la niña y la arrimó contra sí; Gramilla se apoyó en ella, aliviada, y dejó que su protectora asumiera la tarea de mantenerla derecha. Al fin Jem se detuvo delante de una abertura en el suelo de la cubierta.

—Seguidme —indicó. Sujetó el cuchillo entre los dientes, se introdujo en la oscuridad de la abertura y desapareció. Katsa fue tras él, confiando en que la escalera que no veía se le materializara bajo manos y pies, aunque hizo un alto, y, girándose, ayudó a la niña a bajar los peldaños. Oso fue el último en bajar; la luz del farol proyectaba las sombras de los cuatro contra las paredes del angosto corredor al que conducía la escalera.

Mientras seguían a la oscura silueta de Jem pasillo adelante, Gramilla se arrimó a Katsa y le recostó el rostro contra el pecho. Sí, ahí abajo el aire estaba viciado y era desagradable. Katsa había oído decir que la gente se acostumbraba a los barcos; por consiguiente, hasta que Gramilla lo estuviera, la ayudaría a mantenerse derecha y a respirar adecuadamente.

Jem iba dejando atrás puertas pintadas de negro y se encaminaba hacia un rectángulo de luz anaranjada que Katsa imaginó que conducía al alojamiento de la capitana graceling. Del hueco iluminado, salían voces y una de ellas era firme, autoritaria y femenina.

Cuando llegaron a la puerta, la conversación cesó. Desde su posición en la sombra, detrás del muchacho, Katsa oyó la voz de la mujer:

—¿Qué ocurre, Jem?

—Con su permiso, capitana. Estos dos chicos emeridios quieren comprar pasaje para el oeste, pero no me fío de su oro.

—¿Y qué tiene de malo ese oro?

—Es oro lenita, capitana, y en mi opinión, llevan más de lo que deberían tener.

—Hazlos pasar y enséñame las monedas —ordenó la mujer.

Siguieron a Jem al interior de una estancia bien iluminada que a Katsa le recordó uno de los cuartos de trabajo de Raffin, siempre abarrotados de libros abiertos, botellas con líquidos de colores raros y experimentos extraños que ella no entendía. Aunque aquí, en lugar de libros, había mapas y cartas de navegación, y en vez de botellas, el espacio lo ocupaban instrumentos de cobre y de oro, desconocidos también para ella; en lugar de hierbas, había cuerdas, sogas, ganchos, redes... Objetos que la joven sabía que eran propios de los barcos, pero que, al igual que le ocurría con los experimentos de Raffin, no tenía la menor idea de su finalidad. Una cama estrecha ocupaba un rincón del cuarto, con un arcón a los pies. En eso también se parecía al laboratorio de Raffin, porque de vez en cuando su primo se quedaba a dormir allí, en una cama que instaló a propósito para esas noches, en las que tenía la mente más centrada en el trabajo que en su comodidad.

La capitana estaba de pie junto a una mesa y, a su lado, había un marinero casi tan grande como Oso; tenían un mapa desplegado ante ambos. Ella era una mujer madura, que había pasado la edad de engendrar hijos, de cabello de un color gris acerado, sujeto en un moño bajo; vestía como los otros marineros: pantalón y chaqueta de color marrón, botas recias y un cuchillo al cinto; el ojo izquierdo era gris claro y el derecho, de una tonalidad azul tan intensa como el que Katsa llevaba descubierto; la expresión de la mujer era severa y la mirada que asestó a los supuestos chicos desconocidos, penetrante e intensa. Por primera vez, en aquel camarote iluminado y con los centelleantes ojos de la capitana clavados en ellas, Katsa tuvo la impresión de que los disfraces ya no les servían de nada.

Jem soltó las monedas de Katsa en la mano extendida de la capitana.

—Hay muchas más en esta bolsa, capitana.

La mujer examinó el oro que sostenía en la mano y después entornó los ojos y escudriñó a Katsa y a Gramilla.

—¿De dónde lo habéis sacado?

—Somos amigos del príncipe Granemalion, de Lenidia —contestó Katsa—. El oro es suyo.

—Oh, sí, amigos del príncipe Po, claro —resopló con sorna el corpulento marinero que estaba junto a la capitana.

—Si le habéis robado a nuestro príncipe… —insinuó Jem, pero la capitana Faun lo hizo callar, alzando una mano, y después miró a Katsa con tanta dureza que la joven sintió como si los ojos de la mujer le escarbaran el cráneo hasta el fondo. Le observó la chaqueta, el cinturón, los pantalones y las botas, y ella se sintió desnuda bajo la mirada inquisitiva e inteligente de aquellos iris desiguales.

—¿Esperas que me crea que el príncipe Po dio una bolsa de oro a dos andrajosos muchachos emeridios? —preguntó por fin la capitana.

—Creo que ya sabe que no somos unos muchachos emeridios —contestó Katsa al tiempo que se llevaba la mano hacia el cuello de la chaqueta—. Me dio su anillo para que nos creyeran. —Se sacó el cordón por la cabeza y sostuvo el anillo en alto para que Faun lo viera. Reparó en el gesto conmocionado de la mujer, pero las voces indignadas de Jem y Oso la alertaron de que se iba a armar una buena en el camarote. Los dos hombres se abalanzaron sobre ella, Jem blandiendo el cuchillo y Oso, la espada; el marinero que estaba al lado de la capitana también había desenvainado un arma.

Po podría haberle advertido de que la locura se apoderaba de sus compatriotas al ver un anillo suyo; no obstante, en ese momento tenía que actuar y después ya pensaría en la irritación que sentía. Envió a Gramilla hacia un rincón, de forma que interpuso su propio cuerpo entre la niña y todos los demás que se encontraban en el camarote, se volvió e interceptó el brazo con el que Jem empuñaba el cuchillo con tanta fuerza que el chico soltó un grito y dejó caer el arma al suelo. Katsa lo zancadilleó, esquivó la arremetida de Oso con la espada y le lanzó un punterazo contra la cabeza. Cuando el corpachón del marinero se desplomó en el suelo, Katsa empuñaba ya el cuchillo de Jem sosteniéndolo pegado al cuello del chico; entonces ensartó con la punta del pie la espada de Oso, la impulsó en el aire, la asió con la mano libre y la enfiló hacia el tercer marinero, que se encontraba fuera del alcance del arma, con el cuchillo en la mano, a punto de saltar sobre ella. El anillo todavía se balanceaba en el cordón, en la misma mano con la que Katsa sujetaba la espada, y era la joya lo que mantenía fija la atención de la capitana.

—Quieto ahí —le dijo Katsa al marinero que quedaba en pie—. No quiero hacerte daño, y no somos ladrones.

—El príncipe Po jamás habría entregado ese anillo a un galopín emeridio —jadeó Jem.

—Y tú tienes en muy poco a tu príncipe graceling si crees que un golfillo emeridio podría haberle robado —replicó Katsa, que le clavó la rodilla en la espalda.

—De acuerdo —intervino la capitana—. Ya está bien. Tire esas armas, señora, y suelte a mi hombre.

—Como ese otro tipo se me acerque, acabará dormido junto a Oso —advirtió Katsa.

—Vuelve aquí, Parche, y baja ese cuchillo —ordenó la capitana al marinero—. ¡Hazlo! —insistió en tono cortante ante la vacilación del hombre; éste asestó a Katsa una mirada desagradable, pero obedeció.

La joven tiró las armas al suelo y Jem se puso de pie, se frotó la nuca y le lanzó una ojeada ceñuda. A Katsa se le ocurrieron unas cuantas perlas que le gustaría soltarle a Po y se colgó de nuevo el anillo al cuello.

—¿Qué le ha hecho exactamente a Oso? —preguntó la capitana.

—Volverá en sí enseguida.

—Más vale.

—Lo hará.

—Y ahora, explíquese —exigió la mujer—. Lo último que supimos de nuestro príncipe fue que se encontraba en Terramedia, en la corte del rey Randa, entrenándose con usted si no me equivoco.

En éstas se oyó un ruido en el rincón; todos se volvieron hacia allí y vieron que Gramilla estaba de rodillas, acurrucada contra la pared, vomitando en el suelo. Katsa se le acercó y la ayudó a incorporarse, y la niña se aferró a ella con torpeza.

—El suelo se mueve.

—Sí, ya te acostumbrarás —repuso Katsa.

—¿Cuándo? ¿Cuándo me acostumbraré a este movimiento?

—Ven, pequeña.

Katsa la llevó prácticamente en vilo a presencia de la mujer.

—Capitana Faun, ésta es la princesa Gramilla de Monmar —la presentó—, prima de Po. Y como ya ha deducido, yo soy Katsa de Terramedia.

—Y también imagino que a ese ojo no le ocurre absolutamente nada —comentó la capitana.

Katsa se quitó el trozo de tela que le tapaba el ojo verde y se encaró a la capitana; la mujer le sostuvo la mirada con frialdad. A continuación, se volvió hacia Parche y Jem, que la observaban atónitos al comprender quién era.

Qué rasgos tan familiares en aquellas gentes, de cabello oscuro y aros en las orejas, así como la despreocupación con que la miraban a los ojos. La joven se enfrentó de nuevo a la capitana y le dijo:

—La princesa corre un gran peligro. Debo llevarla a Lenidia para esconderla de... De quienes quieren hacerle daño. Po me dijo que el capitán de algún barco de su reino nos auxiliaría cuando enseñara este anillo, pero si ustedes no están dispuestos a hacerlo, recurriré a todo el poder de mi gracia para que nos presten ayuda aunque sea a la fuerza.

Entrecerrados los ojos y con una expresión indescifrable, la capitana la observó muy intensamente y le pidió:

—Déjeme ver ese anillo más de cerca.

Katsa se le aproximó. No pensaba quitarse el anillo del cuello otra vez después de ver la reacción desproporcionada que había provocado al enseñarlo. Pero la capitana no le tenía miedo y alargó la mano para sostener el aro de oro entre los dedos; lo giró a un lado y a otro para verlo a la luz; lo soltó, y, volviendo a observar a Gramilla y a la joven, inquirió:

—¿Dónde está nuestro príncipe?

Katsa se lo planteó y decidió que, al menos, debía revelar parte de la verdad a aquella mujer.

—A cierta distancia de aquí, recuperándose de unas heridas.

—¿Se está muriendo?

—No, por supuesto que no —respondió Katsa, sobresaltada.

—Entonces ¿por qué le entregó este anillo?

—Ya se lo he dicho. Me lo dio para que un barco lenita nos ayudara.

—Tonterías. Si eso era lo único que quería, ¿por qué no le entregó el anillo del rey o el de la reina?

—No lo sé —replicó Katsa—. No conozco el significado de los anillos, aparte de a quién representa cada uno de ellos. Éste fue el que eligió entregarme.

—¡Bah! —resopló la capitana. Katsa apretó los dientes y se dispuso a soltar un comentario muy cáustico, pero Gramilla se le adelantó:

—Po le dio el anillo a Katsa —dijo con aire desdichado. Tenía la voz entrecortada y mantenía una postura encogida—. Po quería que ella lo tuviera. Y ya que no le explicó lo que significa, usted debería hacerlo por él. De inmediato.

Dio la impresión de que la capitana evaluaba a Gramilla, que irguió la cabeza en un gesto severo y obstinado. La mujer suspiró y les dio una explicación:

—No es habitual que un lenita se desprenda de uno de sus anillos y es insólito que entregue su propio anillo, el que lo representa. Dar ese anillo es renunciar a su identidad. Princesa Gramilla, su dama lleva colgado al cuello el anillo del séptimo príncipe de Lenidia. Si el príncipe Po le hubiera entregado realmente ese anillo, significaría que ha renunciado a su principado; dejaría de ser un príncipe de Lenidia para convertirla en princesa a ella, cediéndole así su castillo y su herencia.

Katsa la escuchaba petrificada. Tiró de una silla y se derrumbó en ella.

—No puede ser —susurró.

—Ni un lenita entre mil daría esa clase de anillo —aseguró la capitana—. La mayoría se lo lleva a la tumba en el mar. Pero de vez en cuando, si una mujer se está muriendo y desea que una hermana suya ocupe su lugar como madre de sus hijos, o si un comerciante se está muriendo y quiere que su tienda sea para un amigo, o si un príncipe, que se está muriendo, quiere cambiar la línea de sucesión, un lenita, en alguna de esas circunstancias, entregaría su anillo como regalo. —La capitana dedicó una mirada furiosa a Katsa—. Los lenitas amamos a nuestros príncipes, sobre todo al más joven, el príncipe graceling. Robar el anillo del príncipe Po se consideraría un delito atroz.

Pero Katsa meneaba la cabeza, estupefacta, sin entender que Po hubiera hecho algo así y porque le daba miedo la frase que la capitana no dejaba de repetir una y otra vez: «Se está muriendo». Po no se estaba muriendo.

—No lo quiero —musitó—. Que me lo diera y no me explicara…

Gramilla se reclinó en la mesa, con la tez cenicienta, y gimió.

—Katsa, no te preocupes. Ten por seguro que tendría una razón para hacerlo.

—Pero ¿qué razón podría ser? Las heridas no eran tan graves…

—Katsa, recuerda. —En el tono paciente de la niña había un dejo de cansancio—. Te dio el anillo antes de que lo hirieran, por lo tanto no es tan raro que lo hiciera sabiendo que podía morir en el enfrentamiento.

Ante semejante reflexión, la joven comprendió el significado de la actitud de Po y se llevó la mano al cuello. Era muy propio de él. Y de pronto se encontró luchando para contener las lágrimas porque era la clase de locura que a él se le metería en la cabeza cometer; una decisión demencial, absurda y demasiado considerada, además de innecesaria.

—Cielos benditos, ¿por qué no me lo dijo?

—Si lo hubiera hecho, no habrías querido aceptarlo —argumentó la niña.

—Tienes razón, no me lo habría quedado. ¿Me imaginas aceptando algo así de Po? ¿Me ves accediendo a una cosa semejante? E hizo bien al entregarlo, porque va a morir. Lo mataré en cuanto lo vea por actuar de ese modo, y por asustarme, y por no contarme lo que significa.

—Claro que lo matarás —aseguró Gramilla con ánimo de apaciguarla.

—Espero que no sea algo definitivo, ¿verdad? —preguntó Katsa a la capitana. Pero reparó en que la mujer la miraba de otro modo. Y también Parche y Jem. Todos se habían quedado pálidos, y en los ojos de los tres se reflejaba una mezcla de conmoción y de sosiego. La creían, daban por cierto que no robó el anillo y que su príncipe se lo entregó de buen grado. Y Katsa sintió un gran alivio al saber que Gramilla y ella dejaban atrás parte de la terrible experiencia que habían vivido—. Podré devolvérselo, ¿no es cierto? —le preguntó a la capitana.

La mujer carraspeó y asintió con la cabeza:

—Sí, alteza.

—Por todos los mares —gimió Katsa, consternada—. No me llame así.

—Podrá devolvérselo en cualquier momento, princesa, o dárselo a cualquier otra persona. Y él puede recuperarlo. Entretanto, su posición la faculta para actuar con todo el poder y la autoridad de una princesa lenita. Y nuestro deber es ponernos a sus órdenes y cumplir sus deseos.

—Me daré por satisfecha si nos lleva cuanto antes al castillo de Po, en la costa occidental —dijo Katsa—. Y deje de llamarme princesa.

—Ahora es su castillo, alteza.

Dado el genio vivo que tenía, Katsa estaba que echaba chispas porque no deseaba ese tratamiento; pero antes de que manifestara su desaprobación, un hombre repicó en el marco de la puerta.

—Estamos listos, capitana.

Katsa apartó a Gramilla a un lado cuando, al escuchar tales palabras, se desató de repente una febril actividad en la estancia y la capitana empezó a bramar órdenes.

—Parche, vuelve a tu puesto y sácanos de aquí. Jem, ocúpate de Oso y limpia la suciedad de ese rincón. Hago falta en cubierta, alteza, pero suban las dos conmigo, si quieren. La princesa Gramilla aguantará mejor el mareo arriba.

—Le he dicho que no me llame así.

La mujer no le hizo caso y se dirigió a la puerta. La joven aupó a Gramilla bajo el brazo y siguió a Faun pasillo adelante sin dejar de mirar con enojo la espalda de la capitana.

Y entonces, en la negrura que reinaba al pie de la escalera, Faun se detuvo y se volvió hacia Katsa.

—Alteza, lo que esté haciendo aquí, y por qué va disfrazada, y por qué la niña princesa corre peligro sólo le incumbe a usted. No le pediré explicaciones. Pero si hay algo en lo que yo pueda serle útil, no tiene más que decirlo. Estoy por completo a su servicio.

Katsa se llevó la mano al pecho y tocó el aro de oro. A pesar de todo, agradecía el poder que le otorgaba si tal poder la ayudaba a servir a Gramilla. Y ésa podría ser también una explicación que justificaba el regalo de Po; a lo mejor sólo quería que gozara de plena autoridad para así proteger mejor a la pequeña. Sin embargo, no quería que todos los que estaban a bordo vieran el anillo que inspiraba tal adoración, ni que todo el mundo hablara de ello y la señalara y la tratara con tanta deferencia. Se aflojó el cuello de la chaqueta y guardó el anillo debajo.

—¿El príncipe Po se estaba recuperando de las heridas? —preguntó la capitana Faun.

Katsa percibió la preocupación —preocupación de verdad—, como si la mujer se interesara por un miembro de su propia familia. Tampoco se le pasó por alto el título, más difícil de separar del nombre de Po que de añadirlo al suyo.

—Se está recuperando —confirmó.

Y entonces se preguntó si los lenitas amarían tanto a su príncipe si supieran la verdad sobre su gracia.

Todo lo ocurrido desde que había subido a bordo de ese barco era demasiado confuso. Y muchas de esas cosas le encogían el corazón.

Ya en cubierta, condujo a Gramilla hacia un costado del barco y, desde allí, las dos respiraron el aire marino y contemplaron el oscuro centelleo del agua.

Capítulo 33

Le gustaba a rabiar asomarse por la borda y mirar cómo la proa del barco cortaba las olas. Y le gustaba sobre todo cuando las olas eran altas y la nave subía y bajaba, o cuando nevaba y notaba los copos en la cara como picotazos. La tripulación reía y comentaba entre sí que la princesa Katsa era una marinera nata, a lo que Gramilla añadía —una vez que se encontró bastante bien para subir a cubierta y unirse a las chanzas— que su amiga había nacido para hacer todo aquello que para la gente normal sería aterrador.

Tenía unas ganas locas de trepar a lo más alto de la arboladura más elevada y experimentar la sensación de estar colgada del cielo. Así las cosas, un día despejado, Parche (que resultó ser el primer oficial) envió a un tipo, llamado Rojo, a deshacer un enredo en las jarcias, y le dijo a Katsa que subiera con él.

—No debería animarla a hacerlo —reconvino Gramilla a Parche, puesta en jarras y echada la cabeza hacia atrás parar mirarlo con expresión furiosa. Una buena demostración de talante fiero si se tenía en cuenta que el hombre la superaba cinco veces en tamaño.

—Alteza, sé que acabaría subiendo allá arriba, se lo permitiera yo o no, de modo que prefiero que lo haga ahora, mientras la vigilo, que de noche o durante un turbión.

—Si cree que porque la mande ahí arriba en este momento va a evitar que…

—¡Cuidado! —le advirtió Parche cuando la cubierta dio un bandazo y la niña salió lanzada hacia delante. El primer oficial la sujetó y la cogió en brazos. Ambos observaron cómo Katsa trepaba con pies y manos por el mástil, detrás de Rojo; cuando por fin, desde su posición en lo alto del aparejo donde se mecía con tanta brusquedad que se maravillaba de la habilidad de Rojo para desenredar cualquier nudo, la joven miró hacia abajo y vio a Gramilla, recordó que, al conocerse, la niña no se fiaba de ningún hombre y, sin embargo, ahora permitía que ese marinero grandullón la cogiera en brazos, como un padre, y ella lo abrazaba por el cuello mientras los dos se reían a coro de ella.

La capitana pronosticó que el viaje duraría de cuatro a cinco semanas, más o menos. El barco navegaba deprisa y casi siempre estaban solos en medio del océano. Katsa no subía ni una sola vez a los aparejos sin otear el horizonte en busca de algún indicio de que los persiguieran, pero nadie iba tras ellos; era un alivio no verse acosadas ni tener que esconderse. Aisladas con la capitana Faun y su tripulación, se sentían seguras en mar abierto, porque ningún marinero las miraba ya con desconfianza, y se convenció de que a ninguno de ellos le afectaba algún rumor propagado por Leck.

—Han tenido suerte, alteza, porque no llegamos a estar un día siquiera en Cantil del Solejar —le dijo en una ocasión la capitana—. Eso hay que agradecérselo a mi don.

—Y a su velocidad —agregó la joven. Porque aquél era un invierno tempestuoso en el mar, pero como cambiaban de rumbo con tanta frecuencia (tanto que debía de parecer que bailaban una danza extraña en el agua), se las arreglaban para evitar lo más violento de las tormentas, de modo que el avance hacia el oeste era constante y regular.

Durante los primeros días de viaje, Gramilla se encontró muy mal y Katsa se dedicó exclusivamente a cuidarla y a reflexionar, y decidió hablarle a la capitana acerca de la gracia de Leck y las razones por las que huían. Y se lo contó porque, con gran preocupación, se le ocurrió pensar que los cuarenta tripulantes que iban a bordo del barco sabían con precisión quiénes eran Gramilla y ella y adónde se dirigían. Eso los convertía en cuarenta informadores una vez que ellas dos llegaran a su destino, y el barco regresara a su ruta comercial.

—Respondo de la discreción de la mayoría de mis tripulantes, alteza —le aseguró la capitana Faun—. Digo la mayoría, si no todos.

—No lo entiende —arguyó la joven—. En lo que concierne al rey Leck ni siquiera yo puedo responder de mi propia discreción. Da igual que juren no decirle nada a nadie, porque si uno de los bulos de Leck llega a sus oídos, olvidarán sus promesas.

—¿Qué quiere entonces que haga, alteza?

Katsa detestaba tener que pedírselo, por lo que se quedó mirando las cartas de navegación que había extendidas en la mesa, apretó los labios y esperó a que la capitana diera con la respuesta por sí misma. La mujer no tardó mucho en hacerlo.

—Pretende que nos quedemos en el mar cuando las hayamos dejado a ambas en Lenidia... —dijo la mujer en un tono cortante que se fue haciendo más acerado a medida que hablaba—. ¿Quiere que permanezcamos en alta mar, que nos quitemos de en medio todo el invierno o más tiempo incluso —quizás indefinidamente—, hasta que usted y el príncipe Po, con el que ni siquiera está en contacto, hayan encontrado algún modo de inmovilizar al rey de Monmar? Porque aun en ese caso, imagino que deberemos esperar que alguien vaya a buscarnos y nos invite a regresar a tierra. Bien, a los que quedemos, claro, porque se nos acabarán los suministros, alteza... Somos un navío mercante, ¿comprende?, un barco diseñado para navegar de puerto en puerto y reponer las existencias de agua y comida en cada escala. Ya es un esfuerzo bastante grande regresar directamente a Lenidia...

—En el cargamento lleva frutas y verduras a montones con las que iba a comerciar —argumentó Katsa—. Y sus tripulantes saben pescar.

—Se nos acabará el agua.

—En ese caso, dirija el barco hacia una tormenta —sugirió la joven.

La expresión de la capitana era de incredulidad, y Katsa imaginó que había hecho una sugerencia absurda. Pero es que todo en conjunto era absurdo, como confiar en que la nave navegara en círculos por algún rincón helado del océano a la espera de noticias que tal vez no llegaran nunca. Y todo por proteger la vida de una niña. La capitana emitió un sonido que, en parte, expresaba escepticismo y, en parte, era hilaridad, y Katsa se preparó para afrontar una discusión.

Pero la mujer se miró las manos con fijeza mientras pensaba; cuando por fin habló, sorprendió a la joven.

—Me pide muchísimo —afirmó—, pero no fingiré que no entiendo por qué lo hace. Hay que detener a Leck y no sólo por el bien de la princesa Gramilla, sino porque la gracia de ese rey es ilimitada y sus tendencias representan un peligro para los siete reinos. Si mi tripulación evita cualquier contacto con los rumores y los bulos, significará que habrá cuarenta y tres hombres y una mujer con la mente clara para emprender la tarea inminente. Además, he prometido ayudarla en todo cuanto me sea posible.

Entonces fue Katsa quien la miró con incredulidad y le preguntó:

—¿De verdad haría eso?

—Alteza, no está en mis manos rehusar nada de lo que me pida. Pero esto es algo que haré de buen grado mientras no ponga en peligro a mi tripulación ni a mi barco. Y con la condición de que se me reembolsen las pérdidas que sufra por no poder comerciar.

—Eso ni que decirse tiene.

—En los negocios nada se da por hecho si no hay un acuerdo, alteza.

Y así llegaron a dicho acuerdo: la capitana permanecería embarcada en un lugar cercano a Lenidia, un sitio concreto situado al oeste de una isla desierta que le describiría a Katsa, de modo que fuera localizable por otro navío. Y se quedaría ahí hasta que dicho navío fuera a buscarla, o hasta que las circunstancias a bordo de su barco hicieran imposible prolongar el aislamiento.

—No sé qué voy a decirle a mi tripulación —comentó Faun.

—Cuando llegue el momento de dar explicaciones, cuénteles la verdad —aconsejó la joven.

Cierto día, sentadas en la cocina después de comer, la capitana les preguntó a Katsa y a Gramilla cómo habían llegado a Cantil del Solejar sin que las descubrieran.

—Cruzamos la cordillera que nos separaba de Meridia desde la vertiente monmarda, y viajamos por los bosques —explicó Katsa—. Cuando llegamos a las afueras de Cantil del Solejar, sólo nos desplazábamos de noche.

—¿Y cómo cruzaron el desfiladero, alteza? ¿No estaba vigilado?

—No cruzamos por ése, sino por el de Grella.

Faun la miró atónita por encima del borde de la taza que se había llevado a la boca. Después la bajó y dijo:

—No la creo.

—Es cierto.

—¿Que cruzaron el desfiladero de Grella sin perder los dedos de manos y pies, y no digamos ya la vida? Lo creería si se tratara sólo de usted, alteza, pero no de la niña.

—Katsa me llevó cargada —intervino Gramilla.

—Y tuvimos buen tiempo —agregó Katsa.

—A mí no se me puede engañar respecto el tiempo, alteza. —La risa de la capitana retumbó—. Ha nevado en ese desfiladero a diario desde el verano y hay pocos sitios en los siete reinos donde haga más frío que allí.

—A pesar de todo, el día en que cruzamos el tiempo podría haber sido peor.

—Si alguna vez necesito que alguien me proteja, alteza, espero que se encuentre usted cerca —afirmó la capitana, que no paraba de reír.

Un par de días después, cuando Katsa subió a bordo tras uno de los baños helados en el océano que le gustaba darse (baños que para Gramilla eran una prueba más de que estaba chiflada), la joven se sentó en la litera de la pequeña y se quitó la ropa empapada. En el camarote casi no había espacio para las dos literas en las que dormían, y el farol que se mecía colgado del techo apenas daba luz. Gramilla le llevó a Katsa un paño para que se secara la piel mojada y el cabello congelado, y alargó la mano para tocarle el hombro. Ella bajó la vista y, a la luz temblona, vio las líneas de piel blanca que le habían llamado la atención a la niña; eran las cicatrices que, prolongándose hasta el seno, le produjeron las garras del puma al desgarrarle la carne.

—Se te han curado muy bien —comentó Gramilla—. No hay ninguna duda sobre quién ganó esa pelea.

—Pese a todo, no estábamos muy igualados, y el que tenía ventaja era el felino. En otras circunstancias me habría matado.

—Ojalá tuviera tu habilidad. Me gustaría ser capaz de defenderme contra todo.

No era la primera vez que Gramilla hacía un comentario de ese tipo, y era otra de las muchas veces que Katsa sentía una punzada de pánico al recordar que la pequeña se equivocaba, porque en el único enfrentamiento con Leck se quedó inerme.

Aun así, Gramilla no estaba tan indefensa como todo eso. Porque en una ocasión, cuando Parche le tomó el pelo acerca del cuchillo que llevaba envainado en el cinturón (el mismo, largo como su antebrazo, que la niña llevaba encima desde el día en que Po y Katsa la encontraron en el bosque de Leck), Katsa decidió que había llegado el momento de conseguir que Gramilla fuera peligrosa, o al menos todo lo peligrosa que pudiera llegar a ser. Qué absurdo era que en los siete reinos las personas más vulnerables y más débiles —las mujeres y las chicas— fueran desarmadas y no las enseñaran a luchar, mientras que a los fuertes se los adiestraba hasta el límite de sus posibilidades.

Así pues, Katsa entrenó a la niña. En primer lugar, a sentirse cómoda con el cuchillo en la mano, y luego a sujetarlo como era debido para que no se le resbalara de los dedos, y a sostenerlo con desenvoltura, como si fuera una prolongación del brazo. Pese a ello, la primera lección le dio más problemas a la pequeña de lo que Katsa esperaba, puesto que el cuchillo pesaba bastante y, además, estaba muy afilado. Como a Gramilla le ponía nerviosa llevar un arma desenfundada en una nave que no dejaba de dar bandazos y balancearse, aferraba la empuñadura con demasiada fuerza; la apretaba tanto que le dolía el brazo y se le hicieron ampollas en la palma de la mano.

—Le tienes miedo a tu propia arma —le advirtió Katsa.

—Me da miedo caerme encima o hacer daño a alguien sin querer —admitió Gramilla.

—Eso es normal, pero hay tantas probabilidades de que pierdas el control del arma si la aprietas demasiado, como si la coges muy floja. Afloja los dedos, pequeña, no se te caerá si la sostienes como te he enseñado.

Y la niña relajaba la mano con la que cogía el cuchillo, hasta que el barco daba otro bandazo o se acercaba un marinero; entonces olvidaba lo que Katsa le había dicho y aferraba el arma con todas sus fuerzas.

En vista de la situación, Katsa cambió de táctica: puso fin a las lecciones en sí y, por el contrario, indicó a Gramilla que paseara toda la tarde por el barco con el arma en la mano durante varios días. Cuchillo en mano, la niña visitaba a los marineros, que eran sus amigos, subía la escalera que iba de una cubierta a otra, comía en la cocina y observaba cómo Katsa trepaba por los aparejos. Al principio suspiraba cada dos por tres y se cambiaba el cuchillo de mano con torpeza. Pero luego, al cabo de un par de días, ya no parecía incomodarla tanto, y algunos días después sostenía el cuchillo a un costado con soltura, no porque olvidara que lo llevaba (pues Katsa se daba cuenta del cuidado con que la pequeña asía el arma cuando el barco cabeceaba o había un amigo cerca), sino que lo hacía con comodidad, con confianza. Y ahora, por fin, había llegado el momento de que la niña aprendiera a utilizar el acero que empuñaba.

A partir de entonces el aprendizaje progresó poco a poco, porque Gramilla era constante y resuelta en sumo grado, pero carecía de una musculatura lo suficientemente entrenada para reaccionar ante lo que Katsa le exigía.

A veces la joven se veía en apuros para decidir qué enseñarle, porque entrenarla según la forma tradicional, de arremeter y parar ataques, tenía cierta utilidad, pero no mucha. Nunca aguantaría demasiado rato en una pelea si luchaba según las reglas habituales.

—Lo que tienes que hacer es infligir tanto dolor como sea posible y estar atenta por si tu adversario baja la defensa —la instruyó.

—Y no hacer caso del propio dolor como mejor pueda —añadió Jem.

El chico colaboraba en los entrenamientos, como también lo hacía Oso y cualquier otro marinero que dispusiera de un rato libre. Algunos días, después de las comidas, las clases servían de pasatiempo a los hombres que trabajaban en la cocina; cuando hacía buen tiempo, eran un entretenimiento del que se disfrutaba en un rincón de la cubierta. No todos los marineros entendían por qué una niña tenía que aprender a luchar, pero ninguno de ellos se burló de sus esfuerzos, ni siquiera porque los métodos que Katsa la animaba a utilizar fueran tan poco dignos como morder, arañar y tirar del pelo.

—No es necesario ser muy fuerte para hundir los pulgares en los ojos de un hombre —decía Katsa—. Sin embargo, es muy doloroso y causa estragos.

—Pero es denigrante —arguyó la niña.

—Alguien de tu talla no puede permitirse el lujo de luchar limpiamente, Gramilla.

—No digo que no vaya a hacerlo, pero insisto en que es denigrante.

La joven le enseñó cuáles eran los lugares del cuerpo en los que debía acuchillar a un hombre si quería matarlo —la garganta, el cuello, el estómago, los ojos—, los sitios fáciles que requerían menos fuerza; la aleccionó en cómo ocultar una daga pequeña en la bota y sacarla con rapidez; cómo clavar un cuchillo con las dos manos o sujetar un arma en cada mano; y cómo evitar que se le cayera el arma en medio del arrebato y el caos de un ataque cuando todo ocurría tan deprisa que la mente no era capaz de seguir la secuencia de los hechos.

—¡Así se hace! —gritó un día Rojo cuando Gramilla propinó con éxito un codazo a Oso en la ingle, que obligó al hombretón a encorvarse al tiempo que soltaba un gruñido.

—Y ahora que está distraído, ¿qué harías? —preguntó Katsa.

—Clavarle el cuchillo en el cuello —contestó la niña.

—Eso es.

—Es una chiquitina muy valiente —comentó Rojo en tono aprobador.

Lo era. Tan chiquitina, tan, tan pequeña, que Katsa era consciente —al igual que todos los marineros— de cuánta suerte necesitaría Gramilla si debía defenderse de un atacante. Sin embargo, lo que estaba aprendiendo le daría una oportunidad si tenía que luchar. Del mismo modo la seguridad en sí misma, que adquiría poco a poco, le serviría de mucho, y los gritos de ánimo de los marineros también la ayudarían; más de lo que imaginaban.

—Claro que nunca necesitará recurrir a estas habilidades —añadió Rojo—. Una princesa de Monmar dispondrá siempre de una guardia personal.

Katsa se calló las primeras palabras que le vinieron a la mente, y comentó:

—A mí me parece que siempre será mejor que una cría tenga estos conocimientos, aunque nunca los necesite, que carezca de ellos y le hagan falta algún día.

—En eso tiene razón, alteza. Nadie puede saberlo mejor que usted o el príncipe Po. Imagino que entre ustedes dos serían capaces de preparar en un pispás a un tropel de críos y formar con ellos un ejército.

La imagen de Po, mareado e inestable, surgió como un fogonazo en la mente de Katsa, pero la rechazó. Fue a comprobar cómo estaba Oso y se concentró en la siguiente práctica de Gramilla.

Capítulo 34

Katsa se encontraba encaramada a los aparejos, junto a Rojo, cuando divisó Lenidia. Era tal cual se la había descrito Po y parecía irreal, como salida de un tapiz o de una canción. Del mar emergían oscuros acantilados coronados por campos cubiertos de nieve, sobre los que se alzaba un inmenso pilar rocoso, en cuya cima había una ciudad. Ésta resplandecía con tanta intensidad que, al primer golpe de vista, Katsa habría jurado que era de oro.

A medida que el barco se aproximaba, la joven se percató de que no se había equivocado del todo, porque los edificios de la ciudad estaban construidos con piedra arenisca de color pardo, mármol amarillo y cuarzo blanco que destellaban con la luz del sol y al reflejarse en el agua. Pero las cúpulas y las torres de la edificación que sobresalía de las demás y se extendía a todo lo ancho del perfil de la urbe eran realmente de oro. Dicha edificación (el castillo de Ror y, por lo tanto, el hogar de Po durante su infancia y adolescencia) era una construcción enorme, tan grande y reluciente que Katsa se quedó colgada de las jarcias con la boca abierta de par en par. Rojo se rio de ella y le gritó a Parche que por fin había algo en el mundo que hacía olvidar a la princesa su afán de trepar y escalar.

—¡Tierra a la vista! —gritó a continuación el marinero, y los hombres que se hallaban en cubierta prorrumpieron en vítores.

Rojo se deslizó por las jarcias para reunirse con ellos, pero Katsa no se movió de los aparejos y contempló Burgo de Ror que cada vez aumentaba de tamaño ante sus ojos. Distinguía la calzada que subía en espiral desde el pie del pilar rocoso hasta la ciudad, así como las plataformas que se elevaban desde los campos hasta la población, sujetas por cuerdas que, debido a la distancia, resultaban demasiado delgadas para divisarlas. Cuando el barco costeó cerca del extremo suroriental de Lenidia y viró hacia el norte, la joven se dio la vuelta para seguir contemplando la ciudad hasta que desapareció de la vista. Burgo de Ror casi le dañaba la vista; no era de extrañar que Po procediera de un lugar tan resplandeciente, de una tierra de una belleza tan espectacular.

El barco continuó costeando alrededor del reino insular, primero hacia el norte y después hacia el oeste, sin que Katsa parpadeara apenas. Contempló playas blancas, a veces a causa del color de la arena y otras veces por la presencia de la nieve; montañas que desaparecían ocultas en medio de nubes de tormenta; poblaciones con construcciones de piedra, camufladas en las rocas o suspendidas encima del mar, y árboles sobre un acantilado, desnudos de hojas, cuyos negros troncos contrastaban con el cielo invernal.

—Son árboles po —le indicó Parche cuando la joven se los señaló—. ¿Le explicó nuestro príncipe que las hojas se vuelven plateadas y doradas en otoño? Hace dos meses estaban preciosos.

—Son preciosos.

—Supongo que sí. Pero Lenidia se vuelve gris en invierno; en cambio, en las otras estaciones todo es una explosión de colores. Ya lo verá, alteza.

Katsa lo miró sorprendida y después se preguntó por qué le sorprendía tal afirmación. Lo vería si se quedaba allí una temporada y, probablemente, así lo haría, pero sus planes tras llegar al castillo de Po eran imprecisos. Eso sí, exploraría el edificio, lo fortificaría y descubriría los escondrijos; montaría turnos de guardia con la gente de que dispusiera; discurriría un plan y esperaría a tener noticias de Po o de Leck. Y al igual que el castillo, fortificaría la mente contra el asalto de cualquier noticia que oyera o pudiera llevar el veneno de las mentiras de Leck.

—Sé lo que ha pedido que hagamos, alteza —le dijo Parche, que seguía a su lado. —En esta ocasión lo miró sorprendida de verdad. El primer oficial contemplaba con gesto grave los árboles que iban quedando atrás—. La capitana Faun me lo explicó —añadió—. Nos lo ha contado a algunos de nosotros, muy pocos. Quiere tener de su parte a varios hombres cuando llegue el momento de decírselo al resto de la tripulación.

—Entonces, ¿está usted de acuerdo? —preguntó la joven.

—Al final me convenció.

—Me alegro, aunque también lo lamento.

—No es culpa suya, alteza, sino de ese monstruo que es rey de Monmar.

Comenzó a caer una nevada ligera, y Katsa alargó las manos para recoger los copos.

—¿Qué cree usted que le pasa a ese hombre, alteza? —preguntó Parche.

Un copo se posó en el centro de la palma de Katsa, y ella cuestionó:

—¿Que qué le pasa? ¿A qué se refiere?

—Pues a que tiene que pasarle algo raro para que disfrute haciendo daño a la gente.

—Su gracia le da poder para hacerlo.

—Todo el mundo tiene de algún modo poder para herir a otros, pero eso no significa que lo lleve a la práctica —argumentó el oficial.

—No sé, no sé —repuso Katsa, que recordó a Randa, a Murgon y a los otros reyes y sus actos arbitrarios—. Mi opinión es que hay bastantes personas que son felices siendo tan crueles como se lo permite su poder, y no existe nadie tan poderoso como Leck en ese sentido. Ignoro por qué lo hace, pero sé que hay que poner fin a sus desmanes.

—¿Cree que él sabe dónde está usted, alteza?

Katsa se quedó mirando los copos que se deshacían al tocar el agua, y suspiró.

—Recorrimos caminos apenas transitados tras salir de Monmar —explicó—. No le contamos a nadie adónde íbamos hasta que subimos a este barco. Sin embargo... Nos vio a los dos, Parche, al príncipe Po y a mí, y nos identificó. Hay pocos sitios en los que podríamos ocultar a la niña, de modo que, antes o después, vendrá aquí a buscarla. He de hallar un lugar donde esconderla, ya sea dentro del castillo, a campo raso o incluso en alguna zona agreste de Lenidia.

—Las condiciones serán muy rigurosas hasta la llegada de la primavera, alteza.

—Sí, ya lo sé. En fin, es posible que no pueda darle comodidades, pero al menos la mantendré a salvo.

Po le había dicho que su castillo era pequeño, más semejante a una casona que a un palacio. Sin embargo, después de ver el espacio de cielo que ocupaba el castillo de Ror, Katsa se cuestionaba si lo que Po entendía por «grande» o «pequeño» significaba lo mismo que para otras personas. El castillo de Randa era grande; el de Ror, descomunal. Estaba por ver dónde encajaba el de Po.

Cuando por fin lo divisó, le complació, pues era pequeño o, al menos, lo parecía, visto desde su posición en lo alto de los aparejos. Estaba construido con piedra enlucida, sencillamente; y los balcones y los marcos de las ventanas se habían pintado de un color azul, acorde con el del cielo. No obstante, una única torre cuadrada, que se alzaba detrás del cuerpo principal de la construcción, sugería que era algo más que una casa grande.

Su situación, ni que decir tiene, distaba mucho de ser corriente, detalle que complacía a Katsa más incluso que su simplicidad: un acantilado emergía del agua y se alzaba hacia el cielo; en lo alto y al borde mismo de la pared vertical, el castillo se asomaba al mar. Parecía como si fuera a precipitarse a las aguas en cualquier momento, o como si el viento fuera capaz de apalancarse en alguna grieta de los cimientos y, de un soplo, derribar la edificación que, entre crujidos y gemidos, caería al mar. Ahora entendía por qué era peligroso salir a los balcones en invierno, puesto que algunos de ellos colgaban en el vacío.

Bajo el castillo, el mar rompía contra el acantilado, pero en la pared rocosa se distinguía un recoveco, una cala —una playa diminuta—, en la que las olas morían y depositaban espuma en la arena. Desde esa playa, una escalera ascendía por un lado del acantilado, lo rodeaba, y, desapareciendo en ocasiones, llegaba finalmente a un lateral del castillo, al pie de uno de aquellos vertiginosos balcones.

—¿Dónde atracaremos? —le preguntó Katsa a la capitana cuando hubo bajado de los aparejos.

—Hay una bahía al otro lado del cantil rocoso, un poco más allá de la playa. Allí fondearemos, alteza. Desde esa bahía, parte un camino que da la impresión de que te lleva en sentido contrario, alejándose del castillo, pero enseguida traza un recodo cerrado y conduce, colina arriba, a la fachada principal. Puede que haya nieve en la ladera, pero el camino se mantiene siempre despejado por si el príncipe regresa sin previo aviso.

—Lo describe como si lo conociera bien.

—Años atrás capitaneaba un barco más pequeño, alteza; era una nave de aprovisionamiento. Todos los castillos de Lenidia están situados en parajes muy bellos, pero créame si le digo que no es nada fácil abastecerlos. El camino hasta la puerta del castillo del príncipe Po es empinado.

—¿Con qué servidumbre cuenta el príncipe para su mantenimiento?

—Diría que con un número reducido, alteza. Pero le recuerdo que ahora el castillo es suyo y los criados están a su servicio, aunque usted siga hablando como si le pertenecieran a él.

Katsa lo sabía muy bien, y era una de las razones por las que no estaba deseosa de tener ese primer encuentro con los moradores del castillo. Por si fuera poco, además de la aparición de lady Katsa de Terramedia (una graceling tristemente célebre por ser la mano represora del rey Randa), poseedora del anillo de Po, contaban también los acontecimientos absurdos y trágicos que tendría que explicar sobre Leck y Cinérea, así como sus intenciones de convertir el castillo en una fortaleza y de cortar todo contacto con el resto del mundo. Katsa tenía la impresión de que el encuentro no iba a ir como una seda.

El sendero era tal cual lo había descrito la capitana Faun, y la ladera de la colina, empinada y con ventisqueros. No obstante, la mayor dificultad a la que se enfrentaron fue la inestabilidad de Gramilla, que caminaba en tierra firme casi con tanta torpeza como le ocurrió en el barco los primeros días de navegación. Por ello, Katsa la sostuvo mientras se dirigían hacia la fachada principal del castillo de Po. El viento soplaba racheado a sus espaldas y daba la sensación de que las subía en volandas colina arriba.

Desde la posición en la que se hallaban, no parecía que el castillo fuera tal, sino una casa alta y blanca en lo alto de una pendiente, provista de árboles inmensos que sombreaban un patio que sería agradable cuando hiciera mejor tiempo. Se distinguían también una gran torre que se erguía detrás de los árboles, amplios ventanales, tejados muy altos, un corredor cerrado —como mínimo—, así como establos a un lado y un jardín helado al otro. Pero no había ningún indicio, mientras los oídos no captaran el sonido del romper de las olas, de que detrás del edificio hubiera un cantil a plomo que penetraba en el mar.

Llegaron por fin a lo alto de la colina, y una racha de viento las empujó al interior de un patio enlosado con baldosas de colores, donde Gramilla suspiró aliviada al pisar la lisa superficie. Se acercaron al edificio, y Katsa alzó el puño para llamar a la gran puerta de madera del hogar de Po. Antes de que tuviera tiempo de hacerlo, la puerta se abrió de par en par y una bocanada de aire cálido les acarició la cara. Ante ellas se encontraba un lenita entrado en años y vestido de criado, con librea de color marrón.

—Sean bienvenidas —saludó—. Por favor, entren al recibidor, deprisa —les apuró el hombre, puesto que Katsa se había quedado inmóvil, atónita por la premura del recibimiento—. Estamos dejando que se escape el calor.

Las hizo pasar al oscuro vestíbulo y, de una primera ojeada, Katsa apreció el alto techo, una escalera que subía hacia corredores balaustrados y al menos tres chimeneas encendidas. Gramilla se le cogió del brazo para mantener el equilibrio.

—Soy lady Katsa de Terramedia —se presentó la joven, pero el hombre les hizo un gesto con la mano para que lo siguieran hacia una puerta de doble hoja.

—Vengan por aquí —dijo—, mi señor las está esperando.

Katsa se quedó boquiabierta por la noticia, y, mirando al hombre con detenimiento e incredulidad, le espetó:

—¡Su señor! ¿Quiere decir que se encuentra aquí? ¿Cómo es posible tal cosa? ¿Dónde está?

—Por favor, mi señora —repitió el hombre—, por aquí. Toda la familia está en la sala de recibir.

—¡Toda la familia!

El hombre señaló con las manos la puerta que tenían delante. Katsa miró a Gramilla y comprendió que la estupefacción de la niña debía de ser un reflejo de la suya propia. Claro que había transcurrido tiempo de sobra para que Po llegara al castillo, porque ellas dos pasaron siglos en las montañas. Sin embargo, ¿cómo lo había logrado en su estado? ¿Y cómo había abandonado su escondrijo sin que lo vieran? ¿Por qué...? ¿Cómo...?

El sirviente las condujo hacia la puerta y Katsa intentó formular alguna pregunta, cualquiera que fuera.

—¿Cuánto hace que llegó el príncipe? —inquirió.

—La princesa acaba de llegar —contestó el hombre, y antes de que Katsa tuviera tiempo de preguntarle qué había querido decir con esas palabras, abrió la puerta.

—Maravilloso —dijo una voz desde dentro de la estancia—. ¡Bienvenidas, queridas! ¡Entrad y ocupad vuestro lugar de honor en nuestro alegre círculo!

Era una voz familiar. Katsa sujetó a Gramilla, que emitió un gemido ahogado; la sostuvo porque, de no hacerlo, la niña se habría derrumbado. Alzó la vista hacia los desconocidos sentados alrededor del perímetro de una sala alargada; al fondo, sonriente y mirándolas de forma calculadora con el único ojo de que disponía, se hallaba el rey Leck de Monmar.

Capítulo 35

Bienvenidas. Queridas. Lugar de honor. Alegre círculo...

Katsa percibió de inmediato que, por algún motivo, desconfiaba de aquel hombre que decía cosas tan bonitas y en un tono tan agradable y afectuoso. Había algo en él, alguna peculiaridad, que la forzaba a mantener los sentidos en máxima alerta, presta para actuar. No le gustaba.

Con todo, sus palabras eran amables y cordiales, y los desconocidos que ocupaban la estancia le sonreían tanto a él como a ella, y no había razón alguna para sentirse incómoda. Vaciló un momento en la entrada antes de avanzar. Procedería con cautela.

La niña se encontraba mal. Katsa creyó que por fin había sucumbido al vértigo producido por la inestabilidad de sus pasos, mas en ese momento Gramilla gritó y se aferró a ella repitiendo una y otra vez:

—¡Miente, miente!

Katsa la miró sin comprender. Era evidente que a la niña tampoco le gustaba ese hombre. Bien, lo tendría en cuenta.

—Mi hija está enferma y me apena verla sufrir —afirmó Leck; y Katsa recordó y comprendió que ese hombre era el padre de Gramilla—. Ayude a su sobrina —le indicó a una mujer sentada a su izquierda. Ésta se levantó con rapidez, y, tendiendo los brazos, se les acercó.

—Pobre pequeña —dijo, e intentó apartar a la niña de Katsa al tiempo que la abrazaba y le susurraba palabras reconfortantes; pero Gramilla se puso a chillar, abofeteó a la mujer y se aferró a Katsa fuera de sí, aterrada.

La joven la cogió en brazos y la consoló con aire ausente. Manteniendo abrazada a la niña, miró a la mujer que al parecer era tía de Gramilla; al contemplarle los rasgos, se conmocionó. La frente y la nariz le resultaban familiares, así como los ojos, aunque no por el color, sino por la forma. A continuación, le miró las manos y lo comprendió. Esa mujer era la madre de Po.

—Está histérica —le dijo la dama a Katsa.

—Sí, es cierto —convino la joven, que estrechó más contra sí a la niña—. Yo me ocuparé de ella.

—¿Y mi hijo? —preguntó la mujer con los ojos desorbitados por la preocupación—. ¿Sabe dónde está mi hijo?

—¡Oh, sí! —intervino Leck con voz estentórea. Ladeó la cabeza y observó a Katsa—. Falta uno en vuestro grupo; confío en que esté vivo.

—Sí —dijo Katsa, y se preguntó distraídamente si había disimulado en algún momento que Po había muerto. ¿No había dicho eso ya en alguna ocasión? Pero ¿por qué iba a hacer una cosa así?

—¿De veras? —El único ojo de Leck se clavó en ella—. Qué noticia tan maravillosa. A lo mejor puedo ayudarlo. ¿Dónde está?

—¡No se lo digas, Katsa! —chilló Gramilla—. ¡No le digas dónde está Po, no se lo digas, no se lo digas!

Katsa tranquilizó a la niña con susurros:

—No pasa nada, pequeña.

—No se lo digas, por favor.

—No lo haré —contestó Katsa—. No lo haré. —Apoyó la mejilla en el sombrero de Gramilla y decidió que era mejor no contarle a ese hombre dónde se encontraba Po, ya que esa posibilidad alteraba tanto a la niña.

—Bien —dijo Leck—. De modo que así están las cosas.

Guardó silencio un instante, pensativo, mientras jugueteaba con la empuñadura de un cuchillo que llevaba en el cinturón; el ojo se le desvió hacia Gramilla y no apartó la vista de ella. Sin saber bien por qué, Katsa estrechó a la pequeña contra sí y la cubrió con los brazos.

—Mi hija está fuera de sí —afirmó el rey—. Está aturdida, enferma, desquiciada, y cree que yo podría hacerle daño. Le he hablado a la familia del príncipe Po de la enfermedad de mi hija —continuó diciendo mientras hacía un gesto con la mano que abarcaba la estancia—; les he contado que huyó de casa tras el accidente sufrido por su madre, y que el príncipe Po y usted, lady Katsa, la encontraron y la han cuidado y mantenido a salvo hasta que consiguieran entregármela.

Katsa siguió con la vista el ademán de Leck en torno a la sala. Más rostros familiares; uno de ellos, el de un hombre mayor que Leck, era el de un rey: el padre de Po, de aspecto recio y orgulloso, aunque de mirada vaga. Y se fijó en que todos los presentes tenían la misma mirada ausente, incluso esos hombres jóvenes, que debían de ser los hermanos de Po, y esas mujeres que, seguramente, serían sus esposas. ¿O tal vez era la vaguedad que notaba en su propia mente la que le impedía ver con claridad los rostros?

—Sí, sí. La hemos mantenido a salvo —contestó Katsa a no sabía bien qué comentario acababa de hacer Leck; algo acerca de la seguridad de Gramilla.

—Dígame —retumbó la voz del rey monmardo—. ¿Cómo salieron de Monmar? ¿Cruzaron las montañas?

—Sí.

Echándose a reír, Leck dijo:

—Imaginé que habían hecho eso cuando les perdí el rastro, y estuve a punto de decidir ponerme cómodo y esperar, porque estaba convencido de que al fin aparecerían en alguna parte. Pero al hacer averiguaciones, me enteré de que no era bien recibida en la corte de su tío, lady Katsa. Y me volvía loco, completamente loco, la idea de quedarme sin hacer nada mientras mi querida niña... —Leck desvió de nuevo el ojo hacia Gramilla y se pasó la mano por la boca—. Mientras mi niña estaba lejos de mí. Así que decidí arriesgarme, de modo que ordené a los míos que siguieran con la búsqueda por otros reinos, desde luego, y decidí intentarlo yo mismo en Lenidia.

Katsa meneó la cabeza, pero la bruma que le invadía la mente no se despejó.

—No tendría que haberse preocupado —dijo—. He cuidado de ella y la he mantenido a salvo.

—En efecto. Y ahora me la ha traído, directamente a la puerta de casa, a mi castillo de la costa occidental de Lenidia.

—Su castillo... —repitió Katsa con languidez. Creía que el castillo era de Po. ¿O tenía la idea de que era su propio castillo? No, eso era absurdo; ella era una noble de Terramedia y no tenía castillo. Debía de haber entendido mal algo que le dijo alguien en alguna parte.

—Ha llegado el momento de que me devuelva a mi pequeña.

—Sí —contestó la joven, pero le preocupaba renunciar al cuidado de la niña.

Gramilla, por su parte, había dejado de debatirse, pero estaba desplomada sobre Katsa y mascullaba tonterías para sí al tiempo que sollozaba. Repetía las palabras de Leck una y otra vez en susurros desconcertados, como si probara cómo sonaban si las pronunciaba ella.

—Sí —dijo de nuevo Katsa—. Lo haré… Pero cuando se encuentre mejor.

—No. Entréguemela ahora —ordenó Leck—. Sé que, si lo hace, se recuperará.

A Katsa no le gustaba ese hombre ni pizca. Esa forma de darle órdenes… Y el modo en que miraba a Gramilla. Había algo en su mirada que Katsa había visto con anterioridad aunque no acababa de recordar dónde. Ella era responsable de la seguridad de la niña. Así pues, alzó la barbilla en un gesto desafiante y le espetó:

—No. Se quedará conmigo hasta que esté mejor.

—Lady Katsa siempre llevando la contraria —comentó Leck echándose a reír y mirando a los presentes—. Pero supongo que no ha de extrañarnos que se muestre tan protectora. Bueno, no importa. Ya disfrutaré de la compañía de mi hija… —El ojo se le desvió de nuevo hacia la niña—. Después.

—¿Nos hablará ahora de mi hijo? —preguntó la mujer que se había quedado junto a Katsa—. ¿Por qué no ha venido? No estará herido, ¿verdad?

—Sí, eso es, mitigue la ansiedad de una madre, lady Katsa. Háblenos del príncipe Po. ¿Se halla cerca?

Katsa se volvió hacia la mujer, aturullada al querer resolver demasiadas incógnitas a la vez. Desde luego había algunas cosas referentes a Po que podía contar sin peligro, mas ¿no había otras que tenía que guardar en secreto? Las que entraban en una u otra categoría se le entremezclaban en la mente. Quizá lo mejor sería no decir nada.

—No quiero hablar de Po —manifestó.

—¿Ah, no? Qué inoportuno, porque yo sí quiero hablar de él

—afirmó el rey de Monmar, y tamborileó los dedos en el brazo del sillón, pensativo—. Es un hombre fuerte, nuestro Po; fuerte y valiente. Un orgullo para su familia. Pero también tiene secretos, ¿no es así? —De repente a Katsa le hormiguearon las puntas de todos los dedos—. Sí, en efecto —continuó Leck, que no dejaba de observarla—, Po es un pequeño inconveniente, ¿verdad? —Puso cara de estar considerando algo con gran intensidad, y acto seguido dio la impresión de haber tomado una decisión; observó a los miembros de la familia de Po, y, sonriendo abiertamente, dijo con placer—: Tenía intención de guardar en secreto una cosa. Pero me he dado cuenta de que Po es muy fuerte y podría aparecer algún día en la puerta de este castillo. Y quizás, en previsión de tal contingencia, sería mejor para mí decirles a todos algo que puede tener cierta... —esbozó una sonrisa fugaz— relevancia en cuanto a la opinión que tienen de él. Porque, verá, mi señora Katsa, he reflexionado bastante sobre nuestro querido Po y he desarrollado una teoría... Una teoría que a todos les parecerá fascinante, aunque un tanto perturbadora. Claro que —sonrió al ver las expresiones desconcertadas de quienes lo escuchaban—, siempre es un poco molesto enterarse de que te han engañado, y más si ha sido alguien de la familia. Y usted es justo la persona adecuada para atestiguar mi teoría, lady Katsa, porque creo que sabe la verdad respecto al príncipe Po.

El padre y los hermanos del príncipe lenita rebulleron en los asientos y fruncieron el entrecejo, mientras que Katsa tenía la mente paralizada por el miedo y el desconcierto.

—Es una teoría sobre la gracia del príncipe Po —añadió Leck.

Katsa oyó el leve jadeo que emitió la madre de Po, que continuaba a su lado. La mujer se llevó la mano a la garganta, y, dando un paso hacia el rey monmardo, balbuceó:

—Espere. No sé... —Se calló y miró a Katsa, confundida, asustada.

La joven hervía de agitación, entre la turbación y una desesperada alarma. Tuvo la sensación de... comprender. Casi estaba a punto de recordar que...

—Creo que su querido Po les ha estado ocultando un secreto —afirmó Leck—. Dígame si estoy en lo cierto, lady Katsa, en cuanto a que el príncipe Po es realmente...

Fue entonces, por fin, cuando un rayo de certidumbre alcanzó a Katsa y en ese mismo instante actuó: soltó a la niña, empuñó la daga que llevaba al cinto y la lanzó. No lo hizo porque recordara que Leck debía morir o cuál era la verdadera gracia de Po, sino porque se acordó de que el príncipe lenita tenía un secreto, un terrible secreto, y aunque no tenía claro cuál era, percibía que su revelación le causaría un gran quebranto... Y ese hombre que se encontraba ahí sentado lo tenía en la punta de la lengua y estaba dispuesto a soltarlo. Debía impedírselo, sea como fuera. Debía silenciar a ese hombre antes de que pronunciara las palabras que le destrozarían la vida a Po.

Leck tendría que haberse limitado a seguir con sus mentiras porque, al final, fue la verdad que estuvo a punto de decir la que lo mató.

La daga voló certera hacia el blanco, se hincó en la boca abierta del rey de Monmar y lo dejó clavado en el respaldo del sillón, inerte, con las piernas y los brazos laxos y el único ojo desorbitado, sin vida. La sangre corría por la empuñadura de la daga y se derramaba por la pechera de los ropajes. En ese momento, las mujeres chillaron y los hombres gritaron indignados mientras se aproximaban corriendo a Katsa con las espadas desenvainadas. Ella supo de inmediato que debía tener mucho cuidado en ese enfrentamiento, pues no tenía que dañar a los hermanos ni al padre de Po. De pronto, todos se detuvieron porque, tras contemplar a Leck, Gramilla se levantó tambaleándose del suelo.

Se colocó delante de Katsa, desenvainó su cuchillo, lo alzó contra ellos, temblorosa la mano, y dijo:

—No le harán daño. Ha hecho lo que debía.

—Pequeña... —musitó el rey Ror—. Princesa Gramilla, apártese porque no queremos herirla. Usted no se encuentra bien; está protegiendo a la asesina de su padre.

—Ahora que él ha muerto me encuentro perfectamente bien —replicó Gramilla; la voz de la niña había cobrado fuerza y la mano apenas le temblaba ya—. Y no soy princesa, soy la reina de Monmar. Como tal, el castigo de Katsa me competería a mí, y afirmo que hizo lo correcto. No le harán daño.

En verdad parecía encontrarse bien, cómoda manejando el

cuchillo que empuñaba, serena y muy resuelta. El padre y los hermanos de Po formaban un semicírculo, enarboladas las espadas, anillos en los dedos y aros en las orejas. Como siete versiones de Po, fue el pensamiento que le llegó vagamente a Katsa, sólo que no había lucecitas en sus ojos. Se restregó los párpados; estaba cansada y le costaba mucho pensar. Algunas mujeres lloraban al fondo de la sala.

—Ha asesinado a su padre —repitió el rey Ror, aunque sin firmeza. Se llevó la mano a la frente y contempló perplejo a Gramilla.

—Mi padre era perverso —contestó la niña—. Él era graceling y poseía el don de engañar a la gente con sus palabras. Les ha engañado a todos sobre la muerte de mi madre, sobre mi enfermedad, sobre sus intenciones respecto a mí. Katsa me ha estado protegiendo de él, y hoy me ha salvado en todo y de todo.

Hombres y mujeres se habían llevado las manos a la cabeza, atónitos y desconcertados.

—¿Dijo...? ¿Dijo Leck que este castillo le pertenecía? ¿Dijo...? —La voz de Ror se debilitó, y él se quedó mirando con fijeza los anillos que lucía en los dedos.

A todo esto, la madre de Po soltó un suspiro estremecido, y, volviéndose hacia su esposo, manifestó:

—A mi entender, está sobradamente justificado lo que ha hecho lady Katsa. Es obvio que Leck estaba a punto de lanzar alguna acusación absurda en contra de nuestro Po. Por mi parte, estoy dispuesta a considerar la posibilidad de que el rey monmardo nos haya estado mintiendo en todo momento. —Se llevó una mano al pecho—. Deberíamos sentarnos e intentar resolver esta situación.

Su esposo y sus hijos asintieron en silencio.

—Sentémonos todos —dijo Ror al tiempo que hacía un ademán hacia las sillas. Echó una ojeada al cuerpo de Leck y se lo quedó mirando, como si se le hubiera olvidado que estaba allí, desplomado y ensangrentado—. Llevad las sillas al centro de la sala, lejos de este... espectáculo. Hijos, ayudad a las damas. Vamos, vamos, están llorando. Princesa... Perdón, reina Gramilla ¿querrá repetir todo lo que acaba de decir? Reconozco que estoy muy confuso. Hijos, no enfundéis las espadas; no tiene sentido ser imprudentes.

—Yo misma la desarmaré si eso los tranquiliza —sugirió Gramilla—. Katsa, por favor —pidió en tono de disculpa mientras extendía la mano.

Entumecida, la joven sacó el cuchillo que escondía en la bota y se lo tendió a la niña. Luego se sentó en la silla que le acercaron, pero apenas advirtió el ajetreo de la gente que se aposentaba formando un círculo, ni el ruido metálico de las espadas al envainarlas, ni el gimoteo de las mujeres que se enjugaban el llanto, aferradas al brazo de sus esposos. De modo que hundió la cabeza entre las manos, porque volvía a ser consciente de lo que ocurría y se daba cuenta de lo que había hecho.

Era como un hechizo que se iba desvaneciendo con lentitud, un conjunto de burbujas que explotaban de una en una hasta dejar vacía la mente, vacía por completo. Todos los presentes hablaban con torpeza, muy despacio, esforzándose en reconstruir una conversación que no lograban recordar a pesar de que habían participado en ella.

Ror ni siquiera era capaz de dar respuestas precisas a las preguntas de Gramilla respecto a cuándo llegó Leck a Lenidia, qué les contó o qué hizo para convencerlos de que el castillo de Po era suyo, o para lograr que Ror abandonara la capital y la corte y, acompañado de su esposa e hijos, se dirigiera a un rincón remoto de su reino para agasajar al rey monmardo y someterse a él mientras esperaban a una princesa que tal vez no llegaría nunca. Las cosas que Leck dijo durante ese tiempo de espera fueron saliendo poco a poco de los labios de Ror, que no daba crédito a sus propias palabras.

—Creo… Creo que me dijo que le gustaría establecerse en mi corte. ¡Y estar junto a mi trono!

—Me parece que comentó algo sobre las jóvenes que tengo a mi servicio, algo que no voy a repetir —añadió la reina lenita.

—¡Habló de realizar cambios en los acuerdos comerciales! ¡Sí, estoy seguro! —exclamó Ror—. ¡Cambios a favor de Monmar!

El monarca se puso de pie y paseó por la sala. Katsa se levantó como una autómata, en señal de respeto al estar el rey de pie, pero la reina tiró de ella y le indicó que se sentara de nuevo.

—Si nos levantáramos cada vez que se pone a pasear de aquí para allá estaríamos de pie todo el rato —comentó la madre de Po. Dejó la mano posada sobre el brazo de Katsa un poquito más de lo necesario, y también demoró la mirada en el rostro de la joven. Su voz era afable. Conforme los reunidos desvelaban más detalles sobre las manipulaciones de Leck, con más afecto parecía mirar la reina de Lenidia a la dama graceling.

La ira de Ror fue en aumento, al igual que la de sus hijos, quienes, a medida que salían de su estupor, se iban poniendo de pie y gritaban su indignación y discutían entre sí sobre lo que Leck les dijo.

Uno de los príncipes más jóvenes se detuvo delante de Katsa, y, mirándola con fijeza, le preguntó:

—¿Es verdad que Po se encuentra bien?

Una lágrima se deslizó por la mejilla de Katsa, quien dejó que fuera Gramilla la que contara lo ocurrido y dijera verdades sobre Leck que impactaron en los oyentes como flechas: que quiso hacer daño a su propia hija de alguna forma espeluznante y horrible; que secuestró al príncipe Tealiff; que asesinó a Cinérea; que sus hombres estuvieron a punto de matar a Po... Y entonces la pena de Ror igualó en intensidad a su cólera; el monarca cayó al suelo de rodillas, deshecho en llanto, por su padre, por su hijo y, en especial, por su hermana. Y los gritos de sus hijos se hicieron aún más fuertes y más incrédulos. Aturdida, Katsa pensó que no era de extrañar que Po fuera tan locuaz; en Lenidia lo era todo el mundo y todos hablaban al mismo tiempo. Se enjugó las lágrimas y luchó contra la confusión que todavía la dominaba.

Cuando el hermano más joven se puso de nuevo en cuclillas delante de ella y le ofreció un pañuelo, Katsa lo cogió y se quedó mirando al príncipe, como una tonta.

—¿Cree que Po se encuentra bien? —preguntó él—. ¿Volverá a buscarlo de inmediato? Me gustaría acompañarla.

Katsa se limpió la cara con el pañuelo, e inquirió:

—¿Cuál de los hermanos es usted?

—Soy Celaje —repuso el joven sonriendo—. Jamás había visto a nadie lanzar una daga con tal rapidez. Es exactamente como la imaginaba.

Se incorporó y se dirigió hacia su padre. Katsa se apretó el estómago para soportar los calambres que notaba. La bruma provocada por la gracia de Leck desaparecía con más lentitud en ella que en los demás, y se sentía asqueada por lo que había hecho. Sí, Leck había muerto, y eso estaba bien. Lo que le revolvía el estómago era pensar que había utilizado una daga —¡una daga!— para hacer callar a alguien. Era un acto tan violento como cualquiera de los que llevó a cabo por orden de Randa, y ni siquiera había sido consciente de lo que hacía.

Tenía que ir a buscar a Po. Debía dejarlos a todos para que juntaran las piezas del rompecabezas y descubrieran la verdad por sí mismos. Esos detalles que iban desgranando para discutirlos una y otra vez, mientras el día daba paso a la noche, carecían de importancia. Gramilla estaba a salvo, y eso sí era importante; Po se encontraba solo y herido, luchando para aguantar el invierno monmardo, y eso también era importante.

—¿Les contarás lo del anillo? —le preguntó la niña esa noche cuando ya se encontraban en el dormitorio, y Katsa, sentada en la cama, se esforzaba en plantearse la situación y hacer un inventario de sus provisiones a pesar de tener todavía la mente aletargada.

—No, no es menester —contestó—. Los preocuparía más. Lo primero que haré en cuanto vea a Po será devolvérselo.

—¿Saldremos muy temprano?

Seria y con una mano apoyada en la empuñadura del cuchillo que llevaba al cinto, la niña se había plantado delante de Katsa, quien desvió bruscamente la vista hacia ella, la reina de Monmar, que vistiendo pantalones y con el pelo corto parecía nada menos que un pirata en miniatura.

—No hace falta que vengas —dijo la joven—. Será un viaje difícil. Una vez que lleguemos a Porto Mon habrá que caminar muy deprisa y no voy a aflojar el paso por tu bienestar.

—Voy a ir contigo.

—Ahora eres la reina de Monmar. Puedes esperar hasta que pase el invierno, encargar un gran barco y viajar rodeada de lujo.

—¿Y consumirme de preocupación e impaciencia aquí, en Lenidia, hasta que envíes noticias de que Po está bien? Ni hablar. Voy a ir contigo.

Katsa bajó la vista al regazo y se le hizo un nudo en la garganta. No le gustaba admitir que la consolaba saber que Gramilla la acompañaría en esa empresa.

—Nos marcharemos con las primeras luces en un barco que Ror ha hecho traer de un puerto próximo. Primero iremos a recoger a la capitana Faun y aprovisionaremos su barco; después nos llevará a Porto Mon.

—Entonces voy a tomar un baño y a dormir. ¿Dónde busco a alguien que pueda traerme agua caliente?

—Toque la campanilla, majestad —contestó Katsa con una sonrisa—. Los criados de Po están un poco agobiados de trabajo, creo, pero para la soberana de Monmar vendrá alguien, seguro.

De hecho, fue la madre de Po la que acudió. Enseguida se hizo cargo de la situación y llamó a una criada, que se ocupó de conducir a Gramilla a otro cuarto mientras murmuraba palabras tranquilizadoras sobre la temperatura del agua y hacía reverencias lo mejor que podía con los brazos llenos de toallas.

La madre de Po se quedó en el dormitorio, y se sentó en la cama, al lado de Katsa, con las manos enlazadas sobre el regazo. Los anillos reflejaban la luz del fuego de la chimenea y atrajeron la mirada de la muchacha.

—Po me contó que usted lleva diecinueve anillos —se oyó decir como una tonta. Hizo una profunda inhalación y se apretó las sienes intentando, por centésima vez, rechazar la imagen de Leck clavado en el sillón con la daga.

La reina extendió las manos y contempló los anillos. Las cerró de nuevo, y, echando una ojeada de soslayo a la joven, comentó:

—Los demás creen que usted recordó de repente la verdad sobre Leck. Creen que lo recordó de pronto y lo hizo callar de inmediato, antes de que sus mentiras consiguieran hacerle olvidar de nuevo. Y tal vez fue eso lo que pasó, pero yo sospecho por qué halló la fuerza necesaria para actuar en aquel momento.

Katsa contempló el semblante sosegado y los ojos inteligentes de la mujer, y decidió responder a la pregunta que veía en aquellas pupilas:

—Po me ha contado la verdad sobre su gracia.

—Debe de amarla muchísimo —replicó la reina con una sencillez que sobresaltó a Katsa.

—Estaba muy enfadada cuando me lo dijo por primera vez —repuso con la cabeza gacha—. Pero he... superado esa ira.

Era una descripción de sus sentimientos insuficiente y lamentable, ella lo sabía. Pero la reina no le quitaba ojo de encima y le pareció que la mujer había adivinado algo de lo que no había dicho.

—¿Se casará con él? —preguntó la reina, de nuevo con una franqueza que sobresaltó a la joven por segunda vez.

Sin embargo, ésa era una pregunta que no tenía una respuesta sencilla. Katsa miró a la reina directamente a los ojos.

—Nunca me casaré.

La reina expresó desconcierto, pero no dijo nada. Vaciló un momento antes de hablar de nuevo, y al fin manifestó:

—Salvó la vida a mi hijo en Monmar y hoy ha vuelto a salvársela. Jamás lo olvidaré.

Se puso de pie, se inclinó y besó a Katsa en la frente. Por tercera vez desde la llegada de la reina lenita a su dormitorio, Katsa pegó un brinco de sobresalto. La dama dio media vuelta y salió de la habitación arrastrando los vuelos del vestido. Mientras la puerta se cerraba tras ella y Katsa permanecía con la vista fija en el lugar donde la madre de Po había estado sentada, la imagen de Leck irrumpió de nuevo en su mente.

Capítulo 36

Katsa se quedó en un rincón apartado de la cubierta mientras Oso, Rojo y varios hombres más tiraban de las cuerdas en las que se mecía el ataúd de Leck para subirlo a bordo. Habría querido no tener nada que ver con aquel asunto, y deseó que las cuerdas se partieran y el cadáver se hundiera en el mar para que lo despedazaran las criaturas marinas. Así pues, trepó por el mástil y se sentó sola en la percha de la vela.

Era una gran procesión de la realeza la que marcaba el derrotero y zarpaba con rumbo a Monmar. Porque Gramilla no era la única reina, sino que ahora estaba al cuidado del rey Ror y del príncipe Celaje. Ror puntualizó que la hija de su hermana era una niña, pero aunque no lo fuera, regresaba a Monmar para afrontar una situación difícil, pues el reino había estado sometido intensamente a un hechizo, un reino convencido de que su rey era virtuoso y de que la princesa estaba enferma, débil, puede que incluso loca.

Por lo tanto, no era prudente enviar a la reina niña a Monmar para que proclamara que era ella quien mandaba y denunciara a un rey muerto, al que adoraba todo el país. Gramilla iba a necesitar autoridad y asesoramiento, elementos que Ror le proporcionaría.

El rey lenita delegaría en Celaje para ir en busca de Po; a Argento lo había enviado ya en otro barco a Terramedia para que recogiera al príncipe Tealiff y lo llevara de vuelta a Lenidia; a los otros hijos los habían mandado de regreso al hogar a fin de que cuidaran de sus familias y de sus obligaciones, e hizo oídos sordos a la insistencia de todos ellos que le pedían que se quedara en Burgo de Ror y se ocupara de los asuntos propios de un rey. En lugar de eso, Ror dejó sus asuntos en manos de la reina, como hacía siempre que las circunstancias lo apartaban del trono. La reina era muy competente.

Katsa observó al rey lenita día tras día desde su atalaya en los aparejos, y se acostumbró al sonido de su risa y a su conversación afable, que daban pie a que la tripulación se sintiera a gusto. En él no había nada de humildad ni de transigencia; era apuesto, como Po; y seguro de sí mismo, como Po, pero mucho más autoritario de lo que nunca llegaría a serlo Po. Sin embargo (y a esa conclusión llegó Katsa de forma gradual), no estaba ebrio de poder. Quizá nunca se plantearía ayudar a un marinero a tirar de un cabo, pero lo observaría con interés mientras efectuaba esa tarea y le haría preguntas sobre la cuerda, su trabajo, su casa, sus padres o su primo, que en cierta ocasión había pasado un año pescando en los lagos de Nordicia. La joven se dio cuenta de que ésa era una actitud que no había apreciado hasta ese momento en un monarca: un rey que trataba bien a sus súbditos, en lugar de mirarlos por encima del hombro; un rey que no era egoísta.

A Katsa le cayó bien Celaje enseguida. El príncipe trepaba de vez en cuando a las jarcias, jadeando, y los ojos —grises— le chispeaban risueños cada vez que el barco cabeceaba al remontar una ola. Se sentaba cerca de ella, en ningún momento tan a gusto en la percha como lo estaba Katsa, pero tranquilo, de buen talante; una grata compañía.

—Después de conocer a su familia, creía que Po era el único varón de ella capaz de guardar silencio —le dijo Katsa una vez en que pasaron un rato juntos sin hablar.

—Me lanzaré a una discusión con toda rapidez si quiere mantenerla —fue la respuesta, acompañada de una cálida sonrisa que le iluminó la cara—. Y tengo mil preguntas que me gustaría hacerle, pero imagino que si tuviera ganas de charlar... En fin, charlaría, ¿verdad?, en lugar de subir aquí arriba, expuesta a salir lanzada hacia una muerte segura cada vez que coronamos una ola.

La compañía de Celaje y el runrún cordial de la voz de Ror, los delicados detalles de la tripulación con Gramilla cuando la niña subía a la fría cubierta para hacer ejercicio, la capitana Faun, tan competente y tan segura, que siempre la miraba a la cara con respeto... reconfortaban a Katsa y actuaron como un cicatrizante que poco a poco fue recubriendo la herida abierta a partir del instante en que su daga atravesó a Leck.

En una ocasión se sorprendió pensando en su tío. ¡Qué insignificante le parecía Randa en estos momentos y qué carente de fundamento su poder! Qué absurdo que alguien como él la hubiera tenido controlada.

«Control.» Ésa era la herida de Katsa; Leck le arrebató el control.

No obstante, tal circunstancia no tenía nada que ver con una autocondena; no podía culparse de lo ocurrido, porque era inevitable que se produjera ese desenlace. Leck era demasiado poderoso y Katsa respetaba a los contrincantes poderosos, como sucedió con el puma y con las montañas, pero la humildad y el respeto no cambiaban en absoluto el hecho de haber perdido el control, ni lo hacían menos espantoso.

—Discúlpeme, Katsa, pero tengo que hacerle una pregunta —dijo una vez Celaje estando los dos encaramados en lo alto de la arboladura. Ella ya había advertido la expresión desconcertada en los ojos del hombre en otras ocasiones—. No es la esposa de mi hermano, ¿verdad?

—No, no lo soy —contestó con una sonrisa apagada.

—Entonces, ¿por qué la tripulación lenita de este barco la llama princesa?

Katsa respiró profundamente para aliviar el escozor que esa pregunta le producía en la herida. Se llevó la mano al cuello de la chaqueta y sacó el anillo para que lo viera.

—Cuando me lo entregó, no me explicó lo que significaba —contestó—. Ni me dijo por qué me lo daba.

Celaje miraba la joya con meticulosidad, mientras el estupor se reflejaba en su semblante, luego, la consternación, seguida de una especie de rechazo radical y terco.

—Tendrá alguna razón lógica para haberlo hecho —murmuró.

—Sí. Y me propongo quitársela de la cabeza a golpes.

Celaje soltó una carcajada corta y se sumió en el silencio. Pero continuó reflejando preocupación, y Katsa fue consciente de que la dura cicatriz que recubría su dolor interno se relacionaba tanto con su carencia de control en el futuro como con la del pasado. Por ello, no sería capaz de conseguir que Po se recuperara, del mismo modo que no pudo pensar con claridad en presencia de Leck. Había cosas, pues, que escapaban a su control y, por consiguiente, debía estar preparada ante cualquier sorpresa cuando llegara a la cabaña de Po, al pie de las montañas monmardas.

El retraso debido a las formalidades necesarias una vez que el barco atracó en Porto Mon y el grupo hubo desembarcado, le resultó insoportable a Katsa. Se tuvo que convocar al capitán de la guardia de la ciudad portuaria y a los nobles de la corte de Leck, residentes por el momento en ella, y hacerles entender las verdades increíbles que Ror les exponía. La búsqueda de Gramilla, todavía en marcha, se canceló, al igual que las instrucciones de prender viva a Katsa y a Po, muerto. El tono de Ror en ese último punto adquirió un matiz gélido como el hielo.

—¿Lo han encontrado? —interrumpió Katsa.

—¿Encontrado? ¿A quién? —preguntó tontamente el capitán de la guardia mientras se llevaba la mano a la cabeza en una actitud que denotaba una indecisión y una perplejidad que la comitiva lenita reconoció.

—¿Sus hombres han encontrado al príncipe Po? —espetó Ror, quien al advertir que las miradas del capitán y de los nobles se desviaban hacia Celaje, añadió con mayor afabilidad—: Quiero decir si han hallado al príncipe más joven; es un graceling y tiene un ojo plateado y el otro dorado. ¿Alguien de Monmar lo ha visto?

—No creo que lo haya visto nadie, majestad. Sí, estoy bastante seguro de eso; no lo hemos encontrado. Disculpe, majestad. Todo eso que nos ha contado… Mi memoria…

—Sí, lo comprendo. Debemos ir despacio —aceptó Ror.

La tardanza sacaba de quicio a Katsa de tal modo que habría echado la ciudad abajo, piedra a piedra. Se dedicó a pasear de un lado para otro, a la espalda del rey lenita; se puso en cuclillas y se tiró de los pelos. La monótona conversación se prolongó con lentitud. Pasarían horas —¡horas!— antes de que esos hombres se liberaran del hechizo de Leck, y ella no lo soportaría.

—Quizá podríamos conseguir algunos caballos, padre —susurró Celaje—, y ponernos en camino.

—Sí —secundó Katsa, que se había incorporado de un brinco—. Sí, por lo que más quiera, por favor…

Ror miró alternativamente a ambos jóvenes, y después, a Gramilla.

—Reina Gramilla —dijo—, si se fía de mí para que me ocupe de esta situación en su ausencia, no veo razón para retrasar la marcha.

—Por supuesto que me fío —contestó la niña—. Y mis propios hombres deferirán en todo a su autoridad mientras estoy ausente.

El capitán y los nobles miraron boquiabiertos a su nueva reina que, a pesar de llegar a Ror a la cintura e ir vestida como un chico, se comportaba con ceremoniosa dignidad. Los hombres hicieron patente su asombro, mientras Katsa reventaba de impaciencia. Entonces Ror se dirigió a ella y le dijo:

—Cuanto antes lleguen donde está Po, mejor. No los retendré más aquí.

—Necesitamos dos caballos, los más rápidos de la ciudad —pidió la joven.

—Y una escolta monmarda, porque ninguna persona con la que se crucen estará enterada de lo que ha sucedido —añadió Ror—. Cualquier soldado monmardo que los vea intentará capturarlos y rescatar a la reina.

—De acuerdo, una escolta. —Katsa hizo un ademán impaciente con la mano—. Pero si son incapaces de aguantar el paso que voy a marcar, se quedarán atrás. —Y a Celaje le comentó—: Espero que cabalgue tan bien como su hermano.

—¿Y si no, también lo dejará atrás a él? —inquirió Ror—. ¿Y que ocurrirá con la reina de Monmar? Cómo la llevará usted en su caballo, ¿la dejará también atrás si el caballo se retrasa a causa del exceso de peso? Y supongo que abandonará al propio caballo cuando se derrumbe de agotamiento y deje de serle útil. —A medida que hablaba se fue irguiendo más y más, y el tono de voz se volvió cortante—. Sea razonable, Katsa. Les acompañará una escolta que cabalgará delante y detrás de ustedes todo el viaje, ¿está claro? Recuerde que le acompaña la reina de Monmar y viaja con mi hijo.

—¿Acaso cree que necesito una escolta para protegerlos de los soldados monmardos? —barbotó Katsa.

—No —le espetó el rey—. No dudo que sea muy capaz de conducir a la reina de Monmar, a mi hijo y al resto de mis hijos y a un centenar de gatitos nonmar en medio de un violento ataque de jinetes vociferantes si decide hacerlo. Pero —pareció erguirse más aún— tendrá que conducirse con sentido común. A estas alturas no nos beneficia a nadie que cabalgue desenfrenadamente a través de Monmar con la reina del país montada en su caballo y matando a los soldados monmardos a diestro y siniestro. ¿Qué cree que conseguiría con esa actitud? Por lo tanto, viajarán con una escolta y los guardias serán los que den explicaciones y se aseguren de que nadie los ataque. ¿He hablado con claridad?

Ni siquiera esperó a que le respondiera afirmativamente. Se giró con brusquedad hacia el capitán, que había retrocedido durante el altercado entre el rey y Katsa, como si le doliera la cabeza.

—Capitán, los cuatro jinetes más rápidos de su guardia y sus seis caballos más veloces, de inmediato. —De nuevo se encaró a Katsa y le asestó una mirada furiosa—. ¿Ha recobrado el buen juicio? —bramó.

No era el buen juicio lo que había perdido, sino la paciencia y los nervios… Y si había sido el sentido común, había entrado en razón ante la perspectiva de cuatro jinetes rápidos, seis caballos veloces y una cabalgada atronadora en busca de Po.

Cabalgaron deprisa y se cruzaron con pocas personas. La calzada del Puerto era ancha, y el piso, una mezcla de tierra y nieve pateadas por los cascos de innumerables caballos. A ambos lados se amontonaban bancos de nieve, como linderos, tras los que se extendían los campos cubiertos por un manto blanco. Hacia el oeste, a lo lejos, se divisaba a duras penas la línea oscura de los bosques, y las montañas detrás de ellos. El aire era helado, pero la niña, montada en el caballo delante de Katsa, iba bien abrigada y conforme con ir a un paso que le exigiera un esfuerzo. «La reina que llevo montada a caballo delante de mí», se corrigió Katsa para sus adentros. En efecto, la reina Gramilla había cambiado mucho desde que, meses atrás, Po y ella engatusaron a una criatura asustadiza para que saliera del tronco caído.

Con el tiempo Gramilla sería una buena dirigente, y Raffin, un gran rey; y Ror era fuerte y competente y viviría muchos años. Lo cual significaba que tres de los siete reinos estarían en buenas manos; una proporción que, aunque podría parecer insuficiente, era un progreso enorme.

Había ciudades a lo largo de la calzada del Puerto; ciudades con posadas, donde la comitiva se detenía de vez en cuando para comer a toda prisa o buscar refugio en las crudas noches de finales de invierno. Pero ello tan sólo fue posible gracias a llevar escolta, porque los soldados que se hallaban en esos establecimientos se ponían en pie a toda velocidad, espada en mano, al verlos entrar, y permanecían de esa guisa hasta que las explicaciones de los escoltas y algunas palabras de Gramilla conseguían que bajaran las armas. Sin embargo, en una posada, las explicaciones se dieron con demasiada lentitud, de tal modo que un arquero, situado al fondo de la sala, disparó una flecha que habría alcanzado a Celaje si Katsa no hubiera saltado sobre él y lo hubiera tirado al suelo. La joven volvió a ponerse en pie antes incluso de que el príncipe lenita fuera consciente de lo que había sucedido, y se interpuso en la trayectoria de una flecha destinada a la reina y de otra, contra ella; a continuación, los escoltas intervinieron y el peligro pasó. Al ayudar a Celaje a incorporarse, Katsa comprendió lo ocurrido y le explicó:

—Ese arquero lo ha confundido con Po; vio los aros en las orejas, los anillos y el cabello oscuro, y disparó antes de fijarse en los ojos. A partir de ahora, tendrá que esperar a que los guardias hagan las aclaraciones oportunas antes de entrar en cualquier establecimiento.

—Me ha salvado la vida. —Celaje la besó en la frente y Katsa sonrió.

—Ustedes los lenitas muestran con mucha efusividad sus afectos.

—Le pondré su nombre a mi primer hijo.

Katsa se echó a reír con ganas y replicó:

—Por bien de la criatura, espere a que nazca una niña. O, mejor aún, espere a que todos sus hijos hayan crecido y entonces póngale mi nombre al que sea más obstinado y problemático.

Celaje prorrumpió en carcajadas y la abrazó; Katsa respondió al abrazo y cayó en la cuenta de que, sin proponérselo y a pesar de sus reservas, había hecho otro amigo.

Los condujeron escaleras arriba a las habitaciones para disfrutar de un brevísimo descanso. Al arquero se lo llevaron, lo más probable para castigarlo con dureza por disparar una flecha tan cerca de una niña de ojos grises que resultaba ser la reina Gramilla, nada menos. Y si la gente que vivía en las ciudades y viajaba por las calzadas no sabía aún los detalles de la muerte de Leck ni sospechaban su traición, al menos en Monmar corría ya la voz de que Gramilla estaba a salvo, gozaba de buena salud y era la reina.

La calzada estaba despejada y se avanzaba con rapidez por ella, pero no conducía directamente al paradero de Po. Por ese motivo, llegó un momento en que la comitiva se vio obligada a girar hacia el oeste y adentrarse en los campos en los que se amontonaba la nieve y el hielo. Para Katsa fue un sufrimiento la notable desaceleración del paso, pese a que los caballos bregaban por abrirse camino a través de la nieve que, en ocasiones, les llegaba a la espalda.

Unos días después, el grupo penetró en el bosque que les proporcionó cobijo, y la marcha resultó más fácil. Entonces el terreno se volvió empinado y los árboles ralearon; poco después, obligados por el pronunciado declive, tuvieron que desmontar todos, excepto la reina, e ir a pie pendiente arriba.

Ya casi habían llegado; casi. Katsa acuciaba a sus compañeros sin misericordia, tiraba del caballo y vaciaba la mente de todo lo que no fuera el avance constante e implacable.

—Creo que uno de los caballos se ha lesionado —le informó Celaje una mañana temprano cuando ya se encontraban tan cerca que Katsa sentía hormigueos en el cuerpo. Ella se detuvo y se volvió para mirar. Celaje señaló al caballo que conducía por la rienda—. ¿Ves? Estoy seguro de que el pobre animal cojea.

El caballo agachó la cabeza y resopló sonoramente por los ollares. Katsa hizo un esfuerzo para no perder la paciencia, y dijo:

—No cojea. Lo que ocurre es que está cansado, pero ya casi hemos llegado.

—¿Y cómo lo sabes si ni siquiera le has visto dar un paso?

—Está bien, pues haz que lo dé.

—No puedo hasta que tú no te apartes de ahí.

Katsa le asestó una mirada asesina y apretó los dientes.

—Agárrate, majestad —le dijo a Gramilla, que iba montada en su caballo. Asió el ronzal del otro animal y se lo acercó.

—Veo que sigues haciendo cuanto está en tu mano para desgraciar a los caballos. —Katsa se quedó paralizada. La voz no provenía de detrás, sino de arriba, y no sonaba como la de Celaje. Se giró—. Y yo que creía imposible que alguien se te acercara a hurtadillas, con tu vista de halcón, tu oído de lobo y todo lo demás —añadió esa voz masculina.

Y allí estaba él: de pie, muy derecho, los ojos brillantes, temblándole los labios de risa contenida, plantado en un camino por donde se había abierto paso entre la nieve, que seguía extendiéndose tras él. Katsa gritó y corrió hacia Po con tanto ímpetu que lo tiró de espaldas en la nieve, con ella encima. Él se echó a reír y la estrechó con fuerza, mientras ella lloraba. Entonces se aproximó Gramilla y se lanzó sobre los dos gritando; y Celaje también se acercó y los ayudó a levantarse. Po abrazó a su prima; abrazó a su hermano y los dos se revolvieron el pelo el uno al otro entre risas y más abrazos. Katsa se echó de nuevo en sus brazos y le derramó cálidas lágrimas en el cuello; lo estrechó con tanta fuerza que él tuvo que advertirle que no podía respirar.

Po estrechó las manos de los sonrientes y agotados escoltas y condujo al grupo, incluido el caballo lisiado, hasta su cabaña.

Capítulo 37

La cabaña estaba limpia y en mejores condiciones que cuando la encontraron. Fuera, junto a la puerta, había apilado un montón de leña; el fuego ardía alegremente en el hogar; el armario seguía apoyado en tres patas, pero ya no estaba polvoriento, y un arco precioso colgaba en la pared. Katsa abarcó todo aquello de una sola ojeada, porque lo que quería era llenarse los ojos de Po.

Él caminaba con suavidad, con la agilidad de antes. Parecía estar fuerte, aunque quizá demasiado delgado.

—El pescado no engorda mucho, Katsa —contestó Po cuando ella le hizo el comentario—. Y apenas he comido otra cosa desde que te marchaste. No te imaginas lo harto que estoy de comer lo mismo.

Le llevaron pan, manzanas, albaricoques secos y queso, y lo pusieron todo en la mesa. Po comió, rio y afirmó estar en pleno éxtasis.

—Los albaricoques proceden de Lenidia; luego, pasando por Cantil del Solejar, vuelven a tu reino y parten de nuevo desde algún punto en mitad de los mares lenitas para llegar, por fin, a Porto Mon —le explicó Katsa.

Po le sonrió y sus ojos reflejaron la luz del fuego del hogar; Katsa se sintió muy feliz.

—Tenéis que contarme una historia que, por lo que veo, ha tenido un final afortunado —dijo el príncipe—. ¿Querréis empezar desde el principio?

Así lo hicieron entre las dos mujeres. Katsa facilitó los puntos principales y Gramilla se encargó de los detalles.

—Katsa me hizo un gorro con pieles de animales —explicó la niña—. Y luchó con un puma.

Katsa había hecho raquetas para la nieve y robado una calabaza. Gramilla iba desgranando los logros de la joven, uno por uno, como si se jactara de las cualidades de una hermana mayor, pero a ella no le importó. Las partes divertidas del relato hicieron más fácil referir las desagradables.

Durante la narración de lo que ocurrió en el castillo de Po, fue cuando Katsa cayó en la cuenta de algo que le había estado incomodando: Po parecía distraído; miraba la mesa en lugar de a la persona que hablaba; tenía el gesto ausente y no prestaba atención a lo que se decía. En el mismo instante en que la joven captó su falta de atención, Po alzó los ojos hacia ella. Durante un instante pareció que la veía, que enfocaba la vista, pero al momento volvió a mirarse las manos con gesto inexpresivo. Katsa habría jurado que el rictus de la boca indicaba una especie de tristeza.

La joven hizo un alto en la narración de lo ocurrido porque de pronto, sin razón aparente, se asustó, y le examinó la cara, aunque no sabía muy bien qué buscaba.

—En resumidas cuentas, que Leck nos tuvo sometidos a su hechizo, hasta que me llegó un destello de lucidez y lo maté —dijo. *Después te contaré lo que pasó realmente,* le transmitió con el pensamiento.

Se alarmó al verlo hacer una mueca de dolor, pero al momento Po sonreía, como si no pasara nada, y Katsa se dijo que habrían sido imaginaciones suyas.

—Y entonces vinisteis a buscarme —dijo Po, alegre.

—Lo más rápido que pudimos —contestó Katsa, que se mordió el labio inferior, desconcertada—. Bien, y ahora he de devolverte el anillo. Tu castillo es precioso y está en un lugar bellísimo, tal como tú decías.

El dolor y el desconsuelo que asomaron al semblante del hombre fueron tan intensos que la joven dio un respingo. Desaparecieron tan deprisa como habían surgido, pero esta vez Katsa estaba segura de haberlos detectado y fue incapaz de seguir ocultando su inquietud. Se levantó del asiento como impulsada por un resorte y le tendió los brazos ignorando qué iba a hacer ni a decir.

Po se levantó también… ¿Había hecho un esfuerzo para controlar el equilibrio? Katsa no estaba segura, pero era la impresión que le había dado. Po le cogió la mano y sonrió.

—Acompáñame a cazar algo, Katsa —propuso—. Así podrás probar el arco que he hecho.

Hablaba con despreocupación, y Celaje y Gramilla sonrieron. Katsa tuvo la sensación de ser la única que sospechaba que algo no iba bien.

—Por supuesto —aceptó con una sonrisa forzada—. Lo estoy deseando.

—¿Qué te pasa, Po? —preguntó en cuanto dejaron atrás la cabaña.

—No me pasa nada —contestó sonriendo a medias.

Katsa contemporizó de mala gana y refrenó la ansiedad. Avanzaron, pues, por un camino que supuso que él había abierto en la nieve, y dejaron atrás el estanque. La cascada se había convertido en una masa de hielo por la que sólo corría un diminuto hilillo de agua por el centro.

—¿Funcionó la trampa para peces que te preparé?

—Funcionó estupendamente; todavía la utilizo.

—¿Los soldados registraron la cabaña?

—Lo hicieron, sí.

—¿Y llegaste hasta la cueva a pesar de las heridas?

—Cuando vinieron, me encontraba mucho mejor y lo logré sin mucho esfuerzo.

—Pero te mojarías y te quedarías helado.

—Estuvieron muy poco tiempo, Katsa. Volví poco después a la cabaña y encendí el fuego.

Katsa trepó por una cuesta rocosa, se agarró a un tronco fino y se aupó a la cima del repecho. Una roca lisa y alargada sobresalía en la nieve virgen, de modo que se abrió camino hasta allí y se sentó. Po la siguió y se sentó a su lado. La joven se lo quedó mirando, pero él le esquivó la mirada.

—Quiero saber qué ocurre —insistió Katsa.

Po frunció los labios y continuó sin mirarla. Cuando se decidió a hablar, utilizó un tono cuidadosamente desapasionado.

—Yo no te forzaría a compartir tus sentimientos si no quisieras.

Katsa lo miró con detenimiento, con los ojos desorbitados, y replicó:

—Cierto. Pero yo no te mentiría, como tú haces ahora al afirmar que no pasa nada.

En el semblante de él se dibujó una expresión extraña: abierta, vulnerable, como si fuera una criatura de diez años que intentara contener el llanto. A Katsa se le hizo un nudo en la garganta al verlo así.

Po...

Él hizo un gesto de dolor y la expresión anterior desapareció de su rostro.

—No hagas eso, por favor —pidió—. Me marea que me hables mentalmente. Me produce dolor.

La joven tragó saliva y se esforzó en preguntarle lo primero que se le ocurrió:

—¿Todavía te duele la cabeza a causa de la caída?

—De vez en cuando.

—¿Es eso lo que te ocurre?

—Ya te he dicho que no me ocurre nada.

—Po, por favor... —Le puso la mano en un brazo.

—No es nada por lo que merezca la pena que te preocupes —contestó al tiempo que le apartaba la mano.

Katsa se sintió herida y conmocionada; notó el ardor de las lágrimas en los ojos. El Po que recordaba no desestimaría su preocupación como si tal cosa, ni se retraería si lo tocaba. Aquél no era Po, sino un desconocido; y se notaba la falta de algo que antes había en él. Se llevó la mano al cuello de la chaqueta y se sacó por la cabeza el cordel que llevaba colgado al cuello. Le tendió el anillo.

—Esto es tuyo.

Po ni siquiera lo miró; tenía la vista fija en las manos, como si no pudiera despegarla de ellas.

—No lo quiero.

—Pero ¿qué dices? Es tu anillo.

—Deberías quedártelo.

Katsa no daba crédito a sus oídos.

—¿Y por qué crees que iba a consentir quedarme con tu anillo? Para empezar, no sé por qué me lo diste. Ojalá no lo hubieras hecho.

Po apretaba los labios, expresaba tristeza y continuaba mirándose las manos. Por fin dijo:

—Cuando te lo di, lo hice porque era posible que muriera. Sabía que los hombres de Leck podrían matarme y tú no tenías un hogar al que volver. Si moría, deseaba que te quedaras con mi casa; mi hogar encaja contigo —añadió con una amargura incomprensible que hirió a la joven.

Katsa se aturulló al darse cuenta de que lloraba; se limpió las lágrimas con rabia y le dio la espalda, porque no soportaba verlo mirándose las manos con aquella actitud impasible.

—Po, te suplico que me digas qué ocurre.

—¿Tan mal te parece quedarte con mi anillo que no lo quieres? Mi castillo está aislado, en un rincón agreste del mundo; allí serías feliz y mi familia respetaría tu intimidad.

—¿Te has vuelto completamente loco? ¿Qué harías después de que me hubiera quedado con tu hogar y tus posesiones? ¿Dónde vivirías?

—No deseo regresar a mi país —susurró—. Le he estado dando vueltas a la idea de quedarme aquí, donde hay tranquilidad y no hay nadie cerca. Quiero… estar solo.

Katsa se había quedado boquiabierta y lo miraba sin entender nada.

—Deberías seguir adelante con tu vida, Katsa. Quédate el anillo. Ya te he dicho que no lo quiero.

Katsa era incapaz de hablar, así que negó con la cabeza, obstinada, y, alargando la mano, dejó caer el anillo en las manos de Po.

Él se lo quedó mirando y suspiró.

—Se lo daré a Celaje para que se lo entregue a mi padre y decida qué hacer con él.

Se puso de pie, y esta vez a Katsa no le cupo duda de que había probado si guardaba el equilibrio antes de ponerse en marcha. Echó a andar con el arco en la mano, se agarró a las raíces de unas matas y se aupó a un saliente rocoso. La joven lo siguió con la mirada mientras ascendía por la montaña y se alejaba de ella.

De noche, con el sonido de fondo de la respiración de todos los que dormían alrededor, Katsa intentó encontrar sentido a lo sucedido. Recostada en la pared de madera, observaba a Po, tumbado en una manta en el suelo junto a su hermano y a los guardias monmardos. Dormía y tenía el semblante sosegado; su apuesto semblante.

Tras la conversación sostenida con él, Po regresó a la cabaña con el arco en una mano y un montón de conejos en el otro brazo, descargó las piezas cazadas sobre su hermano, satisfecho, y se quitó la prenda de abrigo. Después se le acercó, mientras estaba sentada apoyando la espalda contra la pared, cavilando; se le puso en cuclillas delante, le cogió las manos, se las besó y se las frotó contra las heladas mejillas.

—Lo siento —se disculpó.

Katsa pensó que todo había vuelto a la normalidad, que Po era otra vez el de siempre y que empezarían de nuevo, como si no hubiera pasado nada. Pero, durante la cena, mientras los demás bromeaban y Gramilla les tomaba el pelo a los guardias, Katsa se percató de que Po se encerraba en sí mismo. Apenas comió. Se sumió en el silencio y se le veía muy apesadumbrado. A Katsa le hacía tanto daño verlo así que salió de la cabaña y caminó sin parar, sola en la oscuridad, durante lo que le parecieron siglos.

Po parecía contento a ratos, pero algo iba mal y eso era evidente. Si al menos... Con que sólo la mirara a la cara...

Y por supuesto, si era soledad lo que necesitaba, tendría soledad. Pero (y pensó que a lo mejor era injusto, pero aun así lo decidió) iba a exigirle una prueba. Tendría que convencerla, sin que le quedara la más mínima duda, de su necesidad de estar solo. Entonces lo dejaría con la única compañía de su extraña angustia.

Por la mañana, Po se mostró muy alegre, pero Katsa, que empezaba a sentirse como una madre en exceso protectora, advirtió su falta de interés por la comida que había sobre la mesa, incluida la lenita. Prácticamente, no probó bocado y después buscó una excusa insólita, evasiva, de ir a comprobar cómo estaba el caballo cojo y salió de la cabaña.

—¿Qué le sucede? —preguntó Gramilla.

Katsa sostuvo la mirada de la pequeña. No tenía sentido fingir que no sabía a qué se refería, porque Gramilla no tenía un pelo de tonta.

—No lo sé. No ha querido decírmelo.

—A veces parece el de antes, pero en otros momentos se sume en el silencio y cambia de humor —apuntó Celaje, que carraspeó antes de añadir—: Creí que se debía a una pelea de enamorados.

—Podría ser, pero lo dudo —contestó Katsa, mirándolo abiertamente a la cara, y se comió un trozo de pan.

—Me parece que si fuera así, tú tendrías que saberlo... —dijo Celaje sonriendo.

—Ojalá las cosas fueran tan sencillas —contestó ella con sequedad.

—Le noto algo raro en los ojos —comentó Gramilla.

—Y cómo no, si seguramente tiene los ojos más raros que hay en los siete reinos, pero suponía que ya te habrías dado cuenta a estas alturas —le contestó Katsa.

—No, no. Me refiero a que hay algo distinto en sus ojos.

Algo distinto en los ojos.

Sí, había una diferencia. Y esa diferencia era que no quería mirarla; ni a ella ni a nadie. Casi parecía que le resultara doloroso alzar la vista y mirar a quienquiera que fuera. Casi como si...

Entonces le vino a la memoria una escena que pareció salir de la nada: Po caía por el barranco y el enorme cuerpo del caballo se precipitaba tras él; Po se estrellaba de bruces en el agua y el caballo se le caía encima...

Y más imágenes: Po, mareado, con el rostro macilento, sentado ante la fogata; y la tez magullada, casi negra; Po entrecerraba los ojos para mirarla y se frotaba los párpados...

Katsa se atragantó. Se levantó de golpe y tiró la silla patas arriba.

—Por todos los mares, Katsa. ¿Te encuentras bien? —preguntó Celaje palmeándole la espalda.

Katsa tosió y contestó entre jadeos algo sobre ir a comprobar también cómo estaba el caballo cojo. Y salió de la cabaña a todo correr.

Po no estaba con los caballos, pero cuando Katsa preguntó por él, uno de los guardias señaló en dirección al estanque. Ella corrió hacia la parte trasera de la cabaña y subió la cuesta.

Lo encontró plantado en mitad del estanque helado, de espaldas a ella. Tenía los hombros encorvados y las manos metidas en los bolsillos.

—Sé que eres invencible, Katsa —dijo sin girarse—. Pero incluso tú tendrías que ponerte algo de abrigo para salir de noche.

—Po, date la vuelta y mírame.

Él agachó la cabeza; los hombros subieron y bajaron al respirar profundamente. Pero no se volvió.

—Po, mírame —insistió Katsa.

Entonces se volvió, despacio. Se le encaró y pareció enfocar la vista para mirarla, pero sólo duró un instante; entonces cerró los párpados. Los ojos se le habían quedado vacíos. Katsa vio que se le habían quedado vacíos.

—Po, ¿estás ciego? —susurró.

Al escuchar esa pregunta, algo se rompió en el interior del lenita. Cayó de rodillas y una lágrima trazó un rastro helado mejilla abajo. Y cuando Katsa se le acercó y se arrodilló ante él, no la rechazó. La joven lo abrazó y él la estrechó con tanta fuerza que casi la asfixió mientras gritaba contra su cuello. Katsa lo sujetó, nada más; y lo acarició y le besó la cara helada.

—Oh, Katsa —gritó Po—. Katsa.

Permanecieron arrodillados allí mucho tiempo.

Capítulo 38

A la mañana siguiente se desató una ventisca, y por la tarde se redujo a una ligera tormenta, pero que empapaba.

—No soporto la idea de viajar otra vez con un tiempo invernal —comentó Gramilla, que estaba medio dormida delante del fuego del hogar—. Ahora que estamos aquí con Po, ¿no podríamos quedarnos hasta que deje de nevar, Katsa?

Pero tras esa tormenta llegó otra, y a continuación, otra, como si el invierno se opusiera al cambio de estación y hubiera llegado a la conclusión de que, a fin de cuentas, aún no había terminado. A todo esto, Gramilla envió a dos guardias con una carta para Ror, y el rey lenita contestó desde la corte monmarda con otra misiva, en la que decía que el inconveniente de las ventiscas venía bien, porque cuanto más tiempo le diera para desmontar los bulos que Leck dejó tras de sí, más fácil y más segura sería su transición al trono. Planeaba celebrar la coronación bien entrada la primavera, así que podía esperar lo que quisiera a que las tormentas pasaran.

Katsa sabía que el espacio reducido de la cabaña ponía a prueba a Po por la gran carga que significaba su triste secreto. Pero si todos se quedaban, él no tendría que justificar aún su intención de no marcharse de allí. Así que el lenita aguantó la incomodidad y ayudó a los guardias a llevar a los caballos a un refugio cercano, una cueva en la roca que, según él, encontró mientras se recuperaba.

Y poco a poco le contó a Katsa lo sucedido, cada vez que los dos se las arreglaban para quedarse solos.

El día en que ella y Gramilla se marcharon no fue fácil para él. Todavía veía, pero de un modo raro; había sufrido algún cambio en la vista que confundía demasiado a la mente para que ésta lo cuantificara, un cambio que le producía una profunda sensación de ansiedad.

—No me lo dijiste —le reprochó la joven—. Permitiste que me marchara dejándote en esas condiciones.

—Si te lo hubiera dicho, no habrías querido irte. Y era imprescindible que os marcharais.

Llegó al camastro a trompicones y pasó casi todo el día tumbado sobre el costado ileso, con los ojos cerrados y esperando que aparecieran los soldados de Leck o que se le pasara el mareo. Intentó convencerse de que cuando la cabeza se le aclarara, también mejoraría la vista. Pero al despertarse a la mañana siguiente, abrió los ojos a la más absoluta negrura.

—Estaba furioso —dijo—, porque al ponerme de pie me faltaba estabilidad. Además, me quedé sin comida, lo que significaba que tenía que ir hasta la trampa de peces. Pero no me sentí con fuerzas para hacerlo; no comí ese día ni al siguiente.

Lo que por fin lo empujó hacia el estanque no fue el hambre, sino los soldados de Leck. Porque percibió que se aproximaban pendiente arriba, en dirección a la cabaña.

—Me puse de pie, tambaleante, sin ser consciente de lo que hacía, y recorrí la cabaña con precipitación para recoger todas mis cosas; cuando salí, encontré una grieta en la roca para guardarlas. No me encontraba muy lúcido y estoy seguro de que me caí una y otra vez, pero sabía dónde se hallaba el estanque y llegué hasta allí. El agua estaba horrible, helada, pero me despejó y resultó que nadar me producía menos vértigo que caminar. De algún modo conseguí bucear hasta la cueva y de algún modo también logré encaramarme a las rocas; estaba tan helado que daba diente con diente y debió de faltar poco para que me cortara la lengua de un mordisco. Y entonces, mientras me escondía en esa cueva oyendo gritar a los soldados fuera, la recobré, Katsa.

Dejó de hablar y se quedó callado tanto tiempo que la joven se preguntó si habría olvidado lo que estaba diciendo.

—¿Qué recobraste?

—La lucidez —contestó, sorprendido—. La capacidad de discurrir con claridad. No había luz en la cueva; no había nada que ver. Y, sin embargo, percibía aquel escondrijo con mi gracia de un modo tan vívido... Comprendí lo que me ocurría: me había encerrado en la cabaña, compadeciéndome, mientras Leck andaba suelto por ahí y la gente se encontraba en peligro. En la cueva vi con claridad lo despreciable que era actuar así.

Pensar en Leck lo forzó a zambullirse en el agua de nuevo, salir de la cueva e ir hacia la trampa de peces. De regreso a la cabaña, entumecido por el frío, trasteó con torpeza para encender fuego. Los días siguientes fueron terribles.

—Estaba débil, mareado y enfermo. Al principio sólo caminaba hasta la trampa, sin alejarme más; después, teniendo presente a Leck, me esforcé en ir un poco más lejos. Mi estabilidad era pasable mientras estaba sentado, así que hice el arco y empecé a practicar con él, teniendo siempre presente a Leck.

Agachó la cabeza y de nuevo se sumió en el silencio. Katsa creyó comprender el resto: Po no dejó de pensar en Leck, lo que le dio una razón para recobrar las fuerzas y se esforzó por recuperar la salud y el equilibrio. Pero cuando ellos fueron a buscarlo con la feliz nueva de la muerte del rey monmardo, se quedó sin una razón por la que superarse, y la tristeza y la insatisfacción lo sofocaron de nuevo.

El propio hecho de darse cuenta de lo que le ocurría ya lo entristecía.

—No tengo derecho a compadecerme de mí mismo —le dijo a Katsa un día en que salieron a buscar agua bajo una suave nevada—. Lo veo todo, incluso cosas que no debería ver, y me revuelco en la autocompasión cuando en realidad no he perdido nada.

Katsa se acuclilló a su lado, al borde del estanque, y le aseguró:

—Esta es la primera vez que te oigo decir algo tan absolutamente estúpido.

Po hizo una mueca. Recogió una piedra grande de las que utilizaban para romper la capa de hielo del estanque, la levantó y la lanzó con fuerza a la superficie helada; poco después Katsa era recompensada con el ruido sordo de lo que casi pasaba por ser una risa.

—Tu forma de consolar lleva la impronta de tus tácticas ofensivas.

—Has perdido algo y estás en tu derecho de lamentarte por lo que ya no tienes. La vista y tu gracia no son lo mismo. Tu gracia te muestra la forma de las cosas, pero no te muestra la belleza. Has perdido la belleza de las cosas.

Po volvió a hacer una mueca y miró a lo lejos. Cuando volvió la vista hacia ella, Katsa creyó que estaría al borde de las lágrimas. Sin embargo, habló con frialdad, sin rastro de llanto en la voz:

—No regresaré a Lenidia, ni iré a mi castillo si me es imposible verlo. Ya me resulta bastante duro estar contigo. Ésa es la razón de que no te contara la verdad. Quería que te marcharas porque me duele estar contigo y no poder verte.

—¡Bravo! —exclamó Katsa examinando la atormentada expresión del hombre—. Una muestra de autocompasión digna de aplauso.

Sus palabras provocaron de nuevo el ruido sordo de la risa de Po, así como una especie de impotente angustia plasmada en el semblante varonil que la impulsó a alargar las manos hacia él, abrazarlo y besarle el cuello, los hombros cubiertos de nieve, el dedo en el que le faltaba el anillo y en cualquier sitio que tuviera a su alcance. Él le acarició la mejilla con suavidad, le rozó los labios y se los besó para después apoyar la frente en la de ella.

—Jamás te retendría aquí —aseguró—. Pero si eres capaz de soportar que me comporte así, si eres capaz de soportarlo, entonces no quiero que te vayas.

—No me iré durante mucho tiempo. No me marcharé hasta que desees que lo haga, o hasta que estés en disposición de marcharte tú.

Po tenía verdadero talento para interpretar un papel, y Katsa se percató de ello al presenciar cómo se transformaba cada vez que estaban solos y él dejaba de fingir. Delante de su hermano y de su prima aparentaba vitalidad, fortaleza, seguridad, y caminaba con paso firme y regular, muy erguido; cuando no lograba disimular su desdicha, representaba el papel de malhumorado, y si no conseguía enfocar la vista hacia sus compañeros, aunque fingía verlos, interpretaba el papel de despistado; era un hombre joven, vigoroso, alegre, tal vez un tanto distraído, pero se recuperaba bien de una grave herida. Resultaba una actuación impresionante y, por lo general, parecía satisfacer a todo el mundo. Al menos lo suficiente para que en ningún momento despertara sospechas sobre su verdadera gracia que, a fin de cuentas, era lo que en realidad intentaba ocultar.

Cuando Katsa y él salían de caza, a recoger agua, o se sentaban a solas en la cabaña, el disfraz desaparecía poco a poco, sin brusquedad. Entonces la fatiga le hacía mella en el rostro, en el cuerpo, en la voz; de vez en cuando apoyaba la mano en un árbol o en una piedra para mantener el equilibrio, y enfocaba la vista —o lo fingía— en nada. Y Katsa comprendió que, si bien parte de su lamentable estado era atribuible por completo a la infelicidad, fundamentalmente provenía de su propia gracia. Y era así porque aún estaba aprendiendo a utilizarla y, como ya no contaba con el sentido de la vista para afirmar su percepción del mundo, se encontraba desbordado por una sensación de agobio constante.

Un día junto al estanque, en una de las raras treguas que tenían lugar entre ventisca y ventisca, Katsa lo vio encajar una flecha en la cuerda del arco, sin apresurarse, y apuntar hacia algo que ella no veía. ¿Un saliente rocoso? ¿El tronco de un árbol? Po ladeó un poco la cabeza, como si aguzara el oído; disparó, y la flecha hendió el aire gélido para ir a clavarse con un golpe seco en un montón de nieve.

—¿Qué…? —Katsa interrumpió la pregunta al ver cómo la nieve de alrededor del astil se teñía de rojo.

—Un conejo —contestó Po—. Y grande.

Echó a andar hacia la presa enterrada, pero no había dado más que un paso cuando una bandada de ánsares planeó sobre ellos para posarse. Po se llevó la mano a la sien y cayó sobre una rodilla.

Katsa utilizó dos flechas para derribar a dos ánsares y después ayudó a Po a levantarse.

—¿Qué te ha…?

—Los ánsares me han pillado desprevenido.

—Antes ya eras capaz de percibir a los animales, pero esa percepción nunca te había tirado al suelo.

Po resopló con sorna, pero la risa se disipó en un suspiro.

—Katsa, trata de imaginar cómo son las cosas para mí ahora.

Verás, mi gracia me muestra hasta el último detalle de las montañas que se alzan ante mí y el declive de los bosques que se extienden allá abajo; percibo el movimiento de cada pez del estanque y de cada pájaro que se posa en los árboles; noto que el hielo está endureciendo de nuevo el agujero que abrimos en el agua, y la nieve se está formando con rapidez en las nubes, de modo que dentro de un momento confío en que nieve otra vez. —Se volvió hacia ella con apremio—. Celaje y Gramilla se encuentran en la cabaña, y mi prima está preocupada por mí porque cree que como poco, y tú estás aquí, claro, y cada movimiento que haces, tu cuerpo, tus ropas, tu preocupación, todo eso pasa a través de mi mente. Los que ven enfocan la vista, pero yo soy incapaz de enfocar mi gracia. No puedo desconectar esa percepción. Si soy consciente de todo lo que hay arriba, abajo, delante, detrás y más allá de mí, ¿cómo, exactamente, se espera que esté pendiente de lo que hay a mis pies?

Se encaminó a continuación hacia el montón de nieve teñido de rojo, tiró de la flecha con aire cansino y la alzó con un ensangrentado conejo blanco, atravesado en el astil. Volvió junto a Katsa, con el animal muerto en la mano, y se quedaron cara a cara, el uno parando mientes en el otro. Entonces empezaron a caer copos, y Katsa, sin poderlo remediar, sonrió al ver cómo se cumplía la predicción hecha por Po. Al momento él sonreía también, a regañadientes, y cuando se dieron la vuelta para subir por las rocas, la cogió del brazo y comentó:

—La nieve desorienta.

Echaron a andar por la ladera, y él se apoyó en la joven para mantener el equilibrio mientras ascendían.

Katsa se iba acostumbrando a la nueva forma que tenía Po de observarla, ahora que no la veía. No la miraba, por supuesto. Ella suponía que nunca volvería a sentir la intensidad de la mirada del lenita ni quedaría atrapada de nuevo en la fuerza que irradiaban sus ojos. Era un tema en el que intentaba no pensar porque le provocaba una tristeza absurda y estúpida.

Sin embargo, esa nueva forma de observarla también era intensa, pues se le notaba una gran atención plasmada en el semblante y concentración en todo el cuerpo. Cuando esa situación tenía lugar, Katsa detectaba la quietud del rostro y del cuerpo de Po en armonía con ella, y le pareció que tal circunstancia se daba con mayor frecuencia a medida que transcurrían los días. Era como si estuviera conectando con ella otra vez, despacio, integrándola de nuevo en sus pensamientos. También la acariciaba con más naturalidad, como hacía antes del accidente; le besaba las manos si la tenía cerca, o le acariciaba él rostro cuando estaba frente a él. Y Katsa se preguntó si serían imaginaciones suyas, o en realidad Po prestaba más atención —verdadera atención— a los demás, a todos ellos, como si se sintiera menos abrumado por su don. O tal vez menos embebido en sí mismo.

—Mírame —le pidió Po en una de las contadas ocasiones en las que disponían de la choza sólo para ellos—. Katsa, ¿da la impresión de que te estoy mirando?

Se hallaban frente al hogar pelando con los cuchillos las finas ramas de un árbol para hacer flechas con ellas. Ante la pregunta, la joven lo miró de pleno a los ojos, a los relucientes iris clavados en ella. Contuvo la respiración y soltó el cuchillo mientras notaba que le ardía la cara; se preguntó, fugazmente, cuánto tardarían los demás en volver a la cabaña. Y entonces, el intento fallido de Po de contener la sonrisa la sacó de su encandilamiento con brusquedad.

—Mi querida gata montesa. Ésa ha sido una respuesta mucho mejor de la que esperaba.

Katsa resopló con sorna y le espetó:

—Veo que tu autoestima ha salido del trance sin menoscabo alguno. ¿Y qué te propones conseguir con eso?

Él sonrió y reanudó el trabajo, con la mirada de nuevo vacía.

—Necesito saber cómo puedo conseguir que la gente crea de forma convincente que la estoy mirando. Necesito saber cómo mirar a Gramilla para que deje de pensar que me pasa algo raro en los ojos.

—¡Oh, por supuesto! Bien, eso te servirá. ¿Cómo lo haces?

—Bueno, sé dónde están tus ojos. Es cuestión de enfocar la vista en la dirección correcta, principalmente, y después, percibir tu reacción.

—Hazlo otra vez.

Esta vez Katsa quiso realizar la prueba de forma crítica. Po volvió a mirarla y ella hizo caso omiso de la oleada de calor que la embargaba. Sí, daba la impresión de que la miraba… Aunque estudiándole con atención los ojos, notaba que había una mínima indicación de lo contrario.

—A ver, dime —pidió él.

Katsa siguió observándolo y le dijo:

—El brillo de tus ojos siempre ha sido bastante peculiar, tanto que logra distraerte, y me hace dudar de que alguien lo note, pero… No da del todo la sensación de que los enfoques. ¿Lo entiendes?

—Gramilla lo capta —contestó Po al tiempo que asentía con la cabeza.

—Mantén los ojos un poco entrecerrados —le aconsejó Katsa—. Frunce las cejas un poco, como si cavilaras. Sí, eso resulta bastante convincente, Po. Ninguna persona a la que dirijas esa mirada sospechará nada.

—Gracias, Katsa. ¿Puedo practicar contigo de vez en cuando, sin correr el peligro de que te abalances sobre mí y me obligues a quitarme la ropa?

Katsa barbotó algo entre dientes y le arrojó el astil de flecha que tenía en las manos. Po lo atrapó con pulcritud en el aire, y se echó a reír; durante un fugaz instante, a la joven le pareció que se sentía realmente feliz. Luego, por supuesto, él captó lo que pensaba y fue como si una nube le ensombreciera el rostro, pero reanudó el trabajo. Katsa le miró las manos, en especial el dedo en el que seguía faltándole el anillo; respiró muy hondo y cogió otra rama.

—¿Qué sabe de esto Gramilla? —le preguntó.

—Que le oculto algo. Sabe que mi gracia es algo más de lo que he dicho; lo sabe desde el principio.

—¿Y respecto a lo de la vista?

—No creo que se le haya ocurrido siquiera. —Po rebajó un reborde del astil y echó un puñado de virutas al fuego—. La miraré a los ojos con más frecuencia —añadió antes de sumirse de nuevo en el silencio.

Po y Celaje no cesaban de tomarle el pelo a Gramilla a costa de su séquito, que no tenía que ver sólo con los guardias de escolta, sino que Ror se estaba tomando muy en serio el rango de reina de su sobrina, de tal manera que, a partir de la disminución de las tormentas invernales, hubo un continuo ir y venir de soldados que transportaban suministros a caballo: verdura, pan, fruta, mantas, ropas y vestidos para la reina. Dichos suministros llegaban siempre con una carta de Ror en la que le pedía opinión en uno u otro asunto, la ponía al corriente de sus planes para la coronación y se interesaba por la salud de los distintos miembros de su séquito, y de Po en especial.

—Voy a pedirle a Ror que me envíe una espada —anunció un día Gramilla durante el desayuno—. Katsa, ¿querrás enseñarme a manejarla?

—Oh, sí, Katsa —exclamó Celaje, entusiasmado—. Todavía no te he visto luchar y tenía la impresión de que nunca lo lograría.

—¿Crees acaso que seré una fabulosa adversaria para ella? —le preguntó la niña.

—No, claro que no. Pero tendrá que organizar un combate a espada con algunos soldados para demostrar cómo se hace, ¿no es así? Entre todos ellos tiene que haber uno o dos que sean diestros con esa arma.

—No libraré un combate a espada con soldados sin armadura —contestó Katsa.

—¿Y una lucha con pies y manos? —Celaje se recostó en la pared, cruzado de brazos y una expresión jactanciosa que la joven pensó que tenía que ser un rasgo típico de la familia—. Yo mismo no soy mal luchador.

—¡Oh, lucha con él, Katsa! —exclamó Po estallando en carcajadas—. Hazlo, por favor. No se me ocurre una diversión mejor.

—Vaya, de modo que te parece divertido, ¿eh?

—Katsa te machacaría antes de que hubieras movido un dedo.

—Sí, justo... Eso es lo que quiero comprobar —replicó Celaje sin inmutarse—. Quiero verte machacar a alguien, Katsa. ¿Querrás hacerme el favor de hacerlo con Po?

—No es tan fácil derrotar a tu hermano —sonrió la joven.

Po enganchó los pies en las patas de la mesa, meció la silla hacia atrás y comentó:

—Supongo que ahora sí lo sería.

—Volviendo al asunto que nos ocupa —intervino Gramilla, muy seria—. Me gustaría aprender a manejar una espada.

—Sí, claro. Manda recado a Ror, pues —contestó Katsa.

—¿No acaban de partir dos soldados? —preguntó Po—. Los alcanzaré.

Dejó de mecerse, y las patas de la silla resonaron con estruendo al apoyarse de nuevo en el suelo; entonces la retiró hacia atrás y salió de la cabaña. Tres pares de ojos se quedaron prendidos en la puerta que se cerró a su espalda.

—Como el tiempo ya no es tan invernal —comentó Gramilla—, estoy deseosa de volver a mi corte para entrar en acción. Pero no me gustaría marcharme hasta estar convencida de que se encuentra bien y, francamente, no lo estoy.

Katsa no contestó y siguió comiendo un trozo de pan con aire ausente. Luego observó a Celaje y se fijó en sus hombros, fuertes y rectos como los de su hermano, y en las manos, firmes y seguras. Celaje era ágil y de edad aproximada a la de Po. Seguramente, ambos habían luchado infinidad de veces mientras crecían.

Se quedó mirando los restos de comida con los ojos entrecerrados preguntándose cómo se lucharía sin ver, distrayéndose con el entorno y con los desplazamientos de animales cercanos.

—Por lo menos ha empezado a comer —comentó Gramilla.

—¿En serio? —inquirió Katsa dando un brinco y mirando a la niña con atención.

—Sí, sí; lo hizo ayer y también esta mañana. De hecho, parece tener bastante hambre. ¿No te habías fijado?

Katsa soltó un resoplido, retiró hacia atrás la silla y se marchó.

Lo encontró de pie junto al estanque, mirando sin ver la helada superficie. Tiritaba. Se quedó contemplándolo un instante, sin saber bien qué hacer o qué decir.

—Po, ¿dónde está tu chaqueta?

—¿Y la tuya?

Katsa se le acercó y respondió:

—No tengo frío.

—Pues si no tienes frío y yo no llevo chaqueta, no te queda más remedio que hacer lo que exige la cortesía.

—¿Es decir, volver a la cabaña y traerte algo de abrigo?

Él sonrió al tiempo que alargaba la mano hacia la joven para atraerla hacia sí. Katsa lo rodeó con los brazos, sorprendida, e intentó que entrara en calor frotándole los hombros y la espalda.

—Eso es justo a lo que me refería —aclaró Po—. Tienes que hacerme entrar en calor. —Ella rio y lo abrazó con más fuerza—. Voy a contarte algo que ha pasado.

La joven se separó un poco para mirarlo a la cara, porque advirtió un timbre distinto en su voz.

—Ya sabes que he luchado contra mi gracia estos meses intentando rechazarla, y he procurado hacer caso omiso de casi todo lo que me mostraba para concentrarme en lo poco que necesitaba saber.

—Sí, lo sé.

—Bueno, pues, hace algunos días, en un arrebato de... lástima de mí mismo, dejé de hacerlo.

—¿Qué dejaste de hacer?

—Resistirme a mi gracia, quiero decir. Me rendí y permití que me llegara todo. ¿Y sabes qué ocurrió? —No esperó a que Katsa hiciera una conjetura—. Cuando dejé de luchar contra todas las cosas que me rodeaban, comenzaron a configurar un todo: la actividad, el paisaje, el suelo y el cielo, incluso los pensamientos de la gente. Todas esas cosas tratan de formar un cuadro. Y yo percibo mi posición en él como no me era posible percibirlo antes. Quiero decir que, aunque todavía me siento abrumado, ya nada es como antes.

—Po... —Katsa se mordió los labios—. No lo entiendo.

—Es fácil, Katsa. Es como si al abrirme a toda percepción, las cosas crearan su propio punto de enfoque. A ver, piensa en nosotros ahora, aquí de pie; detrás de mí hay un pájaro en ese árbol, ¿lo ves?

Katsa miró por encima del hombro del hombre y vio que, en efecto, en una rama había un pájaro que se arreglaba el plumaje debajo del ala.

—Lo veo, sí.

—Bien, pues hace un tiempo habría intentado rechazar la percepción del pájaro a fin de concentrarme en el suelo que piso y en que te tengo en mis brazos. Pero ahora me limito a dejar que el pájaro y todo lo demás que es irrelevante me lleguen sin luchar contra ello. Entonces todo lo intrascendente se desdibuja un poco, de forma natural, y quedas tú como único punto de mi centro de atención.

Katsa experimentaba una sensación extraña. Era como si un dolor persistente hubiera cesado de súbito y la dejara con una increíble sensación de bienestar; una mezcla de alivio y de esperanza a la vez.

—Po, eso es estupendo.

—Es un gran alivio estar menos mareado —asintió él con un suspiro.

Katsa titubeó, pero decidió que tanto daba si exteriorizaba lo que estaba pensando, puesto que Po ya se habría dado cuenta, probablemente:

—Creo que ha llegado el momento de que vuelvas a luchar.

—¿De veras? —Esbozó una sonrisa—. ¿Eso crees?

La joven adoptó con nobleza una postura intuitiva y replicó:

—¿Y por qué no? Te ayudará a recobrar las fuerzas y mejorará tu equilibrio. Tu hermano es un adversario a la medida.

Po apoyó la frente en la de Katsa y habló en voz muy baja:

—Tranquilízate, gata montesa. Tú eres la experta y si consideras que ha llegado el momento de que luche, supongo que es hora de que me ponga manos a la obra.

Seguía sonriendo, pero Katsa no pudo soportarlo porque era una sombra de sonrisa, la más triste que había visto nunca. No obstante, cuando Po le acarició el rostro, observó que llevaba puesto su anillo.

Capítulo 39

La cabaña se convirtió en una especie de escuela. Katsa preparó ejercicios de entrenamiento para los dos hermanos, pensados ante todo como un reto a la fortaleza de Po. Celaje estaba satisfecho porque los ejercicios lo favorecían, y ella también lo estaba porque veía los progresos de Po. Siempre lo organizaba para que lucharan cuerpo a cuerpo, y sólo rara vez para la lucha de manos y pies propiamente dicha. No cesaba de recordarle a Po, ya fuera con la mente o de viva voz, que ejercitara los músculos en vez de servirse de su gracia para salir de cualquier apuro.

Al tiempo que los hermanos practicaban, Katsa enseñó a Gramilla a empuñar una espada, después a parar un ataque con el arma y por fin a arremeter con ella. Posición y equilibrio, fuerza y movimiento, rapidez... Al principio la niña se mostró tan torpe con la espada como lo fue con el cuchillo, pero trabajaba con tenacidad y, al igual que Po, progresaba.

Los alumnos de la escuela de Katsa fueron en aumento, puesto que los guardias y los mensajeros no pudieron resistirse al espectáculo de lady Katsa enseñando esgrima a su joven reina o del graceling lenita y su hermano luchando y forcejeando en el suelo. Se situaban a los lados de la estancia y preguntaban mil detalles sobre el ejercicio que le había preparado a la princesa o un truco que le había enseñado para compensar su talla menuda y su poca fuerza. Casi sin darse cuenta, la joven enseñaba ese mismo truco a un par de soldados jóvenes oriundos del litoral meridional de Monmar, e ideaba un ejercicio para los guardias de Gramilla con el fin de mejorar el manejo de la espada con la otra mano. Katsa disfrutaba a fondo con todo aquello y le complacía comprobar los adelantos de sus alumnos.

Y mientras tanto Po se fortalecía. Aún perdía en la lucha

cuerpo a cuerpo, pero había mejorado en equilibrio y control, y a Celaje le costaba cada vez más derrotarlo. Los combates también eran cada vez más entretenidos, en parte porque los hermanos estaban muy igualados, y en parte porque, a medida que la nieve se derretía, la parte posterior de la cabaña se iba convirtiendo en un barrizal. Ni que decir tiene que lo que más les gustaba era pringarle la cara de barro al otro. De no ser por los peculiares ojos de Po, la mayoría de los días habría resultado imposible distinguirlos entre sí.

Llegó un día en el que uno de los embarrados príncipes inmovilizó al otro contra el suelo, y lanzó un grito de victoria. Al mirarlos, Katsa descubrió que quien estaba encima era, por primera vez, Po, que se levantó de un salto y rio de contento mientras dirigía una mueca pícara a la joven. Se limpió el barro de la cara y la llamó con el dedo.

—Ven aquí, gata montesa. Te toca a ti.

—Te ha costado media hora inmovilizar a tu hermano, ¿y crees que estás preparado para enfrentarte conmigo? —le replicó la joven riendo, apoyada en la espada.

—Ven a luchar en el barro. Te tumbaré despatarrada como a una araña.

—Cuando seas capaz de vencer con facilidad a Celaje, pelearé contigo en el barro. —Y reanudó el ejercicio que estaba enseñando a Gramilla.

Se lo dijo con voz severa, aunque no logró ocultarle el placer que sentía. Como tampoco podía él ocultar el suyo. Así que Po se enfrentó a su pobre hermano gemebundo quien, desde su estratégica posición en el suelo, se dio cuenta de que aquello era el principio del fin.

Katsa lo encontró diferente como adversario, no tanto porque hubiera perdido la vista, sino por la sensibilidad que había ganado al dar rienda suelta a su gracia. Ahora, cuando luchaban, el príncipe lenita no sólo percibía el cuerpo y la intencionalidad de Katsa, sino también la potencia de los golpes que le lanzaba antes de que lo impactaran, así como la dirección del impulso, del equilibrio o del desequilibrio de la joven, y de qué manera aprovechar cada una de esas percepciones. Todavía no había recuperado del todo las fuerzas, y a veces la falta de equilibro le jugaba una mala pasada, pero había ocasiones en que la pillaba por sorpresa, algo a lo que ninguno de los dos estaba acostumbrado.

Volvería a ser tan buen luchador como lo había sido anteriormente, si no un poco mejor. Esa perspectiva era importante y los combates lo animaban.

Gramilla no se quedó mucho tiempo después del inicio de la primavera, y Celaje la siguió poco después cuando su padre le ordenó volver a Burgo de Leck para asistir a la coronación inminente. Y por último, Katsa y Po hicieron también el viaje a la capital monmarda que, a no mucho tardar, tomaría el nombre de Gramilla. Po aguantó bien el viaje, casi como un niño que viajara por primera vez; todo le parecía fascinante, aunque un poco agobiante. De hecho, era un tierno infante en lo que se refería a viajar con su nueva forma de percibir el mundo.

En su cuarto del castillo de Gramilla, la mañana del gran evento, Katsa tuvo que sufrir el fastidio de ponerse un vestido. Entretanto, Po, tumbado en la cama, sonreía al techo sin parar.

—¿Por qué sonríes? —demandó Katsa por tercera o cuarta vez—. ¿Es que el techo está a punto de desplomarse sobre mi cabeza o algo así? Por tu expresión, diríase que los dos estamos a punto de que nos pase algo divertido.

—Katsa, eres la única que considerarías divertido que el techo se nos cayera encima.

En ese momento llamaron a la puerta, y Po empezó a reír entre dientes.

—Le has estado dando a la cerveza —dijo Katsa en tono acusador mientras se dirigía a la puerta—. Estás ebrio.

Abrió de par en par y casi se cayó sentada en el suelo a causa de la sorpresa, porque ante ella, en el umbral, se encontraba Raffin, quien recubierto de barro y oliendo a caballo, preguntó:

—¿Hemos llegado a tiempo para la comida? La invitación ponía algo de una empanada y estoy muerto de hambre.

Katsa rompió a reír y luego se puso a llorar, y después de abrazarlo una vez no consiguió dejar de hacerlo. Detrás de Raffin se hallaba Bann, y detrás de éste, Oll. Katsa se lanzó a abrazarlos también y a llorarles en el hombro.

—No nos escribisteis para avisarnos de vuestra llegada —repetía una y otra vez—. Nadie me ha avisado de que veníais, ni nadie me había dicho siquiera que estuvieseis invitados.

—Mira quién fue a hablar de avisar y escribir —comentó Raffin—. Durante meses no supimos nada de vosotros, hasta que un día un hermano de Po se presentó en la corte explicando la historia más increíble que cualquiera de nosotros había oído jamás.

Katsa se sorbió la nariz y abrazó a su primo otra vez. Apoyándole la cabeza en el pecho, le dijo:

—Pero lo entendéis, ¿verdad que sí? No queríamos mezclaros en ese asunto.

—Pues claro que lo entendemos —replicó Raffin, y la besó en la cabeza.

—¿Está Randa con vosotros?

—No le apetecía venir.

—¿Cómo le van las cosas al Consejo?

—A las mil maravillas. Pero, oye, ¿tenemos que quedarnos en mitad del pasillo obstruyendo el paso? No bromeaba cuando dije que me estoy muriendo de hambre. Tienes buen aspecto, Po. —Raffin reparó entonces en el cabello corto de Katsa, con incertidumbre—. Helda te envía un cepillo para el pelo, Kat, aunque no sé lo útil que te será.

—Lo conservaré con cariño. ¡Vamos, entrad!

Como cualquier acontecimiento que requería ropajes de gala, la ceremonia de la coronación resultó bastante tediosa, pero Gramilla la sobrellevó con la circunspección y el aplomo apropiados. Habían acolchado el borde de la enorme corona de oro con alguna clase de tejido grueso de color púrpura para evitar que le resbalara hasta la nariz. Por su apariencia, Katsa supuso que debía de pesar tanto como la propia niña.

A la joven no le importaba el aburrimiento del acto solemne, porque tenía a Raffin a un lado y a Bann al otro, y no transcurrían ni cinco minutos sin que hubiera algo que encontraran divertido. Cuando Bann le contó entre susurros el último descubrimiento medicinal de Raffin, que curaba el dolor de barriga pero provocaba picor de pies, así como el subsiguiente descubrimiento para curar el picor de pies que causaba dolor de barriga, a Katsa se le escapó una risita. Situado tres filas más adelante, junto a sus dos hijos, Ror giró bruscamente la cabeza y le asestó una mirada furiosa.

—No estamos en un carnaval callejero emeridio —murmuró en un digno tono de reproche. Po se partía de risa y varias voces chistaron para que Ror se callara, pero al darse cuenta de a quién pedían que guardara silencio, prorrumpieron en un aterrado raudal de disculpas.

—Está bien, está bien, no tiene importancia —se vio obligado a decir repetidamente Ror, cada vez en un tono más alto—. De verdad, no tiene importancia.

La interrupción adquirió proporciones mayores y molestas, y provocó que a un ayudante de la ceremonia de coronación se le trabara la lengua mientras recitaba la lista de reyes monmardos habidos a lo largo de los siglos. Gramilla le dirigió una ligera sonrisa al pobre hombre y lo animó a continuar. Después del incidente, se corrió la voz de que la joven reina era bondadosa, no dada a castigar pequeños errores.

—¿Cómo está Giddon? —susurró Katsa a Raffin una vez que las cosas se hubieron calmado. Se sentía inclinada a pensar con afabilidad en su antiguo pretendiente porque era feliz y estaba rodeada de sus amigos. Detrás de ella, oyó que Oll se aclaraba la garganta y comentaba:

—Se pone tristón cada vez que se menciona su nombre, mi señora. No voy a fingir que ignoro el motivo.

—Randa insiste en querer casarlo —susurró Raffin—, pero él rehúsa siempre. Pasa en su feudo más tiempo de lo que solía, pero está completamente entregado a su trabajo en el Consejo. Es un aliado valiosísimo, Kat. Estoy por asegurar que no pondría objeciones a verte algún día. Si quieres visitarnos en la corte, ¿sabes?, hallaremos la forma de meterte a escondidas en el castillo sin que Randa lo sepa. Si quieres, claro. No nos has explicado los planes que tienes.

—Cuando acabe esto, volveré a las montañas con Po —contestó con una sonrisa. Y eso fue lo único que contó sobre sus propósitos porque, de momento, era todo cuanto sabía.

Ladeó la cabeza y la apoyó en el hombro de su primo. La coronación quedó atrás como una vaga imagen dichosa.

Epílogo

Nadaron a lo largo del túnel y emergieron a la negrura de la cueva. Katsa y Po se auparon a las piedras y escurrieron toda el agua que pudieron de la ropa que llevaban puesta.

—Dame la mano —pidió Po. La ayudó a ponerse de pie en una superficie inclinada e irregular de la que sobresalían rocas. Katsa no veía nada en la oscuridad, ni la más mínima forma; tropezó y masculló una maldición.

—¿Adónde vamos exactamente?

—A la playa —contestó él, que se detuvo y la alzó en volandas por encima de alguna formación rocosa que la joven no veía. Entonces la soltó, y Katsa posó los pies en una superficie granulosa y suave: arena.

Transcurrían las postrimerías de la primavera, y fuera los árboles verdeaban y el sol deshelaba el mundo, pero dentro de la cueva siempre hacía frío. Se sentaron en la arena y se acurrucaron el uno contra el otro para darse calor; tiritar los llevó a empujarse, juguetones; de los empujones pasaron a los zarandeos y, en un visto y no visto, se encontraron luchando en el suelo y riendo, con el cabello húmedo rebozado de arena. Finalmente, inmovilizado en el suelo bajo el cuerpo de la joven, Po se rindió con un susurro al tiempo que deslizaba la mano por la parte posterior de la pierna de ella de un modo que no tenía nada de combativo. Los forcejeos de la lucha se convirtieron en algo lento, acompasado, anuente. Entraron en calor y pasaron un tiempo entregados el uno al otro.

En la cueva el sonido era extraño, húmedo y musical. Yacían juntos, calientes allí donde los cuerpos se tocaban.

—He tragado un poco de arena —dijo Po, que se puso a toser—. Y tú también, claro, pero no parece que a ti te moleste.

—No —contestó Katsa, ausente, abiertos los ojos a la oscuridad. Deslizó los dedos por las cicatrices que tenía en el hombro y a continuación por las del pecho—. ¿Po?

—¿Mmmm?

—¿Confías en los hombres que serán los consejeros de Gramilla?

—En su mayor parte.

—Espero que le vaya bien. Nunca habla de la muerte de su madre, pero sé que todavía tiene pesadillas a causa de ello.

—Lo raro sería que no las tuviera —comentó él—. Es tan pequeña y hay tantas cosas a las que intenta encontrarles sentido, como una madre asesinada, un padre que era un demente…

—¿Crees que estaba loco?

—No estoy seguro. Que era cruel y perverso está fuera de dudas. Sin embargo, es difícil delimitar hasta dónde era él mismo y dónde empezaba su gracia, ¿entiendes a qué me refiero? Y supongo que nunca sabremos de dónde vino o lo que quería en realidad. —Inhaló y exhaló muy despacio—. Al menos se está produciendo un cambio en los sentimientos de la gente con respecto a él, ¿te has dado cuenta? No se le recordará con agrado.

—Eso ayudará a Gramilla.

—¿Sabes una cosa? Ella se pregunta si soy mentalista. Se lo pregunta, Katsa, y aun así confía en mí y no me presiona para que confiese mi secreto. Es algo extraordinario.

Katsa se quedó escuchando el silencio que se hizo en la cueva cuando el lenita dejó de hablar.

—Sí, Gramilla no es como otras personas.

—En la coronación, Celaje me acusó de no querer desposarte —continuó Po, y Katsa supo que sonreía por el tonillo de voz—. Estaba realmente indignado.

—Oll vino a hablarme de lo mismo —suspiró la joven—. Considera peligroso para ambos que nos demos tanta libertad y hagamos planes tan imprecisos para el futuro, como viajar juntos y ocuparnos de asuntos del Consejo, sin intercambiar promesas. Le contesté que no voy a casarme contigo ni pegarme a ti como un percebe con tal de mantenerte a mi lado e impedir que ames a otra persona.

—Sabes que da igual lo que piensen. Los demás no tienen por qué entenderlo.

—Me preocupa.

—Pues no te preocupe. Ya nos las arreglaremos. Además, hay otros que sí lo entienden; por ejemplo, Raffin y Bann.

—Sí, supongo que ellos lo comprenden.

Po tuvo un escalofrío y Katsa alargó las manos hacia él para frotarle y darle calor. Un sentimiento la asaltó de repente.

—¿Estás decidido a ir a Lenidia inmediatamente? —musitó.

—Mi madre llorará cuando le cuente que he perdido la vista —contestó él al cabo de unos segundos, sin conseguir del todo mantener el mismo tono ligero de antes—. Para ser sincero, me angustia eso tanto o más que cualquier otra cosa.

—Te acompañaré.

—No, Katsa. Lo superaré; quiero afrontarlo y olvidarlo después. Y no permitiré que cambies tus planes.

Katsa iba a instalarse en Burgo de Gramilla para impartir clases de lucha a las chicas. Había decidido hacerlo en los siete reinos y, después de la coronación, Gramilla le pidió que empezara en Monmar. Po la animó con bastante insistencia, porque eso le proporcionaba una excusa a Katsa para no perder de vista a la niña y cuidar de su bienestar un poco más de tiempo.

—Estaré en Monmar unos cuantos meses, al menos —afirmó Katsa—. Pero prometo que las siguientes clases las impartiré en Lenidia.

—Así pues, espero verte a finales de otoño. Me engañaré a mí mismo diciéndome que no es mucho tiempo.

—Tomaré la ruta hacia el oeste por tierra —explicó Katsa, aunque vaciló antes de confesar una cosa—: Pasaré por Terramedia, Po. Hay otro rey al que tengo que enfrentarme.

—Pero si ya lo hiciste —comentó el hombre dando un ligero respingo, sorprendido.

—Sí, claro. Pero entonces tenía miedo de mí misma y de él. Ahora ya no lo tengo. Po… Necesito que Randa sepa que iré de aquí para allá como me plazca, que no estoy dispuesta a esconderme como si fuera una delincuente y que no temeré visitar a mis amigos. Ya echo de menos a Raffin otra vez. Y tengo que ver a Helda… Quiero convencerla de que se traslade a Monmar. Gramilla la necesita.

Po la abrazó y la atrajo hacia sí. Le sacudió la arena que tenía pegada en el pelo.

—De acuerdo, pero ten cuidado —dijo con suavidad—. Te buscaré después de que le hayas plantado cara a tu rey.

Se quedaron tendidos en la oscuridad, callados. Katsa apoyó la cabeza en el pecho de Po y se quedó escuchando el chapoteo del agua y su eco mientras sentía el pulso de la sangre del hombre contra la mejilla.

—¿Sabes? Ojalá pudieras ver esta cueva —comentó Po.

—¿Cómo es?

—Es... —Hizo una pausa—. Realmente maravillosa.

—Descríbemela.

Y Po le fue detallando lo que la oscuridad de la cueva ocultaba. Fuera, el mundo esperaba.

Agradecimientos

La primera novela con la que debuta un escritor es en realidad un trabajo de equipo que requiere un gran esfuerzo. Quiero darles las gracias de todo corazón a mi hermana Catherine (y a los chicos), que ha sido siempre mi primera lectora (y lectores); a mi estupenda editora de texto, Kathy Dawson; a mi agente, Faye Bender, toda una estrella del rock; a Liza Ketchum, que me enseñó a pensar como una novelista; a Susan Bloom, Cathie Mercier, Kelly Hager, Jackie Horne, Lisa Jahn-Clough y a todos los demás que me cambiaron la vida en el maravilloso Center for the Study of Children's Literature, de la Simmons College; a mi hermana Dac, a Dana Zachary, Deborah Kaplan, Joan Leonard, Mom y Rebecca Rabinowitz, también conocidas como mis lectoras intrépidas; a Daniel Burbach, que me ofreció respaldo a manos llenas; a mi tío, el doctor Walter Willihnganz, que respondió a un montón de preguntas tontas sobre medicina con una paciencia enorme; a mis tíos Alfio, Salvatore y Michael Previtera, que contestaron a un montón de preguntas aún más tontas sobre arcos y flechas en la fiesta de Navidad de la familia Previtera; y, por último, pero no por ello y en absoluto menos importantes, a mis padres.

Este libro utiliza el tipo Aldus, que toma su nombre
del vanguardista impresor del Renacimiento
italiano Aldus Manutius. Hermann Zapf
diseñó el tipo Aldus para la imprenta
Stempel en 1954, como una réplica
más ligera y elegante del
popular tipo
Palatino

* * *

* *

*

Graceling se acabó de imprimir
en un día de invierno de 2009,
en los talleres de Brosmac, S. L.
carretera Villaviciosa - Móstoles, km 1
Villaviciosa de Odón
(Madrid)

* * *

* *

*